개도
가끔은
주인을
물고
싶다

개도
가끔은
주인을
물고
싶다

장편 소설
브리짓

SCARLET ROMANCE STORY

Contents

프롤로그

낯선 학교, 낯선 교실, 낯선 학생들……. 자신이 담임이라 소개한 영석은 반 아이들에게 무뚝뚝하게 말했다. 다들 조용히 해. 그리고 잔뜩 얼어 있는 소정의 옆으로 다가와 그녀에게 조용히 말했다. 자기소개 한번 해라.

"아, 안녕……."

소정은 그 짧은 시간 동안 '안녕하세요'라 말할지, 간단히 '안녕'이라 해야 할지 고민했다.

동네의 초·중·고등학교를 나온 그녀 옆엔 늘 익숙한 친구들이 있었다. 그런데 지금은 아니었다. 낯선 아이들의 어디 한번 해 보라는 듯한 표정. 자기소개라……. 익숙하지 않은 상황에 그녀는 짧게 인사를 뱉고 입을 꾹 다물었다.

"뭐야? 끝이야?"

맨 뒤에 있는 여학생 한 명이 일부러 큰 소리로 말했다. 그 바람에 앞에 있는 소정의 눈꼬리가 축 처졌다. 어떻게 해야 할지 몰라 하는 소정이 안쓰러워 영석이 그녀 옆에서 다시 조용히 말했다.

"이름도 얘기하고 이제부터 잘 지내보자 말해야지."

"아, 나는 은소정……이야. 잘 지내보자."

영석의 말을 따라 하며 소정은 반 아이들의 눈치를 살폈다. 바들바들 떨지만 않을 뿐이지 잔뜩 굳어 있는 여학생에게 꽤 큰 호기심이 일었는지 남자아이 몇 명이 손을 번쩍 들었다.

"왜, 인마."

"질문해도 돼요?"

"뭔데? 한번 해 봐라."

"느그 아부지는 뭐 하시노?"

크하하. 반 아이들의 웃음소리가 커졌다. 영화 '친구'의 대사.

그런데 반 아이들 모두가 진짜로 궁금해하는 눈치였다. 그녀가 전학 온 선안고는 그냥 아무나 다닐 수 있는 학교가 아니었다. 강남 가장 잘사는 동네에 있을 뿐만 아니라 사립 고등학교 중에서도 학비가 가장 비싼 것으로 유명했다.

그래서 이 학교에 다니는 학생들은 재벌 2세, 혹은 3세, 그것도 아니면 고위 공직자들의 2세가 대부분이었다. 그런 그들만의 사회에 낯선 학생이 들어왔으니 그녀가 아닌 그녀의 아버지에 대해 궁금해하는 것도 이상한 일은 아니었다.

소정은 입을 꾹 다물고 영석에게 도움의 눈빛을 보냈다. 그 눈빛의 의미를 알아챘는지 그가 황급히 자습을 핑계로 그녀를 빈자리에 앉혔다. 그러자 아이들이 더 동요하기 시작했다.

"뭐야, 뭐 하는 사람이기에 그래?"

"어디 숨겨 둔 자식인가?"

아이들이 하는 말이 고스란히 소정의 귀에 들어왔다. 조롱처럼 들리는 그 말에 그녀는 아무 말도 할 수 없었다.

"시끄럽고 다들 자습해라."

반 아이들은 영석이 나가자 그녀 앞으로 우르르 몰려들었다. 먹이를 사냥하는 하이에나처럼 달려드는 아이들 가운데서 그녀는 최대한 용기를 내어 말했다.

"나, 나 화장실 좀!"

다급히 말하며 소정이 튀어 나가자 반 아이들이 그녀의 뒤를 쫓았다. 야! 야! 그녀를 애타게 부르는 소리에도 아랑곳 않고 그녀는 여자 화장실 맨 첫 칸으로 들어가 문을 잠갔다.

"하아…… 하아……."

숨을 뱉는데 머리가 어지러웠다. 양손으로 얼굴을 감싸고 소정은 고개를 푹 숙였다.

새 학교에서의 첫날. 고작 몇 분 있었을 뿐인데 그녀는 앞으로 이 학교에서 지낼 날들이 두려워졌다. 어떻게든 거절을 했어야 했나…….

한참 후회하고 있을 때 누군가의 노크 소리가 들렸다.

똑똑똑. 상대의 노크에 대답하듯 그녀가 문을 두드렸다. 그랬더니 다시 또 똑똑똑 하고 노크 소리가 울렸다. 혹시 같은 반 아이가 장난치는 걸까, 소정은 숨을 죽인 채 가만히 있었다.

눈 깜박이는 소리가 밖으로 새어 나가는 것도 아닌데 동그란 눈을 크게 뜬 채로 문을 뚫어지게 바라봤다.

"안에 있는 거 다 알아."

여자 화장실도 구분 못 할 정도의 바보가 아니었다. 분명 여자 화장실이 맞는데 밖에서 들리는 목소리는 남자 목소리였다. 거기다 낯설지 않은.

당황한 그녀가 조심스럽게 손을 뻗어 문의 잠금장치를 풀었다. 덜그럭 소리가 크게 났다. 그리고 천천히 문을 열려는데 성질 급한 상대가 먼저 문을 벌컥 열어 버렸다.

"안 우네. 또 울고 있을 줄 알았더니."

여자 화장실에 들어온 사람치고 너무나도 여유 넘치는 얼굴로 그가 말했다. 댕그란 소정의 눈이 더 크게 떠졌다.

여자 화장실까지 불쑥 들어와 예의 없게 문을 두드린 남자, 그는 재완이었다.

❋❋❋

"다음 뉴스입니다. A 모직 회장 임범태 회장이 퇴근길에 교통사고를 당했습니다. 이날 저녁 10시 10분쯤 논현동 한 교차로에서 김 모 씨가 몰던 1톤 화물 트럭이 중앙선을 넘어 마주 오던 임 회장의 차량을 들이받았습니다. 이 사고로 운전기사 은 모 씨가 그 자리에서 숨지고 현재 임 회장은 의식을 잃은 상태로……."

장례식장 앞. 커다란 벽걸이 TV에서 나오는 뉴스 소리가 멈췄다. TV를 끈 조문객이 한마디 했다. 죽은 사람 얘기는 안 하고 온통 임 회장 얘기뿐이구먼.

재완은 구시렁거리는 남자의 얼굴을 빤히 바라봤다. 이윽고 옆에 있는 희향이 손을 잡아끌자 그는 천천히 빈소 안으로 들어갔다.

임 회장의 가족이 빈소로 들어오는 그때, 소정과 그녀의 어머니는 잔뜩 지친 표정으로 멍하니 먼저 간 형균의 사진을 보고 있었다. 그런 그들의 시선을 끌기 위해 희향의 옆에 있던 비서가 조용히 모녀에게 다가가 말했다.

"사모님과 도련님 오십니다."

그 말에 두 모녀가 자리에서 일어났다. 형균의 사진 앞에 조용히 국화를 내려놓고 희향과 재완은 상복을 입은 모녀 앞에 섰다. 맞절이 끝나자 희향은 소정의 어머니 손을 꼭 붙잡았다.

"얼마나 애통하십니까?"

희향의 말에 소정의 어머니가 엉엉 소리를 내 울었다. 그 소리가 어찌나 서러운지 입술을 꾹 물고 있던 소정이 다시 또 눈물을 흘렸다.

"은 기사 덕분에 회장님이 살 수 있었습니다. 고맙단 말 꼭 전하고 싶어 이렇게 왔습니다."

형균의 시신은 운전석이 아닌 뒷좌석에서 발견되었다. 뒷좌석의 창문이 깨진 상태였다. 경찰은 사망 원인이 정확하진 않지만 형균이 임 회장을 살리고 죽은 것 같다 말했다.

사고가 나며 차의 잠금장치가 제대로 작동되지 않았고 운전기사인 형균이 뒷좌석으로 옮겨 가 창문을 깨고 임 회장을 밖으로 밀어 낸 것 같다. 그 이후에 차가 폭발했고 형균이 사망한 것으로 보인다. 정확한 사고 경위와 사망 원인은 더 조사를 해 봐야 하며 현재 블랙박스 메모리를 복구 중에 있다.

실신한 어머니를 대신해 소정이 들은 이야기였다. 희향은 세상이 떠나가라 우는 그녀의 어머니의 등을 토닥였다.

"고인의 명복을 빕니다."

희향이 소정의 어머니를 위로하는 동안 재완은 자신의 앞에서 울고 있는 소정을 바라봤다. 히끅 소리를 내며 아기처럼 우는 그녀를 가만 바라보다 재완은 주머니에 있던 손수건을 꺼내 건넸다.

"자."

눈물이 그렁그렁한 채로 그녀는 고개를 들었다. 앞에 있는 파란색 손수건, 그리고 덤덤한 얼굴로 자신을 바라보는 재완을 말없이 바라봤다.

"안 돌려줘도 되니까 받아."

그의 말에도 소정은 움직이지 않았다. 그저 눈물을 뚝뚝 흘리며 재완을 바라볼 뿐이었다.

답답함에 그가 소정의 손을 잡아끌었다. 꾹 쥐고 있는 손가락을 모두 펼쳐 내고 자신의 손수건을 올려놓았다. 그녀의 작은 손을 손수건이 모두 덮었다. 그리고 소정의 눈물이 멈췄다.

✳✳✳

소정의 전학은 임 회장이 먼저 제안했다. 금전적인 도움뿐 아니라 소정을 위해서도 무언가를 해 주고 싶었던 그는 학교 가까이로 집을 구해 주고 고등학교, 그 이후의 대학교 학비까지 모두 지원하겠다고 했다.

처음엔 몇 번 거절했지만 완강한 그의 뜻에 못 이겨 결국 소정은 전학을 결정했다.

그러나 소정은 이곳에서 재완을 마주칠 것이라 조금도 예상하지 못했다. 그것도 여자 화장실에서.

당황함에 그녀가 아무 말도 뱉지 못하고 있자 그가 그녀의 손을 잡아끌었다.

"왜 하필 화장실이야. 이 학교에 도망갈 데가 얼마나 많은데."

소정의 손을 잡은 채로 그는 학교 옥상으로 올라갔다. 초록색의 낡은 자물쇠를 보곤 주머니에서 열쇠를 꺼냈다. 학교 수업이 재미없을 때면 몰래 숨겨 둔 열쇠를 이용해 학교 옥상을 찾았던 그에겐 너무나 익숙한 행동이었다.

삐거덕 소리를 내며 철제문이 열렸다. 학교 옥상은 처음인 소정이 주춤하자 그가 빙긋 웃었다. 크게 나쁜 짓 하는 것도 아닌데 잔뜩 긴장한 것이 얼굴에 모두 드러났다.

그 얼굴을 보니 재완은 그녀를 처음 봤을 때가 떠올랐다. 장례식장에서 눈물을 뚝뚝 흘리고 있던 그녀. 그와 그의 어머니를 보고 어깨를 움츠리며 긴장한 채 바들바들 떨던 그 모습. 주인을 잃은 강아지 같던 그때의 모습과 지금이 절묘하게 겹쳐졌다.

그때와 마찬가지로 재완이 잡고 있는 소정의 손을 끌어당겼다. 못 이기는 척 끌려가자 탁 트인 옥상의 모습이 드러났다. 옥상을 빙 둘러보는 그녀 옆에서 재완이 투덜거리는 투로 말했다.

"앞으론 화장실 같이 냄새나는 곳 말고 이런 데 숨어 있어."

"학생이 와도 괜찮아요?"

"아니."

"근데……"

"난 가능해. 이제 너도 가능하고."

무슨 뜻인지 몰라 소정이 갸웃거렸다. 그리고 어떻게 해야 할지 모르겠다는 표정으로 치마 끝단을 매만졌다.

"너희 반 아이들 아주 난리 났더라. 너에 대해 알아내려고."

"……"

"괴롭히는 애들 생기면 말해."

소정은 대답 대신 교복 치마를 두 손으로 꽉 쥐었다. 치마에 주름이 어지럽게 잡혔다.

"말……하면 어떻게 되는데요?"

재완이 픽 웃으며 물었다. 그게 알고 싶어? 소정이 고개를 끄덕이자 그는 그녀 귓가로 입을 가져다 대었다.

"혼내야지. 다시는 그런 짓 못 하게."

이틀 후, 학교는 소정과 재완의 이야기로 가득했다. 말 전하기 좋아하는 아이들이 온 학교를 들쑤시고 다니며 소문을 퍼트렸다.

은소정네 아빠 없대. 그럼 대체 어떻게 우리 학교에 온 거야? 어제 임재완이 은소정 데리고 가는 거 누가 봤대. 그럼 A 모직이 은소정 집어넣은 거야? 대체 왜?

"너희 아빠가 재완 오빠 운전기사였다며?"

한 아이의 질문에 소정이 가방에서 책을 꺼내다 행동을 멈췄다. 반 전체의 시선이 자신을 향해 있는 것이 느껴졌다. 그녀의 대답을 기다리는 30명의 아이들.

"……응."

"그럼 그때 죽은 게 너희 아빠야? 그 회장님 살리고 죽었다던?"

누군가가 가슴을 세게 내리친 것 같았다. 아버지의 직업, 그리고 아버지의 죽음에 대한 이야기. 그 어떤 것도 그녀를 부끄럽게 만들지 않았다.

소정이 가슴이 아픈 이유는 단 하나였다. 아직 받아들이지 못한 아빠의 부재. 그리고 그것을 다시 떠올리게 만드는 가시 돋친 말.

소정은 엄마와 한 약속을 떠올렸다. 다시는 아빠의 죽음 때문에 눈물 흘리지 말자. 엄마도, 나도. 그 약속이 없었다면 그녀는 억지로 눈물을 참지 않고 모두 쏟아 냈을 것이다. 입 안의 여린 살을 꾹 깨물며 소정은 고개를 끄덕였다.

"그랬구나. 어쩐지……."

빈정거리는 말투. 자신을 한참 아래로 내려다보는 눈빛들. 혼자 어두운 방 안에 갇힌 것처럼 가슴이 답답해졌다. 더 이상 이곳에 있고 싶지 않았다. 자신을 옭아매는 시선들을 당당히 견딜 자신이 없었다. 그녀는 의자를 밀고 자리에서 일어났다.

그때 덜커덕, 요란한 소리를 내며 창문이 열렸다. 일어서 있던 소정은 그대로 고개를 돌려 열린 창문을 바라봤다.

"안녕, 은소정."

재완이 창틀에 턱을 괴고 말했다. 무슨 신기라도 있는 것인지……. 그는 그녀가 피하고 싶은 순간마다 나타났다. 아버지의 장례식, 새로운 학교에서의 첫날, 그리고 자신의 배경이 모두 밝혀진 지금까지 말이다.

재완은 이전 상황을 파악이라도 하려는 것처럼 교실을 쭉 훑어봤다. 그리고 조금 전 목소리로 다시 또 인사했다.

"안녕. 1학년 3반."

안녕하세요. 안녕, 오빠, 선배, 형. 순간 반 아이들의 목소리로 교실이 가득 찼다. 그는 가만히 소정을 바라보고 있었다. 소리가 잦아들자 그가 입을 뗐다.

"내가 경고 하나 해도 돼?"

여태껏 미소를 띠고 있던 재완의 얼굴에 밝은 기운이 모두 사라졌다. 순식간에 차갑게 식은 그의 표정에 덩달아 교실 분위기도 싸늘해졌다.

"은소정 건들지 마."

오도카니 서 있던 소정은 재완을 바라봤다. 그는 어깨를 으쓱했다. 내가 말했잖아, 너 건드리는 것들은 모두 가만두지 않겠다고. 그의 눈빛이 그렇게 말하고 있는 것 같았다.

흰 블라우스, 검은색 H라인 치마, 검은 재킷. 하나로 묶어 망을 씌운 긴 머리, 요란하지 않고 단정한 메이크업. 전형적인 비서의 모습으로 서 있던 소정은 재완이 엘리베이터에서 나오자 고개를 꾸벅 숙였다.

눈인사도 없이 자신을 지나치는 재완이 그녀는 익숙했다. 하이힐 소리가 나지 않게 조심스레 걸으며 그녀는 재완의 뒤를 쫓았다.

A 모직 본사, 부사장실로 쏙 들어가는 재완을 확인하고 그녀도 자신의 자리에 섰다. 5년째 계속되는 일이었다. 그의 직함이 변하는 동안에도 소정의 직함은 변하지 않았다. 임재완의 비서, 그것이 그녀의 직업이었다.

그가 좋아하는 원두를 내려 만든 커피를 들고 소정이 노크했다. 들어와. 건조한 그의 목소리가 들렸다.

"커피 가져왔습니다."

"내려놔."

소정의 얼굴이 아닌 신문을 보면서 그가 말했다. 책상 위로 커피 잔을 내려놓자 그가 신문을 접어 책상 위에 던지듯 내려놓았다.

"엘리베이터 앞에 나와서 인사하는 거 하지 마. 몇 번 말했잖아."

"죄송합니다."

알겠다는 말 대신 죄송하다 말하는 그녀를 재완이 탐탁지 않은 눈으로 바라봤다. 매번 이런 식이었다. 앞에 나와서 인사하지 마. 매일 같은 지시를 하면 그녀는 매일 같은 대답을 했다. 죄송합니다.

"네 아침 인사 받으려고 너 데려온 거 아니야. 그딴 거 할 시간에 네 할 일이나 잘해."

이게 대체 몇 년째란 말인가. 소정이 도통 말을 듣지 않아 화가 난 상태였다. 좋은 말이 나올 리 없었다.

차가운 그의 말에 그녀가 고개를 숙이며 답했다. 인사도 제 할 일입니다.

그녀 이전의 비서는 형편없었다. 일정표 하나 제대로 정리 못해 번번이 약속에 늦게 만들었다. 화가 나 그녀를 자르고 나서 재완은 자신이 맘에 드는 비서를 스스로 뽑겠다 말했다. 그리고 소정에게 연락했다.

소정이 떠오른 이유는 단 하나였다. 고등학교 시절 잠깐 본 그녀는 누구보다 자신을 잘 이해하는 사람이었다. 그의 표정만 보고도 자신의 생각을 모두 읽었다. 위로를 바라는지, 가만히 자신의 이야기를 들어 주길 바라는지, 같이 웃어 주길 바라는지. 재완이 말하지 않아도 소정은 늘 그의 마음을 읽고 행동했다.

그런 소정이 자신의 일을 봐준다면 이전처럼 골치 아프지 않을 것 같았다. 그래서 그녀의 집으로 찾아갔다. 8년 만이었다. 자신 앞에 나타난 그녀는 머리가 긴 것 말고 변한 것이 없었다. 여전히 작은 강아지 같은 모습이었다.

일상적인 질문이 오갔다. 뭐 하고 지내? 어떻게 지내요? 그가 대학을 졸업하고 회사 일을 배우는 동안, 그녀는 대학에 입학해 공부를 하고 이제는 졸업을 앞두고 있었다.

재완은 자신의 비서직을 제안했다. 비서요? 놀라 되물은 소정은 고민하는 듯 말을 잇지 못했다. 거절할 것 같은 그녀의 모습에 재완은 입술을 잘근잘근 씹었다. 소정을 눈앞에 두자 그녀 말고는 다른 사람이 떠오르지 않았다. 제발…….

간절한 그의 얼굴을 보고 소정이 닫고 있던 입을 떼었다.

'그거 기억나요? 우리 반 아이들이 우리 아빠 직업 별 볼 일 없다고 나 무시하고 괴롭힐 때마다 오빠가 나타나서 다 혼내 줬잖아요. 그때 나 혼자 생각했었거든요. 언젠가 오빠한테 나도 꼭 도움이 되겠다고.'

할게요, 비서. 그렇게 말하고 소정은 비서 자격증 공부를 했다. 재완이 말렸지만 그녀는 기어코 자격증을 따냈다. 그때 알아봤어

19

야 했다. 그녀가 야리야리한 얼굴과는 다르게 고집이 엄청 세다는 것을.

"오늘 일정은 10분 뒤 알려드리겠습니다."

고개를 숙이고 나가는 그녀를 보고 재완은 들으라는 듯 한숨을 크게 쉬었다. 후⋯⋯.

자리가 사람을 만든다. 그 말을 소정을 보며 실감했다. 예전의 자신이 알던 그녀가 아니었다. 자신이 기억하는 소정은 겁도 많고 궁금한 것도 많은 귀여운 강아지였는데 지금의 소정은 훈련으로 잘 길들여진 개 같았다.

정확히 10분 후. 그녀의 노크 소리가 들렸다. 체념한 듯 그가 '들어와' 말하자 소정이 그에게 오늘 하루 일정에 대해 설명했다.

"오후 7시에 H 기업 회장님 가족분들과 저녁 식사가 있습니다."

재완의 표정이 어두워졌다. 가족 식사 자리. 그가 제일 불편해하는 자리였다. 직급이 높아지면서 늘어나는 회사 업무엔 많이 익숙해졌지만 재벌가의 자제가 마땅히 해야 하는 사교 행사는 여전히 불편했다.

"회장님께서 부사장님이 꼭 참석해야 하는 자리라고 하셨습니다. 따로 당부하신 일입니다."

재완이 어떻게든 빠져나가려 수를 쓰려는 것을 알고 소정이 딱 잘라 말했다. 여전히 그녀는 자신의 마음을 잘 읽어 냈다.

"어제 부탁하신 자료 정리입니다. 연도별, 품목별로 정리했습니다. 부족한 점 있으면⋯⋯."

"없겠지. 네가 한 거라면."

소정에게 건네받은 문서들을 넘겨 보며 재완이 말했다. 그녀는 빈틈이 없었다. 일에서도, 그리고 자신 앞에서도. 너무 단호한 모습에 약이 올라 내가 너 잡아먹기라도 하냐? 말한 적도 있었다. 그때 그녀의 대답은 어이없게도 이제 곧 회의 시작합니다였다.

A 모직 7층에 위치한 부사장실. 그 안으로 들어가면 가장 먼저 만나는 사람은 소정이었다.

선글라스를 끼고 들어온 낯선 남자의 모습에 그녀는 살짝 눈썹을 찌푸렸다.

"아! 전에 우리 비서님이 미리 약속 잡고 오라고 했었는데…….. 내가 깜박했다. 미안요!"

동환이었다. 재완의 친구이자 잘나가는 배우. 그는 가끔 연락 없이 재완을 찾아오곤 한다. 그녀의 테이블 가까이로 다가온 그는 선글라스를 벗으며 씩 웃었다.

"집에 똑같은 옷 몇 벌 있어요?"

"……."

"볼 때마다 같은 옷이네. 한 일곱 벌쯤 있어요? 그럼 어떻게 구분해요? 안 보이는 데다 혹시 써 놨어요? 월요일, 화요일, 뭐 이렇게."

놀리는 말투에 소정의 얼굴이 빨갛게 익었다. 그러나 그녀는 조금도 대꾸할 필요를 느끼지 못했다. 소정은 수화기를 들었다. 어, 하는 재완의 짧은 대답이 들렸다.

"친구분 방문하셨습니다."

— 친구 누구?

"지난번에 오신……."

소정이 말하는 도중 동환이 전화를 뺏어 들었다.

"너를 회사까지 찾아와서 만날 친구가 나 말고 또 누가 있냐."

들어와, 하는 재완의 목소리가 소정에게도 들렸다. 동환은 전화를 내려놓고 소정을 바라봤다. 당황했는지 굳어 있는 그녀의 표정을 보고 그가 툭 하고 팔을 쳤다.

"그쪽 보스가 나 들어오래요. 들어갑니다."

동환은 말릴 새도 없이 부사장실 문을 열고 들어왔다. 그리고 그는 곧바로 소파에 앉아 배를 잡고 데구루루 굴렀다.

"뭐야?"

"아, 진짜! 네 비서 왜 이렇게 귀엽냐?"

동환은 발까지 동동 굴렀다. 작업하고 있던 문서를 저장하고 재완은 동환의 앞자리에 앉았다.

"미친놈."

"아, 나 진짜 미쳤나? 왜 저런 애가 귀엽게 보이지?"

동환이 '저런 애'라 말할 때 재완이 미간을 찌푸렸다.

"너한테 안 귀여운 여자도 있냐? 그저 여자라면 다 좋아서……."

그렇게 말하며 재완은 혀를 찼다. 그때, 밖에서 두드리는 노크 소리가 들렸다.

"들어오세요."

장난 가득한 동환의 대답. 그녀는 들어오지 않았다. 들어와. 재완이 말하자 문이 열렸다. 차를 준비한 소정이 두 사람에게로 다가왔다.

"국화차입니다."

소정이 찻잔 두 개와 다관을 조심스레 내려놓았다. 두 개의 찻잔에 차를 따라 내자 국화차 향기가 실내에 가득 퍼졌다.

일을 마친 그녀가 고개를 꾸벅 숙이고 나가려는데 동환이 소정의 손목을 붙잡았다.

"비서님! 나 비서님한테 뭐 물어볼 거 있는데……."

"놓고 물어봐."

재완이 동환의 손을 쳐 냈다. 어? 하며 당황하는 동환에게 재완이 설명하듯 말했다.

"들어오면서 사내 성희롱, 성추행 예방 포스터 못 봤냐?"

"못 봤는데……. 아, 그럼 안 만지고 물어볼게요, 비서님!"

또 어떤 장난일까. 매번 자신을 놀리는 동환을 소정이 어디 한번 해 보란 눈을 하고 바라봤다. 짓궂은 눈을 빛내며 그가 큰 목소리로 물었다.

"비서님, 애인 있어요?"

예상하지 못한 질문이었다. 적어도 재완과 소정에게는 그랬다. 지극히 사적인 질문에 그녀는 잠시 멍하니 동환을 바라보다 눈썹을 찌푸렸다.

"그걸 왜 묻는 건데요?"

모른 척 다른 곳을 보고 있던 재완이 고개를 돌려 그녀를 바라봤다. 살짝 찌푸린 눈에서 그녀의 불쾌한 심기가 고스란히 드러나고 있었다. 은소정이 저런 표정을 짓다니. 그것도 회사에서.

묘한 그의 눈빛을 느꼈는지 소정이 재완에게 시선을 옮겼다. 소정은 찡그리고 있던 인상을 펴고 다시 예의 그 모습을 유지하며 말했다. 나가 보겠습니다. 고개를 숙여 인사하고 그녀는 도망치듯 뒤돌아 나갔다.

"관심 있어서 물어본다고 대답할 걸 그랬나?"

"너 뭐하냐? 내 비서한테."

"이제 와서 소유권 주장하지 마. 내가 전에 물어봤잖아. 네 비서한테 관심 있냐고."

동환이 소정을 처음 본 날, 그는 잔뜩 들뜬 얼굴로 재완에게 물었다. 너 네 비서한테 관심 있나? 뭐래, 라며 대답 없이 넘어가려는 그에게 동환은 끈질기게 물었다. 그래서 관심 있냐고, 없냐고.

'걔는 그냥 내 비서야.'

여태껏 들은 질문 중 가장 황당하다는 표정을 하고 재완은 답했다.

그때 그 질문의 의도가 소정에게 마음이 있기 때문이었나. 갑자기 머리가 지끈거리는 것 같아 재완은 오른쪽 관자놀이를 손으로 꾹 눌렀다.

"그때 분명히 너 아니라고 말했어. 그냥 비서일 뿐이라고."

"……."

"7년 전인가. 그때 영우 형 결혼식 날 너는 어차피 정략결혼해야 한다고 연애 같은 거 관심 없다고도 했고. 그렇지?"

동환이 이렇게 기억력이 좋은 놈일 줄이야. 어. 간단히 답하고 그는 더 세게 관자놀이를 눌렀다.

7년 전이면 소정을 비서로 만나기 전 일이었다. 그렇게 말하려다 재완은 그냥 입을 다물었다. 더 말해 봤자 제 골치만 아플 것이 뻔했다.

"너 얼마 전에 이제 한 여자한테 정착하겠다고 하지 않았냐?"

"그랬지."

재완의 질문에 소정이 준 찻잔을 집어 들고 일어난 동환은 '부사장 임재완'이란 명패가 있는 책상에 걸터앉았다. 살짝 다리를 꼬고 앉은 동환은 선전포고를 하듯 말했다.

"그래서 찾고 있잖아. 정착할 여자."

그날 오후. 퇴근을 준비하는 재완의 손엔 힘이 없었다. 가방 안으로 확인해야 할 서류를 넣는데 이상하게 화가 솟구쳤다. 동환을 만났을 때 찾아온 두통이 도무지 가실 기미가 보이지 않았다.

그는 인상을 잔뜩 찌푸리며 옷걸이에 걸린 정장 재킷을 집어 들었다. 알 수 없는 짜증이 파도처럼 자신을 집어삼켰다.

결국 그는 바닥에 자신의 재킷을 집어 던지고 소정을 불렀다.

"부르셨습니까."

불과 5초 전. 들어오라 말해 놓고 그는 아무 말 없이 소정을 바라봤다. 귀여움과 새초롬함이 공존하는 얼굴. 묘한 그녀의 눈엔 사람의 시선을 붙잡는 힘이 있었다. 분명 어제와 같은 화장인데 더 빨갛게 보이는 입술을 멍하니 바라보다 그는 소정이 자신의 생각을 읽으려 한다는 것을 눈치챘다.

재완의 기분과 상태를 파악하는 것. 그것이 소정의 주요 업무 중 하나였다. 그녀를 자신의 비서로 삼은 것도 소정이 그 일에 뛰어나기 때문이었다.

그런데 이상하게 지금은 그녀가 일하도록 두고 싶지 않았다. 소정에게 생각을 읽히고 싶지 않았다. 재완은 얼굴을 숨기기 위해 몸을 돌렸다.

"나가 봐."

그는 입 안의 살을 꾹 깨물었다. 이 얼마나 유치한 행동인가. 후회하며 살짝 숨을 내쉬는데 자신의 어깨 위로 검은 재킷이 걸쳐졌다. 조금 전 재완이 던졌던 그 재킷. 그가 뒤를 돌아보자 소정이 말했다.

"약속 시간 40분 전입니다."

재완이 들어서자 식사가 본격적으로 시작되었다. 지극히 사적으로 보이는 식사 자리. 하지만 그 어떤 식사 자리도 공적인 이유가 없었던 적이 단 한 번도 없었다.

앞에 있는 물 한 잔을 마시며 그는 오늘 자신의 사무실에서 있었던 일을 떠올렸다. 동환이 찾아왔고, 자신의 비서에게 애인의 유무를 물었다. 그리고……. 툭.

물 잔을 내려놓다가 팔로 포크를 떨어트렸다. 직원을 불러 다시 가져와 달라 말하고 그는 소정의 얼굴을 떠올렸다. 정확히 말하면 그녀의 표정을.

숨을 깊게 들이쉬었다. 답답한 마음이 풀어지길 바랐지만 전혀 나아지지 않았다.

자신에겐 매번 흰 빛깔의 색만 보이던 그녀가 동환의 앞에선 다른 색의 표정을 하고 있었다. 그리 호의적으로 보이진 않았지만 그래도 기분이 좋지 않았다.

대화의 첫 주제는 자리에 참석하지 않은 그의 형 이야기였다. 배다른 형. 인석을 한참 칭찬하던 김 회장이 뒤늦게 불편한 표정을 짓고 있는 희향을 바라봤다.

재완은 늘 싫다 하지만 희향은 자신의 아들이 이 회사를 물려받길 원했다. 그런 그녀에게 인석은 가족이 아닌 재완의 적이었다. 그러니 표정이 좋을 리 없었다.

싸늘해진 분위기에 두 회장은 서로의 자식들을 바라봤다. 그러다 약속이라도 한 것처럼 서로의 자식에 대한 칭찬을 시작했다.

"들려오는 소문에 우리 재완이가 회사를 잘 이끌어 간다 들었습니다. 경영 공부도 열심히 하고 새로운 것에도 두려움 없이 도전한다고 칭찬이 자자합니다."

"저야말로 우리 예원이 칭찬을 매번 듣는 걸요. 견문도 넓고 예의도 바르다고……. 예원이를 며느리 삼고 싶어 하는 회장님들이 아주 많습니다."

껄껄껄. 별 재미없는 이야기에 웃는 두 회장을 바라보며 재완은 자신과 저 예원이라는 여자가 이곳에 왜 붙잡혀 있는지 알 것 같았다. 누가 봐도 정략결혼을 위한 만남. 본인들만 자연스러운 주선이라 생각하는 듯했다.

"예원이가 올해 나이가 몇입니까?"

"우리 예원이는 이제 스물여덟입니다. 이제 혼인을 계획할 나이지요."

"아닌데. 요즘 스물여덟은 결혼하기 이른 나이죠."

속내가 뻔히 보이는 대화에 재완이 한마디 거들었다. 그러자 옆에 있는 희향이 그의 허벅지를 꾹 꼬집었다. 악! 크게 소리 낸 뒤 그는 꼬집힌 허벅지를 열심히 문질렀다.

"이르다고 하시는 분들도 계시지만 저는 빨리 결혼하고 싶어요."

여태 가만히 있던 예원이 입을 열었다. 재완과 예원의 시선이 마주쳤다. 그녀는 부끄러운 듯 실쭉 웃고는 고개를 폭 숙였다.

어? 이건 또…… 뭐야……. 자신의 편이라 생각했던 예원의 뒤통수 때리는 말에 그는 입을 꾹 다물었다. 일이 이상하게 돌아가고 있었다.

집에 도착하자마자 희향은 기쁜 표정을 숨기지 않았다. 2층으로 올라가려는 재완을 붙잡고 범태에게 밝게 물었다.

"예원이가 우리 재완이를 마음에 둔 것 같죠? 여태까지 결혼 생각 없다 말했다던데……."

"그거야 모르지."

"모르긴요. 여자 눈빛은 제가 잘 알아요. 예원이가 재완이 보는 표정이 심상치 않았어요. 조용히 연애하다 이번 하반기쯤 결혼 얘기 시작하면 될 것 같은데……."

그렇게 말하며 희향은 재완의 표정을 살폈다. 그의 부모님은 늘 말했었다. 네가 어떤 여자와 어떤 연애를 하든지 상관없다. 하지만 결혼은 아니다. 어떤 여자와 결혼할지는 우리가 결정한다.

일반인들에겐 이해할 수 없는 이야기지만 자신이 속한 세계에서는 빈번히 일어나고 있는 지극히 자연스러운 일이었다.

결혼이 성사된다면 H 기업이 가지고 있는 백화점과 면세점에 A 모직 제품이 쫙 깔릴 것이다. 기업체의 규모나 그 후에 있을 이윤을 따져 봤을 때 더 이득인 쪽은 재완의 회사 A 모직이었다.

희향이 잔뜩 기대하고 설레어하는 이유는 그 때문이었다. 국내 기업이 국제 기업으로까지 발돋움할 수 있는 기회. 그리고 자신의 아들이 회사를 이어받을 후계자로 우뚝 솟아오를 수 있는 기회를 재완과 예원의 결혼이 가져다줄 것이었다.

"예원이 번호 알아 왔어. 집에 잘 도착했냐고……."

"먼저 올라가 보겠습니다. 안녕히 주무세요."

희향이 말을 끊고 재완이 2층 계단을 밟았다. 재완아, 재완아! 그녀가 애타게 부르는 소리를 분명 들었으면서도 그는 모른 척 자신의 방으로 들어갔다.

✽✽✽

평소보다 더 일찍 재완이 회사에 나왔다. 어김없는 그녀의 아침 인사에 재완은 또 모른 척 그녀를 지나쳤다. 어제보다 더 싸늘한 그의 모습에 소정은 어젯밤 있었던 식사 자리에서 무엇인가가 그를 불편하게 했음을 읽어 냈다.

에티오피아 예가체프 원두를 내리며 그녀는 부디 이 커피가 그의 마음을 누그러트리길 빌었다. 커피 한 잔을 쟁반에 받쳐 들고 노크하는데 안에서 아무런 대답이 들리지 않았다.

다시 또 똑똑. 무슨 일이라도 있는지 그는 답이 없었다. 통화 중이신가. 고개를 갸웃하고 돌아서려는데 문이 벌컥 열렸다.

"왜."

인상을 찌푸린 채 재완이 나왔다. 그녀는 잔뜩 당황해 말을 제대로 뱉지 못했다. 그러자 그가 한 발 더 가까이 그녀 앞으로 다가왔다.

커피 가져왔습니다, 5년째 했던 그 말이 떠오르지 않았다. 머리가 멍해졌다. 그와 동시에 쟁반을 잡고 있는 손에 힘이 죽 빠졌다. 흰 머그잔에 담겨 있던 커피가 그대로 바닥에 쏟아졌다.

"악!"

쨍 하는 소리와 함께 머그잔이 깨지고 소정은 눈을 꾹 감았다. 자신의 발끝에 뜨거운 커피가 튄 것이 느껴졌다. 어떡해. 그녀는 곧바로 몸을 숙여 재완의 다리를 살폈다.

"괜찮아요?"

바지에 묻은 커피를 손으로 털어 내며 그녀가 물었다. 다친 데 없어요? 물으며 그녀는 자신의 정장 앞주머니에서 손수건을 꺼냈다. 재완이 답이 없자 더 애가 탔다. 손수건으로 재완의 바지에 묻은 커피를 훔쳐 낸 뒤 고개를 들어 그를 봤다.

"잠깐 바지 좀 올려 봐요. 화상 입었나 보게……."

"지금 너……."

쪼그려 앉은 채로 그녀는 재완의 말을 기다렸다. 워낙 작은 목소리라 잔뜩 집중해야 했다. 동그란 눈을 깜박이며 소정은 그를 바라봤다.

"은소정 같다."

"……네?"

"내 비서가 아니라."

재완의 입가에 엷은 미소가 걸렸다. 소정은 눈을 한 번 크게 뜨곤 빠르게 몇 번 깜박였다. 그제야 소정은 자신의 말이 '―요'로 끝났다는 것을 깨달았다. 이크……. 제 실수에 코를 찡그리는데 재완이 '풉' 소리를 내고 웃기 시작했다.

"왜……요, 아니, 왜 그러십니까?"

"너 이거……. 아직까지 가지고 있었어?"

그가 손가락으로 가리킨 곳엔 소정이 쥐고 있는 파란 손수건이 있었다. 금색 실로 재완의 영문 이름이 수놓인 손수건이자 오래전 울고 있는 소정에게 그가 건넨 손수건이었다.

으씨…… 왜 하필 이걸 꺼내 가지고. 그녀는 앞에 재완만 없다면 제 머리를 손으로 한 대 세게 때리고 싶었다. 잠깐 줘 봐. 손을 내미는 재완 앞에서 소정은 손수건을 다시 앞주머니에 집어넣었다.

빼앗으려 하는 것이 아님을 알면서도 이상하게 그에게 건네고 싶지 않았다. 자리에서 일어서며 그녀는 예전의 딱딱한 표정으로 돌아와 말했다.

"부사장님께서 달라고 하지 않겠다고 하셨습니다."

"언제?"

전혀 모르겠단 표정으로 그가 소정을 바라봤다. 이대로 밀려선 안 된다. 그녀는 자신의 손수건을 사수하기 위해 숨을 잠깐 고르곤 말을 이었다.

"부사장님께서……."

"임재완이 그랬겠지. 부사장이 아니라."

그땐 부사장 아니었으니까. 그렇게 말하며 재완이 자신의 사무실로 들어갔다.

컵을 깨트리고 커피를 몸에 튀게 만들었다. 비격식체 사용에 재완의 심기마저 건드렸다. 아……. 온몸에 기가 다 빠져나가는 것을 느끼며 그녀는 조용히 눈을 감았다. 슬프게도 아직 아침이었다.

깨진 컵 조각을 정리하고 그녀는 다시 커피를 들고 문을 두드렸다. 이번에는 그가 들어오라 대답했다. 조용히 컵을 내려놓자 그가 하고 있던 일을 멈추고 소정을 바라봤다.

매번 봐 왔던 소정의 감정 없는 얼굴. 조금 전까지 화들짝 놀라 당황했던 표정은 모두 지운 채 그녀는 예의 무표정으로 서 있었다.

"커피 가져왔습니다."

"알아."

"오늘 일정은……."

"십 분 뒤에 말하겠지."

5년간 매일 들은 이야기였다. 따분한 표정으로 말하는 그 앞에서 소정은 당황함에 입술을 꾹 깨물었다. 그 작은 표정 변화에 재완이 한 손으로 턱을 받친 채 말했다.

"은소정. 조금만 말랑해져 봐."

"……."

"다른 사람 말고 내 앞에서만."

그 말에 살짝 당황한 것도 잠시. 그녀는 재완의 말에 크게 의미를 부여하지 않으려 했다. 그가 매일 말했던 '그냥 편하게 해'와 크게 다르지 않다. 그렇게 생각했다.

하지만 제 마음은 생각대로 움직여지지 않았다. 누군가가 하얀 깃털로 자신의 가슴 안을 간질이는 것 같았다. 가슴이 붕 뜨고 숨이 턱 막혔다. 눈도 한 번 깜박이지 않고 그녀는 앞에 앉아 자신을 보고 있는 재완을 그대로 내려다봤다.

눈이 마주친 순간 문득 '왜요?' 라고 묻고 싶어졌다. 그럼 재완은 무척 당황할 것이다. 이유는 생각해 본 적 없으니까. 그냥 옛날부터 알고 있는 편한 여자아이가 딱딱하게 구는 것이 싫어 건넨 말일 테니까. 그래서 정말 묻고 싶은 그 말은 나오지 않았다.

"죄송합니다, 또 그 말 할 거면 그냥 나가 봐. 들은 걸로 할 테니까."

소정이 묵례하자 재완은 몸을 살짝 틀고는 오른쪽 관자놀이를 손가락으로 꾹 눌렀다.

어디 불편하십니까, 물으려다 그녀는 입을 다물었다. 괜히 그의 시선을 다시 끌기는 싫었다. 그랬다간 또 숨 쉬는 것이 불편해질 것이다.

부사장실을 나오고 그녀는 긴장에 잘 넘어가지 않는 침을 꿀떡 삼켰다.

그녀의 엄마는 비서 일이 소정과 전혀 어울리지 않는다 말했었다. 성격이 조금 조용할 뿐이지 권위적인 걸 싫어하고 자유롭게 사는 것을 꿈꾸는 네가 어떻게 비서를 하냐고 했던 엄마의 말은 모두 옳았다.

그녀가 여행 작가라는 꿈을 접고 비서란 직업을 택한 건 모두 재완 때문이었다.

전학을 오고 힘들어할 때마다 매번 재완이 나타나 도와줬다, 아니, 구해 줬다. 그는 매일 자신을 찾았다. 일부러 반 아이들과 주변 사람들에게 자신과 친하게 지내는 모습을 보여 주었다. 재완과 대화를 나눈다는 이유 하나만으로도 아이들은 소정을 괴롭히지 않았다. 당시 학교에선 집안의 재산, 아버지의 직업보다 재완의 친구라는 사실이 더 큰 스펙이었다.

고3 재완은 고민이 많았었다. 그녀를 찾아와 주로 가족이나 회사에 관한 이야기를 했다. 자신과는 너무 동떨어진 얘기였지만 소정은 그의 이야기를 듣는 것이 좋았다. 그러다 언젠가부터 그가 하는 이야기가 아니라 자신에게 얘기하는 재완을 좋아한다는 것을 깨달았다.

다행히, 혹은 불행히 그것을 깨달은 것은 재완이 졸업을 앞두고 있을 때였다. 제 마음을 고백해야 하나 고민했지만 그녀는 풋내 나는 첫사랑을 그냥 접어 두기로 했다.

그리고 다시 재완을 만났다. 자신의 꿈과 엄청나게 동떨어진 그 제안은 거절하는 것이 맞았다. 그런데 하고 싶었다. 다시 또 그를 보고 싶었다.

'은소정, 은 기사 딸 맞지? 네가 우리 재완이 일 봐주기로 했다며?'

승낙 후 얼마 지나지 않아 그의 어머니 희향이 찾아왔다.

'너 비서가 얼마나 중요한 직업인지 아니? 자격증은 뭐 있니? 비서가 되려면 비서 자격증은 있어야 하는 거 아니니? 너 혹시…… 딴마음 같은 건 없지?'

'딴마음요?'

궁금한 눈으로 바라보자 희향이 소정에게 가까이 몸을 숙이며 조곤조곤 말했던 것이 아직도 생생했다.

'괜히 어떻게 한번 해 보려는 생각. 이 바닥에 네가 우리 완이랑 엮여서 소문이라도 나 봐. 재완이 급 떨어지지, 결혼 상대 구하기 어려워지지, 그러면 우리 재완이가 회사를 물려……. 아니다, 내가 이런 얘기까지 할 필요 없지. 멍청한 아이 아니니 내 말 다 알아들었지? 네가 알아서 잘 처신해.'

다다다 쏟아 내는 그 말에 소정은 고개를 숙이며 답했다.

'네, 알겠습니다. 사모님.'

희향이 하고 싶은 말은 결국 하나였다. 내 아들 건들지 마.

보여선 안 되는 속을 다 들킨 것 같았다. 뜨끔했다. 그래서 더 아닌 척 행동했다. 재완과 사적인 대화를 나누지 않았고, 늘 딱딱한 말투와 표정을 유지했다. 일 외에는 그를 부르거나 찾지 않았다. 그녀는 늘 비서로서 그의 곁에 있었다.

"휴……."

한숨을 뱉고는 입술을 꽉 깨물었다. 매번 반복되는 생각이 있었다. 지금처럼 그의 말이나 행동에 심장이 잘 진정되지 않을 때엔 일을 그만둬야겠다 생각했다. 그러다 조금씩 심장박동이 잦아들면 옆에서 그를 계속 지켜볼 수 있어 다행이라 여겼다.

그런 다짐 속에서 시간이 흘렀다. 햇수로는 5년, 정확히는 4년하고도 56일. 길다면 길고 짧다면 짧다 할 수 있는 그 시간 동안 그녀는 재완의 비서였다. 딴마음을 품고 있지만 잘 숨기고 있는.

#3
어긋남

머리를 어지럽게 만드는 꿈이었다. 꿈속에서 소정은 멀리 있는 재완을 가만히 바라보고 있었다. 눈을 깜박일 때마다 그의 옷이 바뀌었다. 교복이었다가, 정장이었다가. 두 모습 모두 멋있었다. 교복을 입은 재완에겐 설레었고, 정장을 입은 재완에겐 떨렸다.

마치 과거와 현재에서 재완을 내내 지켜보기만 하는 자신의 현실을 비꼬기라도 하는 듯한 꿈 내용. 소정은 아침부터 그리 기분이 좋지 않았다. 그래서 재완보다 먼저 회사를 찾은 동환을 보고 인사 대신 한숨이 먼저 푹 나왔다. 아침부터 진짜…….

"나보고 한숨 쉰 거야?"

"여기 그쪽 말고 사람 더 있어요?"

그렇게 말하며 소정은 동환을 지나쳐 갔다. 엘리베이터를 나와 자신의 자리로 걸어가는 내내 그가 따라오는 것이 느껴졌다. 어깨에 걸치고 있던 백을 내려놓고 소정은 다시 또 크게 숨을 뱉었다.

"오시기 전에 미리 연락하세요. 그럼 이렇게 기다리는 일 없잖아요."

날 귀찮게 하지도 않을 테고. 뒷말은 생략한 채로 동환에게 말했다. 그는 반가운 말이라도 들은 사람처럼 두 눈을 반짝이며 자신의 핸드폰을 꺼냈다.

"알려 줘요, 번호."

"54……."

"아니, 비서님 핸드폰 번호."

소정이 날카로운 눈으로 동환을 봤다. 또 시작이네, 이 남자가.

며칠 전 그가 자신에게 했던 말이 떠올랐다. 그땐 옆에 재완이 있어서 화를 내지 못했지만 지금은 가능했다. 소정은 가슴 아래로 팔짱을 꼈다.

"뭐하는 거예요?"

"촬영 끝나고 여기 와서 번호 따고 있죠."

술술 대답하는 그 앞에서 소정은 어이없단 표정을 숨기지 않았다. 동환은 자신은 아무 잘못 없다는 듯 어깨를 으쓱해 보였다. 뭐라 쏘아붙이려던 그때, 전화가 울렸다. 부사장님 올라가십니다. 안내 데스크 직원의 전화였다.

급히 옷매무새를 다듬고 소정은 엘리베이터 앞으로 빠르게 걸었다. 그 모습이 뒤를 따르는 동환에게는 거의 뛰는 것처럼 보였다.

땡 소리와 함께 문이 열리고, 소정은 겨우 자세를 잡고 재완과 마주 봤다.

"오……셨습니……까."

말할 때마다 숨이 같이 터져 나왔다. 흐트러진 자신의 모습 때문일까, 아니면 바보 같은 목소리 때문일까. 재완이 날 선 눈빛을 하고 엘리베이터에서 내렸다. 몇 걸음 걷다 멈추고 재완은 동환을 봤다.

"너 요새 안 바쁘냐?"

"바쁘지. 바쁜데……."

"그럼 가 봐. 오늘 나도 바쁠 예정이니까."

소정은 재완의 기분이 좋지 않음을 금방 알아차렸다. 그런데 동환은 재완의 상태를 알지 못하는 듯했다. 마냥 방실 웃으며 소정에게로 다가갔다.

"괜찮아. 나는 오늘 소정 씨랑……."

"은소정 내 비서야. 내가 바쁘면 얘도 바쁘겠지."

이제야 눈치가 좀 생겼는지 동환이 머쓱한 웃음을 지었다. 금방 갈게, 하며 동환은 핸드폰을 내밀었다. 그런 그를 소정이 가만 바라보자 동환은 조용히 속삭였다.

"난 번호 받고 갈 거예요. 임재완 바쁘다잖아. 빨리 줘요. 그래야 일하지, 재완이도 우리 비서님도."

주기 싫어 소정은 재완의 눈치를 살폈다. 그는 싸늘한 표정으로 잠시 소정을 바라보다 부사장실 쪽으로 걸어갔다. 어, 어……. 따라가야 하는데! 소정이 몸을 틀자 동환이 그녀의 팔을 잡았다.

"주고 가요."

숫자 열한 개를 순식간에 뱉고 그녀는 동환의 팔을 쳐 냈다. 그리고 재완의 뒤를 쫓았다. 그의 뒷모습에는 표정이 있었다. 지금은 분명 화가 나 있는 상태였다. 긴 다리로 걷는 재완의 보폭을 맞추려 소정은 빠르게 걸었다.

힐을 신고 자신에게 다가오는 소정의 발걸음 소리가 가까워지자 막힘없이 걷던 재완이 갑자기 걸음을 멈췄다. 뒤를 도니 소정이 자신을 바라보고 있었다. 그녀는 가슴 위로 두 손을 모으고 있다가 황급히 손을 내리며 차렷 자세를 했다.

"방금……."

묻고 싶은 게 있는데 질문을 할 수 없었다. 황급히 입을 닫고 그는 새로운 말을 찾기 위해 머리를 굴렸다. 그가 할 말을 떠올리는 동안 소정은 지시를 기다리는 강아지처럼 가만히 그를 올려다봤다.

"들었지? 나 오늘 바쁘다고. 어제 부탁한 서류 가져와."

"네, 알겠습니다."

"사장실에 바로 갈 테니까 연락해 주고."

"네."

"커피도 거기서 마실 거야. 일정은 내려와서 들을게."

그는 하고 싶었던 질문을 숨기려는 듯 말을 늘어놓았다.

"결재 서류 준비하고. 혹시 나 찾는 사람 있으면 사장실 갔다고 말해 줘."

사장실에 도착해서 그는 털썩 소파에 앉았다. 소정이 준비해 준 결재판을 테이블 위에 던지고 그는 눈을 감았다.

"뭐야?"

인석이 자리에서 일어나 재완 앞에 앉으며 물었다. 재완이 고개를 저으며 대답하고 싶지 않음을 알리자 인석은 결재판을 펼쳤다.

재완과 인석은 서로 투덕거리지만 사이가 나쁘지 않았다. 기업의 후계자 자리를 놓고 두 사람이 경쟁한다는 이야기가 공공연하게 퍼져 있었지만 사실이 아니었다. 재완은 그 자리에 전혀 관심이 없었다.

재완은 늘 인석에게 말했다. 내가 회사에 욕심 없어 참 다행이야. 형이랑 달라서.

"……번호 줬냐?"

"뭐?"

"그렇게 물을 뻔했어."

말과 동시에 재완은 눈을 떴다. 왜 갑자기 그게 궁금했을까. 주든 안 주든 무슨 상관이라고. 들리지 않게 혼잣말하는 그를 보며 인석이 짐짓 심각한 표정을 지었다.

"뭐라는 거야? 들리게 말해. 내용이 이어지게 말해야 알아듣지."

"피가 반밖에 안 섞여서 그런가. 왜 바로 못 알아듣지? 은소정은……."

말하려다 말고 재완이 다시 입을 닫았다. 왜 또 피 탓을 해. 네가 말을 제대로 안 하니까 못 알아듣지. 인석은 옆에 있는 쿠션을 재완에게 집어 던졌다. 멍하니 있는 와중에도 그는 날아오는 쿠션을 피했다.

"여자 때문이야?"

"……."

"어제 만났다던?"

인석의 물음에 아, 어제, 하며 잠시 예원을 떠올렸다. 그리고 곧바로 고개를 저었다. 그런 거 아냐, 말하며 재완은 자리에서 일어났다.

"내용 확인하고 수정할 부분 있으면 연락 줘."

"……그래."

"아마 없을 거야. 은소정이 했거든."

그렇게 나간 그는 회사 보안실로 향했다. 제복을 입고 인사하는 보안팀장에게 CCTV를 확인하러 왔다 말하곤 수십 개의 모니터 중에 딱 하나를 가리켰다.

"이 카메라. 아침 7시 40분부터."

그의 지시에 보안팀장이 바쁘게 움직였다. 부사장실 엘리베이터 앞을 촬영하고 있는 카메라였다. 재완이 말한 지점을 클릭하자 엘리베이터 앞에서 누군가를 기다리는 동환의 뒷모습이 보였다. 그리고 얼마 후 소정이 엘리베이터에서 나왔다. 뭐라 이야기하는 것 같은데…….

"소리는 안 나옵니까?"

"네. 이건 그냥 화면만……. 보안용이라 화면만……."

보안팀장이 당황하며 설명하는 사이, 소정과 동환이 화면에서 사라졌다. 그리고 얼마 후, 소정과 동환이 엘리베이터 앞으로 달려왔다. 그곳에서 내린 사람은 자신이었다. 몇 걸음 걷다 화가 나 발을 멈추고 동환에게 뭐라 말하는 모습, 그리고 자신이 사라지자 소정이 따라오려다 동환에게 붙잡히는 모습이 모두 보였다.

"근데 부사장님 이 장면이 왜……."

질문을 하려는데 재완이 천천히 손을 들어 말을 막았다. 소정은 잠시 붙잡혀 있다가 화면에서 사라졌다. 그는 숨을 죽이고 화면을 바라봤다. 혼자 남은 동환이 핸드폰에 무엇인가를 입력했다.

번호를 준 것이다. 소정이 동환에게. 궁금증이 해소되었는데 시원한 느낌이 들지 않았다. 찜찜한 기분을 떨쳐 내고자 그는 살짝 고개를 흔들었다.

"잘 봤습니다. 확인하고 싶었던 것이 있어서……."

말하는 재완의 머릿속에서 동환이 소정의 번호를 입력하는 모습이 떠올랐다. 여하튼, 수고하십시오. 급히 인사를 하고 나가려다 말고 재완이 발을 멈췄다.

"아, 그리고 말 좀 전해 줘요. 인사 팀한테 성희롱, 성추행 예방 포스터 부사장실 앞에도 붙여 달라고."

그렇게 부사장실에 올라온 재완은 내내 소정에게 까칠하게 굴었다. 소정이 방에 들어서면 제대로 쳐다보지도 않고 대충 어, 응, 알겠어, 로 일관했다. 제가 무슨 잘못이라도 했습니까? 소정이 묻자 그는 여전히 그녀를 보지 않고 말했다. 아니.

"55분쯤 어머님께서 이 번호로 문자 보내라 연락 오셨습니다."

소정은 노란색 포스트잇을 그의 책상 위에 붙였다. 010으로 시작하는 번호가 소정의 단정한 글씨체로 적혀 있었다. 밑엔 그 번호 주인의 이름이 있었다.

김예원

"별다른 말씀은 없으셨고?"

"꼭 보내야 한다고 당부하셨습니다."

알겠어. 재완의 말하는 모습이 보내지 않을 것만 같았다. 소정은 희향이 했던 말을 떠올렸다. 그 여자애 우리 재완이랑 꼭 연결되어야 하는 애야. 그래야 우리 완이가 영향력도 커지고, 또 회사도 물려받지. 만약 우리 완이가 안 보내면…….

"만약 부사장님께서 안 보내면 제가 보내라고 하셨습니다."

"뭐라고 보낼 건데?"

"어제 잘 들어가셨습니까. 일찍 연락을 했어야 했는데 죄송합니다. 예원 씨를 만나서…….."

컥. 재완이 기침을 했다. 대체 어머니는 애한테 무슨 소리까지…….. 당황하며 소정을 바라보는데 그녀는 여전히 덤덤한 표정이었다.

그의 기침이 잦아들자 그녀는 다시 문자 내용을 이어 말하기 시작했다.

"즐거웠습니다. 다음엔 좀 더 편한 자리에서 만나 뵙고 싶습니다. 그럼, 연락 기다리겠습니다."

제 입에서 나온 말이었지만 상처받는 사람은 소정 자신이었다.

재완이 누군가를 만난다. 예상한 일이었지만 생각보다 충격이 컸다. 그래서 재완이 없던 시간 동안 그녀는 슬퍼지려 하는 자신을 꾸짖었다.

탐을 내면 안 되는 사람이었다, 재완은. 처음부터 시작을 하면 안 됐었다. 멈출 수 있었을 때 멈췄어야 했다. 지금 마음이 아픈 것은 자신이 그렇게 하지 못했기 때문에 받는 벌이었다.

그래서 견뎌야 했다. 아픈 티를 내서는 안 됐다. 최대한 담담하게. 업무 관련 대화를 나눌 때처럼 그 말을 전하려 노력했다. 딱딱하고 빈틈없는 표정과 목소리를 꾸며 냈다.

그녀가 말을 끝내고도 한참 동안 재완은 소정을 바라봤다.

"그래, 그렇게…… 네가 보내."

소정이 나가고 재완은 책상 위에 있는 서류 뭉치를 그대로 던
져 버렸다. 투둑, 하고 떨어지는 종이 뭉치들이 마치 자신의 기분
을 대변하고 있는 것 같았다. 유치하기 짝이 없는 자신의 행동에
대한 후회가 들끓었다.

머리를 감싸고 눈을 지그시 감으며 그는 생각을 하려 노력했
다. 왜 소정에게 화가 나는지, 그리고 왜 그 화를 엉뚱한 방법으
로 풀었는지, 평소 이성적으로 생각하고 행동했던 자신이 방금 전
왜 이렇게 감정적으로 행동했는지. 그러나 슬프게도 그 어떤 질문
에 대한 답도 떠오르지 않았다.

목을 꽉 죄고 있는 넥타이를 헐겁게 만들고, 그는 한숨을 푹 쉬
었다. 그때, 그의 핸드폰이 울렸다.

「연락 기다리고 있었어요. 이번 주 금요일 저녁 7시 어때요?

제가 재완 씨 회사로 갈게요.」

예원의 문자를 확인하고 재완은 핸드폰을 쥔 손에 힘을 더 꽉 주었다. 더럽게 빠르군. 일 잘하는 비서를 둔 것이 이렇게 후회될 줄이야.

다시 또 찾아온 두통에 그는 그대로 책상 위에 엎어져 버렸다. 그리고 자신이 알고 있는 모든 욕들을 속으로 내뱉었다. 무엇을 향한 화인지 정의 내릴 수 없지만 꽤 오래갈 것 같은 느낌은 확실했다.

똑똑, 노크 후에 들어온 소정은 떨어진 서류 뭉치와 책상에 엎드린 채 도탄에 빠져 있는 재완을 번갈아 봤다. 표정이 보이지 않아도 그가 어떤 상태인지 짐작이 갔다.

떨어진 서류들을 집어 들고 일부러 또각또각 소리를 더 크게 내며 그 앞으로 다가갔다. 흠, 으흠. 목을 가다듬자 부스스 그가 머리를 들었다.

"뭐야?"

말하면서 그가 헝클어진 앞머리를 뒤로 넘겼다. 그 바람에 드러난 이마가 동그랗고 매끈했다. 나른한 그의 시선이 소정을 따라 움직였다. 그의 책상 가까이로 다가와 그녀가 낮게 말했다.

"문자 보냈습니다."

"알아."

말하면서 그는 자신의 핸드폰을 올려다보았다. 답장 왔어. 짧게 말하고 그는 옅은 두통이 밀려오는 왼쪽 이마를 꾹 눌렀다.

"부족한 점이나 마음에 들지 않는 부분 말씀해 주시면 수정하겠습니다."

그러면서 소정은 재완이 내던진 서류 뭉치들을 앞으로 내밀었다. 그녀가 정리한 자료였다. 자신이 한 결과물이 마음에 들지 않아 역정을 낸 것처럼 보일 수도 있겠단 생각이 들었다. 그게 아닌데.

"그런 거 아니니까 신경 쓰지 마."

그는 말과 다른 눈빛을 하고 있었다. 소정의 오해일지 모르겠지만 그녀의 눈엔 그가 자신의 위로나 어떤 말을 바라는 눈빛이었다. 평소라면 멍하니 자신을 바라보고 있는 그녀에게 '나가 봐' 하고 말해야 할 타이밍이었다. 시키실 일이라도 있습니까, 물어봐야 했지만 그런 분위기는 아닌 것 같아 그녀는 가만히 그의 앞에 서 있었다.

한참 정적이 흘렀다. 재완은 소정이 어떤 말이라도 해 주길 바랐다. 자신이 투정을 부릴 수 있게. 그가 싫어하는 딱딱한 '괜찮으십니까?' 도 상관없었다.

소정은 늘 자신의 신경을 잡아 끄는 여자였다. 첫 만남이 그랬고, 학교에서의 모습이 그랬다. 회사에서는 또 어떻고.

그런데 요 며칠은 그녀의 존재에 익숙해진 그조차 견딜 수 없게 만들었다. 마치 자신의 강아지가 다른 주인에게 꼬리를 흔드는 모습을 보는 기분이었다. 이렇게 표현하면 가벼워 보일지 몰라도 소정은 지금 재완의 신경을 건드……, 아니 송두리째 흔들고 있었다.

자신이 원하는 대로 움직였던 소정이었다. 그가 어떤 생각을 품기만 해도 그녀는 그것을 읽어 내 그대로 움직였다. 그런데 요 며칠은…….

갑자기 동환에게 번호를 주는 소정의 모습이 떠올라 재완은 그냥 눈을 감아 버렸다.

"나가…… 보겠습니다."

눈을 감고 있는 재완에게 허리를 숙여 인사하고 소정이 나갔다. 쿵. 닫히는 문소리가 울렸다. 고요해진 공간이 자신을 비웃는 것 같았다. 소정의 목소리가 들렸을 때, 사실 재완은 그녀가 자신이 원하는 말을 해 주리란 기대를 잠깐 했었다.

퇴근 시간. 재완이 부사장실에서 나오자 자리에 앉아 있던 소정이 재빨리 일어났다. 퇴근하십니까, 소정의 질문에 그가 성큼 다가왔다.

"아니."

"그럼……."

"회식 있어."

소정은 재빨리 그의 스케줄 표를 살폈다. 내가 놓쳤나, 당황하는 소정의 얼굴을 보고 골려 줄까 하다가 그는 똑똑 하고 그녀의 책상을 가볍게 두드렸다.

"부사장실 회식."

"네?"

"너랑 나. 회식."

회식을 하겠다 결정한 이유는 하나였다. 답답했으니까. 밖이 캄캄해지는 동안 자신의 머릿속은 아무것도 정리되지 않았다. 그렇다고 말로 표현할 수 없는 감정을 뱉어 낼 용기도 생기지 않았다. 답답한 마음만 더해졌다. 이렇게 멍청이처럼 가만히 있을 순 없다. 긴 생각 끝에 나온 결론이었다.

"빨리 정리해."

소정은 의아한 눈빛을 하며 빠르게 손을 움직였다. 작업하고 있던 문서를 저장하고, 내일 있을 재완의 스케줄을 다시 살폈다. 열려 있던 창들을 모두 닫고, 시작 버튼을 누르고, 시스템 종료…….그리고 힐을 벗고 콘센트에 있는 빨간 버튼을 발가락으로 꾹.

"픕."

재완에겐 한 번도 보인 적 없는 버릇이었다. 21세기 현대인들에겐 너무 자연스러운 그 동작이 문제될 것은 없었지만 여태껏 소정이 보인 바른 비서상과는 너무 달랐다. 발가락으로 버튼 누르기라니. 한 번 터진 웃음이 도무지 멈추지 않아 재완은 입술을 꾹 물며 참았다.

"그만 웃어……요."

"웃는 거 아냐. 참는…… 거야."

그는 끅끅거리는 소리를 최대한 숨기며 소정에게 말했다. 그 앞에서 소정은 빨개진 얼굴을 한 채 목덜미를 살짝 긁었다.

"다……들 이렇게 해요…….."

변명하는 것처럼 들리지 않으면 했지만 변명 같은 목소리가 나왔다. 소정의 말에 그가 알아, 알아, 했다. 그 말이 너무 가벼워서 부끄러운 소정의 기분은 조금도 나아지지 않았다. 재완이 소정의 손목을 턱 잡았다.

"알았으니까 이제 가자, 회식."

뭐라 말할 새도 없이 그가 손을 잡아끌었다. 핸드백을 급히 집어 들었다. 엘리베이터 앞을 지나면서 그가 매번 말한 그 '성희롱·성추행 예방 포스터'를 보았다. 그를 따라 걸어가던 소정이 그 앞에서 발을 멈췄다.

　"왜?"

　그녀는 손가락으로 포스터를 가리켰다. 이게 뭐……, 아!

　그의 눈빛이 말을 대신했다. 손목을 잡은 그의 손에 힘이 빠지자 서운한 느낌도 들었다. 모른 척해도 그는 별말 없었겠지만 괜히 그를 이상한 소문에 휩싸이게 만들 수는 없었다.

　재완이 데리고 간 곳은 회사 근처 횟집이었다. 고급스러운 인테리어로 유명해 평소 손님이 찾아오면 자주 대접하던 곳이었다. 주로 회사의 중역들이 찾는 곳이라 사적인 대화를 나눌 수 있게 작은 방들로 이루어져 있었다.

　재완이 들어서자 그를 알아본 직원들이 서둘러 가장 좋은 방으로 안내했다.

　"뭐 먹을래?"

　"아무거나 괜찮습니다."

　"그렇게 말할 것 같았어."

　재완은 2인용 코스 하나를 선택했다. 괜찮아? 그가 다정스레 물었다. 별로 큰 의미를 두지 않았다. 짝사랑을 하는 사람들에게 가장 중요한 덕목이었다. 의미 부여하지 않기. 소정과 눈이 마주치자 그는 살짝 웃었다.

그녀는 그의 웃는 얼굴이 좋았다. 정확히 말하자면 웃는 그의 입이 좋았다. 부드럽게 입꼬리가 위로 올라가면, 가끔은 손을 뻗어 그 모양을 따라 그리고 싶은 충동을 느꼈다. 뛰어난 정신력 덕분에 행동에 옮긴 적은 단 한 번도 없었지만.

아이러니한 상황이었다. 짝사랑을 끝내기 위해 재완을 가장 피해야 할 시기였다. 그런데 이상하게 얽혔다. 자신 앞에서 빙긋 웃고 있는 그를 보면서 어떻게든 이 자리는 피했어야 했다고 후회했다.

그러다가 후회의 끝이 점점 과거로 타고 올라갔다. 비서직을 제안했을 때 거절했어야 했어, 고등학생 때 그를 좋아하지 말았어야 했어, 장례식장에서 손수건을 받지 말았어야 했어, 까지. 시작이 없었다면 힘든 끝을 만들어 낼 필요도 없었을 테니까.

주문한 회가 나왔다. 2인분이라 하기엔 양이 많았다. 재완은 초고추장에 고추냉이를 풀었다. 소정이 처음 보는 모습이었다.

"이거 안 먹어 봤지? 먹어 봐, 맛있어."

그는 젓가락으로 회 한 점을 집어 자신이 만든 장을 찍어 건넸다. 소정이 젓가락을 내밀자 그가 조용히 말했다. 그냥 아— 해. 아이를 대하는 듯한 그의 말에 그녀는 주춤거리며 입을 벌렸다. 혀끝에 젓가락이 닿자 알싸하고 매콤 달달한 맛이 퍼졌다. 코끝이 아려 콧등을 문지르자 그가 웃었다.

"초딩 입맛."

재완은 소정의 식성을 놀렸다. 가끔 같이 식사를 하면 김치나 나물엔 젓가락 한 번 가져다 대지 않는 것을 보고 늘 혀를 끌끌 찼다. 한국인이 김치를 먹어야지, 초등학교 선생님이 할 법한 말을 하면서.

고개를 삐딱하게 하고 소정은 자신의 종지에 재완이 하고 있는 것을 가만히 보고 있었다. 간장과 초고추장에 고추냉이를 왕창 풀더니 다시 또 초등학교 선생님처럼 말했다.

"회는 이렇게 먹는 거야."

회를 아주 좋아하는 사람처럼 말해 놓고 정작 그는 회보다는 술에 더 손을 많이 대었다. 너무 많이 마시는 것 같아 잔을 빼앗자 그가 눈썹을 치올렸다.

"줘."

"머리 아프잖아요."

"알고 있었으면서 왜 그거 안 했어? 괜찮습니까, 그거……."

술에 취했는지 그의 말이 흐릿했다. 어떤 대답을 해야 할지 몰라 가만 그를 바라보고 있자 재완은 소정이 쥐고 있는 잔을 움켜쥐었다. 내 놔. 그는 명령에 특화된 목소리였다. 그가 낮게 어떤 말을 뱉으면 저절로 몸이 움직였다. 잔을 잡고 있던 손에 힘을 풀자 그가 곧바로 잔을 빼앗아 술을 가득 담았다.

"최동환이네."

소주병에는 동환이 요즘 한창 잘나가는 여배우와 함께 웃고 있었다. 검지로 동환의 볼을 툭 치면서 재완은 말했다.

"이 옆에 얘랑 스캔들 났었잖아."

"취했어요. 이제 그만 마셔요."

"그리고 옛날에 뮤지컬 배우랑, 가수랑, 아이돌이랑…… 일반인이랑……."

소정은 그가 골똘히 생각하며 말하는 틈을 타 그의 술잔을 다시 빼앗았다. 그는 여전히 소주병에 있는 동환의 얼굴을 검지로 툭툭 건드렸다.

"그런데…… 내가 왜 이런 얘기를 너한테 할까?"

그 말을 하며 재완이 고개를 들었다. 본능적으로 그녀는 마음을 다잡았다. 그와 시선이 마주치면 꼭 해야 하는 사전 의식 같은 것이었다. 설레지 않게, 떨리지 않게 마음을 다잡고 그의 다음 말을 기다렸다.

"그걸 나도 모르겠단 말이지이……."

그의 말끝이 길어지다 툭 끊겼다. 머리를 테이블 위에 박고 그는 잠이 들었다. 술에 취해 잠을 자는 것은 예전부터 그녀도 알고 있던 재완의 술버릇이었다. 하지만 엉뚱한 소리를 하는 건 최근에 생긴 버릇 같았다. 관심도 없는 동환의 이야기를 중얼중얼해 댄 것을 보면.

테이블 위의 둥그런 그의 뒤통수를 보며 웃을 상황이 아닌데도 자꾸 웃음이 났다. 회사가 아닌 곳에서 그의 모습을 바라보는 것은 꽤 오랜만이었다. 불쑥 찾아오는 손님도 없었고, 급히 울리는 전화도 없었다. 그래서일까. 소정은 이상하게 여태껏 품지 못한 용기가 솟았다.

이제, 끝인데. 이제 곧…… 끝내야 하는데……. 이 정도 욕심은 부려도 될 것 같았다.

그녀는 조용히 손을 뻗었다. 그리고 지나치게 동그란 그의 머리를 조심스레 쓰다듬었다. 손가락 사이사이로 그의 부드러운 머리카락이 파고들었다.

아직 결심이 딱딱하게 굳진 않았지만 그를 잊지 않으면 자신이 더 상처받을 것이란 건 충분히 이해하고 있었다. 그래서 이제 잊을 준비를 해야 했다. 소정의 웃고 있는 눈동자 끝에 눈물이 고였다.

＊＊＊

금요일 아침. 소정은 그의 스케줄을 정리하다 멈칫했다. 오후 7시 김예원. 잊겠다 결심하고 나름 열심히 노력하는 중이었지만 그가 결혼 상대를 만나는 것을 보고도 덤덤할 만큼은 아니었다. 어떻게든 신경을 옮기려 했지만 다시 또 그 이름 세 글자가 둥실 머리 위로 떠올랐다.

오늘 하루만큼은 오후 7시가 없으면 좋을 것 같다. 바보 같은 생각을 하며 그녀는 아직 자신이 재완을 잊기에 한참 부족하다는 사실을 깨달았다.

— 부사장님 올라가십니다.

수화기를 내려놓고 그녀는 엘리베이터 앞으로 다가갔다. 지난 번 횟집에서 엄청 취한 이후로 그는 자신과 눈을 마주치는 것을 피했다. 대답은 늘 단답이었다. 어, 그래, 알았어, 이 세 가지로 모든 말에 답했다.

그러나 자신이 누군가와 문자 하는 것을 보면 꼭 물었다. 누구야, 무서운 표정을 하고.

"커피 가져오지 마. 일정도 말하지 말고."

그날 술에 취한 이후, 그는 매일 아침 일정 보고와 커피를 거부했다. 그녀의 잊겠다 한 결심이라도 안 것인지 소정을 도와주는 것 같았지만 정작 자신은 그리 좋지 않았다. 공적으로 그를 만날 시간이 줄어드니 이상하게 힘이 나지 않는 것만 같았다.

"네에⋯⋯."

힘없이 대답하자 부사장실 문 앞에서 그가 걸음을 멈췄다. 살짝 뒤를 돌아 그가 소정의 얼굴빛을 살폈다.

"어디 아파?"

"아, 아뇨."

그는 한 발 다가와 소정의 이마 위로 손을 짚었다. 하지만 열이 나는지 잘 모르겠는지 소정의 이마를 짚고 있지 않은 나머지 손을 들어 자신의 이마를 짚은 후 재완이 말했다.

"열은 없는데."

"괜⋯⋯찮습니다."

이마를 짚은 손이 떨어져 나갔다. 그런데 그때, 소정의 핸드폰이 울렸다. 재완에게서 몸을 돌려 전화를 받았다. 동환이었다.

— 기다렸죠?

"네? 누, 누가⋯⋯."

— 번호 가져갔는데 왜 연락 안 하나, 기다렸죠?

확신하며 말하는 그에게 어떻게 말해야 할까. 그녀가 잠깐 멈칫하는 사이 부사장실로 들어가려 했던 재완이 다시 몸을 돌렸다.

"누구야?"

그가 건조하게 물었다. 대답을 예상하는 듯 재완의 미간에 힘이 들어가 있었다.

대답을 하라는 것이지 전화를 끊으란 소리는 아니었는데 소정은 단박에 전화를 끊어 버렸다. 그가 문에 비스듬히 기댄 채 가만히 자신을 쳐다보자 소정은 침을 꼴깍 삼켰다. 재완은 다시 이전과 같은 무뚝뚝한 말투로 물었다.

"누군데."

막 답을 하려고 입을 열었을 때 전화가 울렸다. 핸드폰이 웅웅거리며 난리를 쳤다. 급하게 거절 버튼을 누르려 하자 재완이 막았다.

"받아. 괜히 애태우지 말고."

이전에 예원에게 문자를 보내라 했을 때의 그 표정이었다. 해볼 테면 해 봐, 하는 표정. 그녀는 그의 명령이라면 모두 들었다는 걸 재완이 모를 리 없었다. 그런데 그의 표정과 말이 달랐다. 받으라 말하면서 받지 말란 표정을 짓고 있었다.

잠깐 주춤하면서 그녀는 결국 전화를 받았다. 여보세요. 조용하게 말을 뱉자 동환의 큰 목소리가 쩌렁 울렸다.

— 왜 갑자기 전화를 끊어요?

전화를 받으며 소정은 문 앞에 있는 재완을 바라봤다. 심드렁한 표정으로 아니, 무언가 실망한 표정으로 잠시 그녀를 바라보다 그는 조용히 부사장실로 들어갔다. 쾅. 문이 닫혔다. 평소보다 문소리가 컸다.

— 여보세요? 은소정 씨.

"네? 네……."

— 나 소정 씨 보고 싶은데 어떻게 해야 해요? 회사로 찾아가

면 또 문전박대할 거고……. 만나자 하면 안 만나 줄 것 같은
데…….

"알고 계시면 앞으로 이런 전화 안 하면 되겠네요."

자신의 책상으로 걸어가며 소정은 심드렁하게 말했다. 동환이
어떤 종류의 남자이건, 그가 지금 자신에게 호감이 있건 말건 그
녀는 별로 신경 쓰이지 않았다. 자신의 마음과 생각을 온전히 사
로잡고 있는 것은 동환이 아니었다.

— 이럴 줄 알았어. 그럼 협박을 해야 하나?

"저 이제 일 시작해야 하는데, 끊을까요?"

— 소정 씨, 재완이 좋아하죠?

살짝 숙이고 있던 고개를 바짝 들고 소정은 '네?' 하고 큰 소
리를 내 버렸다. 핸드폰을 쥐고 있는 오른손이 떨려 왼손으로 자
신의 손을 감싸 쥐었다.

— 이제 나 좀 만나고 싶어졌어요? 오늘 저녁 7시, 내가 회사
앞으로 갈게요.

"저……."

— 전화로는 말 안 해요.

그리고 이번엔 동환이 먼저 전화를 끊었다.

소정은 자신이 재완에게 품고 있는 마음을 들킬까 봐 늘 전전
긍긍했다. 친구들에게, 지나가는 사원들에게, 재완의 어머니에
게, 그리고 당사자에게. 그를 짝사랑하고 있음을 들키면 그녀는
자신이 지켜 온 일상적인 삶이 모두 무너질 것 같아 두려웠다. 막
상 이런 상황에 맞닥뜨리게 된 지금, 그녀는 제 상상 이상으로 덤

덤했다.

마음을 들킨 상대가 재완이 아니라 다행이란 생각부터 들었다. 몇 번 본 적 없는 동환이었지만 그는 자신의 허락 없이 그 비밀을 재완에게 말할 것 같지 않았다. 처음엔 어떻게든 부정하고 그게 통하지 않으면 부탁을 할 생각이었다. 제발 재완에겐 말하지 말아 달라고.

일을 하면서 그렇게 마음을 다 정리했지만 저녁 7시에 가까워진 시계를 보고 한숨이 푹 쉬어졌다. 그러는 사이 부사장실 문이 열렸다.

"퇴근해."

"아닙니다. 부사장님 퇴근하시는 거 보고 하겠습니다."

"그럼 같이 내려가든가."

아닙니다, 다시 또 거절하는데 그가 팔짱을 끼고 소정의 책상 앞에 서 있다. 기다리겠다는 뜻이다. 프로그램 창들을 닫고 시스템 종료를 눌렀다. 그리고 자연스럽게 힐을 벗었다가 아차 하며 몸을 숙이고 손가락으로 버튼을 꾹 눌렀다.

재완의 옆에 서자 그가 먼저 엘리베이터 앞으로 움직였다. 버튼을 누르고 기다리는 그의 딱 한 발자국 뒤에서 그녀는 애써 무표정한 얼굴을 만들었다.

어떤 상황이 와도 당황하지 않으리라, 슬퍼하지 않으리라. 그녀가 맞닥뜨리게 될 어떤 감정의 소용돌이 속에서도 태풍의 눈처럼 평온하리라.

그가 앞에서 관자놀이를 지그시 눌렀다. 거의 매일 보는 풍경이었다. 두통약을 내밀면 그는 고개를 저었다. 약은 안 먹어.

고등학생 때도 그랬다. 그는 무언가 신경이 쓰이는 일이 있으면 두통을 호소하곤 했었다. 보건실에 가요, 말하면 그는 싫다 했다. 그러면서도 계속 머리가 아프다 찡얼거리기에 하루는 보건 선생님께 제 머리가 아프다 거짓말을 하고 약을 타 왔다. 조그만 손에 더 작은 약을 숨기고 나와 그에게 건넸다.

'아프다, 아프다 말하지만 말고 약 먹어요.'

그때는 먹었으면서. 괜히 예전 이야기까지 꺼내기 싫어 그냥 넘어갔지만 어른이 된 그는 가끔 조금 이상했다. 요 며칠은 특히 더.

엘리베이터 문이 열렸다. 재완이 먼저 타고, 그녀는 다시 또 그의 뒤에 섰다. 주차장이 있는 지하 2층을 누르기에 소정은 1층 버튼을 눌렀다. 당혹스럽게도 엘리베이터 안에는 아무도 없었고 이상하게 자신의 숨소리가 크게 들리는 것 같아 소정은 숨을 조절해 가며 쉬고 있는 중이었다.

"나는 뒷모습보다 옆모습이 나은 것 같은데."

소정은 대답을 할 수 없는 말을 가끔 들을 때면 아무 말도 하지 않는다. 다시 한 번 말해 주시겠습니까, 하는 표정만 지을 뿐이다. 재완이 몸을 살짝 돌렸다. 소정을 바라보는 옆얼굴이 보였다.

"옆보단 앞이 낫고."

동의를 구하는 말인가. 그의 의도를 파악하려 눈을 깜빡거리니 그가 소정의 손을 잡아끌었다.

"옆에 서라고. 뒤에 있지 말고."

그의 옆에 서다니. 생경한 느낌이었다. 하지만 아무렇지 않은 척, 그의 옆모습을 올려다봤다. 재완이 그녀를 바라봤다. 이젠 옆모습이 아니라 앞모습이었다. 눈이 마주쳤는데 이상하게 덜컥 겁이 났다. 그의 눈빛에서 무언가 다른 것이 읽혔다. 어떤 의미인지 파악이 되진 않지만 자신의 가슴을 찌르는 듯한 느낌이었다.

"아까……."

그가 타이밍을 잘못 잡았다. 말을 꺼냈을 때 엘리베이터는 1층에 멈춰 섰다. 문이 열렸고 소정은 그의 말을 다 듣고 내리려 잠깐 기다렸다. 그러나 그는 말을 잇지 못했다.

"재완 씨!"

반갑게 엘리베이터 안으로 들어오는 여자. 어떤 소개도 없었지만 그녀의 이름을 알 것 같았다. 여자가 어떤 사람인지도, 어떤 집안인지도, 자신이 몰래 좋아하고 있는 재완과 어떤 관계로 발전할지도. 쓸데없이 빠른 눈치는 이럴 때 전혀 도움이 되지 않는다.

"들어가 보겠습니다."

꾸벅 인사하고 그녀는 엘리베이터를 나왔다. 그가 무슨 말을 하려는 것 같았지만 이미 엘리베이터 문이 닫혔다. 예원이란 여자는 상상보다 더 예뻤다. 몸에 힘이 다시 쭉 빠졌다.

이미 그녀의 영혼은 엘리베이터 안, 재완의 옆에 있었다. 그 안에서 두 사람이 어떤 대화를 나눌지, 그리고 어디로 향할지 궁금해졌다. 회사 안에서 그의 일거수일투족을 모두 꿰뚫고 있다가 알 수 없는 것이 생기자 가슴 한쪽이 갑갑했다.

소정은 자신의 짝사랑을 늘 요란하다 생각했다. 남들이 보기엔 5년 동안 참 조용했다 생각하겠지만 아니었다. 이런 잡생각들로 머리 안은 늘 복잡하고 어지러웠다. 발걸음을 멈추고 엘리베이터로 몸을 휙 돌리는데, 핸드백 안에서 전화가 울렸다.

"여보세요."

— 회사 앞인데 여기 주변에 프라이빗하게 먹을 곳 없어요?

그가 배우인 것을 잊고 '왜요?'라 물을 뻔했다. 잠시 고민하다 그녀는 모르겠다 말했다. 그녀가 알고 있는 곳이란 지난번 재완과 같이 간 횟집뿐이었다. 그곳을 동환과 같이 가긴 싫었다.

— 그래요? 그럼…… 좀 멀리 가도 돼요?

"멀리요?"

— 회사 정문 앞이니까 우선 이 앞으로 와요.

안이 거의 보이지 않을 정도의 까만 창문의 검정 세단. 동환의 차가 맞는지 확인하기 위해서 그녀는 허리를 살짝 숙였다. 운전석 창문이 아주 조금 열리고 타요, 하는 그의 목소리가 들렸다.

소정이 조수석에 올라타기 위해 그의 차 뒤쪽으로 걸어가는데 지금 막 주차장에서 나오는 재완의 차가 다가오고 있었다.

빠앙— 잘못한 것도 없는데 재완은 클랙슨을 울렸다. 깜짝 놀라 그의 차 앞을 지나가려던 소정이 멈칫하고 운전석 안의 그를 바라봤다. 그는 핸들을 부여잡고 가만히 그녀를 보고 있었다. 무슨 말을 하려나. 잠깐 기다렸지만 재완은 아무 말도 하지 않았다.

괜히 그에게 들켜 더 무겁게 느껴지는 발걸음을 앞으로 옮겼다. 최대한 정갈히 걸어 동환의 차 조수석에 앉았다.

"뒤에 차 임재완이에요?"

동환의 질문에 고개를 끄덕하고는 그녀는 안전벨트를 맸다.

"바람피우는 기분인데?"

그 말과 함께 동환이 차를 출발시켰다. 혼자 신났는지 엄청 쿵쾅거리는 노래를 틀었다. 노래가 끝나길 기다렸던 소정은 그 뒤에 이어지는 노래가 더 쿵쾅거리고 시끄러워서 한쪽 눈을 찌푸린 채 동환을 봤다.

"너무 시끄러운데 좀 줄이거나 끄면 안 돼요?"

"끄면 되게 민망할 텐데, 우리?"

그러면서 동환은 노래를 껐다. 방금까지 나이트클럽처럼 요란한 소리로 가득했던 차 안이 순식간에 조용해졌다. 그가 맞았다. 소정은 뻘쭘한 기분에 참지 못하고 먼저 입을 뗐다.

"지금 어디 가는 거예요?"

"조용히 밥을 먹을 수 있는 곳."

"가서 뭐 할 건데요?"

"음…… 은소정이 품고 있는 마음에 대해 깊이 대화를 나눠 보고 싶은데, 나는?"

대체 어떻게 눈치챈 것인지 궁금했지만 그녀는 더 묻지 않았다. 차라리 침묵 속 민망함이 나았다. 더 대화를 나누다간 괜히 이 차에서 뛰어내리겠다 소리를 지르게 될지도 모르겠다.

차가 멈추고 레스토랑에 도착하자 정문이 아닌 뒷문으로 동환이 들어갔다. 들어가는 길 내내 그녀는 그 누구와도 마주치지 않았다. 이게 그가 말한 '프라이빗'인가. 촌에서 막 상경한 처녀처럼 주위를 두리번거리는 소정 앞에서 동환이 한쪽 룸의 문을 살짝 열었다.

"분위기 괜찮죠?"

그녀는 대답 없이 안으로 들어갔다. 은은한 빛 아래에 있는 깨끗한 테이블이 눈에 들어왔다. 두 개의 의자 중 하나에 털썩 앉자, 동환이 그 맞은편에 앉았다. 그는 아니겠지만 소정은 마치 자신이 협상 테이블에 온 것 같은 기분이 들었다.

"주문은 내가 미리 전화로 해 놨어요."

"……네."

"미리 생각해 온 말 없어요?"

생각해 온 말? 지금 해도 되나……. 둘밖에 없는 공간, 괜히 기침이 튀어나왔다. 추워요? 동환이 물어서 그녀는 재빨리 아니라고 고개를 저었다.

"없음 내가 먼저 말해요?"

"……."

"그냥 찔러본 말이었어요. 비서 일이랑 그다지 어울리지 않아 보이는데 재완이 옆에 있으니까, 그냥……. 혹시나 하고 한 말인데 소정 씨가 맞다고 하니 나도 좀 당황스러워서……."

동환이 주절주절 말했다. 그의 말엔 그녀가 무엇을 맞는다 말했는지 나와 있지 않았다. 가장 중요한 것이 빠져 있었다. 소정이 재완을 좋아한다, 그 말이 없었다.

"오래 좋아했어요?"

"……한 5년?"

고등학생 시절의 기간은 임의로 빼 버렸다. 그래도 동환이 허, 하는 놀란 소리를 냈다. 꽤 상처였지만 아무렇지 않은 척 살짝 삐

65

져나온 잔머리를 귀 뒤로 넘겼다.

"그렇게 오래 좋아하면서 고백을 안 한 건 성공 가능성이 없다 생각해서?"

"내 마음을 고백할 필요를 크게 느끼지 못해서, 그게 더 맞을 것 같네요."

"지금도? 임재완 요새 여자 만난단 소문이 있던데……. 지금도 그렇게 생각해요? 이대로 뺏길지도 모르는데."

정곡을 찔린 걸까. 왼쪽 심장이 저릿했다. 제 것인 적 없었으니 '뺏긴다'는 표현은 옳지 않았다. 그런데 그녀가 예원을 보고 느끼는 감정은 그것과 비슷했다. 좋아하는 마음을 키우면서 저도 모르게 욕심도 같이 키웠던가. 동환의 질문에 괜히 소정은 자신을 뒤돌아봤다.

"참 착한 짝사랑이네."

그렇게 말한 동환은 자신의 팬 이야기를 했다. 걔들은 어떤 줄 알아요? 그냥 막 던져요, 마음을. 내가 받을 준비도 안 되어 있는데 막 던져. 좋아해요, 사랑해요, 결혼해요, 그런다니까. 그래서 내가 아무 말 안 하면 나보고 나쁘대…….

투덜거리는 목소리로 한참을 말하다 그는 그런데 그거 알아요? 하면서 말을 멈췄다.

"팬들은 그 스타 닮는다는 말."

"……."

"생각해 보니 나도 그리 짝사랑을 착하게 한 타입은 아닌 것 같더라고."

그가 하고 싶은 말의 의미를 제대로 파악하기 힘들었다. 단어 하나 놓친 것 없었는데 이상하게 이해하기 어려웠다.

"그래서 내가 하고 싶은 말이 뭐냐면⋯⋯."

"⋯⋯."

"나는 별 상관없어요. 은소정 씨가 누구를 좋아하는지는. 내가 소정 씨한테 관심이 있고, 만나고 싶으니까. 그 자식을 잊기 위해서 나랑 잠깐 만나 보는 것도 나쁘지 않다 생각하는데⋯⋯."

똑똑, 노크 소리가 들렸다. 황당해하는 그녀를 동환은 가만히 보고 있었다. 들어오세요, 말을 하면서. 난생처음 상대가 던진 마음에 머리를 맞은 듯했다. 뒷골이 당긴다. 아, 머리야⋯⋯. 지금, 이게, 무슨⋯⋯.

"먹어요."

음식이 나오기 전 모든 할 말을 끝냈는지 그 후로 그는 재완이나 짝사랑이란 대화 주제가 아닌 소정이 어떤 사람인지에 대해 물었다. 꼼꼼히 대답하지는 않았다. 짓궂은 질문엔 그냥 스테이크를 먹었다. 그러면 그는 다른 질문을 했다.

식사가 끝나고 간단한 후식으로 차와 커피가 나왔다. 너무 뜨거워 살짝 식히는데 소정의 핸드폰이 울렸다

[부사장님]

동환 앞에서 전화를 받아도 될까. 어설프지만 어쨌든 방금 전 자신에게 고백을 한 사람이었는데. 고민은 그리 길지 않았다. 동환에 대한 예의보다 지금 이 시간에 전화를 건 재완이 더 중요했다.

"네, 부사장님."

— 너 어디야.

"여기가……."

어딘진 저도 잘 모르겠는데……. 소정은 손목시계를 바라봤다. 아홉 시. 생각보다 꽤 시간이 지나 있었다. 앞에 있는 동환을 바라보자 그가 입 모양으로 '임재완?' 하고 물었다. 고개를 살짝 끄덕이고 그녀는 핸드백을 들고 일어섰다.

"어디 가요?"

"가 봐야 할 것 같아요."

재완에게 들리지 않게 작은 목소리로 말했다. 핸드폰 너머의 재완은 아무 소리도 내고 있지 않았다. 소정은 그가 어떤 표정을 짓고 있을지가 그려졌다.

"차 마시고 가지."

"괜찮아요."

"마시고 가요."

그가 소정의 손을 잡고 아래로 끄는 바람에 그녀는 다시 의자에 엉덩이를 붙일 수밖에 없었다. 덕분에 핸드백이 테이블에 부딪히는 소리, 의자에 털썩 주저앉는 소리들이 재완에게 전해지고 있었다.

— 집에 오는 길 잊었어?

"네?"

— 내가 데리러 가?

.

예원과의 저녁은 엉망진창이었다. 눈앞에서 소정이 동환의 차에 올라타는 장면이 끊임없이 반복되었다. 저녁 식사 중 그가 예원의 질문을 몇 번 놓치자 그녀가 잠깐 화장실에 가겠다며 자리에서 일어섰다. 그의 무신경한 태도에 놀란 것이 분명했다.

어디 아파요? 묻는 예원에게 솔직히 말했다. 머리가 깨질 듯 아프다고. 어머, 하고 놀라는 그녀 앞에서 그는 부러 더 힘들어하는 표정을 지었다.

"그럼 빨리 들어가 쉬세요."

그 말을 기다렸었다. 예원을 데려다주고 그는 바로 소정의 집 앞으로 차를 몰았다. 몰면서 끊임없이 생각했다.

가서 뭐 하려고? 소정을 보면? 봐서 뭘 할 건데?

차를 소정의 아파트 앞에 세웠다. 그 누구라도 탓하고 싶어 소정을 찾는 것이라면 그냥 돌아가는 것이 맞았다. 탓할 사람은 소정이 아니었다. 가만히 있는 그녀를 건드리고 꾀어내는 사람은 동환이었다. 정말 누군가를 탓해야 한다면 그는 소정이 아닌 동환에게 가는 것이 맞았다.

그러나 재완은 소정에게 가고 싶었다. 제 눈으로 그녀의 얼굴을 확인하고 싶었다. 동환을 만나고 오는 그녀의 얼굴에 분홍빛이 서려 있는지 확인하고 싶었다. 핸들을 쥔 손에 힘이 들어갔다. 답이 나왔다.

그녀는 자신의 옆에 있어야 했다. 그러면서 그를 불안하게 만들지 말았어야 했다. 도망칠 것처럼, 사라질 것처럼 굴어서는 안 됐다. 말 잘 듣는 강아지처럼 그렇게 그냥 자신의 옆에서…….

아파트 앞. 동환의 차에서 소정이 내렸다. 택시를 타고 가겠다는 것을 끝끝내 그가 자신의 차에 그녀를 태웠다. 고마웠어요, 형식적인 인사에 동환이 살짝 슬픈 미소를 지었다.

그의 차가 사라지고, 얼마 지나지 않아 재완이 그녀 가까이로 걸어왔다.

"뭐 했어?"

별말 아닌데 이상하게 뜨끔했다. 평소의 표정을 짓고 싶은데 그게 잘 되지 않았다. 재완이 평소와 다른 모습으로 자신 앞에 서 있었기 때문이었다.

"그냥……."

그가 자신의 사생활에 이렇게 관심이 많았나. 조금 짜증 난 얼굴로 서 있는 그 앞에서 전에 없는 의구심이 들었다.

소리도 잘 나오지 않아 그냥 말하는 것을 포기해 버렸다. 입을 꾹 다물고 고개를 비스듬히 돌리자 그가 한 걸음 더 가까이 다가왔다.

소정은 그만큼 뒤로 물러났다. 그것이 두 사람의 거리였다. 그녀 스스로 정해 놓은. 여태껏 그 누구도 어기지 않았던 그 거리. 그의 얼굴에 짜증이 더 짙어졌다.

"뭐야."

그렇게 말하며 그는 다시 한 발 더 가까이 소정에게 갔다. 그녀가 뒤로 주춤 물러났다. 인상을 찡그리며 그가 소정의 손목을 잡았다.

"장난해?"

장난 같은 거 아닌데……. 말하려다가 그녀는 입을 꾹 다물었다. 괜히 그의 짜증을 돋울 필요가 없을 것 같아서.

재완이 그녀의 손목을 잡은 손에 힘을 줬다. 아야. 아픈 눈을 하고 그를 올려다봤다.

"최동환 만나지 마."

화가 난 표정. 근데 또 어딘지 모르게 긴장하는 듯해 보였다. 질투처럼 들렸다. 질투에 화가 난 사람처럼 보였다. 화가 나 있는 그 앞에서 이상하게 소정은 볼이 빨개지고 있었다.

왜냐고 물으면 안 되겠지, 생각하는데 그가 눈을 꾹 감았다 떴다. 무언가 중요한 일을 앞두고서, 아니면 그 어떤 중요한 말을 할 때의 재완의 버릇. 기대하지 않으려 했지만 기다려지는 그의 이어지는 말.

"내가 왜 이 말을 너한테 할까?"

또. 그는 자신의 말의 의도를 소정에게 물었다. 횟집에서처럼. 그의 다음 말과 행동을 예상할 수 있었다. 나도 모르겠어. 헛된 꿈을 잠시 품었던 소정을 비웃듯 그는 그대로 가 버릴 것이다. 헛헛한 기분으로 그녀가 재완을 바라봤다.

"나도 모르겠어."

역시. 예상한 그 말을 들은 그녀는 잡고 있는 재완의 손을 뿌리쳤다. 탁 소리와 함께 그의 손이 떨어졌다. 소정아, 하는 목소리에 그녀는 고개를 들어 재완을 봤다. 숨기고 싶었지만 눈꺼풀이 파르르 떨렸다.

"나……도 모르겠으니까 나한테 묻지 마요."

진짜? 그가 말하며 코앞까지 다가왔다. 지나치게 가까운 거리에 소정은 어쩔 줄 몰라 했다.

"내가 널 좋아해서 이러는 것 같지 않아?"

흔들리던 눈동자가 재완에게로 멈췄다.

"떠날 사람처럼 굴지 마. 지금도 충분히 신경 쓰이니까. 최동환이랑 붙어먹으면서 사람 속 뒤집지 말고."

목소리가 거칠었다. 글자 하나하나의 모서리들이 성대를 잔뜩 긁는 듯한 소리. 화를 참는 듯 그가 숨을 훅, 내쉬는데 여태껏 조용히 있던 소정이 그의 눈을 피해 고개를 돌렸다.

"……내 옆에 있어."

왜 하필 지금일까. 그녀가 마음을 정리해야 하는, 그가 누군가에게로 가야 할 이때. 아쉬운 마음에 어설픈 미소가 지어졌다. 결국 우린 이럴 운명이었나 보다. 자신은 끝을 말할 때, 그는 시작을 말하는. 어긋날 운명.

살랑, 바람이 불었다. 마음이 흔들리고 있었다. 운명의 잔인함 앞에 스스로 정해 놓은 짝사랑 수칙들이 와르르 무너지고 있었다. 의미를 부여하면 안 되는데, 설레면 안 되는데, 이렇게 심장이 마구 뛰면 안 되는데…….

다시 재완을 봤다. 자신보다 몇 뼘은 커다란 그가 엄마를 잃을까 두려워하는 아이의 눈을 하고 자신을 보고 있었다. 자신이 돌아서면 그는 몇 번이고 자신을 붙잡을 것 같았다. 흔들렸다. 다시 또 바람이 불었다. 두려움인지 슬픔인지 잘 모르겠는 것이 잔뜩 담긴 그의 눈동자 안에 소정이 가득 차 있었다.

또다시 흔들렸다. 흔들리지 않을 수 없었다.

✽✽✽

토요일. 눈이 일찍 떠졌다. 평소라면 이불 안에서 뒹굴며 꿈속을 더 탐했어야 하는 때에 소정은 침대를 빠져나와 시계를 확인했다. 여섯 시 삼십 분. 더럽게 이른 아침이었다.

눈을 비비고 화장실 거울 앞에 섰다. 얼굴이 푸석했다. 잠을 설친 탓이다. 마른세수를 하고 다시 얼굴을 살폈다. 아침부터 이렇게 여러 감정이 들끓을 수 있는 것인지 처음 알았다. 그녀는 나갈 채비를 시작했다.

토요일은 회사를 가지 않는 날이었다. 고로 재완을 보지 않는 날이기도 했다. 그러나 오늘은 회사 봉사 활동이 있었다. 부사장인 재완이 사원들과 봉사 활동을 하고 기자들에게 사진을 찍혀 주는 날이었다.

샤워기의 뜨거운 물 아래에서 그녀는 재완이 했던 말을 다시 곱씹었다. 내 옆에 있어, 라니. 참 재완스러우면서도 재완다웠다. 픽 하고 웃다가 그녀는 다시 평정심을 찾았다. 그의 고백을 맘껏 누릴 수 있는 상황이 아니었다. 슬프게도.

서울의 한 보육원. 아이들이 사용하는 공간을 청소하고, 점심을 먹이고, 빨래를 하면 일정이 끝난다, 관계자가 설명했다.

봉사 활동을 하는 자리라 소정은 매일 해 오던 머리망을 하지 않았다. 검은색의 정장도 입지 않았다. 소정은 긴 머리카락을 높게 묶었고, 파란 청바지에 흰 셔츠를 입었다. 구불거리며 늘어진 머리카락이 어깨를 살짝 덮었다.

재완도 마찬가지였다. 늘 입어야 했던 정장 대신 회색 맨투맨 티셔츠에 검은 청바지 차림이었다. 재완을 잘 알지 못하는 기자들은 누가 부사장이냐며 한참을 찾았다. 젊고 잘생긴 청년과 부사장이라는 직함이 잘 매치가 되지 않는 듯했다.

재완이 아이들이 지내는 방을 청소했다. 소정은 일부러 그와 마주치지 않게 계단을 청소했다. 아침에 살짝 그와 마주쳤을 때 너무 티 나게 고개를 돌렸다. 그가 뭐라 한 것도 아닌데 스스로가 찔린 탓이었다. 생각을 지우려는 마음으로 열심히 바닥을 걸레로 문질렀다.

"청소는 이만하면 된 것 같아요! 실내도 거의 끝났다네요! 다들 식당으로 가셔서 식사하세요!"

관계자의 말에 사원들이 우르르 움직였다. 회사 내의 자발적인 봉사 동아리였는데 재완이 온다는 소식에 참석자의 숫자가 평소보다 더 많았다. 계단을 내려가려다 사람들에게 둘러싸인 소정의 옆으로 재완이 다가왔다. 우습게도 그의 곁에는 사람들이 몰리지 않았다.

"어디 있었어?"

재완이 자신을 찾은 모양이었다. 회사도 아닌데 꼭 옆에 있어야 하나. 간 큰 소리였다. 밖으로 뱉진 않았다. 계단을 하나 내려가자 그가 따라 내려왔다.

"옆에 있어."

"기자들 와 있습니다. 제가 옆에 있는 거 별로 보기 좋지 않습니다."

변명이 어설펐다. 그냥 자신이 불편한 것이면서. 소정의 옆에서 그가 조용히 말했다.

"상관없어. 옆에 있어."

"필요하시면 연락……."

"계속 필요하니까, 옆에 있어."

조금 짜증 난 목소리였다. 소정은 여태껏 그가 같은 지시를 여러 번 하게 만들지 않았었다. 슬쩍 옆을 보니 눈빛에 짜증이 그득했다. 잠시 주춤했지만 그녀는 식당에 들어서자마자 그의 옆을 벗어났다.

식사가 끝나니 잠깐 휴식 시간이었다. 다른 방에선 사원들과
재완, 기자들이 한데 엉켜 대화를 나누고 있었다. 그녀도 그곳에
있어야 하는 것이 맞았지만 소정은 보육원 밖으로 나갔다.

봄의 중턱. 벚꽃이 진 자리에 새잎이 나고 있었다. 조용히 보육
원 앞 운동장을 걷던 그녀는 주위를 두리번거리며 들어오는 사내
에게 다가갔다.

"무슨 일이세요?"

"여기 담당자입니까?"

말하는 남자의 입에서 술 냄새가 심하게 풍겼다. 불길한 예감
이 들었다. 40대 정도로 보이는 남자는 훅, 훅, 숨을 뱉다가 갑자
기 대뜸 소리를 꽥 질렀다.

"우리 진영이 어딨어? 네가 숨겼지!"

"악!"

그는 거칠고 투박한 손으로 소정의 멱살을 잡아 올렸다. 캑캑
거리는 그녀의 모습에도 아랑곳 않고 남자는 연신 소리쳤다.

"내놔! 우리 아들 내놔! 어딨어!"

"이, 이것 좀……."

"이년아, 우리 아들 데리고 오라고!"

남자는 잡고 있던 그녀를 내팽개치듯 바닥으로 던졌다. 퍽 소
리가 나게 떨어진 그녀는 곧바로 바닥에 턱이 쓸렸다. 널브러진
그녀를 지나쳐 남자는 보육원 안으로 들어가려 했다.

막아야겠단 생각에 그녀가 몸을 반쯤 일으켰다. 그 상태로 기어가 그의 다리를 붙잡았다. 안 돼요! 소리도 쳤었던 것 같다. 남자는 그녀를 떨구기 위해 다리를 흔들었다. 그래도 떨어지지 않자 이젠 반대쪽 다리로 그녀를 사정없이 밟기 시작했다. 악! 고통스러운 비명을 지르면서도 그녀는 남자의 다리를 놓아주지 않았다.

그렇게 얼마나 버텼을까. 사람들이 우르르 몰려들었다. 그 사이엔 재완도 있었다.

소정의 머리는 헝클어져 있었고, 턱엔 쓸린 상처가 있었다. 흰 셔츠는 단추가 몇 개 뜯어지고, 발자국으로 가득했다. 놀라 바로 튀어 나갔다. 지금…… 이게…….

"……뭐야."

턱을 잡고 얼굴을 살피자 그녀는 아픈지 인상을 찌푸렸다. 그러면서도 작은 신음조차 흘리지 않았다. 그랬다간 더 혼날 것을 아는 듯했다.

어떤 새끼가……. 눈을 찌푸리며 주변을 살피는데 남자는 벌써 보육원 관계자들이 어딘가로 끌고 갔는지 보이지 않았다.

사람들이 웅성거렸다. 반은 남자에 관한 것이었고, 반은 재완과 소정의 이야기였다.

그러거나 말거나. 반쯤 눈이 뒤집힌 상태에서 그런 것 따위를 신경 쓸 겨를이 없었다. 그는 소정을 일으켰다. 엉거주춤한 자세로 일어난 그녀는 살짝 고개를 숙이곤 곧바로 손으로 가슴 위를 가렸다. 흰 셔츠 단추가 뜯어져 앞섶이 벌어져 있었다.

젠장, 욕을 뱉고는 소정을 끌고 갔다. 이리저리 헤집고 다니면서 결국 상비약이 구비된 양호실을 찾았다. 소독약, 연고, 일회용 반창고. 이 세 가지를 찾으면서 재완은 그곳에 있는 서랍 문을 모두 다 뒤진 것 같다.

소독약을 턱 끝에 가져다 대자 소정이 얼굴을 찡그렸다. 소독약을 잡지 않은 다른 손으론 그녀의 손을 꽉 잡았다. 연고를 바르고 반창고를 붙이자 그녀가 재완의 눈치를 살피며 괜찮다 말했다.

괜찮기는. 여전히 한 손은 셔츠 앞섶을 쥐고 있는 상태였다. 어떻게 하지, 하다가 그는 자신이 맨투맨 티셔츠 안에 받쳐 입은 반팔 티가 떠올랐다. 그리고 곧장 입고 있던 맨투맨 티셔츠에서 팔을 뺐다.

"괜찮아요."

그는 아랑곳 않고 옷을 벗어 그녀 머리 위에 씌웠다. 커다란 회색 옷이 그녀의 얼굴 전체를 감쌌다.

"입어."

"괜찮은……데."

"좋은 소리 안 나올 것 같으니까 말 많이 하게 하지 마."

소정이 그의 옷을 죽 잡아 내리곤 재완의 얼굴을 살폈다. 많이 화가 난 것을 알아채고 조용히 그의 옷에 팔을 꿰었다.

아야. 온몸이 아픈지 소정이 인상을 찌푸렸다. 그 모습을 보고 있던 재완이 참지 못하고 다시 또 욕을 뱉었다. 주눅 든 그녀는 신음을 참으려는 듯 입술 끝을 깨물고 옷을 마저 입었다.

하지만 체구가 작은 소정에게 그의 옷이 딱 맞을 리 없었다. 팔과 기장이 너무 길었다. 화를 참기 위해 숨을 한 번 고르고 그는 소정이 입은 자신의 옷소매를 몇 번 접었다.

"옆에 있으랬잖아."

"……."

"왜 말을 안 들어. 왜……."

다그치는 말을 하면서도 그의 목소리와 손길은 다정했다. 혹시나 자신의 몸과 닿아 또 아플까 봐 조심하는 것이 느껴졌다. 반대쪽 소매를 올려 접는 그를 소정은 가만히 보고 있었다. 그의 눈엔 속상함이 가득했다.

신이 있다면 묻고 싶었다. 그를 욕심내도 되는지. 나도 너와 같은 마음이란 말만, 그 말만 재완에게 전하고 싶었다. 이 작은 욕심을, 자신이 부려도 되는 것인지. 너무 묻고 싶었다.

그러나 이내 머리를 절레절레 흔들었다. 혼자 결론을 내 버린 것이다. 아니라고. 자신을 바라보는 재완의 시선이 뜨거웠다. 그의 시선이 닿는 곳마다 불에 덴 듯 화끈거렸다. 이상하게 부끄러운 마음이 솟았지만 그녀는 지금 이 순간을 선명하게 기억할 수 있도록 온 신경을 집중했다.

지금 이 시간의 온도, 향기, 그의 표정, 모두. 깊게 새기듯 기억 속에 넣었다. 가끔 꺼내 볼 것이다. 재완을 지워 내는 것이 힘들 때, 그가 그리울 때마다 지금 이 순간의 기억을 꺼내 스스로를 위안할 것이다. 그의 다정한 눈빛을 받은 적이 있으니 됐다, 진심으로 자신을 걱정한 적이 있으니 됐다, 하고.

"머리 다시 묶어야겠다."

헝클어진 그녀의 머리가 마음에 걸렸는지 그가 말했다. 무언가를 꾹 참는 듯한 목소리였다. 소정이 양팔을 올려 머리를 다시 묶으려는데 오른쪽 갈비뼈 부근이 저릿하며 당겨 왔다. 아야. 팔을 반쯤 올렸다 내리며 그녀는 인상을 찌푸렸다.

그 모습에 재완의 눈이 삽시간에 차가워졌다. 너 이렇게 만든 새끼 가만 안 놔둘 거야, 말하며 그는 소정의 뒤쪽으로 왔다. 구불거리는 머리카락이 잔뜩 엉기고 뻗쳐 있었다. 지나치게 단정했던 소정의 이전 모습과는 전혀 다른 모습. 재완이 그녀의 머리끈을 죽 잡아 내렸다.

"괜찮아요, 그냥……."

"넌 뭐가 맨날 괜찮아."

나무라며 머리를 묶어 주는 손길이 서툴렀다. 처음이니 당연했다. 긴 머리카락 한 올 한 올들이 살아 있는 것인지 자꾸만 그의 손을 피해 움직였다. 부드러운 머리카락을 하나로 묶으려 했지만 자꾸만 두 갈래, 세 갈래로 나뉘어졌다. 곤란한지 그녀 머리 위에서 '아……' 하는 한숨 섞인 소리가 튀어나왔다.

"나 봐."

그는 앞에 있는 그녀를 빙글 돌려세웠다. 그의 팔이 닿은 부분이 아팠지만 소정은 티 내지 않았다. 그랬다간 또 거친 목소리로 무서운 소리를 뱉을 것이 뻔했다.

엉터리로 묶은 머리는 우스꽝스러웠다. 제 눈엔 예뻤지만 이건 안 되겠다 싶었다. 다시 묶어 줄게, 낮게 읊조리며 그는 다시 그녀의 머리끈을 잡아끌었다. 묶여 있던 머리카락들이 어깨 위로 차분히 내려앉았다.

머리를 푼 소정의 모습은 정말 오랜만이었다. 보고 있는 재완도, 보여 주는 소정도 어색한지 처음 몇 초는 멍하니 있었다.

팔이 아프지만 않았다면 목을 매만지며 시선을 피했을 것이다. 입을 삐죽거리며 어쩔 줄 모르는 표정을 짓자, 그가 낮게 웃었다.

"그냥 풀고 있어. 예쁘다."

"……거짓말."

나온 목소리가 귀여운 투정 같아서 소정 혼자 놀랐다. 설레었다. 설레지 않을 수 있나. 진심으로, 진짜 예쁜 여자를 바라보듯 자신을 보고 있는데. 소정이 좋아하는 그 둥근 미소까지 흘리면서.

"너 내가 거짓말한 거 본 적 있어?"

그건 아니지만……. 데구루루 눈을 굴리는데 보육원 원장이 양호실 안으로 들어왔다. 두 사람을 찾았는지 보자마자 반가운 표정을 지었다.

"여기 있었네요. 이야기 들었어요. 사고를…… 당하셨다고."

원장은 그런 일은 보육원에서 빈번히 일어난다 말했다. 외부인의 출입으로 경계가 흐트러져 벌어진 사고였다며 사과했다. 아니에요, 말하는 소정과 달리 재완은 별로 마음이 풀린 것 같지 않았다.

그래서 그 남자는 지금 어디 있습니까. 회사에서 화가 났을 때의 목소리로 그가 물었다. 소정은 물색없이 뛰어 대는 심장을 진정시켰다. 지금 이렇게 두근거릴 때가 아니었다. 몰래 크게 숨을 내쉬었지만 심장은 제멋대로 쿵쾅대고 있었다.

"지금 경찰서에 있어요."

원장의 말에도 그는 구긴 인상을 조금도 펴지 않았다. 착 가라앉는 분위기에 소정이 주춤거리며 그의 옆으로 다가왔다.

"이제 그만 나가요."

그의 시선이 소정에게 박혔다. 반창고로 가려 놨지만 저 아래에 어떤 상처가 있는지 이미 그는 다 보았다. 하얀 그녀의 몸을 다 살필 순 없었지만 아마 군데군데 멍이 들었을 것이다. 그런데 그냥 이대로 덮자고?

"있어 봐."

그가 무슨 말을 할지 알 것 같아 그녀는 선수를 쳤다. 아이 아빠예요. 전 이해해요. 그냥 이 정도에서⋯⋯. 그가 손을 올려 그녀 말을 막았다.

"내가 이해 못 해."

원장에게 한 소리 하려는데 그녀가 그를 막아섰다. 제대로 걷지도 못해 절뚝거리며 그의 앞에 섰다. 커다란 눈엔 힘이 잔뜩 들어가 있었다. 뭔가를 결심한 듯한 눈. 살짝 열린 입을 다물고 재완은 잠시 기다리기로 했다. 하려던 소송에 관한 이야기는 잠시 뒤로 넘겼다.

"맞은 사람은 나예요."

소정의 말에 뒤통수를 한 대 세게 얻어맞은 것 같았다. 누가 몰라, 그걸? 그가 쓴웃음을 흘렸다. 지금 그래서 맞은 사람이 너니까 나는 상관하지 말라고? 소정은 고개를 끄덕였다.

"환장하겠네, 진짜."

"그분께 무슨 일 생기는 건 아니죠?"

소정은 이 와중에 남자를 걱정한다. 옆에 있는 자신이 어떤 표정을 짓고 있는지는 아무 관심도 없는 사람처럼. 처음 당해 보는 그녀의 무시에 재완은 황당한 표정 그대로 서 있었다.

"힘드실 텐데 먼저 가 보세요. 남아 계신 직원분들은 저희가 잘 모시겠습니다. 생각해서 와 주셨는데 이런 험한 일 당하게 해 드려 저희가 정말 죄송합니다."

원장이 두 손을 공손히 모아 인사했다. 소정은 아니라며 원장보다 더 몸을 숙였다.

원장이 사라지자 그제야 소정은 재완을 본다. 참고 있던 화가 터졌다. 꽉 쥔 주먹 위로는 핏줄이 불거져 있었다. 화를 낼 것이다. 여태까지 그를 봐 왔던 세월이 그렇게 알려 줬다.

그런데 예상과 달리 그는 깊은 숨을 내쉬었다. 화를 내고 싶었지만 낼 수 없었다. 소정이 방금 전처럼 차갑게 구는 것을 다시 보고 싶지 않았다. 여태껏 자신 앞에서 부정의 말을 한 적 없는 그녀 입에서 나올 거절이 두려웠다. 이럴 거면 좋아하지 마요, 하고 자신의 마음조차 허락받지 못할까 봐 무서웠다.

부족한 것 없이 자랐기에 무언가를 가지고 싶단 느낌조차 낯선 그였다. 손을 뻗어 꽉 쥐면 무섭다며 바스러질 것 같고 그냥 옆에 두고 가만 보고 있으면 저 멀리로 팔랑팔랑 사라질 것 같았다.

그녀를 좋아한다. 홀로 결론 내리고 나니 그가 가지고 있던 사회적 지위나 계급들이 모두 쓸모없는 것들이 되어 버렸다. 지위나 계급으로 그녀를 제 맘대로 움직이게 할 수 없었다.

그녀의 표정을 살피고, 감정을 살폈다. 자신의 말을 그녀가 어떻게 받아들일지 생각해야 했고, 행동하기 전 잠깐씩 머뭇거렸다. 지금 자신의 위치를 정해 주는 자는 소정이었다.

거기다 숨어 있는 감정들이 제각기 색을 드러내 마음을 복잡하게 만들고 있었다. 화인지 짜증인지를 참으려 이를 악문 탓에 관자놀이에 핏줄이 불룩 튀어나왔다. 그 누구도 이런 자신의 기분을 모를 것이다. 어찌해야 할지 모르겠는 상태로 그는 자신의 앞머리를 거칠게 털었다.

"집에 가자."

"아직 안 끝났잖아요."

"그래서 그 꼴로 여기 더 있겠다고?"

소정은 제 모습을 내려다봤다. 풀어 헤친 머리, 제 몸의 두 배정도 되어 보이는 커다란 그의 티셔츠, 비명을 지르듯 욱신거리는 몸.

"저 먼저 가 볼게요. 비서실장님께 말씀드릴게요. 부사장님 부탁드린다고."

"그럴 필요 없어. 나도 갈 거니까."

"안 돼요."

소정이 단호하게 말하자 그가 눈썹을 치올렸다. 왜? 그는 이해 못 하겠단 표정으로 물었다.

"여기 사원들도 있고 기자들도 많아요. 부사장님이 이렇게 그냥 가 버리시면……."

"말했잖아. 나 너 좋아한다고."

"그게 무슨……."

"원래 누군가를 좋아하면 그 상대 말고는 안 보이는 법이야. 사원이고, 기자들이고 그딴 건 안 보여."

이런 남자였다. 몇 년간 그를 좋아하면서도 억지 부리는 그의 모습은 본 적 없었다. 멍하니 있는데 그가 한 걸음 소정 앞으로 다가왔다. 그녀보다 키가 큰 그가 무릎에 손을 얹고 살짝 허리를 숙였다. 자신과 눈높이를 맞춘 그는 살짝 웃었다. 장난기가 묻어났다.

"너 연애 제대로 안 해 봤지?"

"……."

"그러니까 내가 안달 나 있는지도 모르지."

얼음처럼 굳어 있는 그녀의 머리를 커다란 그의 손이 감쌌다. 짐 챙겨서 나와. 그러면서 그는 앞서 걸었다.

❋❋❋

월요일. 아침부터 회사가 들썩거렸다. 부사장이 비서랑 사라졌다. 그 별거 아닌 일로 수많은 이야기가 만들어지고 있었다.

아침 신문에서 기사를 확인하고 소정이 맨 처음 한 것은 안도의 한숨을 내쉰 것이다. 자신이 보육원에서 맞았다는 이야기나 재완이 사라졌단 내용은 실리지 않았다.

부사장님 올라가십니다. 안내 데스크 직원의 연락에 소정은 엘리베이터 앞으로 갔다. 경쾌한 소리와 함께 문이 열리고 재완은 손을 살짝 들어 올리는 것으로 그녀의 인사에 답했다.

부사장실로 재완이 들어가자 소정은 탕비실로 향했다. 그가 아침에 마실 커피를 내리는데 뒤에서 인기척이 느껴졌다.

그녀가 뒤를 돌아서자 재완이 팔짱을 낀 채 턱을 살짝 들고 있었다. 무슨 일 있으십니까, 묻기도 전에 그가 선수를 쳤다.

"궁금한 게 있어서 왔어."

똑, 똑, 똑. 커피 내리는 소리가 소정의 대답을 대신했다.

"들어 봐."

그렇게 말하고 그는 주머니에 있던 핸드폰을 들어 올렸다. 몇 번 조작을 하더니 큼큼거리며 목을 가다듬었다. 뭐가 묻고 싶어서 저러지. 소정이 눈을 커다랗게 떴다.

"잘 들어갔어? 다친 덴 어때? 괜찮아? 병원 안 가 봐도 진짜 괜찮은 거 맞아? 너 집이지? 밖이냐? 대답 계속 안 하면 찾아간다. 전화는 왜 또 안 받아. 나 지금 시동 켰어. 답장해, 은소정."

재완은 어제 소정에게 보낸 메시지들을 줄줄 읽고 있었다. 읽으면서도 어제의 그 기분들이 떠올랐는지 살짝 상기된 표정이었다. 소정은 모른 척 가만히 듣고만 있었다.

"내가 열 개 보내고 전화도 세 통이나 했더니 이 여자가 그제야 '괜찮습니다' 딱 하나 보냈단 말이지."

"……."

"이 여자에 대해 어떻게 생각하나, 은 비서?"

글, 글쎄……. 소정이 입술을 꾹 깨물었다. 따끔하게 느껴지는 그의 시선을 피해 눈을 굴렸다. 그때 마침 소정의 핸드폰 벨소리가 울렸다. 빨리 받아 달라 울리는 쩌렁쩌렁한 벨소리에 소정이 급히 재킷 주머니에서 핸드폰을 꺼냈다.

너 벨소리로 해 놨으면서도 전화 안 받았어, 중얼거리는 그의 목소리가 들렸다.

[최동환]

그를 살짝 바라보곤 소정은 거절 버튼을 눌렀다. 전화를 받을 상황이 아니었다. 그리 급한 일로 전화를 했을 것 같지도 않고.

"뭐야? 여기 있었네?"

방금 전 소정에게 전화를 걸었던 동환이 탕비실 안으로 고개를 내밀었다. 헙, 숨을 들이마시며 놀라는 소정과 달리 재완은 무표정이었다.

동환이 걸어 들어오자 소정은 쥐고 있던 핸드폰을 다시 재킷 안으로 넣었다.

"다쳤어요?"

소정의 얼굴을 보고 동환이 놀라 물었다. 대답 않고 그녀는 턱 아래에 붙인 반창고를 매만졌다. 어쩌다가? 묻는 그의 목소리가 방금 전 벨소리만큼이나 컸다.

"넌 내가 탕비실에 왜 있었는진 안 궁금하냐."

"커피 마시러 왔겠지."

"아닌데."

"잠깐 소정 씨한테 시킬 일이 있었거나."

"그것도 아닌데."

무표정이던 재완의 얼굴에 미소가 걸렸다. 동환이 입을 꾹 다

물었다. 어떤 말을 해야 할지 고민하는 눈치였다.

얇게 소정이 한숨을 쉬었다. 그 소리에 두 남자의 눈이 한순간에 소정에게로 향했다.

"들어가 계시면 커피 준비하겠습니다."

재완이 먼저 나갔다. 동환이 그 뒤를 따라 나갔다. 똑, 똑, 똑……. 다시 원두 내리는 소리만이 남았다. 다리에 힘이 풀린 소정은 그대로 테이블을 짚고 자리에 주저앉았다.

부사장실. 검은 소파에 마주 앉은 재완과 동환은 서로를 잠시 마주 봤다.

먼저 입을 연 것은 동환이었다. 나 소정 씨한테 고백했어. 그의 말에 재완은 그리 놀라지 않았다. 이미 예상한 일이었다. 성격 급한 동환이 가만히 있을 리 없지. 덤덤히 고개를 끄덕이며 재완이 다리를 꼬았다.

"나도 했어, 고백."

"야! 임재완!"

그는 어깨를 으쓱했다. 동환이 제 머리를 벅벅 긁더니 잡아 뜯었다. 이건 아닌데, 하는 생각이 얼굴에 그대로 드러났다.

상황이 이렇게 흘러가면 안 되는데……. 소정의 마음을 알고 있는 동환은 당혹스러운 표정이었다. 며칠간 영화 때문에 잠을 못 잔 퀭한 눈이 불안함으로 휩싸였다.

"왜 뒤늦게 이래. 너 결혼할 여자 있잖아. H 기업 딸이랑 결혼할 거라고……."

"안 해."

"그게 네 맘대로 되냐. 여태 내 주변에 재벌 2세들 결국은……."

"난 안 해."

재완이 단호히 말했다. 몇 번이나 말이 끊긴 동환의 얼굴에 어두운 빛이 더 짙어졌다.

똑똑. 소정의 노크 소리가 들렸다. 어, 하는 재완의 대답에 문이 열렸다. 소정이 커피 잔을 올려놓은 쟁반을 들고 서 있었다. 잔은 총 세 개였다. 그녀 뒤로 인석이 있었다.

#6
확인

그의 형에겐 미안하지만 재완의 눈에 먼저 들어온 것은 다친 소정이 무거운 쟁반을 들고 있는 모습이었다. 순간 그가 그녀를 도와주러 몸을 반쯤 일으켰을 때 화난 인석의 불호령이 떨어졌다.

"너 대체 뭐하고 다니는 거야?"

들어오던 소정이 걸음을 멈췄다. 동그란 눈이 커다래졌다. 사장인 인석이 큰소리를 낸다는 것은 분명 재완이 큰 잘못을 했다는 것이다. 그건 곧 자신이 그를 잘 보필하지 않았단 뜻이기도 했다.

그런 생각으로 잔뜩 굳어 있는 그녀를 지나쳐 인석이 부사장실 안쪽으로 더 들어갔다.

"봉사를 하랬지, 가서 일 만들고 오랬어?"

"뭐, 또."

인석의 눈엔 앞에 있는 소정과 동환이 보이지 않는 모양이었다. 꾸벅 인사하는 동환을 아예 쳐다보지도 않고 그는 재완 앞에 섰다.

"은 비서랑 사라졌다며."

"뭐?"

재완을 보는 동환의 눈이 커졌다. 말이 제대로 나오지 않는지 그는 어항 속 금붕어처럼 눈을 크게 뜨고 입만 뻐끔거렸다. 그런 동환의 모습에 아랑곳 않고 인석이 말을 이었다.

"너 사람들이 얼마나 말 만드는 거 좋아하는지 몰라? 지금 회사 안에서 어떤 얘기가 돌고 있는 줄 알아?"

소정이 바들바들 떨기 시작했다. 커피 잔과 쟁반이 부딪히며 잘게 소리가 났다. 이러지도 저러지도 못하고 가만 서 있는 그녀의 눈에 불안과 후회가 가득했다. 앞으로 일어날 일에 대한 불안과, 그전에 자신이 했던 행동에 대한 후회였다.

그런 그녀의 모습을 보고 재완이 가만히 있을 리 없었다. 그는 인석의 말이 듣기 싫다는 듯 고개를 몇 번 세차게 흔들고 소정 앞으로 걸어갔다. 그녀가 달달 떨며 들고 있던 쟁반을 빼앗아 들고 그녀 귓가로 입을 가져다 댔다. 그리고 조용하게 말했다.

"넌 나가 있어. 나쁜 말 같은 건 듣지 말고."

정말 나가도 될까요? 그녀의 눈이 그렇게 묻고 있었다. 입술을 길게 늘어뜨리며 고개를 살짝 끄덕였다. 나가 봐. 아직 떨리는 목소리로 조용히 소정이 말했다. 그럼 나가 보겠습니다.

"넌 뭐해? 안 나가고."

인석의 말에 동환이 눈을 크게 뜨고 검지로 자기 자신을 가리켰다. 눈치 없는 동환을 탓하는 표정으로 인석이 고개를 끄덕였다. 동환이 몸을 일으키자 재완이 그의 손을 잡고 소파에 앉았다.

"넌 그냥 여기 있어."

"아냐. 뭐 중요한 이야기 같은데 난 나가서……."

"네가 나가 있는 게 싫으니까 있으란 얘기야."

나른한 표정을 하며 뱉은 재완의 말엔 힘이 있었다. 동환은 인석의 눈치를 살폈다. 단단히 화가 난 모습. 자신이 혼나는 것도 아닌데 괜히 동환까지 주눅이 들게 만드는 눈빛이었다. 반대로 정작 혼나고 있는 재완은 아무렇지 않은 표정이었다.

"너랑 은 비서랑 뭐 있다는 소문까지 돌기 시작했어. 내 귀에까지 들렸는데 이거 밖으로 나가는 거 순간이야. 그렇게 되면……."

"나는 그 H 기업 딸이랑 결혼을 안 해도 되겠지."

"뭐? 너 혹시……."

인석이 말을 뱉으려다 말고 동환을 살짝 바라봤다. 동환 앞에선 할 수 없는 말이었는지 그는 한숨을 푹 내쉬었다.

"어. 나 은소정 좋아해."

너 혹시 은 비서 좋아하냐? 묻지 않고 삼켰던 질문이었다. 하지도 않은 질문에 재완이 당당히 답했다. 어. 나 은소정 좋아해, 하고. 인석은 눈앞이 캄캄해졌다. 아들이 마음에 들지 않는 신붓감을 데려오면 이런 기분일 것 같단 생각을 잠깐 했다.

"야! 너……."

재완의 옆에 있는 동환을 한 번 바라보고 인석은 또 한숨을 쉬었다. 순식간에 부사장실 안이 조용해졌다. 그 누구도 말을 꺼내지 않았다. 각자의 머리가 서로 다른 생각들로 가득했다.

인석은 현재 진행되고 있는 H 기업과의 중요한 계약들이 이대로 엎어질까 걱정됐고, 동환은 재완이 처음으로 보이는 모습에 당황했다. 그리고 재완은 조금 전까지 이곳에서 덜덜 떨고 있던 소정을 걱정했다.

"……안 돼."

조용히 있던 인석이 차분히 말했다. 다그치던 이전의 목소리와는 달랐다. 아이를 어르는 목소리였다. 재완이 제 형을 바라보자, 그는 재완을 달래듯 다시 반복했다.

"안 돼……. 임재완."

"그럴까?"

궁금해서 하는 질문이 아니었다. 그의 말 앞엔 '과연'이 생략되어 있었다. 어떻게 생각하든 상관없었다. 될 거니까. 그런 자신감이 그의 말에 깃들어 있었다.

"너 어쩌려 그래. 이건 그냥 네가 누구를 사귀고 만나는 간단한 문제가 아니야. 우리 집안 문제이자 회사 문제야. 지금 우리가 그 기업이랑 어떤 계약을……."

재완도 듣는 얘기가 있었다. 그와 예원이 만난다는 이야기 하나만으로 주식이 큰 폭으로 상승했다. 회사에선 H 기업과 본격적으로 계약을 하며 긴밀한 파트너십을 맺으려 하고 있는 중이었다. 예원과의 결혼이 엎어지면 이 모든 것들도 신기루처럼 사라질 것이다. 그렇게 되면……

"골치 아파지겠지."

재완은 남 이야기를 하듯 말했다. 그런 그를 보는 두 남자의 시선이 따가웠다. 정장 재킷 단추를 풀며 재완은 다리를 천천히 꼬았다.

"그래서 미리 말하잖아. 난 그 기업 딸 말고, 은소정이 좋다고."

"임재완……"

"그러니까 사장님도 대처 방안을 미리 생각해 두세요. 나는 요즘 은소정 꼬실 생각으로 머리가 터질 것 같으니까."

'은소정' 이름을 뱉으며 재완의 시선이 향한 곳은 동환이었다. 그 짧은 시간에 재완은 분명하게 제 생각과 마음을 동환에게 전했다. 그러면서 여유롭게 커피 잔을 들었다. 황당한 두 남자는 저마다 할 말이 있었지만 차마 뱉지 못하고 있었다.

"뭐해, 커피 한잔해."

인석이 먼저 부사장실을 나갔다. 그는 소정 앞에 잠깐 멈춰 서서 무슨 말을 하려다 끝내 뱉지 못하고 돌아갔다. 그 뒤를 이어 나온 사람은 동환이었다. 그도 마찬가지였다. 소정 앞에 서서 입술을 움찔거리더니 아무 말 않고 가만히 소정을 보고만 있었다.

"소정 씨."

"네?"

"그건 알고 있어야 해요. 내가 임재완보다 더 먼저 고백한 거……."

간절히 말하는 동환 앞에서 소정은 하마터면 고개를 끄덕이며 알겠다 말할 뻔했다. 동환 뒤로 재완이 나타났다.

"그리고 그런 건 별로 의미가 없다는 것도."

재완의 목소리에 동환이 뒤를 홱 돌아봤다. 인석 앞에서도 당당히 마음을 고백한 그는 이제 더는 무서울 것이 없는 사람처럼 굴었다.

시선을 주고받는 두 남자 앞에서 소정은 차분히 할 말을 정리했다.

"부사장님, 열 시 회의 가셔야 합니다."

회의는 생각보다 길어졌다. 끝나고 나니 점심시간이었다. 소정은 재완의 뒤를 따라 걷고 있었다. 그에게 건네받은 회의 자료들을 품에 꼭 안고 걷는데 돌연 그가 멈춰 섰다.

"뭐 먹을래?"

몇 초간 소정은 눈만 깜박였다. 마침 점심시간이었다. 그는 대부분 점심 식사를 회사 임원들이나 찾아온 외부 인사들과 해결했다. 소정과 함께 밥을 먹는 날은 그리 많지 않았다. 갑작스럽게 느껴지는 식사 제안에 그녀는 인석이 했던 말이 떠올랐다.

'회사 안에서 어떤 얘기가 돌고 있는 줄 알아?'

소정은 주위를 뱅 둘러보았다. 그리 많진 않았지만 보는 눈들이 있었다. 서류 끝부분을 만지작거리며 소정은 나지막이 말했다.

"저는 혼자 해결하겠습니다."

"한식? 이 앞에 괜찮은 백반집 있다던데, 거기 갈래?"

"저는 혼자······."

꼭 말을 안 듣지. 그녀를 끌고 가기 위해 재완이 소정의 손목 위로 손을 뻗었다. 살짝 닿았을 때, 소정이 거칠게 그의 손을 쳐 냈다. 탁, 소리가 났다.

재완은 튕겨지듯 뿌리쳐진 자신의 손을 봤다. 살짝 손목만 잡으려던 것인데 소정은 자신이 나쁜 짓이라도 한 것처럼 굴었다. 그녀는 온몸으로 거절하고 있었다.

"보는 눈이 많습니다."

"은소정."

"먼저 올라가 보겠습니다."

그녀는 인사하고 돌아섰다. 소정이 걷는 모양이 아슬아슬해서 그는 한참 동안 그 모습을 지켜보고 있었다. 뒤늦게 손등 위로 아픔이 느껴졌다. 아······. 듣는 사람 없는 신음을 흘리며 그는 입술을 꾹 깨물었다. 어쩐지 쓸쓸했다.

퇴근 시간까지 재완은 밖으로 나오지 않았다. 오히려 다행이다 싶었다. 그의 처연한 눈빛을 받고 있으면 소정은 반쯤 접은 자신의 마음을 다시 펼치고 싶어졌다. 그의 어머니도, 자신이 망칠 그의 미래도 모두 모른 척해 버리고 싶어졌다.

눈을 질끈 감고 보기 싫은 것은 피해 버리기. 소정이 잘하는 행동이었다. 그런데 정작 재완과의 일은 그처럼 할 수 없었다. 모른 척해도 달라질 것이 없다는 것을 안다. 자신이 욕심을 내면 상황이 더욱 복잡하게 꼬여 버릴 것이란 걸 그녀는 잘 알았다. 그와 관련된 일 중 쉬운 것은 아무것도 없었다.

부사장실 문이 열린 것은 그녀가 한참 생각에 **빠져** 있을 때였다. 여태 그를 생각하고도 자신 앞으로 다가오는 그를 보니 또 다른 느낌이었다.

거친 그의 발걸음에 맞춰 심장이 뛰기 시작했다. 그가 소정 앞에 멈춰 서자 그녀는 숨을 잠시 멈췄다.

"집에 가자."

"먼저 퇴근……."

그녀가 말을 다 끝내기 전에 재완이 소정의 손목을 잡아 올렸다. 그녀의 손이 힘없이 그에게 들려 올라갔다. 말하기 전 그는 눈썹을 실그러뜨렸다.

"할 말 있으니까 같이 가."

"여기서 하십……."

"이대로 끌고 가면 회사가 또 뒤집어지겠지."

그의 말에 소정의 얼굴이 하얗게 질렸다. 어떤 일이 벌어질지는 불 보듯 뻔했다. 소정은 입술을 잘끈 물고 그를 올려다봤다.

"나는 별로 신경 안 쓰이는데…… 너도 그런가?"

답은 정해져 있었다. 소정은 천천히 손목을 비틀어 그에게서 자신의 손을 **빼냈다.** 뜨거운 손이 닿았던 그 자리에 차갑게 식은 공기가 다시 닿았다.

소정은 그에게 잡혀 있던 오른쪽 손목을 매만지며 고개를 살짝 숙였다. 지하 3층이야. 그의 잠긴 목소리가 들렸다.

그가 먼저 내려갔다. 그제야 소정은 크게 숨을 내쉬었다.

후……. 숨을 뱉는데도 갑갑했다. 커다란 어항 속에 갇힌 기분. 자신을 좋아한단 재완 앞에서 또 어떻게 표정과 말을 꾸며야 할지, 이런저런 생각으로 머리가 어지러웠다.

지하 3층. 주차장은 어두웠다. 재완의 차 앞에 서자 기다렸다는 듯, 달각 소리와 함께 문이 열렸다. 소정이 조수석에 앉자 그쪽으로 재완이 고개를 돌렸다. 뭔가 단단히 각오한 듯 소정이 입술에 힘을 주고 있었다.

"부사장님께서 장난…… 그만하셨으면 좋겠습니다."

장난. 그건 소정의 결론이었다. 재완이 자신에게 하는 행동들은 모두 장난이다. 질투, 투정, 뭐 그런 것과도 비슷하다. 여태까지 그의 옆에 있었던 자신이 사라질까 봐 괜히 투정을 부리는 것이다. 동환이 관심을 보이니 저도 한번 놀아 보고 싶어 그러는 것이다.

그건 좋아하는 감정이 아니었다. 제 것을 뺏기지 않으려는 마음과 좋아하는 마음은 다르다. 그래서 착각하면 안 된다. 긴 생각 끝에 내린 소정의 결론은 그랬다.

"장난?"

되묻는 그의 눈빛이 매서웠다. 소정은 옆을 보지 않았다. 그의 시선을 피했다. 눈을 내리깔고 그녀는 업무를 보고할 때처럼 단정한 어투로 말을 이었다.

"최동환 씨가 신경 쓰여서 이러시는 거라면 걱정 안 하셔도 됩니다. 제가 주의하겠습니다. 그러니까……."

"내가 신경 쓰이는 사람은 최동환이 아니라 너야."

"……."

"말했잖아. 내가 너 좋아하는 것 같다고."

숙이고 있던 그녀의 얼굴이 더 아래로 내려갔다. 얇은 피부 밖으로 그녀의 얼굴색이 단박에 드러났다. 분명 준비한 말이 있었는데 더 나오지 않았다. 큰일이다.

"좀 더 확실히 해 줘?"

"……."

"은소정. 나 너 좋아해."

그의 목소리에 소름이 돋았다. 그에게서 듣고 싶던 말이었다. 그 말을 듣는데 이상하게 귀를 막고 싶어졌다. 끔찍하게 달콤했다. 소정은 입술을 물었다.

"장난처럼 보인 건 내가 잘못했단 거잖아."

그는 일부러 크게 한숨을 쉬었다. 정돈된 머리를 쓸어 넘기면서 조용히 웅얼거렸다. 어렵네. 그는 앞을 보며 잠시 무언가를 생각하다 소정을 보았다. 그녀는 여전히 고개를 푹 숙인 채 입술만 깨물고 있었다.

"나 봐."

그의 말에 소정이 천천히 고개를 들었다. 옅게 숨을 뱉으며 그를 보았다. 텅 빈 그녀의 눈동자에 재완이 담겼다. 1, 2, 3, 4, 5……. 속으로 숫자를 세며 잠깐 그와 눈을 마주치던 소정이 다시 눈을 내리깔았다.

그가 상체를 숙였다. 소정의 시야에 그가 더 가까이 들어왔다. 흠칫 놀라며 그녀가 고개를 들자 재완은 얼굴을 불쑥 내밀고는 샐쭉 웃었다.

"눈 감아."

명령이었다. 명령처럼 들리지 않는. 눈을 감으면 벌어질 일이 머릿속으로 그려졌다. 그건…… 안 돼. 소정은 눈을 감지 않았다. 그가 다시 한 번 피식 웃었다. 가까운 거리 탓에 그의 숨이 바로 그녀의 얼굴 위로 뿌려졌다.

"보여 줄게. 진심."

소정은 여전히 눈을 감지 않았다. 그의 얼굴이 더 가까워지는 것을 보면서도, 그가 지금 바라보고 있는 것이 제 입술이라는 것을 알면서도. 점점 더 거리가 좁혀졌다. 그의 입술이 바로 제 입술 위에 있었다. 종이 한 장이 겨우 들어갈 만한 간격이었다.

"키스할 거야."

그가 말했다. 그녀의 입술 위에서. 너무 가까워 그의 입 모양이 보이지 않았지만 느끼고 있었다. 촉촉한 그의 입술이 자신의 입술 위를 부드럽게 스쳤다. 글자 하나하나 뱉을 때마다 따뜻한 숨결도 가까이 느껴졌다.

"너무 놀라진 마."

그는 그대로 입술을 부딪쳤다.

재완은 거짓말을 하지 않는다. 그의 말대로 그건 정말 키스였다. 혀가 들어왔고 그의 손은 소정의 목 뒤를 감싸 안았다. 잠깐 멈칫했을 때 그가 소정의 혀를 찾아 엉겨 왔다. 유연하지만 뜨거운 그의 움직임에 소정은 슬며시 눈을 감았다.

이제 소정의 눈에 재완은 더 이상 보이지 않았다. 따뜻하고 부드러운 그의 감촉만 느껴질 뿐이었다. 재완은 그녀의 입술과 혀를 핥고 깊게 들어와서는 입 안 전체를 간질였다.

이러면 안 되는데. 이성이 조금 남아 있었다. 소정이 손을 뻗어 그의 가슴을 살짝 밀었다. 그는 조금도 밀려나지 않았다. 오히려 한쪽 손을 내려 자신을 밀고 있는 소정의 손을 감싸 쥐었다. 그러면서 그는 고개를 반대쪽으로 기울였다. 재완의 혀끝이 더 깊숙이 밀려 들어왔다. 이젠 정말 아무 생각도 나지 않았다. 온 신경이 그에게로 향해 있었다.

재완이 그녀 머리카락 속으로 손을 넣었다. 그 바람에 단정히 묶여 있던 머리카락이 조금 헝클어졌다. 지금 소정의 모습처럼.

으응, 하고 앓는 소리에 그가 더 집요히 굴었다. 달뜬 숨이 뱉어졌다. 그에게 아직 잡혀 있는 손으로 소정은 다시 한 번 그의 가슴을 밀었다.

이번엔 쉽게 그가 밀려났다. 방금 전 자신의 입술과 닿았던 것을 확인하듯 그가 받은 숨을 뱉으며 소정의 입술을 가만 바라보았다. 자신의 것인지, 그녀의 것인지 모르는 것들로 소정의 입술은 반짝이며 빛나고 있었다. 미쳐 버릴 것 같은 기분에 그는 그녀의 입술에 다시 짧게 입을 맞췄다.

머리를 붙잡고 있던 재완의 손이 천천히 그녀의 턱, 목, 어깨의 굴곡을 따라 내려왔다.

툭, 그의 손이 떨어짐과 동시에 소정의 눈에서 눈물방울이 떨어졌다.

소정이 눈물을 흘렸다. 예상하지 못한 상황이었다. 맑은 여름

하늘 내린 소나기보다 더 갑작스럽게 느껴졌다. '너무 놀라지 마'
가 아니라 '너무 싫어하지 마'라 경고해야 했던 걸까. 살짝 벌어
진 입을 재완은 다물지 못했다.

"은……소정."

그 어떤 일 앞에서도 태연한 표정을 잃지 않던 그의 얼굴에 당
황함이 가득했다. 소정은 입술을 감쳐물고 숨소리를 죽인 채 울었
다. 제 생각보다 많이 흐르는 눈물에 그녀는 양손을 올려 얼굴을
가렸다. 살짝 열린 그녀의 손가락 사이로 간간이 울음소리가 흘러
나왔다.

"장난……하지 ……마요, 제발……."

그렇게 말하며 소정은 손등으로 눈물을 닦았다. 닦아도 계속
흐르는 눈물을 손등으로 꾹꾹 찍었다.

하고 싶은 말은 따로 있었다. 하지만 제 맘대로 말을 할 수 없
었다. 그 말을 뱉으면 결국 자신의 마음까지 고백하게 되는 것이
다. 뱉지 못한 말은 속으로 외쳤다. 그에게 들리지 않지만 커다랗
게 소리쳤다. 흔들지 마요, 제발. 잊으려는 날 흔들지 마요, 제발.

흑흑 흐느끼는 소리가 커졌다. 자신의 눈물이 방금 그녀와 키
스를 나눈 재완에게 어떻게 해석될지 걱정스럽기도 했다. 그러면
서도 그런 것 따윈 생각하지 않는 듯 눈물이 흘러나왔다. 슬프게
도 자신의 눈물의 의미 또한 그에게 말할 수 없었다.

"봐 봐, 은소정."

힐끔 그녀가 고개를 돌려 그를 봤다. 그는 상처받은 눈을 하고
있었다. 울고 있는 그녀보다 더 슬프고 더 애절한 눈빛이었다.

"너 다 알잖아. 내가 장난 아닌 거."

"……."

"왜 모르는 척해. 나 슬프게."

소정은 아무 말도 하지 않았다. 그는 옆에 있는 휴지를 그녀 무릎 위에 올려놓았다. 울지 마, 조용히 말하고 그는 차를 출발시켰다.

소정의 집에 도착할 때까지 그는 말이 없었다. 그녀도 마찬가지였다.

행복한 순간에 이토록 불행해질 수 있다는 것을 소정은 증명하는 중이었다. 재완과의 키스를 떠올리면 행복한 감정과 불행한 감정이 동시에 피어올랐다. 제 마음이 내는 소란스러운 소리에 잠도 제대로 자지 못했다.

퀭한 눈을 화장으로 겨우 숨기고 그녀는 출근했다. 재완이 먼저 와 있었다.

그녀를 기다린 듯했다. 소정의 책상 앞에서 그는 그녀가 기다란 손가락으로 누르는 키보드를 하나하나 누르고 있었다. Q, W, E, R, T……. 차례로 누르다 그의 손가락이 L에 닿았을 때, 소정이 나타났다.

"죄송합니다. 좀 늦었습니다."

어깨에 메고 있던 가방을 내려놓으며 소정이 고개를 숙였다. 그와 눈을 마주치기 싫은 듯 그녀는 시선을 아래로 뒀다.

그의 손가락이 다시 키보드를 눌렀다. Z, X, C, V…….

"이제 괜찮아?"

분명 재완의 목소리였지만 다시 확인하려는 듯 소정이 고개를 들어 그를 봤다.

어제 울었던 거 괜찮냐고. 딱딱한 분위기를 풀려는 듯 그가 제 손으로 얼굴을 감싸고 어제 소정이 울었던 것처럼 어깨를 흔들었다. 일부러 여자 목소리로 흑흑흑 소리도 냈다. 부끄러움에 그녀의 얼굴이 울긋불긋해졌다.

"괜찮습⋯⋯니다."

"어렵다, 진짜."

그가 그녀에게 시선을 살짝 던졌다. 자신의 눈치를 살피는 그의 모습에 이상하게 가슴이 부풀어 오르는 것을 느꼈다. 그가 자신을 신경 쓰고 있다. 자신의 감정을 읽으려 그는 짙은 눈으로 소정을 보고 있었다. 묵직한 그의 눈빛이 그대로 소정을 짓눌렀다.

"당황했어. 내가 그렇게 키스를 못하나, 하고."

장난스럽게 말했다. 쑥스러운 표정이 채 숨겨지지 않았다. 살짝 풀이 죽어 있었으면서 그런 자신을 숨기려 밝은 목소리로 꾸며 말했다. 웃기려 한 말이었지만 그녀가 별 반응이 없자 그는 가볍게 목을 긁었다.

"이대로 네가 그냥 도망가 버릴까 봐⋯⋯ 무서웠어."

일찍 회사에 나와 그녀의 흔적을 매만진 건 그 이유였다. 주의를 주었지만 동의를 얻지 않은 키스였다. 진심이었지만 그녀 입장에선 불쾌할 수도 있었겠단 생각이 들었다. 도망가면 어쩌지. 두려운 마음으로 그는 이른 아침 회사로 나왔다.

막상 소정의 얼굴을 보니 안심이 되었다. 그래서 제 감정이 그대로 입 밖으로 쏟아져 나왔다. 겁쟁이처럼 보일 것 같은 말이 여과 없이 나왔다. 솔직한 마음이었다.

"이제 좀…… 살 것 같네."

후욱……. 어제부터 자신을 꽉 묶고 있던 걱정들을 모두 털어내려는 듯 그가 숨을 크게 내쉬었다. 어렴풋이 미소도 지어 보였다. 윗입술이 올라가며 부드러운 곡선을 그렸다. 그 입술 끝이 꼭 제 심장을 찌르는 것 같았다.

점심시간을 앞두고 희향이 왔다. 그녀 옆엔 예원이 있었다. 흰 원피스에 흰 재킷을 입은 그녀는 깨끗하고 새하얀 백합 같았다. 턱을 치켜세우며 희향이 소정에게 재완이 뭐 하냐 묻는데도 그녀는 멍하니 예원을 봤다.

"얘! 우리 아들 지금 뭐 하냐고!"

"아, 지금……."

소정이 대답을 하려 할 때 부사장실 문이 발칵 열렸다. 세 여자의 시선이 한순간에 방금 문을 열고 나온 재완에게로 향했다.

은소정 우리……. 점심을 제안하려던 그의 입이 단박에 닫혔다.

"재완아!"

희향이 그에게 갔다. 한 손으론 예원의 손을 잡은 채였다. 두 사람은 언뜻 딸과 엄마의 모습처럼 보이기도 했다. 그의 앞에서 예원은 긴 머리카락을 귀 뒤로 넘겼다. 아무것도 모르는 소정의 눈에도 보였다. 예원의 마음이 재완에게 향해 있다는 것이.

"우리 이 앞에서 같이 쇼핑하다가 마침 점심시간이더라고. 너랑 같이 식사하려고 왔어."

"잘 지내셨어요?"

예원이 살짝 미소 지으며 물었다. 설렘이 묻어나는 목소리였다. 그는 그녀의 미소에도, 설렘 가득한 표정에도 화답하지 않았다. 미간에 깊은 주름이 잡혔다.

"연락하고 오시지."

"어머. 엄마가 아들 보러 오는데 꼭 연락을 해야 하니? 점심 먹을 시간이지? 같이 나가자."

희향이 재완의 팔에 팔짱을 꼈다. 어떻게든 도망가려고 제 아들이 머리 굴리는 것이 보였다. 더욱 힘을 주며 희향은 그의 팔을 꼭 붙잡았다.

회사 앞 레스토랑. 직원이 메뉴판을 내려놓자 그는 그것을 예원과 희향 앞으로 내밀었다. 알아서 주문해요. 딱딱하게 말하고 그는 유리 벽 건너의 풍경을 가만히 바라봤다. 높은 회사 빌딩, 그 앞으로 바삐 지나다니는 직원들. 혹시나 소정이 이 앞을 지날까 그는 부지런히 사람들을 살폈다.

"여기는 뭐가 맛있니?"

"저도 잘 몰라요."

"그래? 예원아, 넌 뭐 좋아하니?"

전 아무거나 잘 먹어요. 예원이 웃으며 말했다. 그녀가 아무 잘

못이 없다는 것을 알면서도 예비 며느리처럼 구는 그 모습에 재완은 그리 기분이 좋지 않았다.

얼마 후, 두 사람이 재완의 것까지 모두 주문을 마쳤다.

"두 사람 지난번에 한 번 만나고 그 뒤로 만난 적 없다면서?"

"별걸 다 말하네."

"재완아!"

삐딱하게 구는 재완을 다그치는 목소리였다. 얘가 가끔 이렇게 못되게 굴 때가 있어, 이해를 하라는 듯 희향이 예원에게 말했다. 그 앞에서 재완은 핸드폰을 꺼내 들었다.

「대처 방안은 잘 생각하고 있나?」

인석에게 문자를 보냈다. 바로 답장을 받길 원했는데 형에게선 연락이 없었다. 급한 마음에 재완이 다른 내용으로 한 번 더 보냈다.

「오늘 안으로 생각해 놔야 할 것 같은데.」

연신 예의 없는 모습을 보이는 재완을 보고서도 예원은 조금도 인상을 구기지 않았다. 그런 그가 귀엽다는 듯 피식 웃을 뿐이었다.

희향이 그를 변호하기 위해 끊임없이 말했다.

"원래 얘가 이런 애가 아닌 거 알지?"

"네, 그럼요."

"지난번에 어머님께 연락 왔었어. 우리 재완이랑 같이 식사 한 번 하고 싶으시다고."

뭔가 아는 듯 예원이 수줍게 웃었다. 재완 모르게 진행되고 있는 것들이 많았다. 두 사람의 결혼, 그것도 그중 하나였다.

"예원이 너도 우리 집에 한번 놀러 와. 같이 식사하게."

"정말요?"

"그럼. 이제 곧 가족이 될 사인데……."

희향은 그렇게 말하며 만족스러운 웃음을 지었다. 재완은 초조한 마음에 다리를 떨기 시작했다. 좀처럼 인석에게서 답장이 오지 않았다.

"통화하면서 결혼 날짜도 얘기해 봤는데 우리는 빠르면 빠를수록 좋아."

달달 떨던 재완의 다리가 멈췄다. 안 들리는 척하려 했지만 쉽지 않았다. 드르륵, 의자를 밀고 일어선 그는 앞에 있는 두 여자를 지그시 내려다봤다.

"못 참겠네요."

희향은 재완의 팔을 잡아당겼다. 너 왜 이래. 재완이 어떤 말을 할지 모르지만 결코 좋은 소리는 아닐 것 같단 예감이 들었다. 희향은 최선을 다해 그를 말리고 있었다.

"예의 지키자고 가만히 앉아 있으면 두 사람 모두 오해할 것 같아서……."

"재완아!"

"난 결혼……. 그런 거 관심 없어요. 죄송하지만 그쪽도."

턱으로 예원을 가리켰다. 재완아! 그를 부르는 희향의 목소리가 쩌렁하게 울렸다. 주위 테이블에 앉은 사람들의 시선이 모두 그들에게로 모아졌다.

그는 까딱 고개를 숙여 인사했다. 잠깐 예원과 눈이 마주쳤지만 그는 바로 레스토랑 밖으로 나갔다.

이후에 어떤 일이 벌어질지 그는 알 수 없었다. 그래서 생각하지 않으려 했다. 무모하다 욕해도 할 수 없었다. 무책임하다는 욕은 이미 많이 들어 온 것이었다. 그를 탓하는 사람들에게 재완은 당당히 말할 수 있었다. 어쩔 수 없다고.

마음이 아니라는데, 제 마음이 은소정이라는데 다른 여자와 결혼할 순 없었다. 희향과 예원에게 자신의 마음을 전하고 나니 후련한 마음이 들었다. 좋아하는 여자가 있다고 아예 쐐기까지 박을 것을 그랬나. 회사 안으로 들어가며 그는 생각했다.

재완의 발걸음이 향하는 곳은 사내 식당이었다. 그는 몇 번 찾지 않은 곳이었다. 앉아서 식사를 하는 사람들의 얼굴을 모두 살폈다. 찾았다. 비슷한 옷과 머리 모양에도 그는 금방 소정을 찾아냈다. 그녀 곁으로 가는 그의 발이 가벼웠다.

으흠. 일부러 인기척을 내며 그가 소정 앞에 앉았다.

밥을 한 숟가락 떠 입에 넣던 소정이 앞을 봤다. 재완이 방싯 웃고 있었다. 아까……. 예원, 희향과 같이 나가던 재완의 뒷모습이 떠올라 소정은 입 안에 가득 담긴 밥을 채 씹지 못했다.

"난 진짜 네가 미치게 좋은가 봐."

말하는 재완을 보면서 소정은 조심스레 눈을 비볐다. 그가 희향과 예원이 아닌 자신 앞에 있었다. 불과 몇 분 전 자신을 할퀴었던 뒷모습이 아닌 자신을 사랑스럽게 내려다보는 얼굴이었다.

"나 지금 엄마도 뿌리치고 너한테 왔어."

"캑……."

답답한 마음에 마구 쑤셔 넣은 밥이 문제였다. 컥컥거리며 그녀가 힘들어하자 재완이 바로 정수기에서 물을 받아 왔다.

"마셔."

미지근한 물이었다. 언젠가 그에게 자신은 찬물을 잘 마시지 못한다고 말했었다. 말한 자신도 잊어버리고 있었던 걸 그는 기억하고 있었나 보다. 슬며시 고개를 들자 재완이 뚫어져라 자신을 보고 있었다.

그의 눈빛만으로도 열이 훅 하고 올랐다. 재완의 고백을 들은 후로 더 심해졌다. 기침은 멎었지만 빠르게 뛰는 심장은 진정되지 않았다. 볼이 뜨거워졌다. 소정은 저도 모르게 손등으로 오른쪽 볼을 꾹 눌렀다.

"방금 설레었지?"

"아…… 아닙니다."

"설렌 표정이었어. 방금."

입술을 말아 깨물었다. 아픈 감정이 잘 느껴지지 않았다. 그가 본 제 표정이 무엇이었을까. 자신의 두근거림이 모두 다 드러났을까. 제 감정도 모두 보이려나.

"진짜 안 설레었어?"

짓궂게 물어 오는 재완 앞에서 소정은 무언가 결심하듯 침을 꼴깍 삼켰다. 눈꺼풀과 함께 그녀의 시선이 올라갔다. 재완의 까만 눈동자, 답을 기다리는 표정과 마주했다.

"조……금 설레었습……니다."

푸핫, 소리를 내고 재완이 웃기 시작했다. 그의 낮은 웃음소리
는 그대로 흘러 소정에게 전해졌다. 아, 너 진짜……. 웃으며 그
는 고개를 흔들었다. 그때, 그의 핸드폰이 울렸다.

「아직 안 돼.」

조금 전까지 재완이 기다렸던 인석의 문자였다. 흘긋 확인하곤
그는 입술을 축였다.

어쩌지, 형. 이미 다 저질러 버렸는데.

#7
부탁

미안, 이라는 짧은 문자에 인석은 곧바로 재완이 무슨 짓을 저질렀음을 깨달았다. 뭐냐고 다그치기도 전에 재완은 전화를 걸어 내용을 알렸다. 어머니와 예원이 찾아왔고 그 자리에서 결혼은 관심 없다고 했다. 그 대목에서 인석은 회사 기둥 하나가 무너져 내리는 기분이 들었다.

"그, 그리고?"

— 이예원인가 김예원인가 하는 그 여자도 관심 없다 말했어.

재완은 자신이 저지른 일이 얼마나 큰 파장을 몰고 올 것인지 모르는 것 같았다. 그렇지 않고서야 저렇게 태연한 목소리를 낼 수 있을까.

손바닥으로 머리를 감싸 쥐며 인석은 전화를 끊었다. 삽시간에 머릿속이 까맣게 타 버렸다.

그날 밤. 인석은 회장이자 자신의 아버지인 범태를 찾아갔다. 불호령이 떨어지리라 예상했건만 임 회장은 별말이 없었다.

✻✻✻

한때 회사를 들끓게 한 재완과 소정을 둘러싼 소문은 시간이 흐름과 함께 사그라졌다. 다들 무언가가 있을 것이라 생각하긴 했지만 그 뒤에 그 '무언가'가 나오지 않았다. 그러자 설마 부사장이 일개 비서와 그랬을 리가, 하는 반응이 생겨났다.

그 뒤 곧바로 재완과 예원이 결혼할 것이란 소문이 퍼졌다. 덕분에 소정과 재완의 이야기는 완전히 쏙 들어가 버렸다. 부사장이 제 사람을 잘 챙긴다더라, 하는 미담만 남았을 뿐이었다.

회사는 조용했다. 더 이상 사원들을 흥분케 하는 소문도 없었고, 커다란 사건도 없었다. 아침에 출근한 사람들이 저녁에 퇴근하는 일반적인 하루가 계속되었다.

모두들 조용히 제 할 일에 집중하는 와중에 재완은 제 할 일이 아닌 소정을 꼬시는 일에 열중했다. 마치 그것이 자신의 가장 큰 업무인 것처럼.

외부 전화가 울렸다. 소정이 받으니 상대가 목소리를 가다듬는 소리가 들렸다. 긴장한 여자의 소리였다. 단박에 누구인지 알 것 같았다. 소정도 그녀를 따라 목을 가다듬었다.

— 안녕하세요. 전 김예원인데요, 부사장님…… 친구, 친구예요. 오늘 저녁 즈음 부사장님을 만나 뵙고 싶은데요. 몇 시가 괜

찮을까요?

"아, 잠시 기다려…… 주시겠습니까?"

긴장이 되는지 손이 떨렸다. 스케줄을 확인하고 그녀는 5시에 찾아오라 말했다. 예원은 알겠다며 전화를 끊었고 소정은 이후로도 수화기를 한참 붙잡고 있었다. 스케줄 표에 예원의 이름을 적어야 한다는 것을 잊고서.

"누군데?"

회의를 끝내고 들어오던 재완이 그녀가 들고 있는 수화기를 빼앗아 들었다. 아무 소리도 들리지 않는 수화기가 이상했는지 귀를 더욱 바짝 가져다 댔다.

"뭐야. 엄청 심각한 표정으로 받기에 중요한 전화인 줄 알았는데……. 아무 소리도 안 들리는데?"

"끊겼습니다."

"그래? 누구 전화였는데?"

예원의 이름을 말하기에 앞서 정신이 잠시 혼미해지는 것을 느꼈다. 예원 앞에선 그녀가 애써 피하고 있는 모든 것을 확인받는 기분이었다. 그와의 관계, 자신의 마음, 현실, 자괴감, 뭐 그런 것들. 도톰한 아랫입술이 먼저 떨어지고, 소정은 잇새로 이름을 꺼내 놓았다.

"오늘 김예원 씨가 5시에 찾아뵙겠다고 연락 왔습니다."

"누구?"

재완은 정말 예원의 이름을 잊고 있었다. 그에게 익숙한 'H 기업 딸'이라 했다면 단번에 예원의 얼굴을 떠올렸을 테지만 '예원' 이란 이름에는 그 아무것도 떠오르지 않았다.

정말 아무것도 모르겠단 표정으로 소정을 보는 그 앞에서 그녀는 눈을 내리깔았다. 스케줄 표에 그녀 이름을 적어 넣으며 설명했다.

"부사장님 어머니와 함께 오신 분."

"⋯⋯."

"지난번에 제가 대신 문자 보내 드린 그분, 말입니다."

그제야 재완이 아⋯⋯ 하며 제 이마를 툭 쳤다. 그날 나름 정리를 했다 생각하고, 예원을 아예 잊고 있었다. 재완으로서는 그이름이 낯설게 느껴질 법도 했다.

"그 여자가 왜?"

"용건은 말하지 않으셨습니다."

소정은 급히 처리해야 하는 일이라도 있는 것처럼 바삐 손을 움직였다. 그 앞에서 예원을 주제로 더 이야기를 나누고 싶지 않았다.

그녀의 마음을 아는 것처럼 재완은 더 이상 예원에 대해 묻지 않았다.

"그 전화받고 기분이 어땠어, 넌?"

"네?"

"질투, 뭐 그런 거 안 느꼈어?"

그는 소정의 시선을 잡아 끄는 것에 성공했다. 둥그런 소정의 눈에 깃든 것이 황당함뿐임에도 그저 좋은지 재완은 싱글 웃었다.

"대답 안 해도 돼."

소정의 대답이 두려워 그는 바로 그녀의 입을 막았다. 나 커피 한 잔만. 조금 전 회의실에서 커피를 마시고 왔으면서 그는 커피를 한 잔 더 부탁했다. 그것이 요즘 그가 소정이 보고 싶을 때마다 하는 부탁이었다.

5시가 되었다. 시계를 보고 있던 소정은 거울을 꺼내 제 얼굴을 살폈다. 어제와 같은 모습인데도 불구하고 오늘따라 더 초라해 보였다. 립스틱을 새로 바를까. 고민하던 참에 예원이 나타났다.

"아까 저랑 통화하셨었죠? 김예원이에요."

"네. 잠시만."

소정은 수화기를 들어 예원이 왔음을 알렸다. 그의 짧은 한숨은 다행히 문밖으로 새어 나오지 않았다. 예원이 들어갔고, 소정은 제 자리에 털썩 주저앉았다. 립스틱 바를걸. 소정은 뒤늦게 후회했다.

"저 여기 앉아요?"

자신이 들어왔음에도 불구하고 쳐다보지도 않는 재완에게 예원이 먼저 입을 떼었다. 맘대로. 그의 짧은 대답을 허락으로 이해한 예원은 재완의 책상 맞은편 검은 소파에 앉았다. 일하는 재완의 모습이 정면으로 보이는 자리였다. 계속 그를 바라보고 있자 재완이 그제야 고개를 들어 예원을 봤다.

"바빠요?"

"네."

"잠깐 얘기 나눌 시간도 없어요?"

예원의 말에 재완이 키보드 위에 두었던 손을 뗐다. 뒤늦게 예의를 차리는 것인지 그가 자리에서 일어나 그녀 앞에 앉았다. 허리를 약간 뒤로 젖히고 그는 잔뜩 피곤한 표정을 지었다.

"대충 말해도 알아들을 거라 생각했는데."

낮은 음성이 사방으로 튀어 울렸다. 잠시 당황한 표정을 지었던 예원은 금세 자세를 바로잡고 피식 웃었다.

"나는 재완 씨한테 고맙단 전화가 올 줄 알았어요."

"……"

"그렇게 깽판을 치고 갔는데 내가 우리 집에 아무 이야기도 안 했으니까. 덕분에 회사도, 재완 씨도 아직 무사하니까."

"얘기하지 그랬어요."

재완은 여전히 별 감정 없는 눈으로 예원을 보고 있었다. 두려움이 없는 눈이었다. 예원의 한쪽 입꼬리가 올라갔다. 생각보다 더 재미있는 남자네. 속으로 생각하며 예원은 다시 또 웃었다.

"뭡니까? 연애라도 하고 싶어서 이러는 거예요?"

재완 씨가 알다시피……로 시작된 이야기는 재완도 잘 알고 있는 이야기였다. 우리는 누군가를 만날 때 부모의 허락 없이는 절대 안 된다. 상대가 집안과 회사에 이익이 되지 않는다면 결혼할 수 없다.

조곤조곤 이야기하는 예원 앞에서 그는 하품을 했다. 그 바람에 예원의 말이 잠깐 끊겼다.

"미안해요. 얘기가 좀 지루해서."

"이런 말 하면 웃기겠지만 재완 씨가 앞으로 만나게 될 여자들

중 내가 제일 나을 거예요. 나도 재완 씨가 그중 제일 나을 것 같다 생각해요. 어차피 내 의지와는 상관없는 결혼이라면 난 그중에 제일 나은……."

"좋아하는 사람 있습니다."

힘없던 그의 눈에 생기가 돌았다. 소정을 떠올리며 눈을 반짝였다. 그 말이 앞에 있는 예원의 마음을 돌리기 바랐다. 이대로 자신이 소정을 사랑하는 것에 집중할 수 있도록. 바람을 담아 뱉은 말은 곧바로 무너져 내렸다.

"방금 그 말 실수 같은데."

픽 웃으며 예원이 말했다. 좋아하는 사람이 있다는 말이 왜 실수란 것인지. 여태껏 덤덤히 있던 재완이 의아한 눈을 하고 그녀를 봤다. 처음으로 그녀가 할 말을 기다렸다.

그의 그런 눈빛에 예원은 최대한 다음 말을 늦게 했다.

"사실이어도, 거짓이어도 별 영향 없는 말이에요."

"허……."

"금요일이라 같이 저녁이나 하려 했는데 그건 안 될 것 같네요. 다음에 봐요."

예원이 자리에서 일어났다. 밖으로 나가는 그녀를 보면서도 재완은 아무런 인사를 하지 않았다. 자신의 생각보다 꽤 당돌한 여자구나 생각하면서도 그는 이상하게 이후에 벌어질 일들이 그리 무섭지 않았다. 다만 조금 머리가 아플 뿐이었다.

퇴근 시간. 예원이 다녀간 후로 재완은 부사장실 밖으로 나오지 않았다. 두 사람이 어떤 이야기를 나누었는지 궁금해하는 것으로 오후의 시간을 모두 보낸 소정은 서둘러 짐을 쌌다. 그의 얼굴을 보지 않고 집으로 가고 싶었다.

다시 또 그 앞에서 어떤 표정을 지어야 할지 고민하기 싫었다. 거짓 범벅인 얼굴과 말로 재완 앞에 있고 싶지 않았다. 마무리되지 않은 일들을 USB에 옮겨 담고 그녀는 재완의 방문 앞에 섰다.

똑똑똑. 노크 소리에 그의 목소리가 들렸다. 들어와. 문을 반쯤 열고 소정은 고개를 살짝 숙여 인사했다.

"퇴근하겠습니다."

그는 쓰고 있던 안경을 벗었다. 재완이 안경을 쓰는 날은 일에 집중하는 날이기도 했다. 컴퓨터 화면을 오래 봐서 눈이 아프다며 가끔 그는 안경을 쓰곤 했다. 안경에 짓눌러 있던 코를 만지면서 재완이 그녀를 바라봤다.

"벌써?"

"시간이……."

"그러네. 벌써 갈 시간이네."

그는 손목시계를 한 번 보고 말했다. 시간이 이렇게 흐른 줄 모르고 있었다. 아쉬운 마음에 소정을 가만히 보는데 그녀가 어쩔 줄 몰라 하며 다시 고개를 꾸벅 숙인다.

저는 이만. 짧게 인사하고 소정은 부사장실 문을 닫고 나왔다.

화살표 버튼을 누르고, 그녀는 아래로 내려오는 엘리베이터를 기다렸다. 하나씩 떨어지는 숫자 앞에서 이상하게 초조함이 밀려들었다. 피로감에 살짝 눈을 감고 그녀는 엘리베이터가 도착하며 울리는 종소리를 기다렸다.

땡. 제 마음과 달리 경쾌하게 울리는 종소리에 소정이 눈을 떴다. 엘리베이터 안으로 발을 한 걸음 떼었을 때 재완이 그녀의 손목을 낚아챘다. 급히 그녀를 잡기 위한 그의 행동에 소정의 몸이 앞뒤로 흔들렸다. 그런 그녀를 붙잡듯 재완이 뒤에서 그녀를 껴안았다.

진하지 않은 그의 향기가 풍겼다. 열린 엘리베이터는 아무도 타지 않자 바로 문을 닫았다. 스르르 문이 닫히자, 재완은 그대로 자신의 머리를 소정 어깨 위에 올려놓았다. 그는 얕게 한숨을 쉬었다.

"살⋯⋯려 줘."

진심을 담아 말했다. 느릿한 목소리에 힘이 없었지만 진심만은 가득했다.

자신이 살고 있는 삶에서 재완이 스스로 택한 것은 아무것도 없었다. 소정은 그런 자신이 처음으로 갖고 싶다 택한 것이었다.

그런데 그것을 방해하는 것이 많았다. 동환, 예원, 그리고 회사까지. 그 사이엔 그의 어머니 희향이 껴 있었고, H 기업도 있었다. 자신을 제외한 모든 것이 방해하는 것 같은 이 상황에 그가 흐트러지지 않은 이유는 단 하나였다.

"은소정⋯⋯."

그녀의 마음을 얻는 것이 쉽지 않았다. 자신이 그녀를 좋아하는 것의 반만큼, 아니 십분의 일만큼이라도 자신을 좋아해 주면 더 힘이 날 것 같은데⋯⋯.

"살려 줘."

소정은 자신의 어깨 위에서 숨을 뿌리며 말하는 재완이 자신의 얼굴을 보지 않아 다행이라 생각했다. 뒤를 돌아 그를 안고 싶었다. 손을 뻗어 그의 뺨을 매만지고 싶었다. 지쳐 있는 그에게 힘이 되고 싶었다.

그러나 결국 소정은 주먹을 꽉 쥐고, 발에 힘을 꾹 주었다. 혹여나 자신도 모르게 그를 안아 버릴까 봐.

"어……떻게요?"

그녀가 할 수 있는 것은 아무렇지 않은 척 목소리를 꾸며 내 덤덤히 묻는 것이었다. 재완이 이마를 어깨 위에 살짝 비비자, 그의 향기가 다시 훅 끼쳤다.

"나 좋아해 줘."

"……."

"나 좀 좋아해 줘."

정신이 아찔했다. 왈칵 눈물이 쏟아지려는 것을 억지로 붙잡고 소정은 그대로 살짝 뒤로 돌았다. 재완이 살짝 숙인 머리를 들어 올렸다. 앞으로 쏠려 있던 그의 까만 머리카락이 다시 제자리로 돌아갔다.

"제가 부사장님을 좋아하는 게…… 부사장님을 살리는 거예요?"

"응."

"아닌 것 같은데……."

슬픈 말투였다. 생긋 웃는데 어렴풋이 슬픈 감정이 비쳤다. 고개를 살짝 가로 꺾은 소정은 아랫입술을 살짝 깨물었다. 그리고 다시 반복해 말했다. 그건 정말 아닌 것 같은데…….

"그럼 예원 씨는요?"

"말했어. 좋아하는 사람 있다고."

살짝 당황한 그녀가 멈칫했다. 침을 꼴깍 넘기는 것을 보고 재완이 고개를 살짝 숙였다. 마치 입을 맞출 것처럼 다가오는 그를 피해 소정이 고개를 홱 돌렸다.

"회사는요? 부사장님 가족은요?"

"그런 건……."

"난 부사장님만큼…… 돈도 없고, 든든한 배경도 없어서……."

그에게 뜬금없이 들릴 수도 있단 생각을 했다. 그러나 그는 별로 놀라지 않았다. 눈빛이 변했지만 그녀의 말을 막지 않았다.

하고자 하는 말이 무엇인지 소정 자신도 분명하지 않았다. 그러나 멈추지 않았다.

"……무서워요."

그랬나. 자신이 뱉은 말에 소정 스스로 놀랐다. 이 모든 감정이 '무섭다' 는 말 한마디로 표현될 수 있을까.

어쨌든 제 입을 통해 나온 단어는 '무섭다' 였고, 그 단어가 꽤 충격적이었는지 재완의 시린 눈빛이 흔들리는 것이 보였다.

"난 가진 것 하나 없어서 잃을 것도 없다고 생각했는데, 내 손에 있는 얼마 안 되는 것들을 다 잃어버릴까 봐 무서워요. 그러니까 그만했으면 좋겠어요. 이러다 진짜 내가…… 부사장님을 좋아하게 돼 버리면……."

"그러면?"

"그땐 부사장님이 아니라 내가 살려 달라고 할지도 몰라요."

그녀가 가진 것 중 가장 소중한 것은 그를 향한 자신의 마음이었다. 그건 그를 좋아하게 되었을 때, 누군가에 의해 그를 좋아할 수 없는 상황이 되면 가장 먼저 버려야 할 것이기도 했다.

빤한 스토리의 드라마처럼 소정은 재완의 고백을 자신이 받아들이는 순간, 어떤 일이 벌어질지 너무 잘 알고 있었다. 자신 옆에서 힘들어하는 재완을 보며 결국 그를 향한 마음을 버려야 할 것이다. 가슴 저릿한 목소리로 좋아해 달라는 그의 말에 '네'라는 한 글자가 나오지 않는 건 바로 그 이유였다.

검지로 톡톡 제 허벅지를 두드린다. 재완의 버릇이었다. 곰곰이 생각할 때 무언가를 천천히 두드리는 것. 깊은 생각에 빠진 그 앞에서 소정은 다시 또 입술을 물었다. 거절을 말해 놓고 또 두근거리는 제 자신이 한심스러워서.

"네 입에서 그런 말 나오게 안 만들어, 내가."

모른 척 그냥 그에게 사랑을 고백하고 싶을 정도로 재완의 진심이 크게 느껴졌다. 그 어떤 구체적인 내용 없이도 정말 재완이 그렇게 해 줄 것 같은, 그런 말도 안 되는 생각이 들자 소정은 살며시 제 머리를 흔들었다. 안 돼, 은소정, 안 돼…….

"그러니까 나부터 먼저 살리자."

그렇게 말하고 그는 소정을 꽉 껴안았다. 분명 몇 분 전 자신이 말한 것은 '거절'이었는데, 어느새 또 재완의 품이었다. 자신은 거절을 말하지만 재완은 그 거절을 거절한다. 그리고 사람 마음을 온통 다 휘저어 놓는다. 정신을 차려 보면 또 한 걸음 그의 곁으로 가 있다.

"은소정, 잘 들어. 계속 말해도 자꾸 모르는 것 같아서 하는 말이니까."

그녀 귓가에 대고 하는 재완의 말은 어떻게든 피해야 했다. 또 끌려가 버릴 수 있으니까. 눈을 꾹 감았지만 재완의 말이 들렸다. 그의 목소리는 평소보다 더 선명했다.

"난 다시 돌아가지 않겠단 생각으로 너한테 가는 중이야. 너 아무도 못 건드리게 할 거야. 내가 가진 거 다 주고서라도."

"……."

"그러니까 좋아해도 돼. 너한테는 꽤 괜찮을 놈일 자신 있으니까."

❋❋❋

생각할 수 있는 시간의 틈, 그때마다 재완이 비집고 들어왔다. 쉬는 날이지만 온통 그의 생각뿐이었다.

재완에게 고백을 하는 꿈까지 꾸었다. 자신의 고백을 듣고 재완이 어떤 표정을 지었는지는 차마 보지 못했다. 꿈이지만 그에게 사랑한다 말하는 제 목소리에 놀라 벌떡 일어나 버린 탓이었다.

전화가 울렸다. 늦은 저녁에 울리는 전화는 적막을 깨고 큰 소리로 울어 댔다. 화면에 뜨는 이름을 확인하니 오늘따라 벨소리가 더 까칠하게 들리는 이유를 알 것 같았다.

"무슨 일이에요?"

— 어? 뭔 전화를 그렇게 받아요?

동환이었다. 장난스러운 목소리로 물어 오는 그에게 일부러 한숨을 크게 내 들려주었다. 그녀의 의도를 알아챘는지 동환이 저편에서 큭큭거리며 웃었다.

"……무슨 일인데요?"

— 무슨 일이겠어요. 보고 싶으니까 전화한 거지. 어디예요?

"집이에요."

— 나와요. 같이 술이나 한잔하게.

싫어요. 그녀는 단박에 거절했다. 그러자 이렇게 자신이 까이는 거 알면 팬들이 대성통곡을 하고 울 것이라며 그는 큰 소리로 웃었다. 도저히 먹히지 않을 것이란 걸 알았는지 동환은 작전을 바꾸었다.

"소정 씨가 안 나오면 나 임재완 만나러 가요."

"마음대로……."

"아, 소정 씨는 잘 모르는구나. 나 술 마시면 내 비밀 빼고 내가 알고 있는 모든 비밀 다 말하는 게 주사예요."

그녀는 동환이 지금 무슨 말을 하는 것인지 잠시간 이해하지 못했다. 이런 얘길 왜 나한테 하는 거지. 가만히 듣고 있다가 소정이 '그래서요?' 하고 묻자 동환이 설명했다.

"며칠 전에 아이돌 커플, 그거 내가 말했어요. 걔네들이 그냥 무작정 뒤를 밟진 않거든. 뭐가 있으니까 뒤를 밟고, 사진도 찍고 하는 거거든요. 근데 그 건수를 내가 줬다, 이거지. 술에 취해서."

"그러……니까……."

"소정 씨가 나오지 않으면 난 재완이를 만나러 갈 거예요. 술에 취하러."

뭐 이런 협박이. 소정은 침대에 누워 있던 몸을 일으켰다. 조금 빨리 잠에 들려 했던 계획을 모두 무너트리고 그녀는 대충 긴 머리를 손으로 빗었다.

"어디예요? 지금?"

— 곧 도착해요. 10분 뒤에 나와요.

소정이 집 앞으로 나와 있었다. 동환은 마스크를 쓴 상태로 그녀 아파트 앞에 잠시 차를 세웠고, 소정이 올라타자 바로 출발했다. 그 어떤 인사도 없이 동환은 대뜸 소정 쪽을 바라보고 웃었다.

"이렇게 잘 통하는 협박이 있을 줄이야."

"거짓말이었어요?"

놀라 묻는 그녀의 목소리가 컸다. 동환은 다시 꺽꺽거리며 웃기 시작했다. 나 거짓말 같은 거 안 해요.

그의 대답에도 어쩐지 의심이 가 소정은 안전벨트를 양손으로 꽉 쥐었다. 아무래도 된통 속은 것 같다.

동환이 데려간 곳은 바(Bar)였다. 커다란 홀이 있었고, 벽면엔 작은 방들이 있었다. 다행히 홀엔 손님이 그리 많지 않았다.

마스크를 쓴 동환이 주인에게 '경수야!' 이름을 부르며 어깨를 부딪치자 경수라는 남자는 이곳에서 가장 큰 방으로 두 사람을 안내했다.

"재완이는 요즘 어때요?"

"회사 일 열심히……."

"아니, 그런 거 말고. 소정 씨한테 요즘 어떻게 하냐고요."

소정은 앞에 있는 컵을 매만지다 손가락으로 컵을 톡톡 건드렸다. 그 모습을 보고 동환이 픽 웃었다. 재완이랑 버릇이 같네요. 그 말에 움직이던 손가락이 멈췄다.

"난 걔가 그렇게 적극적인 거 처음 봐요. 그래서 좀 놀랐어요."

"저도 놀라고 있는 중이에요."

"놀라기만 해요? 좋진 않고?"

소정은 고개를 절레절레 흔드는 것으로 답을 대신했다. 살짝 미소를 지었지만 스스로가 느끼기에도 어색했다. 표정을 숨기려 괜히 손으로 얼굴을 매만지는 그녀를 동환이 가만히 쳐다봤다.

"대체 왜?"

"네?"

"나는 내가 좋아하는 사람이 날 좋아하면 당장 진하게 연애할 것 같은데……. 뭐, 내가 알면 안 되는 비밀이라도 있어요?"

그 자식은 소정 씨가 자기를 좋아한다고 전혀 예상도 못 하고 있던데……. 동환의 말에 소정은 어제 자신의 뒤에서 재완이 했던 말이 떠올랐다. 나 좀 좋아해 줘. 다시 또 그 목소리가 심장 깊은 곳에서 울렸다.

"혹시 그 문젠가?"

소정이 바짝 고개를 들었다. 자신의 마음을 들킨 것으로 모자라 생각까지 모두 들켜 버렸다. 이미 그에게 마음을 읽힌 적 있던 그녀는 어깨가 절로 움츠러들었다.

"뭐, 두 사람이 이복동생이라는……."

"네?"

"아니야? 출생의 비밀이 아니고서야 그렇게 밀어낼 필요가 있나. 물론 나는 소정 씨가 재완이를 밀어내는 쪽이 더 좋긴 하지만."

어떻게 대답해야 할지 몰라 그녀는 멀뚱멀뚱 동환을 바라봤다. 그러자 그가 허허거리며 웃기 시작했다. 본인이 생각해도 말이 안 되는지 조금 쑥스러워하는 표정이었다.

제 앞에 있는 맥주를 한 모금 마시며 그는 자신의 뜬금없는 추론에 대해 설명했다.

"내가 요새 촬영하는 영화가 그 주제거든요. 출생의 비밀. 뻔한 내용이긴 한데, 재밌어요. 내가 연기를 되게 잘하고 있거든요."

"네, 네……."

"나중에 시사회 초대권 줄게요. 와서 봐요."

네, 네, 네. 건성으로 대답하는 소정 앞에서 그는 한참 자신이 찍고 있는 영화에 대해 설명했다. 감독이 자신을 설득했던 이야기와 여자 주인공에 관한 이야기 등…….

소정은 턱을 괴고 가만히 들었다. 전혀 관심 없는 표정을 했지만 사실 처음 듣는 연예계 이야기라 꽤 재미있기도 했다.

"아……. 너무 영화 얘기만 했네. 난 소정 씨 얘기도 좀 궁금한데……."

소정은 눈웃음을 지었다. 난 별로 해 줄 이야기가 없는데. 의미 없는 그녀의 웃음을 그가 따라 지었다.

동환은 자신이 재완과 소정 사이에 끼어 있는 장애물같이 느껴졌다. 매번 주인공을 맡아 온 그였지만 조연의 역할도 잘 알았다.

주인공의 사랑에 불을 지피는 역할. 정말 내가 그 역할이려나.

"난 임재완 좋아해요. 있는 집 자식 중에 이런 애 흔치 않아. 페어플레이 정신도 뛰어나요. 묻지도 않았는데 나한테 소정 씨 좋아한다 말하고……."

그때 동환의 전화가 울렸다. 벨소리가 아닌 진동이었다. 테이블에 부딪히며 드르륵거리는 소리에 두 사람의 시선이 모두 그의 전화에 쏠렸다.

[임재완]

"이 새끼, 양반은 아닌가 보네."

왜, 하는 퉁명스러운 말로 동환이 전화를 받았다. 핸드폰 밖으로 그의 목소리가 얼핏 들렸지만 무슨 말을 하는지 제대로 들리지는 않았다. 어. 그래. 어딘데. 짧은 대화가 오가고, 동환은 전화를 끊자마자 소정을 봤다.

"임재완이 잠깐 보자는데, 같이 갈래요?"

"아, 아니요! 제가 왜…… 거길……."

"임재완 취한 것 같은데……."

말하면서도 동환은 소정이 다시 또 거절하기를 바랐다. 괜한 페어플레이 정신이 왜 지금 이때 발현되는 것인지. 지나치게 정직한 자신의 성격을 탓하며 동환은 소정의 답을 기다렸다.

그녀는 조금 전 그의 목소리를 전한 동환의 핸드폰을 바라보면서 걱정스러운 표정으로 물었다.

"많이 취했어요?"

"전화로 느껴질 정도."

"같이…… 가요."

걱정이 되었다. 다른 생각은 들지 않았다. 오늘 하루 자신의 일상을 모두 망친 주범인 재완이었다. 그가 취했다는 이야기에 앞뒤 아무것도 생각지 못할 정도로 소정은 그를 좋아하고 있었다. 그 마음을 표현하면 안 된다는 생각에 꼭 감추고 있을 뿐.

자신을 좋아한다 말했던 동환 앞에서 보이는 그녀의 행동이 얼마나 상대에게 무례하게 보일 수 있는지 소정은 생각하지 않았다.

동환보다 먼저 자리에서 일어나 가방을 챙겼다. 그런 그녀를 쳐다보고 있는 동환을 다그치는 눈빛으로 봤다.

"안…… 가요?"

"참…… 사람 기분 묘하게 만드네."

동환이 자리에서 일어나며 구시렁거렸다. 제 사랑 챙기려고 남의 사랑엔 시선조차 안 두는 소정의 모습에 그는 싸늘함을 느꼈다. 본격적으로 시작하기 전이어서 차라리 다행일까. 온몸으로 자신을 거절하는 그녀를 동환이 바라봤다.

흰 얼굴 위에 콕콕 박혀 있는 둥근 눈이 자신을 보고 있었다. 동공 위로 비치는 자신의 얼굴 뒤로 재완이 있는 것 같았다. 그녀의 깊은 마음 한구석에 있는 재완이 보였다. 대체 임재완은 얼마나 멍청이이기에 이 눈에 비치는 자신의 얼굴을 못 보는 건지.

별거 아닐 것이라 생각했던 그녀의 마음이 꽤 크고 무거웠다. 보고 싶어 찾아간 그녀였지만 동환이 본 것은 결국 자신이 어떻게 할 수 없는 소정의 마음이었다.

주머니에 있던 마스크를 다시 썼다.

"가요, 세계 제일의 멍청이한테."

"네?"

"임재완, 그놈한테 가자고요."

그가 취해 있다는 바(Bar)에 들어섰을 때, 가장 먼저 보이는 것은 삼삼오오 모여 있는 사람들 속에서 혼자 잔을 기울이고 있는 재완이었다.

처연해 보이는 그 뒷모습에 소정은 무언가에 이끌리듯 재완의 뒤로 걸어갔다. 인기척을 느꼈는지 그가 의자를 빙글 돌려 뒤를 돌아봤다. 그리고 예상치 못한 소정의 등장에 눈을 가늘게 뜨며 고개를 갸웃했다.

"헛것이 보이나."

얼마 마신 것 같지 않은데 벌써 취한 건가. 그는 살짝 손을 뻗었다. 취한 그 앞에 나타난 소정은 허상이라 하기엔 너무 아름다웠다. 하지만 재완은 그녀의 얼굴 가까이로 손을 뻗으면서 이미알고 있었다. 그녀가 허상이 아니란 것을. 그래서 더 멈출 수 없었다. 조금만, 조금만……

"혼자 많이도 마셨네."

소정의 뒤에 바짝 붙어 있었던 동환이 불쑥 나타났다. 재완이 뻗고 있는 손을 잡아채며 그가 쓰고 있던 마스크를 벗었다.

"뭐야, 너."

"뭐긴 뭐야. 네가 나한테 전화했잖아. 할 말 있으니까 오라고."

그랬지. 그런데……. 재완이 소정을 봤다. 동환을 불렀는데 그와 함께 소정이 나타났다. 그녀의 입을 통해 듣고 싶었다. 설명을 요구하는 눈빛을 보내니 단박에 그녀가 알아채 입을 열었다.

"잠깐…… 같이 있었어요."

"잠깐 같이, 왜?"

"어……, 그게……."

동환이 재완 옆에 소정을 밀어 앉히고는 자신은 그 앞에 앉았다. 그녀 옆자리를 양보하는 것은 어쩐지 재완에게 밀리는 것 같아 피하고 싶었지만 어쩔 수 없었다. 나란히 앉아 있다간 사진이 찍혀 곧바로 신문사로 갈 것이다.

"내가 불러냈어. 협박해서."

"무슨 협박?"

동환에게 물어보면서도 재완은 자신의 옆에 있는 소정을 향한 시선을 거두지 않았다. 술에 취한 그의 행동은 느렸다. 눈을 느리게 깜박였고, 바짝 말라붙은 아랫입술을 천천히 물었다. 테이블 위를 두드리는 박자도 길게 늘어졌다. 툭, 툭, 투욱…….

테이블을 두드리는 소리가 몇 번이나 반복되었을까. 동환이 살짝 소정에게 눈빛을 보냈다. 말할까, 입 모양으로 묻는 동환을 보고 소정의 눈이 커졌다.

"으, 아, 안 돼요!"

"뭐가 안 되는데?"

"있어. 그런 게."

자신을 배제시키는 듯한 동환의 말에 재완의 기분이 많이 상한 듯했다. 다시 또 느리게 앞에 있는 잔에 술을 따랐다. 그만 마셔야 할 것 같은데. 걱정스러운 맘에 조용히 말려 봤지만 재완은 잔속에 있는 술을 모두 마셨다.

"우리 세 사람 정리 좀 하자."

동환의 제안에 여태 얽혀 있던 재완과 소정의 시선이 풀렸다. 두 사람은 앞에 있는 동환을 바라보았다. 설명을 요구하는 듯한 소정의 눈빛과 해서는 안 될 말을 한 것처럼 자신을 보는 재완의 눈빛에 동환은 어색한 미소를 지으며 위스키를 한 모금 마셨다.

"정리야 쉽지."

"어떻게?"

"너만 빠지면 될 것 같은데."

그렇게 말하며 재완도 목을 축이듯 천천히 술을 삼켰다. 동의를 바라며 소정을 봤지만 그녀는 고개를 푹 숙이고 있었다.

두 남자의 시선을 모두 받으며 당당히 있을 만큼 그녀는 얼굴이 두껍지 않았다. 소정은 속으로 자신을 욕하고 있었다. 재완이 취했단 이야기에 무작정 동환을 따라온 것은 정말 한 치 앞도 바라보지 못한 행동이었다.

"그럴 것 같지는 않은데."

동환의 말은 그대로 소정에게 날아와 박혔다. 그녀의 마음을 알고 있는 동환이었다. 그녀가 재완의 고백을 들어주지 않고, 또 자신의 마음을 고백하지 않는 데엔 어떤 이유가 있다 생각하는 그였다.

소정이 조용히 숨을 내쉬었다. 분명 숨을 쉬고 있는데도 갑갑했다. 조심스레 고개를 들었더니 두 남자의 시선이 모두 자신을 향하고 있었다. 아, 정말······.

어쩔 줄 몰라 하는 소정을 보고 재완은 자신이 모르는 무언가가 동환과 소정 사이에 있다고 확신했다. 그것이 어떤 내용인지는 모르겠지만 자신이 모르는 무언가가 있다는 사실 자체에 기분이 상했다. 불쾌한 표정을 숨기지 않으며 그는 자리에서 일어났다.

"갔어요."

계속 고개를 숙이고 있던 소정이 마침내 고개를 들었다. 재완이 갔다. 옆자리를 봤지만 그가 마셨던 위스키가 아주 낮게 깔려 있는 술잔 하나만 덩그러니 남아 있었다. 많이 취한 것 같았는데. 걱정스러운 맘에 그녀가 재완을 쫓으러 자리에서 일어서자, 소정을 붙잡았다.

"그냥 있어요. 어차피 돌아올 테니까."

"부사장님 취한 것 같았어요."

"아무리 취해도 나랑 소정 씨 둘만 남겨 두고 가진 않겠죠."

연예계에서 유명한 여자 킬러인데, 내가. 그렇게 말하면서 동환은 잔에 위스키를 가득 따랐다. 소정은 자신의 앞에서 눈빛을 조금도 숨기지 않았다. 몇 번이고 일어나려는 그녀를 붙잡고 동환은 제 주량을 넘어서는 만큼의 술을 마셨다.

혀의 감각이 무뎌졌고 몇 번 실없는 소리를 뱉었다. 그중 몇 개는 진심이었지만 소정은 별로 큰 의미를 두는 것 같지 않았다.

"그만 마셔요. 많이 마셨어요."

"뭐예요? 대체······."

"네?"

"대체 뭐 때문에 임재완이랑 연애 못 하는 건데. 내가 괜히 기대하게 돼서 제대로 정리도 못 하겠잖아요……."

동환이 눈을 감으며 테이블 위로 머리를 박았다. 쌕쌕 들려오는 숨소리가 그가 잠이 들었음을 알려 주었다. 미안해요. 던지듯 사과의 말을 뱉고 소정은 밖으로 나갔다.

실내를 벗어나자 차가운 바람이 훅 끼쳤다. 머리카락이 바람결대로 흐트러졌다. 손으로 대충 넘기고 그녀는 주위를 살폈다. 동환이 틀렸다. 그는 정말 가 버렸다.

제대로 집은 갔으려나. 걱정스러운 맘에 핸드폰을 꺼내 들었지만 그녀는 번호를 누르는 대신 입술을 꾹 깨물었다. 잘 갔겠지, 스스로를 토닥이면서도 손안에 쥔 핸드폰을 가만히 내려다보는 시선엔 미련이 묻어 있었다.

이쯤에서 전화가 울렸으면 좋겠다. 그가 잘 들어갔다 문자라도 보냈으면 좋겠다. 뚫어져라 핸드폰을 봤지만 핸드폰은 묵묵부답이었다. 그의 고백을 받고 자신이 아무 대답도 하지 못했듯이.

답답한 마음에 핸드폰을 다시 주머니에 집어넣고 그녀는 고개를 홱 돌렸다.

"나 찾는 거야?"

생수병을 들고 그가 터덜터덜 걸어오고 있었다. 제 마음에 들어왔던 그때처럼 돌연, 갑자기, 그리고 빠르게. 바람이 그녀의 등을 떠밀듯 불었다. 못 이기는 척 소정은 재완에게로 한발 다가섰다.

"왜 나왔어?"

"잘 갔나……."

"확인하려고?"

소정은 고개를 저었다. 마신 것이라곤 초여름 밤의 공기뿐인데 취했나 보다. 걸어오는 재완의 모습에, 그가 자신을 바라보는 눈빛에, 낮게 귓가를 간질이는 그의 목소리에 취했나 보다. 그렇지 않고서야…….

"걱정돼서요."

이런 말을 할 수 있을 리가. 뱉어 놓고 그녀는 재완이 잔뜩 취해 지금 이 순간을 기억하지 못하길 빌었다. 그럴 수 있다면 조금 더 다가갈 수도 있을 것 같았다.

입술을 잡아 뜯듯 물자 그가 손가락으로 그녀의 입술을 툭 건드렸다.

"이거 하지 마. 아프겠다."

"네?"

입술 깨무는 거. 그렇게 말하며 그는 도톰한 그녀의 입술을 다시 툭 건드렸다. 빨갛게 잘 익은 그녀의 입술은 터지지 않았다. 터진 것은 꾹꾹 조이고 있던 그를 향한 소정의 마음이었다.

"너 지난번에 나한테 설렌다고 했잖아."

"……."

"그때랑 똑같은 표정이다, 지금."

시원하게 느껴지는 바람이 그의 향기 때문인지, 아니면 자신의 얼굴이 뜨겁게 달아올랐기 때문인지 헷갈렸다.

늦은 밤, 여러 소리들이 골목을 울리고 있었다. 술에 취한 취객의 욕지거리, 빵빵거리는 클랙슨 소리, 난폭하게 움직이는 오토바이의 바퀴 소리…….

낮고 거친 그의 목소리는 커다란 소리에 모두 묻혀야 하는 것이 정상인데 소정의 귀엔 그의 목소리만이 들렸다.

"말해."

"뭘요?"

"아무 말이나."

움찔했다. 눈을 도르륵 굴렸다. 옛날부터 백지에 그림을 그리는 것이 어려웠다. 하얀 머릿속에 그에게 해야 할 말을 그리는 것. 소정은 너무 어려웠다.

"너 나 좋아해."

표정을 숨기는 것을 포기했다. 그 말을 듣고 아무렇지 않은 표정을 짓는 것은 너무 힘들었다. 확신에 찬 목소리, 눈빛, 표정, 몸짓. 조금의 부정도 허락하지 않을 것 같은 그의 모습에 소정은 자신이 작은 감옥에 갇힌 느낌이 들었다. 뒤로 물러날 수도, 벗어날 수도 없는.

"인정해."

열쇠를 쥐고 있는 것은 재완이었다. 언제나 그랬다. 자신이 할 수 있는 것은 무엇일까. 그냥 가만히 있는 것이다. 늘 그랬듯.

모든 표정을 다 들키고도 소정은 아무 대답도 하지 않았다. 소정이 자신의 눈빛만 보고도 자신의 생각을 모두 읽어 내듯, 방금 전엔 소정의 얼굴에서 자신을 향한 감정이 읽혔다. 눈치 없는 그였지만 재완이 소정의 얼굴에서 본 것은 분홍빛의 마음이었다.

그러나 제 말에 아무 대꾸 없는 그녀를 보곤 다시 또 답답함이 밀려들었다. 그럼 눈치 없는 자신이 아예 모르도록 완벽히 숨기든 가. 들켜 놓고 아닌 척 구는 건 뭐야. 술을 깨려 산 생수를 그대로 들이켰다.

"들어가자."

동환이 엎드려 있는 테이블로 찾아 앉았다. 재완이 털썩 자리에 앉는 소리에 동환이 부스스 고개를 들었다. 어째 방금 전보다 더 취한 모습이었다. 같이 들어오는 소정과 재완을 번갈아 보던 그는 푸후— 하며 숨을 내쉬었다.

"뭐야. 드디어 사귀냐?"

재완은 말없이 동환 앞에 있는 잔을 거두었다. 조금 전엔 동환만큼 취해 있었던 그는 이제 조금 정신을 차린 듯했다. 느릿했던 행동이 제 속도를 찾았다.

사귀냐고. 동환이 다시 물었지만 그는 대답하지 않았다.

"그럼……. 이젠 말해 줘도 되겠네. 뭐였어요, 대체?"

재완은 계속 동환을 무시할 셈이었다. 술에 취한 동환은 남의 비밀이나 다른 사람을 향한 욕 같은 별 영양가 없는 말만 하는 것을 그는 잘 알고 있었다.

동환은 턱을 괴는 것도 힘들어할 만큼 취해 있었다. 몇 번의 시도 끝에 겨우 손에 턱을 받치고 그는 소정에게 다시 물었다.

"임재완 좋아하면서 말하지 못한 이유가…… 뭐였냐고요."

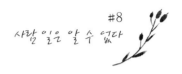

사람 일은 알 수 없다

답을 하지 않았다. 정확히는 답을 하지 못했다. 소정이 화들짝 놀라 어떤 말을 하려 할 때, 재완이 그녀의 입을 한 손으로 막았다. 읍, 하는 소리가 새어 나가자 그는 그녀를 뒤에서 더욱 껴안으며 양손 모두를 이용해 그녀의 입을 더욱더 틀어막았다.

동환은 풀린 눈을 바닥에 떨군 채 계속 같은 말을 되풀이하고 있었다. 뭐냐고요, 뭔데요, 같은. 답해야 하는 소정이 바둥거리고 있는 것은 보지 않고 자꾸만 그 질문을 던지고 있었다.

"그게 무슨 말이야."

말하면서 그는 소정을 더욱 자신의 가슴 안쪽으로 끌어당겼다. 그의 질문이 소정의 머리 위로 떨어졌다. 그에게서 벗어나려던 몸부림을 멈추고 소정은 가만 눈을 감았다. 끝났다. 모든 것이. 끝나 버렸다.

"소정 씨가…… 임재완 너 좋아하잖아. 그래서 비서도……."

테이블을 바라보며 중얼거리던 동환이 그제야 고개를 들어 두 사람을 봤다. 재완의 품에 안겨 입이 막힌 채 모든 것을 체념한 표정으로 있는 소정이 눈에 들어왔다. 그리고 그녀 뒤엔 놀란 표정으로 동환을 바라보고 있는 재완이 있었다.

그녀의 입을 막고 있던 손에 힘이 풀렸다. 툭 하며 손이 떨어졌다. 누군가가 세게 던진 돌을 맞은 표정으로 그는 동환을 보고 있었다.

그런 재완을 보고 동환은 의아하다는 듯 고개를 갸웃거렸다. 알고 사귀는 거 아니었어? 반대쪽으로 고개를 꺾으며 동환은 소정에게 물었다.

"다 말한 거 아니었어요?"

"은……소정."

재완의 부름에 소정은 답을 하지 않았다. 그가 그녀의 손목을 잡아끌었다. 소정은 팔랑거리는 종이처럼 그에게 끌려갔다.

아무 말도 하지 않겠다는 듯 그녀는 입을 꾹 다물었다. 천천히 소정이 고개를 들었다. 마주하고 싶지 않지만 마냥 피할 수는 없다는 것을 그녀도 알고 있었다.

뭐야. 동환의 목소리에 재완은 그를 슬쩍 보곤 그대로 밖으로 나갔다. 동환 앞에서의 볼일은 모두 끝났다. 이제 들어야 할 말은 소정의 입에서 나와야 했다.

재완은 화가 난 듯 보였다. 빠른 걸음으로 밖으로 나온 그는 인적이 드문 골목 앞에서야 그녀의 손목을 놓아주었다.

"최동환이 한 말, 설명해."

"……."

"……설명해 줘."

자신의 말이 차갑게 느껴졌는지 스스로 말을 수정했다. 그의 명령에도, 또 부탁에도 소정은 입을 열지 않았다.

수천 개의 생각들이 지나가고 있었다. 결국 그에게 고백한다, 하지 않는다의 간단한 양자택일 문제였지만 여러 사람들의 얼굴과 함께 생각들이 구름처럼 피어올랐다. 그가 타이르듯 소정의 팔을 붙잡았다.

"사실…… 아니에요."

"그럼 뭔데?"

"그냥……."

"그냥, 저놈이 괜히 내 성질 테스트하려고 한 말인가?"

재완이 그녀의 말을 가로채 덧붙였다. 자신이 하려던 말은 아니었지만 의미는 비슷하게 통했다. 동환의 실언이다. 소정은 그렇게 밀어붙일 작정이었다.

가만히 그의 눈을 바라봤다. 예전엔 잘 읽히던 그의 생각이 지금은 잘 보이지 않았다. 나른하기도 하고, 텅 빈 것 같기도 한 그의 눈동자에 담긴 것은 소정 하나뿐이었다. 그의 생각을 읽으려 노력하면서도 절대 제 생각은 말하지 않는 그녀의 얼굴만 보였다.

허, 숨을 쏟아 내면서 그는 제 앞머리를 헝클어뜨렸다. 살짝 그의 미간이 일그러졌다. 생각을 정리하려는 듯 그가 몇 번 더 숨을 내뱉었다. 그때마다 조금 전까지 소정의 등이 닿았던 그의 가슴팍

141

이 크게 움직였다.

"은소정. 너 내 얼굴 보고 내 생각이랑 기분 읽는 거 잘하잖아."

"……."

"해 봐, 지금."

그의 말이 아니더라도 이미 충분히 시도하고 있는 중이었다. 읽혀지지 않았다. 투명한 그의 눈동자를 아무리 바라보아도 어떤 감조차 잡히지 않았다. 당황한 그녀는 눈을 빠르게 깜박였다.

"왜? 모르겠어?"

"……."

"난 왜 알 것 같지."

도망쳐야 한다. 그의 말을 들었을 때 떠오른 것은 그 하나였다. 그것마저도 읽었는지 재완이 바로 그녀의 손을 붙잡았다.

"너 지금 귀 되게 빨갛다."

"……."

"볼은 더 빨개."

하하, 그가 웃기 시작했다. 호쾌하게 웃는 그 앞에서 소정의 얼굴은 아까보다 더 빨개져 있었다. 웃음소리가 잦아들다가 그는 또다시 커다란 소리를 내며 웃었다. 그를 지나치는 사람들 모두 한 번씩 뒤돌아보며 그를 쳐다봤다. 멀쩡히 생겨 가지곤 늦은 밤 뭘 잘못 잡쉈나, 하는 눈빛으로.

"최동환한테 들은 건 못 들은 걸로 할래. 다 보이지만 모른 척할게."

선심 쓰듯 그가 말했다. 부끄러움이 다시금 샘솟았다. 소정이 고개를 돌리려 하자 이번엔 그가 두 손으로 그녀의 양 볼을 잡아 세웠다. 어쩔 수 없이 그와 눈을 마주치게 된 그녀는 침을 꿀떡 삼켰다.

"네가 말해 봐, 은소정. 나 좋아한다고."

사람 일은 알 수 없다고 한다. 제 감정이 이렇게 들킬 줄 몰랐고, 그가 이렇게 정확히 자신의 감정을 읽어 낼 것이라 생각지 못했다.

정말 사람 일은 알 수가……

"좋아……해요."

없다.

소정은 급히 한 손으로 제 입을 막았다. 진지한 회의실에서 딸꾹질을 한 사람처럼 제 입을 막고 그를 봤다.

맙소사. 최면에 걸린 사람처럼 말했다. 좋아……해요. 자신의 입술로 만든 그 소리를 그녀는 속으로 몇 번이고 되풀이했다. 좋아해요, 좋아해요……. 지금 재완 앞에서 자신이 그렇게 말했다.

다시 또 재완이 웃었다. 푸핫, 소리와 함께 웃기 시작한 그는 좀처럼 웃음을 참지 못하고 키득거렸다. 소정이 어쩔 줄 몰라 하는 것을 보며 더 즐거이 웃는 것 같았다. 그 어떤 반응을 기대한 것은 아니었지만 이렇게 파안대소를 할 줄이야.

"그, 그렇게 웃겨요?"

"아, 그게…… 아니라……"

"좋아해요!"

재완의 얼굴 가득 있었던 웃음기가 순식간에 사라졌다. 눈을 꾹 감고서 소정은 말했다. 여태껏 쥐고 있었던 제 감정을 모두 떠나보내려는 듯 크게 말했다.

"좋아한다구요!"

정말 딸꾹질처럼 멈추지 않았다. 눈물이 찔끔 났다. 이 네 글자가 이렇게나 큰 용기를 필요로 하다니. 아무것도 없는 양손을 꽉말아 쥐고 다시 또 외쳤다. 좋아해요! 정말로!

"야, 야……."

재완이 그녀 곁으로 다가왔다. 주위를 두리번거리며 다가와서는 손을 뻗어 그녀의 입을 막았다. 그리고 마치 껴안듯 소정의 얼굴 가까이로 몸을 숙였다.

"이제 그만 말해도 돼."

"……."

"다른 놈들이 듣잖아."

귀 가까이에서 그의 목소리가 들렸다. 그녀가 좋아하는 시원한 그의 향기도 풍겼다. 어두운 밤, 들리는 그의 목소리는 어쩐지 선명한 빛깔을 띠고 있는 것 같았다.

그리고 그 색은 아마도 제 뺨의 색과 비슷할 것이라고, 소정은 생각했다.

두 사람은 기다란 벤치에 앉았다. 마치 스포트라이트처럼 키가 큰 가로등이 두 사람을 비추고 있었다. 그렇게 나란히 앉아서 그는 연신 피식거렸다.

소정이 좋아한다고 했다. 누구를? 나를. 그 사실 하나만으로도 하늘을 훨훨 나는 기분인데, 그녀가 했던 고백이 또 너무 귀여워서 재완은 웃음을 멈출 수 없었다. 그녀 앞이 아니라면, 좀 더 멋있게 보여야 하는 상황이 아니라면 그는 발을 동동 구르며 몸을 꼬고 싶었다.

몸에 힘 잔뜩 주고 자신에게 좋아한다고 소리치던 모습이 계속 떠올랐다. 자신이 말리지 않았다면 아주 밤새 소리칠 모습이었다. 큭⋯⋯. 코를 찡그리며 웃는데 자신의 옆에서 심각한 표정을 하고 있는 소정이 보였다.

그녀는 후회 중이었다. 오늘 일어난 모든 것들을. 그중 가장 후회하는 것은 재완 앞에서 결국 고백한 것이었다. 그것도 아주 우스꽝스럽게. 만약 이곳이 자신의 침대 위라면 정말 이불을 열 번쯤 빵빵 차 댔을 것이다.

이 뒷이야기가 그려지지 않았다. 그럼 부사장님과 내가⋯⋯ 사귀는 건가? 예원 씨는? 회사는? 질문이 떠오를 때마다 절망감이 찾아들었다. 그리 솔직한 성격도 아니면서 왜 갑자기 고백을 해서는⋯⋯. 자신을 질책했다.

"은소정."

그의 부름에 소정이 여태껏 하고 있던 답 안 나오는 생각들을 접고 재완을 봤다. 그는 그녀와 달리 해맑은 표정이었다. 불어오는 바람이 소란스럽게 느껴졌다. 그것은 아마 생각이 많은 자신 때문일 것이다.

바람결에 흐트러진 머리를 쓸어 넘겼다. 재완은 그녀를 부르고는 아무 말도 하지 않았다.

어색한 표정을 풀어 보려 그녀가 입술을 모아 숨을 훅 내쉬었다. 그의 다음 말을 기다리는 것은 늘 긴장되는 일이다. 지금은 두려웠다. 또 어떤 말로 자신의 안으로 파고들지 걱정스러웠다.

"고맙다."

"……네?"

예상하지 못한 말에 멍하니 소정은 그를 응시했다. 씩 웃는 그의 입꼬리가 올라갔다. 분위기 때문인지 몇 번 봐 왔던 그 미소가 낯설게 느껴졌다.

그는 정말로 자신을 사랑하는 듯 웃고 있었다. 그에 보답하듯 그녀는 피하지 않았다. 설렌 감정이 고스란히 두 뺨에 나타났다.

"살려 줘서."

소정은 조용히 고개를 끄덕였다. 자신의 사랑을 간절히 원하던 재완에게는 그녀의 고백이 꼭 선물처럼 느껴졌나 보다. 원하던 선물을 받은 아이의 얼굴을 하고 그는 자신을 보고 있었다.

살려 줘서 고맙다라……. 그럴까. 자신이 정말 그를 살린 것일까.

그랬으면…… 좋겠다.

❋❋❋

어떻게 지났는지도 모르게 주말이 지나갔다. 월요일. 출근을 하는 날이었다. 거기다 재완의 얼굴을 또 마주 봐야 하는 날이기도 했다.

일요일 내내 전화가 울렸다. 여보세요, 하고 전화를 받으면 그는 끊임없이 질문을 쏟아 냈다. 뭐 해? 밥 먹었어?

그는 일요일 약속이 있었다. 사적으로 친분이 있는 형의 개원을 축하해야 했다. 거기서 붙잡혔다. 게다가 소정이 평소보다 일찍 잠이 들어 그녀 집 앞으로 찾아가는 일은 일어나지 않았다.

출근이 기다려지다니. 이른 아침 차에 올라타며 그는 저도 모르게 콧노래를 불렀다. 그녀의 고백의 위력은 엄청났다. 어제 그를 만난 사람들 모두 한마디씩 던졌다. 너 뭐 좋은 일 있어? 있지. 그럼.

회사 건물 안으로 들어서자 그 주위에 있는 사람들이 모두 허리를 숙여 인사했다. 평소라면 그냥 건성으로 고개만 까딱하고 말 그였다. 그러나 오늘은 예전의 재완이 아니었다. 좋은 아침입니다. 미소로 답해 주고 그는 엘리베이터로 걸어갔다.

얼빠진 놈처럼 웃고 있는 제 얼굴이 엘리베이터 문 앞에 그대로 반사되어 보였다. 아까부터 볼이 얼얼한 이유를 알 것 같았다. 문이 열렸고, 그는 그대로 버튼을 눌렀다. 그녀를 만나러 가는 길이 설렌다. 그는 매끈한 검정 구두로 바닥을 두드렸다. 기분 좋은 초조함이었다.

이윽고 문이 열렸다. 그녀의 힐 소리가 났다. 재완이 나오자 그녀는 늘 그랬듯 고개를 꾸벅 숙였다. 그녀 주위의 모든 것이 뿌옇게 보였다.

깍듯이 인사하는 그녀의 손을 잡고 그는 부사장실로 걸어갔다.

부사장님! 놀란 목소리로 소정이 그를 불렀지만 재완은 멈추지 않았다. 탕비실 안으로 들어가서야 그의 발이 멈췄고, 잡혀 있던 소정의 손도 그제야 놓아주었다.

"회사예요. 이러시면······."

"은소정."

그가 빙긋 웃으며 그녀의 이름을 불렀다. 그 얼굴이 아찔하게 느껴질 정도로 멋있어서 소정은 그를 다그치려던 입을 꾹 다물었다.

"궁금한 게 많아서 정리해 왔어."

그는 핸드폰을 꺼내 메모장 어플을 켰다. 빼곡히 무언가가 적혀 있었다. 지난 밤 그가 침대에서 적어 놓은 것이었다.

"너 나 언제부터 좋아했어?"

"······."

"뭐에 반해서 넘어온 거야?"

말하는 재완을 바라보고 있으니 그가 다시 또 생긋 웃었다. 회사에서 여직원들이 왜 그가 살짝 웃기만 해도 자지러지는지 알 것 같았다. 꺅 소리가 절로 나오는 미소에 속으로 소리치며 소정은 입술을 앙다물었다.

"얼굴?"

"아, 아······닙니다."

"아니면 뭔데?"

뭐에 반했더라. 기억이 잘 나지 않았다. 그냥 초록빛의 단풍잎이 빨갛게 물들 듯 자연스럽게 그를 좋아하게 되었다. 누군가가 이미 정해 놓은 것처럼, 그냥 그렇게. 그를 좋아하는 것은 그녀의 일상이었다. 일상에서 이유를 찾기란, 어려웠다.

답을 하지 못하고 우물쭈물하는 그녀를 재완이 귀엽다는 눈으로 바라보았다. 오늘 하루는 마냥 그녀의 얼굴을 보고 싶었다. 어제 못 본 것까지 모두 보상받듯이.

"어이. 은소정."

"……."

"나 좋아하는 사람."

소정이 살짝 고개를 들고 그를 봤다. 이상하게 살짝 미소 짓는 그의 앞에선 용기가 솟는다. 그녀도 아까의 그처럼 재완 외에는 아무것도 보이지 않았다.

"네, 왜 부르십니까?"

당돌하게 되묻는 그녀 앞에서 한 2초간 재완이 멈칫했다. 여태껏 부끄러운 새색시처럼 어쩔 줄 몰라 하더니 이젠 살짝 턱을 들고 자신을 보고 있었다.

그는 쥐고 있던 핸드폰을 도로 넣었다. 지난 밤 자신이 심사숙고해 적었던 질문들이었지만 이딴 질문들이 다 무슨 소용이랴.

그녀를 품에 안았다. 소정의 감촉이 온몸으로 느껴졌다. 애틋한 감정이 끓어올랐다. 왼쪽 가슴이 그녀 몸에 닿자, 심장이 얼마나 빨리 뛰는지 더 잘 느껴졌다.

"일……할 시간이에요."

"알고 있어."

그는 아쉬운 마음을 숨기려 그녀를 더 꽉 껴안았다. 그리고 그녀를 품에서 놓아주었다. 여기는 회사고, 지금은 업무 시간이란 것을 알았지만 그의 눈이 소정의 입술로 향했다.

먹음직스럽게 도톰한 입술을 가만 보고 있었다. 그러다 다 안다는 듯 자신을 바라보고 있는 소정의 시선과 마주쳤다.

"해도 돼요."

"……."

"안 이를게요."

꼭 그녀의 허락이 아니더라도 재완은 움직였을 것이다. 제 자신마저 놀랄 만큼 마음을 진탕 흔들어 놓는 소정의 모습에 그는 이곳이 자신의 일터란 사실도 모두 잊었다.

그는 그녀의 명을 받들 듯 혀를 뻗어 자신을 아득하게 만든 말캉한 입술에 가져다 댔다. 할짝거리며 아랫입술을 살짝 물었다 놓자 야릇한 소리에 소정의 귀가 빨갛게 익었다. 마치 장난감을 가지고 노는 고양이처럼 앞에 있는 소정의 입술을 약 올리듯 핥았다. 혀로 굴리고 이로 살짝 깨물자 소정이 '아웅' 하는 귀여운 소리를 냈다.

그와의 키스는 처음이 아니었지만 처음 이상으로 떨리고 황홀했다. 종소리는 들리지 않았지만 별이 눈앞에 펼쳐졌다. 소정에게만 보이는 별빛 아래에서 그녀는 재완을 느끼고 있었다.

입술이 떨어지고 눈이 마주치고, 소정은 용기를 내어 입을 열었다. 꿈 같아요. 뭐? 재완이 되묻자 또다시 작은 목소리로 웅얼거렸다.

"꿈 같아요."

침을 삼키는 것이 힘들 정도로 온몸에 열이 돌았다. 소정의 말에 그는 허리 아래가 뻐근해졌다.

"다시, 다시 말해 봐."

"꿈…… 같……아……요."

그녀가 글자 하나하나를 뱉어 낼 때마다 재완은 그녀의 아랫입술을 살짝 물었다 놓았다. 재완의 입술 바로 아래에서 말을 하는 소정의 입술이 달싹거릴 때마다 그의 입술 위로 스쳤다.

"은소정."

"……."

"너 나 상대로 야한 꿈 꿨어?"

짓궂은 고등학생처럼 웃으며 재완이 물었다. 창피함에 소정이 고개를 돌리려 하자 그가 그녀의 턱을 잡고 입술을 가져다 댔다.

혀가 얽히고 타액이 만들어 내는 소리가 들릴 때마다 소정은 재완의 품에서 움찔거렸다. 그게 또 너무 귀여워 재완은 키스 중인 것도 잊고 픽픽 웃었다. 자신을 놀리는 것을 알았는지 소정이 힘 하나 없는 주먹으로 그의 가슴을 퍽퍽 내리쳤다.

입술을 뗀 것은 시간이 더 흐른 뒤였다.

"와, 진짜……, 아……."

소정을 품에 꼭 안고 그는 계속 어쩔 줄 모르는 소리를 내뱉었다. 소정의 어깨에 머리를 기댄 채 욕도 몇 마디 뱉었다. 흐아……. 살짝 맛봤을 뿐인데도 미쳐 버릴 것 같았다. 특별하지 않은 신음 소리 하나에도 온 신경이 말라 바스라질 것 같았다.

재완은 그녀 쪽으로 손을 뻗으려다 주먹을 꽉 쥐었다. 그러곤 두 팔을 소정의 양어깨에 턱 걸치곤 그녀를 내려다봤다.

"아프겠다."

"……."

"아프지?"

입술 중앙이 빨갛게 부어 있었다. 그렇게 만든 것은 자신이면서 재완은 조심스럽게 그녀의 입술 가운데를 매만졌다. 조금 전 그의 입술이 닿았던 곳이었다. 그녀는 뭐가 부끄러운지 입술을 깨물며 재완을 봤다.

"왜. 만지는 건 싫어?"

"……."

"야해, 너."

재완이 키득거리며 웃었다. 그가 허리를 숙일 때마다 흰 셔츠로 가려진 그의 뽀얀 가슴이 보였다. 그녀는 못 볼 것이라도 본 것처럼 눈동자를 굴렸다. 야하긴, 누가. 소정은 빠르게 눈을 깜박였다.

소정은 물을 들이켰다. 차가운 물이 부디 제 몸에 퍼진 열들을 다 식혀 줬으면 하는 바람으로. 몇 번이고 물을 벌컥거렸지만 얻은 건 둥글게 부푼 윗배뿐이었다.

지난주와 같은 일상이었지만 모든 것이 엉켜 있었다. 마라톤에서 페이스를 잃어버려 비틀거리는 주자처럼 그녀는 재완 앞에서 조금도 제 페이스를 찾을 수 없었다. 어떤 얼굴을 하든, 어떤 몸짓을 하든 그의 시선이 자신에게 따라붙었다.

"크, 흠……. 저기 부사장님……."

"아, 죄송해요."

해외 영업부 부장의 얼굴이 살짝 일그러졌다. 제 보고는 전혀 듣지 않고 재완은 멍하니 비서만 보고 있었다. 제 사람을 각별히 여긴다더니, 무슨 좋아하는 여자 바라보는 것처럼 바라보나. 김 부장은 고개를 갸웃하며 다시 말을 이었다.

"그러니까 지난번에 부사장님께서 말씀하신 중국……."

소정이 테이블에 찻잔을 내려놓자 재완은 곧장 아쉬운 표정을 지었다. 자신과 눈 한 번 안 마주치고 그대로 나가 버리는 그녀가 야속하기까지 했다. 축 처진 표정으로 재완은 부장 쪽으로 몸을 숙였다.

"길게 설명하지 말고 간단히 말해 주세요. 부장님이 보시기엔 될 것 같습니까?"

"아예 가능성이 없는 것은 아닙니다."

"제가 별로 좋아하지 않는 대답을 하시네요."

재완은 차를 한 모금 마셨다. 큰 표정 변화는 없었지만 두 사람을 감싼 공기가 순식간에 차가워졌다. 그는 씩 웃었다. 제 나이보다 훨씬 많은 남자 앞에서 위엄 있게 행동하는 것은 어려웠고, 재완은 그런 자리가 늘 불편했다.

그런데 어느샌가 저도 모르게 익숙해졌나 보다. 당황해서 손등으로 땀을 찍어 내는 부장을 보며 재완은 여유롭게 다시 차를 한 모금 마셨다.

"그, 그러니까 부사장님……."

"네, 김 부장님."

"해, 해 보겠습니다. 어, 어떻게든……."

"이제야 제가 좋아하는 대답을 하시네요."

재완은 생글생글 웃었다. 대답이 그렇게 마음에 들었나. 그의 눈치를 살피던 김 부장이 조심스레 물었다.

"아, 뭐 좋은 일이라도……."

"차가 따뜻하네요."

방금 우려낸 차니 당연히 따뜻한 것 아닌가. 김 부장이 의아한 표정으로 상사를 바라봤다. 재완은 여전히 벙글거리고 있었다.

소정의 뒤로 다가오는 그의 발걸음 소리가 들렸다. 그녀는 곧장 빙글 몸을 돌렸다. 그녀를 놀래려던 것이었는지 양손을 들고 있던 재완이 그대로 굳어 버렸다.

"발소리 다 들렸어요."

"아, 그래?"

애도 아니고 뭐하는 거예요. 혼내는 그녀의 말투에 곧장 풀이 죽어 재완은 목덜미를 긁었다. 무거운 구두가 문제였다. 클래식한 디자인이 멋스러워 좋아했던 구두였지만 오늘따라 굽이 묵직하게 느껴졌다. 괜히 쿵쿵 발을 굴렀다.

"저는 이만 퇴근하겠습니다."

"아…… 같이……."

가방을 챙기는 그녀를 붙잡으려 다시 손을 뻗었다. 동시에 그의 주머니에서 벨이 울렸다. 핸드폰을 꺼내 받는 사이 소정은 컴퓨터를 끄고 가방을 들어 재완 앞에 섰다.

"네."

— 완아. 오늘은 일 빨리 끝내고 집에서 같이 저녁 먹자.

"아, 저 오늘⋯⋯."

— 네 형도 온다고 했어.

곤란한 표정으로 고개를 기울여 봤지만 답이 나오지 않았다. 알겠어요, 짧게 답하곤 그는 다시 주머니 속에 핸드폰을 집어넣었다.

"같이 데이트 좀 하려고 했더만."

"데이트요?"

"응. 데이트. 같이 밥 먹고, 차도 마시고, 서로 얘기도 좀 하고⋯⋯."

그거라면⋯⋯. 소정은 오늘 하루 그와 함께한 일들을 떠올렸다. 기어코 따라온 그와 같이 사내 식당에서 밥을 먹었고, 탕비실에서 같이 차를 마셨다. 중간중간 이야기도 했다. 대부분 소정이 입을 닫아 길게 이어지진 않았지만.

"오늘 충분히 한 것 같은데⋯⋯."

"그게 무슨 데이트야. 좀 더 연인처럼⋯⋯."

'연인'이란 단어 하나에 소정의 눈빛이 변하는 것이 보였다. 조금 전까지 서운했던 마음을 죄다 잊고 재완은 픽픽 웃었다.

"이제 막 시작하는 연인인데, 당연히 연인처럼, 사랑이 마구 샘솟는, 아주 연인답고, 연인스러운 데이트를⋯⋯."

"그만해요!"

"아까부터 뭘 계속 그만하래. 얘기 좀 하려고 하면 '이제 그만 돌아가셔야 합니다' 손 좀 잡으려고 하면 '회사입니다. 그만하십시오' 이거야 원, 서러워 살겠나."

부러 크게 한숨을 푹 내쉬었다. 소정은 어쩔까 생각하며 가방 끈을 쥔 손에 힘을 꽉 주었다. 재완이 다시 그 묵직한 발걸음 소리를 내며 다가왔다. 그러곤 곧장 그녀를 안으며 어깨에 얼굴을 묻었다.

"집에 가야 해."

"……."

"내일은 그만하라고 그만해."

순간 아이 같은 그의 목소리에 소정이 웃음을 삼켰다. 오늘 하루 다른 사람 앞에서 차가운 표정을 짓고 날카로운 말을 서슴없이 던졌던 재완이었다. 제 앞에서는 180도 다른 모습을 보이는 것이 신기했다.

대답해, 하며 그는 소정의 옆구리를 쿡 찔렀다. 응? 소리와 함께 다시 또 쿡 찌르자 소정이 몸을 비틀며 그의 품에서 빠져나왔다.

"자, 잠깐만요. 무슨 대답을……."

"내일은 좀 덜 뻣뻣하기로. 좀 더 너그럽게 나를 받아들이기로."

그가 능글맞게 키득거렸다. 장난기 가득한 소년의 얼굴을 하는 그를 보고 소정의 입꼬리가 위로 솟았다. 이렇게 그냥 웃어 주면 안 되는데. 머리로 생각했지만 표정으로 옮겨지진 않았다. 웃는 표정을 숨기기 위해 입술을 살짝 깨물었지만, 여전히 빨간 입술 끝은 하늘을 향해 있었다.

"웃는 건 알겠다는 뜻인 건가?"

"노력……해 볼게요."

"어, 그거 참 좋은 자세야. 은 비서."

부하 직원을 다독이듯이 그가 그녀의 등을 토닥였다. 갑자기 위엄 있는 척하는 그를 보고 소정이 풋— 하고 웃음을 뿜었다. 그리 재밌지 않은 상황인데도 두 사람은 한참 서로를 보며 웃었다.

어머니에게 뒤통수는 많이 맞았었다. 네가 좋아하는 로봇 사러 가는 것이라고 속이고 치과에 데려간 것, 피아노 체르니 100번을 끝내면 피아노 과외를 그만두게 해 주겠다고 했던 것, 어머니가 원하는 대학에 들어가면 이제 더 이상 구속하지 않기로 한 것 등.

그래서 이런 상황이 매우 익숙했다. 하지만 이상하게 그 어떤 것보다 더 화가 났다. 희향의 말대로 그의 아버지가 있었고, 그의 형 인석이 자리에 있었다. 그리고 희향이 말하지 않은 예원이 있었다.

"기다리고 있었어요."

소파에 앉아 대화를 나누고 있었던 예원이 재완을 보며 인사했다. 인석은 동생의 표정이 차갑게 굳는 것을 봤다. 그리고 오늘 이 저녁이 그리 좋지 않게 끝날 것이란 걸 본능적으로 예감했다.

"멀뚱히 서 있지 말고 앉아."

인석의 말에도 재완은 움직이지 않았다. 가만히 예원을 바라볼 뿐이었다. 그는 묻고 있었다. 왜 자신의 집에 자신의 가족과 그녀가 함께 있는 것인지.

"많이 놀랐어요?"

예원이 웃으며 물었다. 제 머리를 헝클어트리며 화난 표정을 숨기지 않는 그를 보며 웃었다. 다 알고 있는 눈빛이었다. 아무리 화가 나도 지금 이 자리에서 그가 할 수 있는 것은 조용히 있는 것일 뿐이라는 것을.

화난 표정은 곧 모든 것을 체념한 표정으로 바뀌었고, 그는 예원과 멀찍이 떨어져 앉았다.

인석의 시선이 재완을 따라왔고, 그 시선을 느낀 재완은 '살려 줘'라고 입 모양으로 형에게 말했다. 인석은 고개를 저었다.

"식사 준비 다 됐어요."

희향의 신난 목소리에 침묵을 지키며 앉아 있던 모두가 자리에서 일어났다. 재완이 어떻게든 벗어나려는 몸짓으로 부엌을 향해 가는데, 예원이 빠르게 그의 팔을 붙잡았다.

"표정 관리 좀 하는 게 어때요?"

"내가 어떤 표정을 짓기 원하는데?"

"나를 환영하는 표정?"

"그건 어려울 것 같은데."

재완이 그녀가 잡고 있는 손을 떼어 냈다. 순간 소정이 보고 싶었다. 과학은 발전하고 있는 것이 분명한데도 왜 아직 타임머신이라든지, 순간 이동 장치를 만들어 내지 못하는 것인지. 그는 집으로 들어오기 전 소정과 대화를 나눴던 시간, 아니면 그녀의 집 안으로 도망치고 싶었다.

"그럼 우리 회사를 반기는 표정은요?"

재완의 상상이 멈췄다. 눈썹을 찌푸리며 그가 다시 예원을 바라봤다. 그녀의 바람과는 반대로 그는 정색하고 있었다. 그건 결혼을 전략적으로 이용하려는 예원을 경멸하는 표정이었다.

"그런 표정은 절대 짓고 싶지 않은데, 난."

"흐음⋯⋯."

"당신이 원하는 표정 지어 줄 남자한테 가서 알아보는 것이 어때요?"

재완은 예원을 버리듯 지나쳐 자리에 앉았다. 생전 처음 다른 사람에게서 자존심을 짓밟힌 그녀는 희향이 부르는 소리에 그의 옆자리에 앉았다.

"차린 건 없지만 많이 들어요. 내가 손목만 다치지 않았으면 직접 준비했을 텐데."

그건 희향의 단골 변명이었다. 늘 무언가를 준비해야 하는 날이면 그녀는 손목이 아프다 말했다. 그것을 아는 재완이 고개를 숙이며 숨을 내쉬었고, 아내의 변명을 모른 척하기 위해 범태는 괜히 목을 가다듬었다.

"아니에요, 어머니. 잘 먹겠습니다."

식사가 시작되었다. 재완은 어서 빨리 이 시간이 끝나길 빌었다. 목구멍으로 넘기는 모든 것들이 턱턱 막히는 기분이었다. 분명 집에 들어서기 전까지만 해도 허기가 졌던 그였지만 이젠 밥에 별 관심이 없었다.

"예원인 요새도 요리 학원 다녀?"

"네, 한식 위주로 배우고 있어요. 작년에 양식은 좀 배워 놔서 쉬울 줄 알았는데 한식은 또 다른 것 같아요."

수줍게 웃는 예원을 따라 희향도 미소 지었다. 재완의 서열을 위로 끌어당겨 줄 아이였다. 예원을 보는 눈엔 사랑이 그득했다.

"거, 참……. 아직 나이도 어린데 대단하네."

"그러니까 말이에요. 우리 재완이는 별로 가리는 것 없이 다 잘 먹어. 입맛이 까다롭지 않아서 예원이가 해 주면 뭐든 잘 먹을 거야."

범태의 칭찬에 희향이 말을 덧붙였다. 어른들의 말에 잔뜩 고무된 예원이 입을 가리고 웃었다. 인석은 재완이 괜한 일을 칠까 신경 쓰느라 대화를 제대로 듣지 못했고, 재완은 귀가 들리지 않는 사람처럼 굴었다.

화기애애한 분위기를 만들기 위해 세 사람이 부단히 노력했다. 그 노력에도 불구하고 재완의 표정은 좀처럼 펴지지 않았다. 그 상태 그대로 식사가 끝이 났다.

"재완이 방 구경 갔다 올래?"

예원에게 말 한 번 붙이지 않는 재완의 옆구리를 희향이 꾹 찔렀다. 복덩이가 알아서 굴러 왔는데 뭐하는 짓이야, 눈빛으로 그녀는 말했다.

"어머! 좋아요!"

"위층 맨 오른쪽 방. 재완아, 같이 갔다 와. 과일은 방에서 먹고, 응?"

그의 등을 희향이 떠밀었다. 못 이기는 척 그가 먼저 걸음을 옮겼다.

쿵쿵 계단을 울리는 발소리를 들으며 인석은 고개를 절레절레 흔들었다. 임재완, 저거 일 치겠네, 오늘.

"좋아하는 사람이 있는 거지, 내가 싫은 건 아니잖아요?"

"나한테는 두 개가 별 차이 없는 것 같은데."

"그…… 좋아한다는 사람…… 나보다 집안이 괜찮은 여자예요?"

재완의 책상에 살짝 엉덩이를 기대며 예원이 물었다. 별 대답할 필요를 느끼지 못했는지 재완이 다가와 그녀의 팔을 잡아끌었다. 그리고 툭툭, 그녀의 몸이 닿은 곳을 털어 냈다.

"지금 이렇게 행동하는 거, 날 더 자극한다는 거 재완 씨는 모르죠?"

"난 그런 거 모르고, 그런 거에 관심 없어요. 요새 내 관심사는 내가 좋아하는 여자고, 그 여자랑 어떻게 하면 행복해질까 고민하며 살고 있는데……. 그쪽이 이렇게 불쑥 나타나면 당신 잘못 아닌데도 당신한테 화가 나요."

"……."

"나는 당신 행동이 지금 협박처럼 느껴지는데……. 죽으면 죽었지 당신 뜻대론 안 해요, 난."

그는 최대한 예의를 차려 말했다. 더 험하게 말할 수도 있었다. 그가 처음 생각한 말들은 분명 그랬다. 생각 그대로를 뱉지 않은 것은 여자로서의 예원의 자존심을 조금 지켜 주고 싶기도 했고, 오히려 이쪽이 그녀를 돌릴 수 있다는 판단에서였다.

그의 판단이 맞았는지 예원은 잘게 고개를 끄덕였다.

"좋겠네요. 그 여잔. 근데, 알아요?"

"……."

"나도 재완 씨 뜻대로는 못 해 줄 것 같은데."

똑똑, 노크 소리가 들렸다. 잠깐 들어가도 되냐 묻는 희향의 목소리는 들떠 있었다. 예원이 문을 열었고, 희향에게서 접시를 받아 들었다.

재완은 희향과 말을 주고받는 예원의 뒷모습을 바라봤다. 제 판단이 틀렸을까. 그는 빌었다. 상황이 부디 복잡해지지 않기를.

점심시간이었다. 그건 곧 식사를 해야 할 시간이란 뜻이기도
했다. 재완은 잠시 출장을 가야 한다며 소정을 데리고 내려갔다.
회사 사람들의 시선을 소정이 지나치게 의식한다는 것을 알고 있
기에 그는 자신이 먼저 주차장으로 내려갔다.

곧이어, 립스틱을 고쳐 바른 소정이 내려왔다.

보통 출장을 갈 때에는 필요한 서류들이 한가득인데 이번엔 아
무 지시가 없었다. 의아한 표정을 숨기지 못하고 그녀가 재완을
바라보고 서 있자, 그가 조수석으로 다가와 문을 열었다.

"타."

"그냥 이렇게……."

"응, 그냥 이렇게."

그가 소정의 등을 밀었다. 쭈뼛거리며 그녀가 조수석에 올라타

163

자 재완은 픽 웃었다. 분명 뻣뻣하게 굴지 않기로 했으면서 소정은 여전했다. 회사라는 공간, 그리고 비서라는 직업의 제약 속에서 그녀는 조금도 자유로울 수 없는 사람처럼 굴었다.

그렇다면 답은 하나. 도망. 그의 검은 차가 회사 주차장을 빠져나옴과 동시에 재완은 옆에 앉은 그녀를 보고 픽 웃었다.

"왜? 납치라도 할까 봐 무서워?"

"제가 모르는 부사장님 스케줄이 뭘까, 생각하고 있습니다."

소정은 치마 밑단을 매만졌다. 진지하게 고민하는 그녀에게 '그런 건 없어'라는 말이 쉽게 나오지 않아 재완은 그냥 도착할 때까지 아무 말 않기로 마음을 굳혔다.

핸들을 잡고 있던 오른손을 옆으로 뻗어 그는 소정의 머리망을 툭 쳤다.

"이것 좀 빼 봐."

"네? 왜, 왜요?"

"머리 푼 게 보고 싶어서."

그의 눈에 뭐가 안 예쁘겠냐마는, 그는 조금 더 그녀가 헝클어진 쪽이 취향이었다. 자신이 짓궂게 굴 때 짓는 당황하는 표정, 눈이 마주쳤을 때 마구 흔들리는 눈동자, 빨개진 뺨, 더듬거리며 주제를 잃은 말들. 회사에서는 좀처럼 보이지 않는 모습이어서 그가 더 갈망하는 눈동자로 소정을 봤다.

"출장 간다고 하시지 않았습니까?"

"그랬지."

소정이 옆에 있는 재완을 가만 바라봤다. 동시에 툭, 그가 한 손으로 머리망을 죄고 있던 핀을 끌렀다. 말릴 새도 없이 그는 그녀의 머리카락을 풀어 헤쳤다. 머리망 안으로 넣어 놓았던 머리카락을 돌돌 풀어내더니, 긴 머리카락을 하나로 묶고 있던 고무줄도 아래로 끌어 내렸다.

덕분에 제멋대로 구불거리는 머리가 그녀의 가슴 위로 떨어졌다. 말릴 새도 없이 벌어진 상황에 그녀는 그가 좋아하는 그 표정을 짓고 재완을 봤다.

"뭐, 뭐하는 거예요?"

"아, 예뻐."

그녀의 질문과 전혀 어울리지 않는 답을 해 놓고 그는 샐쭉 웃었다. 눈동자가 모두 사라질 정도로 짙게 웃는 그를 보고 소정은 어떤 말도 새로 내놓지 못했다. 하……, 숨을 내쉬고 그저 열이 오른 양 볼을 손으로 감쌌다.

재완의 차는 패스트푸드점의 드라이브 스루에서 속도를 늦췄다. 뭐 먹을래, 하는 그의 질문에 소정이 딱히 어떤 대답도 하지 않자 그는 같은 햄버거 두 개를 시켰다.

"아, 하나는 양파 빼 주세요."

"저희 정말 출장 가는 거 맞아요?"

의심 가득한 목소리로 소정이 물었다. 처음부터 이상했다. 자신이 모르는 재완의 스케줄이라니.

소정의 질문엔 대답할 마음이 없는지 재완은 조용히 결제를 했다. 주문한 햄버거를 받아 들고 다시 차를 출발하며 재완은 뒤늦은 답을 했다.

"아니."

그럴 줄…… 알았어. 체념한 듯 소정은 창밖을 봤다. 열린 창문으로 바람과 햇살이 쏟아져 들어왔다. 긴 머리카락이 흩날려 그녀의 얼굴 반을 가렸다.

고무줄, 고무줄이 어디 있더라……. 핸드백을 뒤적이는데 재완의 손길이 머리카락에 닿았다. 분명 머리카락에 신경 따윈 없을 텐데 그의 손길이 느껴졌다. 몸이 그대로 굳었다.

더 심한 짓을 했으면서도 이상하게 자신에게 다가오는 그의 움직임 모두는 설렘을 한가득 몰고 온다.

날리는 머리카락을 귀 뒤로 넘겨 주며 그는 소정이 좋아하는 입꼬리를 만들었다. 하늘 위로 둥글게 말려 올라간 입꼬리. 그의 옆얼굴이 좋아서 소정은 머리를 다시 정갈히 묶는 것을 포기했다. 이미 출장을 가지 않는다고 재완이 말하지 않았는가.

"내리자."

낯익은 주차장이라 생각하며 소정은 차에서 내렸다. 언제 왔더라……. 앞서가는 재완을 쫓으며 생각하는데 도무지 생각이 나지 않았다.

착각인가, 하는 그때 간판을 보고 떠올랐다. 어? 여기! 동환 씨랑 왔었던…….

이름은 잘 생각이 안 나지만 동환과 꽤 친한 것처럼 보이는 남자가 운영하는 바(Bar)였다. 닫힌 셔터를 올리고, 그는 익숙한 손놀림으로 도어록 번호를 눌렀다.

안으로 들어가니 기억이 확실해졌다. 동환과 온 그곳이 맞았다.

어두침침한 실내를 밝히는 전등이 켜지고, 재완은 쥐고 있던 햄버거 봉투를 바 테이블 위에 내려놓았다.

재완이 어떤 행동을 원하는지 아는 소정은 조용히 테이블 앞에 있는 높은 의자에 앉았다. 난생처음이었다. 주인이 없는 영업장에 들어온 것도, 그리고 기다란 바 테이블에 누군가와 나란히 앉는 것도.

재완이 그녀의 옆에 앉았다. 그가 꺼낸 햄버거는 보기엔 같았지만 하나는 양파가 없는 것이었다. 그는 양파가 없는 것을 제 앞에 놓고는 다른 햄버거의 포장을 벗겨 소정에게 내밀었다.

"몸에는 안 좋지만 가장 빨리 준비되는 게 생각나지 않아서 어쩔 수 없었어."

재완이 건넨 햄버거를 받아 들고 소정은 재완을 봤다. 그냥 밖에서 점심 먹자 하면 될 것을……. 말없이 그를 보고 있으니 재완이 어느새 그녀의 마음을 읽고 말했다.

"밥 먹으러 나가자 그러면 또 안 나갈 거잖아. 업무 시간이다, 사람들 본다, 어쩐다 하면서."

"……."

"워낙 깐깐한 직원이라 같이 밥 먹는 것도 이렇게 힘드네."

누가 뽑았는지, 원……. 말을 끝내고 그가 햄버거를 크게 한입 물었다. 그러곤 또 배시시 웃으며 어서 먹으라는 듯 턱짓을 했다. 속았다는 생각도 잠시, 웃는 그의 모습에 또 홀랑 넘어가 소정도 재완을 따라 햄버거를 먹었다.

소정의 손바닥만 한 햄버거는 금세 사라졌다. 소정은 반쯤 남은 콜라를 마시려 빨대를 물었다. 쪼르륵 입 안으로 빨려 오는 콜라 소리가 두 사람 모두에게 전해질 만큼 실내는 조용했다. 손님도, 주인도 없는 공간에 나란히 앉아 재완과 소정은 서로를 바라봤다.

"할 말 있어."

그 말에 콜라를 내려놓고 소정이 재완을 봤다. 빙글 돌아가는 의자를 이용해 몸도 그쪽으로 돌렸다. 여태 장난스럽게 말했던 그가 꽤 진지한 목소리를 하고 있어 소정은 살짝 긴장하고 있었다.

"어제 김예원이 집에 찾아왔어."

놀라서 눈썹이 살짝 올라갔지만 그 외에 큰 변화는 없었다. 소정은 평정심을 유지하려 애썼다. 두근거리는 심장을 진정시키기 위해 고르게 뱉는 자신의 숨에 집중했다. 살짝 커진 눈을 곧바로 원래의 크기로 되돌렸고, 모든 것을 받아들이겠단 표정으로 그를 봤다.

예원에 관한 모든 것들은 그냥 받아들여야 했다. 재완이 자신을 아프게 할 말을 뱉더라도 소정은 절대 상처받은 표정을 짓지 않아야 했다. 그건 재완을 위한 것이기도 했고, 동시에 자신을 위한 것이기도 했다. 받아들이는 것 외엔 그녀가 할 수 있는 일이 없다는 걸, 그녀는 잘 알고 있었다.

"이럴 줄 알았어. 내가."

재완은 두 손바닥으로 소정의 볼을 꾹 눌렀다. 입술이 삐쭉 하고 튀어나왔다. 뭐야, 거, 거짓말인가? 소정은 눈을 크게 뜨고 재완을 봤다.

"진짜야. 김예원 어제 우리 집에 왔어. 우리 가족이랑 밥도 먹었어."

아무런 표정 변화 없이 그녀는 가만히 있었다. 볼을 꽉 누르고 있던 손을 내려놓고 그는 땅이 꺼져라 한숨을 쉬었다.

"은소정, 내가 이런 말을 할 땐 화를 내는 거야."

"······."

"눈썹에 힘주고 소리쳐야지."

그는 여자의 몸짓으로 두 팔을 허리에 갖다 댔다. 어울리지 않게 새초롬한 표정을 지으며 그는 고개를 사선으로 꺾어 소정을 바라봤다.

"어떻게 그럴 수 있어요? 정말 너무해요!"

"······."

"이렇게 해야지. 해 봐, 빨리."

대체 뭐가 어떻게 돌아가는 건지······. 머리가 복잡해진 소정이 눈을 꾹 감았다. 상황이 머리에 잘 들어오지 않았다. 그러니까······. 아, 그러니까, 그게······. 재완이 어제 예원을 만났으니 자신이 화를 내야 한다는 건가. 내가? 은소정이?

재완에게 화를 낸다는 건 상상도 해 본 적이 없다. 그는 그녀의 은인이었고, 동경의 대상이었고, 사랑하는 사람이었고, 또 자신이 가질 수 없는 사람이었다. 그런 사람에게 화를 내다니. 마치 들으면 안 될 것을 들은 사람처럼 소정은 재완을 바라봤다.

"못······ 해요, 전."

고개까지 저었다. 그리고 다시 되뇌듯 말했다. 전······ 못 해요.

한없이 고개가 떨어졌고 복잡해진 머리를 정리하기 위해 눈꺼풀이 저절로 닫혔다. 그가 말한 상황과 자신이 처한 상황에 꽤나 스트레스를 받았는지 머리가 지끈거렸다. 누군가가 제 머리통에 못을 박는 것 같았다.

"해. 왜 못 해?"

소정의 턱을 들어 올리고 재완이 그녀와 눈을 맞췄다. 조명을 껐지만 어두운 실내 탓에 그의 얼굴에 음영이 져 더 남자답게 보였다. 해. 그의 목소리는 차가웠고 반대로 그의 눈동자는 살이 데일 만큼 뜨거웠다.

"난 네가 나 아닌 다른 새, 아니, 남자랑 눈빛만 섞어도 화나. 그래서 네가 다른 남자랑, 그것도 네 집에서 밥을 먹었다고 하면……."

그는 생각만으로도 짜증이 나는지 열을 식히는 듯 보였다.

"화낼 거야."

"……."

"불같이."

그가 잡고 있는 턱 때문에 소정은 그의 시선을 피할 수 없었다. 그의 눈빛이 방금 재완이 한 말이 모두 진심임을 다시 확인시켰다.

"너 내 거잖아. 난……."

그가 말을 하려다 멈추고 살풋 미소를 지었다. 그가 또 무슨 말을 할지 두려워 소정은 입술을 감춰 물었다.

"은소정. 난 누구 거야?"

누구 거냐니. 십 대 어린아이들이 할 법한 말을 해 놓고 그는 뿌듯하게 웃고 있었다. 그리고 그의 말이 참으로 유치하다 생각하면서도 소정의 가슴은 뛰고 있었다.

그의 소유권이 누구에게 있냐는 질문에 어떻게 답해야 할지 쉽게 가늠할 수 없었다. 그의 목소리로 그 말을 듣는 순간 모든 사고 회로가 정지된 듯했다. 소정은 침을 꼴깍 삼켰다. 그가 원하는 답을 알지만 쉽게 그 말이 나올 리 없었다.

"대답 안 하면 뽀뽀해야지."

"아니, 그······."

소정이 높은 의자에서 내려왔다. 바보같이 도망가려던 그녀는 곧바로 그의 손과 발에 의해 붙잡혔다. 재완은 긴 다리로 그녀의 종아리를 감고, 팔로는 소정을 감싸 안았다. 포박당한 그녀의 얼굴은 재완의 얼굴 바로 앞에 있었다.

쪽. 그의 입술이 소정의 눈두덩이 위에 닿았다. 내가 누구 거야? 그가 다시 물었고, 소정은 그에게 입맞춤을 당한 왼쪽 눈을 감은 채 재완을 봤다.

"말 못······ 해요."

"왜? 내가 네 상사라서? 내가······ A 모직 부사장이라서?"

"······."

"그딴 건 생각하지 마. 내가 누구 건지만 말해."

그는 답을 듣지 않으면 자신을 놓아주지 않을 것이다. 본능적으로 알았다. 소정을 안고 있는 팔에 힘이 들어갔다. 그의 입술이 그녀의 콧잔등에 닿았다 떨어졌다.

소정이 도망가려는 듯 몸을 움직였다. 붙잡고 있던 그의 몸과 부딪히자 그가 곤란하단 표정으로 제 허리 아래를 바라봤다.

"어, 어? 조심해. 우리 꽤 가깝게 붙어 있어."

화륵— 순식간에 얼굴이 불타올랐다. 덕분에 그녀는 빳빳이 굳은 채 서 있을 수밖에 없었다. 그녀는 마치 자신이 조련을 당하는 것 같다 생각하면서도 좀처럼 그의 품에서 벗어날 수 없었다. 체념한 듯 눈을 꾹 감고 소정이 입술에 힘을 주었다.

"부사장님은……."

"다시. 임재완은……."

"임재완은……."

감고 있던 눈을 뜨고 재완을 봤다. 이제 막 옹알이를 시작하는 아이를 바라보는 눈빛을 하고 재완이 소정을 보고 있었다. 입술이 파르르 떨렸다. 그는 쉽게 말하는 그것이 왜 자신에겐 이토록 어려운 것인지. 꿀꺽. 마른침을 삼키고 그녀는 말을 뱉었다.

"제, 제 거……예요."

"옳지!"

그는 더욱 세게 소정을 껴안았다. 그리고 그녀 귀 가까이로 입술을 가져다 대고 주문을 외듯 말을 반복했다.

"넌 내 거고, 난 네 거야. 그러니까……."

"……."

"화내야 해. 아까 같은 상황엔."

"화, 화내면요?"

"……엄청 귀엽겠지."

네? 소정은 그에게서 상체를 떼어 내고 재완을 봤다.

"내가 만약 진짜 그런 상황에…… 화를 내면 어떻게 되냐구요."

소정이 장난치는 그를 탓하듯 진지하게 물었다.

"네가 날 보고 웃을 때까지 미안하다고 빌어야지."

"그래도 화내면요?"

"그럼…… 손들고 서 있을까?"

벌받는 아이처럼 그가 손을 번쩍 들었다. 피식, 소정이 웃자 그가 다시 그녀를 껴안았다. 화를 냈다가, 네가 지금처럼 다시 웃어 주면…….

"키스할 거야."

"네?"

"뭘 그렇게 놀라. 나 그래서 양파도 안 먹은 건데……."

나는 먹었는데! 소리칠 겨를도 없이 재완이 입술을 부딪쳐 왔다. 그의 교육의 성과인 건지 소정은 잠시 햄버거 속의 양파를 떠올리며 멈칫했다가 이내 그의 허리를 껴안았다. 그의 키스는 자신을 아무 생각도 들지 않게 하는 스위치 같다 생각하면서.

돌아오는 길에 재완은 그날 집에서 있었던 일을 모두 이야기했다. 주로 그녀를 안심시키려 한 말들이었다. 예원이 와서 밥을 먹었고 자신의 방에서 얘기를 했다. 그런데 자신은 확실히 말했다.

고개를 끄덕이며 이해하는 척했지만 자신은 본 적 없는 그의 방을 예원이 먼저 봤다는 사실에 그녀는 살짝 질투가 났다.

그런 마음을 들켜선 안 되는데, 이상하게 그가 자신의 것이라 생각하고 나니 그 감정이 숨겨지지 않았다. 눈이 가늘게 떠졌고, 자신도 낯설 만큼 삐친 목소리가 나왔다.

"알겠어요."

"어? 화내는 거야?"

"아, 아니에요!"

그는 기쁜 표정을 하고 웃었다. 뭐가 아니야, 화냈잖아. 놀리는 투의 그의 말에 소정은 인상을 확 구긴 채 그를 봤다.

"그래요. 화났어요."

"왜?"

"그냥……. 가족들이 식사했다는 건 뭐 그럴 상황이 있었을 거라 생각되기는 하는데……. 바, 방에 들어간 건 좀……."

그는 핸들을 붙잡고 키득거렸다. 그녀에겐 조금 미안하지만 그의 예상 그대로 화를 내는 소정은 귀여웠다. 웃음이 잘 참아지지 않았다. 화를 내는 소정을 보고 왜 이리 행복해지는지, 그 감정은 쉽사리 설명할 수 없었다.

"가족들 앞에 있으면 확실히 선을 긋지 못하니까 그냥 피해 들어갔는데……. 내가 생각이 짧았어."

"……."

"벌이라도 설까?"

말하며 그는 핸들을 잡고 있는 한 손을 들었다. 그리고 나머지 손도 들려고 하자 소정이 화들짝 놀라며 그를 저지했다. 괜찮아요! 그의 손이 다시 핸들을 붙잡자 그녀는 안도하며 자신이 또 그에게 당했다는 것을 깨달았다.

"아, 정말……."

"어쩜 내 거 은소정은 이렇게 귀여울까."

그가 소정의 머리카락을 거칠게 비비며 웃었다. 헝클어진 머리를 손으로 빗어 넘기며 소정이 재완을 보며 한마디 툭 던졌다.

"어쩜 내 거 임재완은 이렇게 날 놀려 먹을까요."

"뭐?"

크하하……. 재완이 빵 터져 웃었다. 소정에게서 고등학생 때 모습이 비쳤다. 비서라는 틀에 갇히기 전, 그녀의 모습. 그는 사랑스러워 죽겠다는 듯 미소 가득한 얼굴로 그녀를 힐끔거렸다.

회사가 가까워져 오자 소정은 가방에서 고무줄을 꺼내 머리를 하나로 묶었다. 그리고 예의 그 냉철한 얼굴로 그를 봤다.

"저 그만 보시고 운전에만 집중하세요. 부사장님."

재완이 다시 또 소리 내어 웃었다.

#10
죗값

　그 누가 봐도 빈틈이 많은 사랑이었다. 서로를 향한 감정은 지나치게 무겁고 깊었지만, 재완과 소정 곁에 도사리는 위험 요소들이 너무나 많았다. 금방이라도 두 사람 사이를 비집고 들어올 여러 문제들을 그들도 알고 있었다.

　확실히 모든 것을 해결해 줄 수 있는 방안이 보이지 않았다. 그들이 서로를 향한 마음을 유지하면서 상처받지 않고 모든 일을 해결할 수 있는 방안. 하지만 애초부터 그런 것은 없었다는 걸 두 사람 모두 알고 있었다.

　그래서 소정은 재완을 향한 감정을 숨겼고, 그래서 재완은 소정과의 미래를 어떻게든 밝게 만들려 노력했다. 그런 재완을 보며 안절부절못하고 있는 인석은 재완이 현재 '죗값'을 받고 있는 것이라 말했다. 사랑을 택한 죗값.

사랑을 택한 것이 어떻게 죄가 될 수 있는 것인지 재완은 쉽게 이해가 가지 않았지만 딱히 그 단어를 부정하지 않았다. 그의 세계에선, 대한민국의 재벌 2세에게선 계급이 맞지 않는 여자를 사랑하는 것은 죄악이었다.

"조금 평범한 집안에서 태어났어야 했어."

"평범한 게 뭐야? 가난한 거?"

인석이 보고 있던 서류를 들추며 물었다. 아침 일찍부터 재완은 보고할 서류 뭉치를 들고 사장실을 찾았다. 그러곤 책상 위에 소정이 정리해 놓은 서류들을 내려놓고 소파를 향해 몸을 돌렸다.

인석은 재완이 와 있는 순간까지 일에서 손을 떼지 않았다. 몇백 명의 평범하지 않은 사람들이 앉았던 소파 위에서 재완은 벌렁 누워 버렸다.

"평범한 게 가난한 건 아니지만……. 뭐, 가난하게 태어나도 지금보단 덜 복잡했을 것 같……."

"그렇겠지. 아무도 널 좋아하지 않을 테니까."

"아, 속물."

재완은 절레절레 고개를 흔들다 팔로 두 눈을 덮어 버렸다. 형은 사랑을 모른다니까. 문장 자체는 유치했지만 그의 낮은 목소리로 전해지니 마치 그가 노력 끝에 알게 된 세상의 진리 같았다.

"넌 세상을 몰라."

"진짜 세상을 모르는 건 형이지. 이 정도 얼굴이면 대한민국에선 절대 가난할 수 없어."

어렸을 때처럼 장난스럽게 그가 말했다. 인석이 지을 어이없단 표정이 머릿속에서 그려졌다. 쿡쿡 재완은 조용히 웃다가 금세 입을 닫았다. 웃고 장난치는 와중에도 그를 짓누르는 것이 있었다. 인석이 말한 그 '죗값'이었다.

사장실에서 내려온 재완은 목마른 사슴이 시냇물을 찾듯 소정을 찾았다. 그녀와 눈이 마주치자 배시시 웃음이 났다. 소정도 이유를 모른 채 그를 따라 웃었다.

"뭘 웃어."

"네?"

"아침부터 설레서 일하기 싫어지잖아."

소정의 입꼬리가 바로 내려왔다. 그가 자신으로 인해 설레는 것은 좋았지만 일을 하지 않는 것은 싫었다. 잘못이라도 한 사람처럼 울상을 짓는 그녀 앞에서 재완은 다시 또 픽 웃었다.

"진짜 뼛속까지 비서네, 은소정."

"아, 아니……."

뭐가 아니야. 재완이 말하고 돌아서는데 소정이 그의 팔을 붙잡았다. 재완이 놀란 눈을 하고 소정을 바라봤다. 가끔씩 자신의 예상을 빗나가는 행동을 하긴 했지만, 그건 모두 회사가 아닌 공간에서였다. 소정이 늘 반복하는 말처럼 여기는 회사였다.

그는 소정이 그래 왔던 것처럼 주위를 살폈다. 그리고 다시 또 그녀처럼 조용한 목소리로 말했다.

"은소정, 여기 회사야."

말하는 그의 얼굴이 들떠 있었다. 고작 팔 하나 잡혔을 뿐인데 놀라움과 기쁨을 감추지 못하고 그는 소정을 놀리는 투로 말했다.

"회사는 일하러 오는 곳이라며."

소정이 했던 말을 그가 그대로 되돌려 주었다. 그녀는 그제야 제 몸이 반사적으로 만들어 낸 행동에 민망함을 느꼈다. 뒤늦게 입술을 깨물어 봤지만 소정은 이미 두 손으로 그의 팔을 꽉 쥐고 있었다.

"그 말은 왠지 싫어요."

"무슨 말?"

"뼛속까지 비서라는 말……."

그리고 그녀는 제 말을 다시 확인이라도 시켜 주는 것처럼 고개를 저었다. 싫어요, 진짜. 작은 목소리였지만 묵직하게 들려왔다.

재완은 정말 별거 아닌 것에 미칠 듯이 행복해지는 자신이 낯설었다. 그냥 '뼛속까지 비서라는 말이 싫다'는 말이었다.

별거 아닌 그 말이 재완을 행복하게 만든 이유는

첫째, 그녀가 절대 틈을 보이지 않는 회사에서 한 말이었고

둘째, 그것이 그토록 재완이 원했던 것이었고

셋째로 그 말을 '은소정'이 했다는 것이었다.

자신이 제일 아끼고 사랑하는.

"알았어. 이거 놔."

"그 말 취소하면요."

"취소할게, 놔."

그의 말에도 소정은 여전히 재완의 팔을 잡고 있었다. 둥근 눈을 끔벅이면서 소정은 가만히 재완을 보고 있었다. 좀처럼 소정이

움직일 것 같지 않자 재완이 잡히지 않은 팔을 움직여 그녀의 손을 떼어 냈다.

"놔줘야 널 안지."

그는 소정을 자신의 심장 가까이로 끌어당겼다. 소정이 조금 전까지 잡고 있던 곳은 여전히 따뜻했다. 그 따뜻함을 온전히 전하려는 듯 그는 그녀를 힘주어 안았다.

❄❄❄

소정은 변했다. 아니, 변하고 있다는 것이 더 정확했다. 긴 시간 동안 재완을 좋아하면서 그 어떤 티도 내지 않고 잘 지내 온 그녀가 아니었다. 매일 같은 정장을 입었지만 하루가 다르게 변했다.

"요새 뭐 좋은 일 있나 봐?"

재완이 점심 약속이 있는 날이었다. 사내 식당에서 홀로 밥을 먹는 그녀 앞에 상무 비서인 연지가 앉았다. 그녀는 회사 내에서 유일하게 낙하산인 소정을 크게 미워하지 않는 사람이었다.

"아, 안녕하셨어요?"

"응. 소정 씨도 잘 지냈지? 요새 연애해? 얼굴에서 아주 빛이 나!"

"아니, 아니에요! 연애라뇨, 무슨……."

부정은 했지만 제가 생각해도 어색한 말투였다. 다 안다는 듯 연지는 눈을 가늘게 뜨며 소정을 살폈다.

"나 이 일 하면서 늘은 건 주름살이랑 눈치밖에 없어. 딱 보니까 연애하는데, 뭐. 뭐 하는 남자야?"

"아니, 아……."

또다시 부정을 하려다 소정은 입을 다물었다. 그녀는 최근 다른 사람들 앞에서 좀 더 당당해졌고, 재완을 좋아하는 마음도 더 단단해졌다. 두 사람을 둘러싸고 있는 고난과 역경, 시련들이 시시각각으로 떠올랐지만 지금은 재완을 좋아하는 마음 하나에만 집중하자 스스로 결심했다.

그건 분명히 생각이나 마음가짐과 같은 내면의 변화였다. 그런데 이상하게 얼굴에 그 모두가 고스란히 드러났다. 요즘 소정은 누가 봐도 사랑받는 여자, 사랑하는 여자의 얼굴이었다. 그 사실을 소정 자신만 모를 뿐이었다.

"그냥 평범한 사람이에요."

눈치 빠른 연지가 제 말의 거짓을 찾아낼까 두려워 소정은 바로 식판에 코를 박았다. 좋아하지 않는 김칫국을 빠르게 퍼먹으며 슬쩍 눈을 올려 연지를 봤다.

"역시……. 그 뺨에 광채는 사랑을 하지 않고는 나올 수 없다니까?"

연지는 그녀의 작은 변화를 알아챈 자신이 기특하다는 듯 말했다. 몇 번의 질문이 오갔다. 나이는? 직업은? 얼마나 만났는데? 그녀의 질문에 소정은 가상의 인물을 한 명 만들어 대답했다. 연지의 질문 세례가 끝나자 잠시 정적이 흘렀다. 그러다 무언가 불현듯 떠올랐는지 그녀가 숟가락을 내려놓으며 눈을 빛냈다.

"요새 부사장실 어때?"

"네? 그냥…… 뭐……. 별로 특별한 건 없는데……."

"에? 특별한 게 없다고? 잔치라도 해야 하는 거 아냐?"

그게 무슨 말이에요? 소정이 묻기도 전에 성격 급한 연지가 말을 이었다.

"부사장님 H 기업 딸내미랑 결혼한다며. 나는 뭐 복잡한 건 잘 모르지만 우리 회사 부사장님이 물려받는 거 아닌가, 하는 말이 있던데……."

소정은 슬픈 눈을 들키지 않으려 했다. 연지가 어떤 악의를 가지고 한 말이 아니었음을 그녀도 잘 알고 있었지만 이상하게 슬퍼지는 제 감정은 어떻게 할 수 없었다. 제아무리 마음을 먹어도 어쩔 수 없는 것이었다.

"우리 상무님은 아주 난리야. 알겠지만 우리 상무님 사장님 라인이잖아. 뭐, 우리 회사에 사장님 라인 아닌 사람이 없지만. 지금이라도 라인 바꿔 타야 하나 여기저기 묻고 다니는 것 같은데……."

"아, 네……."

"소문엔 해외 영업부 부장이 그 라인 탄다는 것 같던데……. 맞아, 소정 씨?"

최근 사무실을 자주 찾은 김 부장의 얼굴이 떠올랐다. 잘 모르겠어요. 답하고 소정은 자리에서 일어났다.

"먼저 가 볼게요. 부사장님께서 곧 오실 것 같아서……."

회사 사람들을 만나면 회사 이야기를 하는 것이 당연하다 생각했다. 여태껏 그것이 크게 불편하다 생각한 적도 없었다. 그런데 재완과 관련된, 그리고 어쩌면 자신과도 관련된 이야기를 듣고 나니 기분이 축 처졌다.

생각이 생각을 낳았다. 고민의 끝엔 또 고민이 있었다. 그렇게 그녀가 답 없는 문제에 매달리고 있는 사이 재완이 들어왔다.

소정이 뒤늦게 그를 보고 일어섰다. 그 바람에 책상에 곧장 허벅지를 찧혔다. 아파할 겨를 없이 그녀는 꾸벅 인사를 했다.

"잘 다녀오셨습니까?"

"밥 먹었어?"

"네."

짧게 대답하고 소정은 재완의 손에 들린 쇼핑백을 바라봤다. 그는 조심스럽게 쇼핑백에서 무언가를 꺼냈다. 흰 케이크 박스였다.

"블루베리 케이크. 너 좋아하는 거잖아."

"고맙습니다."

소정이 그의 배려에 감사의 인사를 전하는 도중 그는 다시 케이크 박스를 쇼핑백 안에 넣었다. 그리고 그대로 제 사무실로 들어갔다. 뭐지, 하는 사이 그가 열린 문 틈 사이로 말했다.

"커피 마시자! 두 잔 가져와!"

그의 말에 그녀는 탕비실로 들어갔다. 조금 전까지 걱정들을 싸매고 있었던 그녀는 새로운 고민에 빠졌다. 그의 말대로 정말 두 잔을 가져갈 것인가, 아닌가.

재완이 원하는 것이 무엇인지 알았다. 같이 브레이크 타임을 가지자. 그……래도 될까? 혼란스러워하며 그녀는 커피 잔에 커피를 따랐다. 한 잔을 모두 채우고 나니 고민의 깊이가 더 깊어졌다. 에라, 모르겠다. 그녀는 다른 잔 하나를 꺼내 커피를 채웠다.

똑똑똑. 노크 소리에 그가 답했다. 들어와. 그에게 커피나 차를 준비해 주는 것은 매일 하는 일이었음에도 불구하고 이상하게 항상 긴장이 되었다. 제 마음을 진정시키지 못하고 그녀는 조용히 재완 앞에 섰다.

그리 무거운 것도 아닌데 재완은 소정에게서 커피 두 잔이 올려진 쟁반을 건네받았다. 괜찮……. 소정의 말이 채 끝나기도 전에 그는 쟁반을 테이블 위에 놓고 그녀를 끌어당겨 자리에 앉혔다.

검은 소파에 앉은 것은 오랜만이었다. 비서직을 수락하고 계약했을 때 이후, 처음이었다. 그 느낌이 생경해서 몸이 절로 굳었다.

그는 케이크를 꺼냈다. 일회용 포크 하나를 건네며 그는 눈웃음을 지었다. 아직도 이래도 되는지 고민하는 그녀 앞에서 재완은 무슨 말을 하고 싶어 하는 표정이었다.

"점심 먹은 데가 우리 학교 근처였어."

"학교요?"

"응. 선안고."

그제야 소정은 그가 왜 그리 즐거워 보였는지 알 것 같았다. 소정도 고등학생 시절을 생각하면 기분이 좋았다. 지금보다 더 많은 시간 그와 함께했고, 더 자유로이 그를 바라봤던 때였다. 그를 따라 소정도 웃음 지었다.

"오늘 운동회 하더라."

"아, 정말요?"

학교 운동회. 체육엔 별 소질 없었던 소정에겐 그리 즐거운 날이 아니었다. 별 추억도 없었다. 초등학생 때 달리기하다 철퍼덕 넘어져 꼴등한 기억, 그리고…….

"저……."

빛바랜 옛이야기를 꺼내는 것이 쑥스러워 소정이 뜸을 들였다. 그는 포크를 문 채로 소정을 봤다.

"궁금한 거 있어요."

"뭔데?"

그는 빙긋거리며 소정을 봤다. 그의 시선이 곧게 그녀 얼굴로 내려왔다. 눈을 몇 번 깜박이다 소정은 잊고 있었던 궁금증을 털어놨다.

"그…… 그때 있잖아요. 미션 달리기 할 때……."

"미션 달리기? 아……. 그거?"

"그때 뭐였어요? 그…… 미션."

재완의 눈이 둥글게 휘어졌다. 그게 궁금했어? 묻고는 그는 곧바로 연기를 시작했다. 뭐더라……. 기억이 안 나는데…….

소정은 그의 연기에 깜박 속아 넘어갔다. 뭐, 그럴 수도 있지. 서운한 마음을 스스로 다독였다. 자신은 그때 그를 좋아했고, 그의 모든 것에 의미를 부여했었으니까. 재완은 잘 기억하지도 못하는 그 흰 종이가 갑자기 떠오를 건 뭐람. 그녀는 눈을 내리깔고 괜히 목덜미를 매만졌다.

"기억났다."

여태 스스로를 달랬던 시간이 무색하게 그녀는 눈을 크게 뜨고 재완을 봤다. 뭐예요? 눈이 궁금함으로 반짝였다.

"가장 예쁜 사람과 달리기."

"거짓말……."

그렇다면 그는 자신의 손을 잡고 달려선 안 됐었다. 소정은 믿지 않고 커피 잔을 들어 올렸다.

"진짜야!"

"거짓말."

"허……. 진짠데……."

소정의 아랫입술이 살짝 나왔다. 거짓말하지 마요. 말하고 그녀는 달콤한 케이크를 떠먹었다. 뭐…… 기억 안 날 수도 있지, 뭐.

그날 밤, 일이 끝나고 두 사람은 선안고에 갔다. 운동장을 한 바퀴 걸었고, 스탠드에 앉아 이야기를 나눴다. 소정의 가방에 있는 사탕을 나눠 먹고 짧게 입을 맞췄다.

재완이 소정을 집에 데려다줬고, 두 사람은 각자의 침실에서 잠을 청했다. 막 사랑하는 연인 모두가 그렇듯 상대에 대한 생각으로 잠을 설치다가 이내 잠이 들었다.

재완과 소정은 같은 꿈을 꾸었다. 선안고 운동회. 예전에 함께

했던 그 운동회였다. 그녀는 그때와 마찬가지로 학생들 틈바구니 속에서 목을 삐쭉 세워 올렸다. 곧이어 재완의 반 차례였다.

탕. 총소리와 함께 재완이 달렸다. 중간에 놓여 있는 빨간 박스 안에서 종이를 하나 집고 그는 그대로 소정의 반을 향해 뛰어갔다. 여학생들이 꺅꺅거렸고, 일부는 노골적으로 그의 눈에 들기 위해 온몸을 흔들어 댔다.

옆에 있는 아이가 꽤나 격렬하게 재완에게 어필하는 탓에 소정은 허리를 반쯤 숙인 상태로 재완이 그녀의 반을 향해 달려오는 것을 보았다. 그의 앞머리가 팔랑거렸다. 발소리가 점점 크게 들렸다. 동시에 여학생들이 더 크게 소리쳤다. 오빠! 재완 오빠!

그는 자신의 반 앞에서 이마를 쓸어 넘겼다. 그러고는 빠르게 아이들 한 명 한 명을 훑었다. 그리고 우스꽝스러운 자세로 자신을 보고 있는 소정과 눈이 마주쳤다. 찾았다. 그는 소정의 팔목을 잡아당겼다.

아이들이 길을 터 줬고, 그는 소정의 손을 잡고 달렸다. 달리기라면 영 젬병인 그녀도 재완의 속도에 맞춰 최대한 열심히 뛰었다. 땅을 밀어낼 때마다 결승선이 더 가까워졌다. 그 잠깐을 뛰고도 숨이 턱 끝까지 차올랐지만 소정은 결승선이 보이는 것보다 더 멀리 있길 몰래 바랐다.

재완이 1등으로 도착했다. 체육 선생은 재완이 손에 쥐고 있던 흰 종이를 건네받았다. 별명이 멸치였던 체육 선생은 그 작은 눈으로 종이와 소정을 번갈아 봤다. 그러다 잠깐 고개를 갸웃하고 도장을 찍었다. 재완의 손등에 1등이 찍혔다.

그는 평생 자신의 심장이 이렇게 뛰는 이유가 달리기 때문이라 생각하겠지, 소정은 제 왼쪽 가슴 위에 손을 올리고 그의 옆에서 걸었다. 흰 종이에 적힌 미션이 궁금했지만 묻지 않았다. 별것 아닐 테니까.

소정은 제 반이 있는 곳으로 다시 돌아갔고 재완도 마찬가지였다. 그는 흰 종이를 꾹 쥐고 있었다. 옆에 있는 놈이 궁금해 물었다. 넌 뭐 나왔냐?

"나? 가장 예쁜 사람과 달리기."

❋❋❋

업무 시간이었다. 서류 정리를 부탁하며 소정의 얼굴을 살짝 볼 참이었다. 제자리에서 일어나자마자 노크 소리가 들렸다. 텔레파시? 웃으며 소정을 맞이하려 준비하고 있던 그는 부사장실 문을 열고 나타난 예원의 얼굴에 눈썹을 찡그렸다.

빤히 자신을 그리 반기지 않는다는 것이 보였지만 예원은 모른 척했다.

"미안요. 연락하고 오려 했는데……. 나도 요새 신부 수업이다 뭐다, 정신이 없어서요. 연락하면 안 만나 줄 것 같기도 했고."

재완이 앉으라 이야기하지 않는 것엔 이미 익숙했다. 예원은 또각또각 소리를 내며 소파로 가 앉았다.

곧이어 노크 소리가 들렸다. 이번엔 진짜였다. 처음으로 자신의 청각을 원망했다. 예원의 노크와 소정의 노크 소리도 구별하지 못하다니. 소정이 조용히 묵례하고는 예원에게 물었다.

"커피와 차 중에 어떤 걸로 준비해 드릴까요?"

"아니, 됐어요. 저 여기 뭐 마시러 온 거 아니거든요."

그렇게 말하며 예원은 재완을 보고 웃었다. 재완이 미간을 찌푸렸다. 예원에게 시선을 떼고 그는 소정을 봤다. 나도 됐어.

"네. 알겠습니다."

다시 묵례를 하고 소정은 부사장실을 나가려 했다. 그녀가 발을 돌려 뒤돌아서 불편하기 짝이 없는 이 자리에서 도망치려 할 때 재완이 그녀를 불렀다.

"은소정. 나가지 마."

소정은 고개만 돌려 그를 바라봤다. 네? 놀라 묻는데 소파에 앉아 자신을 유심히 보는 시선 하나가 느껴졌다. 흐음……. 골똘히 무언가를 생각하는 듯 턱을 괸 채로 예원은 소정을 보고 있었다.

"비서치고 예쁘네요."

"말 가려서 해요."

"전 칭찬한 건데요?"

예원이 웃었다. 웃음을 짓는 예쁜 얼굴에서 한기가 느껴졌다. 그의 명령이니 이곳에 있어야 했지만 소정은 그러고 싶지 않았다. 예원의 지나친 관심과 자신은 조금도 예상할 수 없는 재완의 다음 행동으로부터 도망치고 싶었다.

아무렇지 않은 척하려 했지만 발바닥이 저릿했다. 높은 곳에서 아래를 내려다볼 때의 느낌. 스스로는 절대 제어하지 못하는 공포

감이 몸을 감쌌다. 폭발하는 여러 감정 속에서 소정은 눈을 깜박이는 사실마저 잊은 것 같았다.

"비서와 상사의 사랑이라……. 영화에 나오는 이야기 같기도 하고……."

예원은 모든 것을 순식간에 파악했다. 그의 부모님이 칭찬한 대로 눈치가 빠르고 계산에 능했다. 재완이 그녀를 붙잡는 목소리와 표정, 그리고 잠시 당황하는 소정의 눈빛에서 두 사람의 관계를 모두 읽어 냈다.

비아냥거리는 말투에 재완은 눈을 살짝 감았다 떴다. 울컥 솟구치는 무언가를 참는 듯이.

"그런 관계는 주로 야한 영화에서 많이 나오던데. 뭐 두 사람이 그렇다는 건 아니……."

"좀 조용히 할 수 없나."

재완이 책상을 벗어나며 말했다. 소정의 얼굴이 붉어져 있었다. 그는 곧게 소정에게 다가가 그녀의 얇은 어깨를 감싸 안았다. 소정은 떨고 있었다. 딱 떨어지는 정장 재킷이 가리고 있던 떨림이 그대로 재완에게 전해졌다. 그는 잠시간 아무 말 없이 입술을 꾹 깨물었다.

소정을 제대로 지키지 못했다는 죄책감에 그는 자신이 한심스러웠다. 그 짜증이 고스란히 얼굴에 묻어났다. TV에서 보이는 전형적인 악녀의 모습을 한 예원에게 그는 실망과 권태 가득한 시선을 던졌다.

"나는 그쪽이 꽤나 이성적이고 사리 판단 잘하는 사람으로 생각했는데."

"부자라고 사람을 다 잘 보진 않네요. 나 구질구질해요. 지금 이 와중에도 재완 씨가 좋아하는 여자가 나보다 예쁜지도, 그렇다고 돈이 많은 것처럼 보이지도 않아서 다행이라 생각하고 있는걸요."

소정의 몸이 더 심하게 떨렸다. 그는 어깨를 감싼 손에 힘을 더 꽉 주었다. 버텨, 은소정. 그는 손아귀 힘으로 그렇게 말하고 있었다.

"말 가려서 하라고 말한 것 같은데요."

살짝 벌어져 있던 예원의 입이 닫혔다. 지나치게 냉정한 목소리를 내는 재완 때문에 일부러 짓고 있던 그녀의 미소도 사라졌다. 세 사람 얼굴에 모든 표정이 다 사라지자, 공기는 더 무거워졌고 상황은 더 진지해졌으며 사태는 더 걷잡을 수 없게 되었다.

예원은 턱을 치켜들었다. 다시 또 '흐음' 하는 소리를 냈다. 그녀 입에서 나올 말이 무엇일지 소정은 덜컥 겁이 났다. 옆에 재완이 있었고 또 그가 자신을 꽉 붙잡고 있었지만 좀처럼 떨림은 사라지지 않았다.

"괜찮아."

"……."

"믿어, 나."

소정은 옆에 있는 재완과 눈을 마주쳤다. 그는 소정을 안심시키려는 듯 눈을 깊게 감았다 떴다. 예원에겐 들리지 않는 작은 목소리였다. 재완이 살짝 입꼬리를 올리자 떨림이 멈췄다. 하지만 심장은 여전히 두근거렸다.

"두 사람 관계……. 나만 알고 있어요?"

소정의 동공이 흔들렸다. 그녀가 드러내고 있지 않은 말의 뼈를 알아챈 탓이다. 예원이 그녀의 부모님과 재완의 부모님에게 이 사실을 알린다면……. 소정은 잘게 고개를 저었다. 가장 두려워했던 일이 벌어지려 하고 있었다.

"말해도 돼요. 내 입으로 들으나, 당신 입으로 들으나 크게 상관없으니."

"그래요? 제 입으로 들을 사람들은……. 제가 알기론, 성격이 꽤 나쁜데."

예원은 재완을 보고 있었지만 그녀의 말끝은 소정을 향하고 있었다. 예원이 웃으며 소정을 봤고, 소정은 그녀의 시선을 피하지 않았다. 꼿꼿하게 서서 예원의 눈빛을 모두 받아 냈다. 그녀의 눈빛에 담겨 있는 질투와 경멸, 그런 것들 속에서 버티고 서 있었다.

"그러지 말고 지금 하지 그래?"

"무슨…… 대책이라도 있나 보죠?"

"없어, 그딴 거."

예원이 입술을 채 다물기도 전에 재완이 답했다. 그는 소정의 어깨를 감싸고 있던 손으로 그녀의 손을 잡았다. 땀이 배어난 손을 꽉 쥔 채 재완은 힘주어 말했다.

"그딴 거 생각할 시간 없어. 사랑하기도 바쁘니까."

"허!"

그는 소정과 눈이 마주치자 어깨를 으쓱했다. 그리고 그녀의 손을 잡은 채로 부사장실의 문을 열었다. 열린 문밖으로 소정이 앉아 있어야 할 빈자리가 보였다.

예원은 문밖과 소정, 그리고 재완을 번갈아 보다 빨간 핸드백을 들고 일어섰다.

"가 볼게요."

재완은 고개를 까딱했고, 소정은 허리를 숙였다. 잘못을 다그치는 사람처럼 그가 소정의 손을 살짝 잡아당겼다. 그녀는 두 사람을 지나쳐 갔다. 들어왔을 때와 마찬가지로 커다란 구두 소리가 났다.

예원이 사라지자 소정은 조용히 손을 비틀어 빼냈다. 그리고 너무 꽉 붙잡혀 있던 제 손을 주물렀다.

"어쩌려고 그래요."

"글쎄……."

"진짜 어쩌려고……."

"뭐, 어떻게든 되겠지. 욕하면 욕먹고, 때리면 맞고, 쫓아내면 쫓겨나고……."

소정의 눈이 커졌다. 대체 어쩌려고……. 불안해하는 소정과 달리 재완은 여유로웠다. 숨겨 둔 해결 방법이라도 있는 것처럼 그가 빙긋 웃었다.

"겁먹을 것 없어."

그는 소정의 머리를 끌어당겨 그 위에 입을 맞췄다. 소정은 지그시 눈을 감았다. 생각이 멈췄다. 이곳을 박차고 나간 예원이 무

슨 짓을 할지, 그리고 그 행동의 결과가 어떻게 자신과 재완에게
로 밀려올지에 대한 모든 걱정들이 멈췄다.

"나가자. 밥 먹으러."

그리고 어떤 부정의 말도 뱉지 못하게 그는 그대로 소정의 손
목을 잡고 엘리베이터 앞으로 걸었다. 어깨를 축 늘어트리고 있던
소정은 뒤늦게 팔에 힘을 줘 손을 빼내려 했다. 갈게요, 놔요. 힘
주어 말했지만 그는 전혀 들리지 않는 듯 가만있었다.

모든 것이 과부하였다. 벌어진 일들, 해결해야 할 문제들. 복잡
한 머릿속 덕분에 더 따져 물으려던 입을 다물고 그녀는 조용히
고개를 숙였다. 모르겠다. 가장 들켜선 안 되는 사람 앞에서 이미
모든 것이 밝혀져 버렸는데 이보다 더 최악인 상황이 있으려나.

엘리베이터가 도착하자 그는 발을 옮겨 엘리베이터 안으로 들
어갈 준비를 했다. 바람 빠진 인형처럼 축 처져 있는 그녀도 엘리
베이터가 멈추자 조심스레 고개를 들었다.

"이럴 줄 알았어."

인석이었다. 그는 고개를 내저으며 엘리베이터에서 내렸다. 재
완의 손이 잡고 있는 곳을 한 번, 그리고 소정을 한 번 보더니 마
지막으로 살기 가득한 눈으로 제 동생을 봤다.

"장소 구분 좀 하시지."

눈은 재완을 보고 있었지만 소정은 인석의 그 말이 자신에게
향하는 말임을 알았다. 소정이 다시 힘주어 팔을 비틀었고, 재완
은 손목을 놓곤 그녀의 손을 꽉 잡았다.

"형 앞인데 뭐 어때?"

"예원 씨한테 다 말했어?"

"허……. 빠르네."

예원이 그렇게 부사장실을 나가고 나서 건물을 빠져나가는 모습을 인석이 봤다. 예원의 표정과 거친 발걸음으로 미루어 봤을 때, 분명 심각한 일이 벌어졌을 거라 짐작했다. 그리고 그건 보는 바와 같이…….

"말했구나."

인석은 눈앞에서 이 건물이 와르르 무너지는 것 같은 표정을 지었다. 왼쪽 관자놀이를 한 손으로 꾹 눌렀다. 두 눈에 고민이 가득했다. 소정은 어쩐지 모두 제 탓인 것 같아 고개를 더 숙였다.

"나도 지금은 아니라고 생각했어. 조금 더 이따가, 좀 더 구체적으로 뭔가……."

"시끄러. 이 참을성 없는 새끼."

인석은 엘리베이터 버튼을 거칠게 눌렀다. 고작 한 층 더 높은 곳에 있던 엘리베이터가 내려오기까지 세 사람은 서로 아무 말도 하지 않았다. 서로 하고픈 말이 있는 것은 분명한데 그들은 말을 삼켰다.

인석이 엘리베이터에 올라타고 문이 다시 굳게 닫힐 때까지 그 누구도 입을 열지 않았다.

가끔 자신이 제정신이 아니란 생각이 들 때가 있었다. 소정에 겐 지금이 그 순간이었다. 재완이 이끄는 곳으로 오니 또 그 바였다. 재완은 낮에 비어 있는 이곳을 거의 비밀 데이트 장소로 생각하고 있는 듯했다.

뭐 먹을래? 묻는 질문에 아무 대답도 하지 않으니 그가 업소 냉장고 문을 열어 뒤적이며 이것저것 꺼냈다.

"연어 있네. 샐러드 해 줄게."

그 말을 뱉은 후, 그는 요리를 시작했다. 오픈 키친이라 그는 소정과 마주 보며 샐러드를 만들었다. 그러고 나선 샐러드로는 뭔가 부족하다 생각했는지 어디선가 파스타 면을 찾아내 삶기 시작했다.

요즘은 요리하는 남자가 대세래. 그의 말에 소정이 아무 말 않자, 그가 눈을 들어 소정을 봤다.

"요리하면 섹시하다고 좋아한다던데?"

볶은 마늘과 채소 위로 삶은 파스타 면을 부으며 그가 말했다. 바에는 노릇해진 마늘이 뿜어내는 고소한 향으로 가득했다.

"그럼 난 지금 초섹시한 상태인 건가."

그가 어떤 반응을 바라는지 알고 있었다. 농담처럼 하는 말에 대충 미소를 지으며 웃어 주면 된다. 그런데 그런 표정이 지어지지 않는다. 소정은 웃음 대신 눈썹에 더 힘이 들어가 저도 모르게 입술을 꾹 깨물었다.

"겁쟁이."

재완이 파스타를 볶으며 말했다. 처음엔 그 말이 자신에게 하는 것인지, 아니면 스스로에게 하는 것인지 소정은 헷갈렸다. 그러다 그와 눈이 마주치는 순간 방금 뱉은 그 말에 나무라는 어투가 짙게 배어 있음을 깨달았다. 그건 소정에게 하는 말이었다.

"대체 뭐가 무서워서 그래?"

자신에게는 무섭지 않은 것을 물어보는 것이 더 **빠를** 것 같은데……. 대답하지 못하고 그녀가 가만히 있자 재완은 몸을 돌려 선반 위에서 접시를 찾았다.

"다 잃을까 봐? 직업, 돈, 성공할 기회……. 뭐 그런 것들?"

이 질문은 쉬웠다.

"아니요."

"그럼?"

"……부사장님요."

재완이 흰 접시를 들고 몸을 돌렸다. 움푹 파진 접시는 그가 방금 만든 파스타를 담기에 딱 이었다.

"임재완 씨를 잃는 게 두려워요, 난."

"……."

"아니, 무서워요."

그리고 그녀는 그의 눈을 피했다. 계속 그를 바라보고 있으면 그냥 눈물이 흘러내릴 것 같았다. 그를 잃는다, 자신의 혀로 만든 그 문장이 곧바로 현실로 벌어질 것 같아 벌써 두려움이 밀려들었다. 재완의 말이 맞았다. 자신은 정말 겁쟁이였다.

"내가 쉽게 장담 같은 거 하는 사람이 아닌데……."

그는 조용히 파스타를 옮겨 담았다. 여러 번 해 본 것인지 능숙하게 흰 접시에 면을 돌돌 말아 담았다.

"이거 하나는 장담할게. 너 절대 나 안 잃어버려."

그는 파스타를 소정 앞에 내려놓았다. 만들어진 요리를 보고 씩 웃더니 '먹자' 하고 말했다. 소정의 손에 포크를 쥐여 주었다가 이내 '잠깐!' 하며 그녀를 멈추게 했다.

"사진 찍어야 돼."

자신이 만든 요리 사진을 찍은 그는 사진에 어떤 필터를 씌울까 소정에게 물었다. 조금 전까지 약혼녀에게 차가운 말을 뱉었던 재완의 모습과는 정반대였다. 이건 너무 어두워서 별로지? 하며 다정스레 물어 오는 그에게 소정은 이전 것이 더 낫다 말해 주었다.

사랑을 하면 빈번히 일어나는 일 중 하나는 제 자신을 이해하지 못하는 것이다. 조금 전까지 재완과의 끝을 떠올리며 우울해했던 소정은 언제 그랬냐는 듯 재완이 만들어 준 파스타를 먹기 시작했다.

어때? 묻는 재완에게 맛있다는 의미로 고개를 끄덕였다. 입 안 가득히 면을 물고 그녀는 복잡한 모든 것들을 다 삼켜 넘겼다.

자신에게 가장 의미 있는 사람이 재완이었기에 그를 제외한 모든 것에는 그 어떤 의미도 존재할 수 없었다. 무서운 파도처럼 밀려오는 두려움을 재완과 함께라면 이겨 낼 수도 있을 것 같단 생각이 들었다.

소정은 자신이 하고 있는 모든 일들에 대한 걱정을 멈췄다. 그가 두려워하지 말라 했고, 또 그를 잃지 않는다 말했다. 그러면 되었다. 재완이 자신에게 그렇게 말했으니 된 거다.

식사가 끝나고 재완은 바에 있는 피아노 앞에 앉았다. 피아노

칠 줄 알아? 묻고는 그가 먼저 연주를 시작했다. 언젠가 CF에서 들어본 것 같은 밝은 느낌의 곡이었다. 지금 상황과는 그리 어울리지 않지만 그는 소리로나마 이 어두움을 가리려는 것처럼 명랑한 느낌의 곡을 연주했다.

"아, 이 다음은 모르겠다."

유려하게 움직이던 그의 손가락이 순식간에 멈췄다. 그의 뒤에서 조용히 연주를 듣던 소정이 한 발 앞으로 나왔다.

"칠 줄 아는 거 있어?"

"아뇨. 너무 어렸을 때 배워서⋯⋯."

"이거는?"

그는 긴 검지 두 개만 내놓고 젓가락 행진곡을 쳤다. 뚱뚱뚱 뚱뚱뚱 땅땅땅 땅땅땅. 익숙한 소리에 소정이 손뼉을 쳤다.

"저 그건 할 줄 알아요."

재완은 웃으며 소정의 손을 잡았다. 그리고 제 왼편에 그녀를 앉혔다. 자, 그럼 시작⋯⋯. 뚱뚱뚱 뚱⋯⋯. 재완과 같이 손가락 두 개로 피아노를 치던 소정이 그를 바라봤다.

"반주를 쳐야지."

"그건 못 하고⋯⋯. 전 그냥 이것만⋯⋯."

그러곤 소정은 조금 전 치던 가락을 이어서 쳤다. 묵직한 음들이 울렸다. 그럼 네가 이쪽으로 와. 재완은 소정의 허리를 잡아 안더니 그녀를 자신의 허벅지 위에 잠깐 앉혔다가 다시 오른편으로 옮겼다.

"자, 다시, 시작."

그가 반주를 했다. 어렵게 보이진 않았지만 소정은 칠 수 없는 연주였다. 소정은 자신이 할 수 있는 것을 했다. 그의 반주가 덧입혀지자 소리가 더 풍부하게 났다. 연주는 계속됐다.

나란히 앉아 서로의 얼굴을 바라봤다. 두 사람은 슬며시 웃음 지었고, 상대가 어떤 생각을 하고 있는지 말하지 않아도 느껴졌다. 두 손가락으로 건반을 치며 소정은 까르르 소리를 내며 웃었다. 그 웃음소리마저 반주 삼아 두 사람의 연주는 계속되었다. 소정이 아는 부분까지.

첫 출근 때 조금 긴장했던 것을 제외하곤 출근이란 단어에 그 어떤 감정도 느껴 본 적 없었다. 회사를 간다, 그 이상도 이하도 아닌 단어. 언제쯤이었을까. 그 단어가 이토록 설레게 느껴진 건.

회사로 향하는 버스. 그 안에서 흘러나오는 노래를 따라 콧노래를 흥얼거리던 그녀는 옆에 앉은 임산부의 시선을 느끼고 작은 입을 금세 오므렸다. 괜히 땀을 닦는 척 이마를 매만지던 소정은 이내 조용히 피식 웃었다.

이번 정류장은……. 어, 어? 생각에 빠져 있던 소정이 헐레벌떡 일어나 내렸다. 요즘 자주 있는 일이었다. 재완을 떠올리다가 내릴 곳을 놓치거나 해야 할 말을 못 하거나 하는 것. 큰일이다, 진짜. 제 머리를 쥐어박으며 소정은 회사를 향해 빠르게 걸어갔다.

이른 아침이었다. 소정에게 출근이 설레는 일이 된 것처럼 재완도 늘 아침이 기다려졌다. 아침 식사도 거르고 나온 그는 소정이 엘리베이터 앞에 서 있자 환하게 웃었다.

"자."

짧게 입을 떼고 그는 두 팔을 벌렸다. 소정이 당황해 매일 하던 인사도 거르고 그를 멍한 눈으로 봤다.

"어차피 하는 인사, 미국 애들처럼 하자. 아메리칸 스타일로."

아침이라 잠이 덜 깬 건가. 소정은 재완의 눈을 봤다. 그의 눈빛은 진심이었다. 이 남자가 미쳤구나. 저절로 고개가 가로로 저어졌다.

"어젯밤에 생각했어. 안고 싶을 때 널 좀 더 자연스럽게 안으려면 어떻게 해야 할까."

"그 결과가……."

그는 응, 하고 짧게 말한 뒤 다시 벌린 팔을 흔들었다. 어서 안기라는 듯한 그의 몸짓과 표정에 소정은 뒷걸음을 쳤다. 그러다 이내 풋 웃어 버렸다.

"왜 웃어?"

"그냥, 웃기잖아요. 이걸…… 생각했단 게……."

웃음소리와 함께 소정이 조용한 목소리로 말했다. 자신이 웃은 이유는 '웃겨서'보다 '좋아서'가 더 정확했지만 소정은 아직 제 직업과 위치를 완전히 잊은 상태는 아니었다.

"별론가?"

뺄쭘했는지 그가 팔을 내리고 앞으로 걸었다. 소정이 뒤에 따르자 그는 발을 멈추고 그녀가 제 옆으로 올 때까지 기다렸다.

"어제 어머니한테 안 혼났어? 늦었다고 걱정했잖아."

"많이 혼나진 않았어요. 회사에 일이 있었다고……."

"어? 은소정 거짓말도 했어?"

가끔 그는 자신을 완전무결한 사람으로 생각하는 것 같았다. 소정은 우물쭈물하다 조용히 말했다.

"저도…… 거짓말…… 잘해요."

"뭐?"

그가 큰 소리로 물었다. 입꼬리가 살짝 올라간 것이 또 시작되었다. 아침부터 짓궂게 몰아세우는 재완을 곁눈으로 보고 소정은 걸음을 멈췄다. 재완은 그녀의 귓불이 빨개진 것을 봤다.

그녀의 옷은 매번 똑같아 보이지만, 매번 다른 향기를 풍긴다. 오늘은 어린 소녀가 쥔 봄꽃 같은 향이 났다. 덕분에 재완 자신도 10대의 장난꾸러기처럼 굴 수 있었다.

"거짓말을 그냥 하는 것도 아니고……. 잘해? 안 되겠네, 은 비서."

마음이 통하고 나선 좀처럼 소정을 '비서'라 칭하지 않으면서 이럴 때엔 잘도 그 호칭을 붙였다. 소정의 귓가를 물들인 붉은 기가 이젠 볼에 내려앉았다. 그녀는 살짝 고개를 숙이곤 조용히 말했다. 그게…….

"잘하는 거짓말은 어떤 건가……. 아, 갑자기 궁금하네?"

그러곤 재완은 소정의 어깨를 툭 쳤다. 얌전히 있던 소정이 고개를 들었다. 매번 이렇게 놀림을 당하니 가끔은 맞받아치고 싶었다. 잠시 그의 질문을 곱씹다 소정은 뭔가 생각난 듯 입을 작은 자두 크기만큼 벌렸다.

"그러니까……."

"응."

"제가 부사장님 되게 오래 좋아했는데 안…… 들켰잖아요."

말하는 것을 잊고 재완은 소정을 바라봤다. 이제 얼굴 전체가 빨개진 소정이 아무렇지 않으려 어색한 무표정을 짓고 있었다. 픽 웃고 그는 한 걸음 걸었다.

"그건 거짓말이 아니라 잘 숨긴 거지."

"……."

"거짓말은 내가 그때, 만약 너한테 날 좋아하냐고 물으면 아니라고 자연스럽게 말해야 거짓말을 잘하는 거지."

소정보다 한 걸음 앞에 서서 뒤를 돌자, 두 사람은 서로를 마주 보게 되었다. 멍하니 자신을 보고 있는 소정이 보였다. 말하는 재완의 목소리가 갈라졌다.

"할 수 있겠어? 그때 내가 만약에……."

시시각각으로 변하는 소정의 표정을 살피기 위해 그가 그녀 앞으로 얼굴을 쑥 내밀었다. 목에 뿌린 그의 향수 냄새가 그대로 확 소정에게 끼쳤다.

"너 나 좋아하냐?"

"……."

"이렇게 물었으면……."

예상한 대로 소정은 가만히 있었다. 부끄러움 많은 그녀는 결

국 아무 말도 뱉지 못할 것을 알기에 재완이 먼저 분위기를 무마
하려 그녀에게 한 발 다가갔다.

"아니, 아니……. 아니이……."

몇 번이고 말을 반복하던 소정은 이내 입을 멈추고 눈을 꾹 감
았다. 거짓말 잘한다며, 하고 놀리려던 재완은 소정의 입이 열리
자 웃음기를 숨기고 그녀를 봤다.

"사랑하……는데요."

재완은 자신이 서 있는 자세가 무척 어색하다 느껴졌다. 아니
그게 아니면 지금 자신이 짓고 있는 표정인가. 허공에 무언가를
내쫓듯 팔을 휘적이던 그는 결국 어디로 향해야 할지 모르는 손
을 제 머리카락 속으로 넣었다. 그러곤 벅벅 소리 나게 긁고 '허
허' 하는 바보 같은 웃음소리를 냈다.

"진짜…… 은소정……. 내가 너는 못 이기겠다."

그는 항복의 표시로 자신의 행커치프를 꺼내 흔들었다. 그의
행커치프는 흰색이 아니라 베이지색이었지만 의미는 비슷했다.

동환이 왔다. 터덜터덜 들어와서는 소정은 본척만척한 뒤 곧바
로 부사장실의 문을 열고 들어갔다. 쓰러질 듯 걷던 그는 늘 그랬
듯 소파에 벌렁 누웠다.

"아프다, 아퍼."

"어디가?"

"가슴이. My heart."

동환은 제 왼쪽 가슴 위 티셔츠를 구기듯 붙잡고 몸을 일으켰

다. 보는 눈이 없어도 너무 없어. 들으라는 듯 일부러 크게 중얼거리며 동환은 소파에 앉아 재완을 봤다.

"나 이번에 영화 대박 날 것 같거든?"

"이건 또 무슨 근거 없는 자신감이야."

"그때 조심해라. 소정 씨가 날 놓친 걸 후회할 수도 있으니까."

"시끄럽고, 소금 뿌리기 전에 네 발로 나가라."

저딴 새끼를 왜……. 소정이 자신이 아닌 재완을 택한 것이 여전히 이해되지 않는지 동환은 답답한 표정을 지었다. 재완보다 자신이 나은 점을 말하라 한다면 벌써 수십, 수백 개는 말할 수 있을 것이다. 우선……. 어……, 그러니까…….

노크 소리 뒤에 소정이 들어왔다. 차 준비하겠습니다. 차분히 말하는 그녀를 보자 동환은 다시 또 가슴이 저미는 듯 괴로운 표정을 지었다.

"저는 Iced Americano로 주세요."

"네, 알겠습니다."

소정이 나가자, 동환은 다시 또 왼쪽 가슴을 부여잡고 끅끅거렸다. 오랜만에 찾아와서 이상한 행동을 하는 그를 가만 바라보던 재완은 조용히 일어나 동환 앞에 앉았다.

"뭐하냐?"

"나 지금 약간 painful한 상태야."

"너 요새 무슨 아이돌이랑 뭐 있다며."

"소문이 참 빨라."

여태 괴로운 표정으로 끅끅거리던 동환은 자세를 고치곤 멀쩡

한 표정으로 재완을 봤다. 좀 놀려 볼까 했더니 안 통하네. 씁쓸히 웃으며 동환은 구겨진 재킷을 털었다.

"근데 뭐 serious하게 만나는 건 아니고……."

"걔가 영어 잘하는 남자 좋아하냐?"

"어? 어떻게 알았어?"

"말도 안 되는 영어를 섞어 쓰길래."

"내 영어 발음이 좋대. 약간 영국 왕자 같은 느낌이라고……."

영국 왕자는 무슨. 지나가는 개가 웃겠다. 욕을 하려다 들리는 노크 소리에 재완은 말을 멈췄다.

"소정 씨, 뭐 했어요?"

가만히 잔을 내려놓던 소정이 고개를 돌려 동환을 봤다. 그의 말의 분명한 뜻을 알 길이 없어 눈을 동그랗게 뜨고 있으니 동환이 바로 말을 이었다.

"아니, 얼굴이 뭔가 달라진 것 같아서. 밝아진 것 같기도 하고……. 뭐 맞았어요?"

"뭘 맞아. 그냥 요새 나랑 있으니까 행복해서 얼굴이 핀 거지."

동환이 온 뒤 처음으로 재완이 미소를 보였다. Oh My God, 마치 외국인처럼 오버하는 몸짓으로 동환은 몸을 꼬았다. 자신에게로 쏠리는 분위기를 견디지 못하고 소정이 조용히 나가자 곧이어 동환이 손가락을 관자놀이 옆에서 뱅글뱅글 돌렸다.

"진짜 사랑을 해서 얼굴이 피나? 그럼 나는 요새 왜 이렇게 푸석하지……."

핸드폰 액정에 자신의 얼굴을 비추며 말하는 동환을 보고 재완이 혀를 찼다.

"그러니까 술 끊어, 인마."

"나를 술독에 처넣으신 분이 할 말은 아닌 것 같습니다만?"

보통의 재완이라면 한마디 해서 완전히 동환을 KO시켰겠지만 여태껏 들지 않았던 미안한 마음이 조금 생긴 그는 마음속에서 솟구치는 말을 삼켰다

"그나저나 어쩌려고 그러냐?"

"뭐가."

"너야 뭐 원래 약간 똘끼도 있고, 제멋대로인 녀석이라 주변에서 아무리 흔들어도 별로 개의치 않아 할 것 같긴 한데 소정 씨는 그렇지 않잖아."

"내가 그렇게 못 믿을 놈으로 보이나……. 다들 걱정이네."

재완은 테이블 위에 놓여 있던 펜을 집어 들곤 뚜껑을 열었다 닫는 것을 반복했다. 생각의 우물에 푹 잠긴 그 옆에서 동환이 계속 중얼거렸다. 네가 믿을 놈처럼 보이진 않지. 여태까지 행동도 그렇고……. 꿍얼거리는 그 말에 바람 빠진 소리를 내고 재완은 들고 있던 펜을 세워 동환에게 던졌다.

"걱정 마. 은소정도 안 흔들려."

"허?"

"내가 그렇게 만들 거야."

내가 그렇게 만들 거야. 재완이 그렇게 말을 끝냈을 때 동환은 여기서 더 어떤 이야기를 이어 나가야 할 필요를 느끼지 못했다. 그래, 그래라. 지금처럼 Keep going! 소리치고 그는 다시 또 자

신의 집처럼 검은 소파에 벌렁 누웠다.

"아!"

조금 전 던진 재완의 펜이 등에 배긴 그는 인상을 찌푸린 채일어났다. 그게 왜 거기 있냐. 이전의 진지했던 표정을 지우고 말하는 재완의 입술이 올라가 있었다. 싸운 건 아니지만 진 느낌. 동환이 떨떠름한 얼굴로 인사했다.

"나중에 보자. 시사회 할 때쯤……."

"잘 가라."

동환이 나가고 재완은 조금 전 동환에게 한 방 먹인 펜을 매만지다 일어섰다. 서두를 일이 없기에 차분히 걷던 그는 부사장실 문 앞을 지날 때 느린 걸음을 끝내 멈추었다. 어떤 말이 오가는지 정확히 들리지는 않았지만 소정과 동환의 목소리가 얼핏 들렸다.

문을 열고 앞을 보니 동환이 소정의 책상 앞에서 주절거리고 있었다. 잘 가라고 인사까지 해 줬건만. 동환은 재완의 움직임을 전혀 눈치채지 못하고 있었다.

"지금 시기만 잘 타면 천만까지 들 것 같으니까 시사회 때꼭……."

재완은 말하고 있는 동환의 목덜미를 꾹 눌러 잡았다. 단박에 코를 찡그리며 동환의 입이 멈추었다. 순간 고등학교 시절이 떠올랐다. 담을 뛰어넘고 엉덩이를 털고 있는 자신 앞에 불쑥 나타났던 학생주임. 갑자기 그 순간이 떠오른 동환은 그때와 마찬가지로 입을 열어 변명을 뱉었다.

"아니, 그러니까……. 오랜만에 봤는데 그냥 이렇게 가는 건

왠지 정 없어 보여서……."

"그래서?"

"그래서 대화를 좀……."

말하던 동환이 입을 멈췄다. 생각해 보니 재완은 학생주임이 아니고 자신도 그때의 학생이 아니었다.

"뭐 얘기도 좀 할 수 있는 거지, 인마."

"넌 전과가 있잖아."

잠시 발끈했던 동환은 이내 꼬리를 푹 내렸다. 그래, 전과, 내가 전과가 있지. 중얼거리다 어색하게 다시 인사를 하고 동환이 떠났다.

"무슨 얘기 했는데?"

"별말 안 했습니다."

"별말 아닌 얘기, 뭐?"

캐묻는 재완이 귀찮기보단 귀여워서 소정은 이전의 대화를 떠올리며 답했다. 맨 처음 나와서 테이블에 팔을 턱 얹은 후 동환이 했던 말…….

"부사장님께서 잘해 주냐고 물었습니다."

재완이 손을 뻗어 소정의 귀밑머리를 귀 뒤로 다정히 넘겨 주었다. 그리고 그녀의 볼을 살짝 건드렸다. 소정은 고개를 숙여 새어 나오는 웃음을 참았다. 지금 재완은 다정하고 사랑스러운 남자 친구라는 것을 어필하고 있다.

"당연히 잘해 준다고 대답했지?"

소정은 눈을 깜박였다. 자신의 대답이 기억나지 않을 리 없는데 일부러 가물가물한 척했다. 말없이 눈을 데구루루 굴리니 앞에 있는 재완이 초조한 듯 입술을 깨물었다. 응? 되묻는 목소리엔 다 그침이 없었다. 대신 제발 그렇게 답해 주길 바라는 그의 마음이 있었다.

매번 그에게 놀림당하는 그녀가 모처럼 그에게 대갚음해 줄 기회였다. 그의 표정을 살피며 최대한 뜸을 들이니 그가 걸음을 옮겼다. 화가 났나, 걱정스레 그의 걸음을 바라보는데 재완은 부사장실이 아닌 탕비실 문을 열고 들어갔다.

문을 활짝 열어 두고 그는 탕비실 문을 팡팡 쳤다. 나무 문에서 커다란 소리가 났다. 머리를 넘겨 드러난 눈썹이 다가올 즐거움을 미리 알고 꿈틀거렸다.

"잘해 줄게, 이리 와."

웃는 그 모습이 얄미울 만도 한데 소정은 그를 따라 그냥 웃어 버렸다. 아차, 웃으면 안 되는데. 좋은 기회를 놓치지 않기 위해 그녀는 그에게 끌려가려는 다리에 힘을 주었다.

"싫어요."

"셋 셀 동안 와. 하나, 두울……."

소정은 재완이 셋을 셀 때까지 움직이지 않을 생각이었다. 자신이 아무런 반응을 보이지 않을 때 그가 어떤 행동을 할지 궁금하기도 했고, 그래야 좀 더 그를 놀릴 수 있을 것이란 생각에서였다.

재완은 표정 하나 바뀌지 않고 소정에게 다가왔다. 그리고 그녀 손을 잡고 탕비실 안으로 끌고 들어갔다. 재완이 열었던 문이 닫혔고 좁은 공간에 두 사람만 있다는 것이 만족스러운지 그는 씩 웃었다.

그리고 그는 곧바로 팔을 뻗었다. 깜박이는 소정의 눈을 바라보다 다른 손으론 소정의 손을, 그리고 반대 손으론 그녀의 목덜미를 부드럽게 잡은 재완은 자신을 마주 보지 못하고 어정쩡하게 서 있는 그녀를 보고 모든 행동을 멈췄다.

조금 전과 달리 빠른 속도로 재완은 몸을 돌렸다. 그리고 커피머신을 거칠게 더듬거리기 시작했다. 툭툭. 이 회사는 전원 버튼을 왜 이런 데다 만들고 난리야. 꿍얼거리던 그는 머신에 불이 들어왔음에도 불구하고 인상을 찌푸렸다.

"뭐 마실래?"

잘해 준다는 것이 커피를 내려 준다는 것이었나. 커피머신의 버튼을 누르고 그는 소정을 봤다. 커피는 별로 안 당기는데……. 소정의 말에 그가 헛웃음을 흘렸다.

"미안. 커피는 내가 좋아하지."

소정이 눈을 가늘게 뜨고 그를 봤다. 잘해 준다면서요. 아, 그러니까. 당황한 표정으로 그는 머쓱하게 웃었다.

"사실 커피를 주려고 오라고 한 건 아닌데……."

"그러면요?"

이전의 표정을 지우고 얼굴을 내밀며 소정이 물었다. 불편한 표정으로 재완은 잔을 가득 채운 커피를 내려다보았다. 시선까지 피하는 모습에 뭔 문제라도 생겼나 가만 바라보니 그가 조심스레 입을 열었다.

"너랑 단둘이 있으면⋯⋯. 그냥, 뭐, 아, 좀⋯⋯ 그래⋯⋯."

"그냥 뭐 아⋯⋯ 좀⋯⋯ 그런 게 뭔데요?"

"내가 약간 짐승 새끼, 아니, 좀 그런 것 같고⋯⋯."

처음엔 도무지 알 수 없던 그의 말뜻을 이제 조금 알 것 같았다. 그가 장난을 칠 때처럼 소정이 빙글빙글 웃었다. 꽤나 진지하게 소정 앞에서 참을 수 없는 욕구에 대해 고민하고 있는 그를 보면서 결국 소정이 큭 하고 웃었다.

"나도 얼마 전에 알았는데요."

소정은 차분히 말했다. 도무지 다음 이야기가 어떤 내용일지 예상 못 하게 만드는 말투와 목소리. 재완이 시선을 옮겨 그녀를 봤다. 그가 방금 내린 커피 향이 작은 공간 안에 가득했다.

"또 사람 설레게 하는 말할 거면 미리 알려 줘. 마음의 준비를 해야 하니까."

그는 왼쪽 가슴 위를 손으로 쓸어내렸다. 여러 번 당한 적이 있어서 알 수 있었다. 그녀의 입 밖으로 나오는 말은 대부분 자신의 심장을 빠르게 뛰게 만들었고, 그중 이렇게 빙긋 미소까지 짓고 뜸을 들이는 말은 왼쪽 가슴을 세게 쥐고 흔들었다.

"그럼 준비해요."

"고마워."

그렇게 말하고 재완은 크게 숨을 후⋯⋯ 내쉬었다. 연신 가슴 위를 토닥이며 숨을 내쉬던 그는 어느 정도 마음을 진정시켰는지 됐어, 라고 짧게 말했다.

"어디까지 말했지?"

"너도 얼마 전에 알았는데……."

"아, 맞아요. 저도 얼마 전에 알았는데……. 제가 약간……."

"……."

"짐승 같은 남자가 취향이더라구요."

이렇게 말하면 그동안 재완이 준비한 모든 과정들이 물거품이 된다. 어깨를 움츠리고 그녀가 부끄러운 듯 코를 찡그리며 웃고 있었다. 그 모습에 재완이 저도 모르게 그녀를 잡아당겼다.

잠깐 놀랐던 그녀는 금방 아무 말도 안 한 것처럼 그를 올려다봤다. 아랫배가 울렁거리는 느낌이 가슴까지 타고 올라왔다. 이런 낯간지러운 말을 뱉어 놓고 쑥스러워하면 안 된다는 것을 알지만 쉽지 않았다. 조용한 침묵이 이 시간을 더 민망하게 만드는 것 같아 소정이 입을 열었다.

"내가 원래 짐승 같은 남자를 좋아했는지, 아님 내 취향의 남자가 짐승이었는지는 잘 모르겠지만."

어색함을 무마하려 헤헤 웃어 보이는 소정에게서 그는 예전 소정의 모습을 봤다. 자신을 선배라 부르며 제 이야기를 잘 들어 주던. 비서라는 옷을 입기 전의 모습. 그가 명령으로 끌어내 보려 했던, 자신의 소중한 기억 속 그 모습.

재완이 한 것처럼 소정은 제 주머니에서 손수건을 꺼내 흔들었다. 저도 항복. 파란색 손수건이었다. 재완이 그녀와 처음 만났을 때 주었던 그 손수건. 소정 위로 그녀의 예전 모습이 더욱 짙어졌다.

입술을 네모나게 만들어 웃는 재완의 표정엔 반가움이 깃들었다. 그 표정의 의미는 뭐예요? 소정이 물었다.

예전의 소정이라면, 그러니까 비서인 소정에게선 절대 나오지 않을 질문이었다. 비서인 소정은 질문보단 답변에 익숙했으니까. 방금까지 짐승 어쩌고 하며 야릇한 분위기로 흘러갔던 탕비실 안 분위기가 다시 또 크게 바뀌었다.

"난 옛날부터 네가 취향이었나 보다."

이제야 깨달았다. 너무 늦었지만. 학창 시절 친구 놈들에게도 말하지 못했던 이야기를 소정에게 줄줄 꺼내 놓았던 이유, 비서 자리가 비었을 때 저도 모르게 소정을 떠올렸던 이유, 딱딱한 소정을 보고 늘 마음 한편이 불편했던 이유. 그 모든 이유들이 단박에 떠오르는 지금 이 순간, 그는 짐승이 되는 것을 주저하지 않았다.

북한의 사상 교육이 얼마나 무서운 것인지 알 것 같았다. 사랑을 하는 지금, 이런 말을 하면 참 우습게 들리겠지만 진심이었다.

매일 아침 그녀가 인사를 하면 나지막이 말했다. 사랑해 혹은 보고 싶었어. 아침부터 가슴 떨리는 말을 뱉어 놓고 그는 유유히 부사장실로 들어갔다.

스케줄을 말하러 들어가면 기다렸다는 듯 그녀를 껴안았다. 처음에는 절대 안 된다며 그를 말렸지만 소정이 결국 졌다. 이렇게 안지 않으면 소정의 목소리가 잘 들리지 않는다나.

그래서 소정은 그에게 안긴 채로 일정을 보고했다. 열 시에 해외 영업부 부장님과 미팅 준비하겠습니다. 그녀의 말이 끝나면 그는 허리를 감싸고 있는 팔에 힘을 주었다. 아니면 더 야한 짓을 하거나.

그렇게 시작한 하루는 늘 아슬아슬했다. 업무 때문에 다른 남자와 대화를 조금 오래 한 날에는 곧바로 그는 불편한 심기를 드러냈다. 그런 날엔 먼저 그에게 다가가야 했다. 처음엔 무슨 일인지 몰라 가만두었다가 그날 밤, 술에 취해 '너 내 비서야!'라는 유치한 소유권 투쟁을 들어야 했다.

그 말에 소정의 첫 반응은 '네, 저 부사장님 비서 맞습니다'였다. 그랬더니 재완은 더 길길이 날뛰었다. 아니라는 것도 아니고 맞다는데 왜? 정말 모르겠어서 진짜 왜 이러냐 물었더니 그제야 말했다. 너 내 거라고.

그 뒤로 소정은 늘 조심했다. 업무와 사랑 모두 잘하려면 자신의 노력이 필요했다. 재완의 심기를 거슬리게 하지 않는 적정 시간 동안 남자 사원과 이야기를 했고, 그렇게 할 수 없을 때면 그일을 잘 아는 여사원을 통했다.

그러다 문득 궁금해져 이렇게 질투가 심해서 예전엔 어떻게 연애했어요? 하고 물었다. 재완은 소정 이전의 여자는 아무도 기억나지 않는다고 잡아뗐다.

사실 진짜로 기억이 잘 안 나기도 했다. 그녀 이전의 연애는 소정에 비하면 지극히 평범하고 담백했다. 이전의 연애를 모두 욕보이고 싶진 않지만, 보고 싶고 사랑했던 이전의 연애에는 '죽겠다'가 빠져 있었다.

소정을 보지 못하면 보고 싶어 죽을 것 같았고, 보고 있으면 사랑해 죽을 것 같았다. 심장의 모든 근육이 뻐근해지다 못해 제 속도대로 뛰지도 못할 때면 정말 이러다 행복해 죽었다고 신문에 떡하니 나올 것 같았다.

소정도 주저함이 사라졌다. 그가 안으면 안겼고, 그가 키스하면 키스를 받았으며, 그가 사랑한다 말하면 자신도 그렇다 대답했다. 그러다 불쑥불쑥 저도 모르게 재완에게 달려가 안기기도 했고, 사랑한다 말했고, 질투가 난다 고백하기도 했다.

그녀는 사랑받는 따뜻함과 사랑을 주는 달콤함에 담뿍 빠져 있었다. 자신은 재완의 것이었고, 재완은 자신의 것이었다. 미리 말했듯 그건 서로에게 하는 일종의 사상 교육이었다. 서로를 소유했던 믿음이 내면화되어 버리니 그 이외의 것들은 잘 보이지 않았다.

재완의 어머니도, 예원도, 회사도, 그보다 더 큰 어떤 문제들도 잘 보이지 않았다. 그래서 연애는 순조로웠고, 그 끝도 순조로울 것이라 믿게 되었다.

재완은 소정과 영화를 보는 데이트를 별로 좋아하지 않았다. 두 시간 동안 할 것이 얼마나 많은데……. 영화관에서 할 수 있는 것이라곤 고작 귀에다 작게 속삭이는 것이나, 손을 잡는 것이지 않는가.

소정이 둥근 뺨을 부풀린 채 웃으며 보고 싶은 영화가 있다고 조잘거리지만 않았어도 자신은 영화관 데이트를 택하지 않았을 것이다. 더구나 시간은 또 왜 이리 빨리 가는지, 영화 한 편을 보고 나면 소정을 집으로 보내 줘야 할 때였다.

제아무리 짐승이라도 모든 것을 한입에 집어삼키려는 욕심은 없었다. 천천히, 그래, 천천히. 그러나 오늘처럼 밤늦게까지 같이 있다 아무것도 못 하고 그녀를 집으로 돌려보낼 때에는 제 안의 인내심과 싸워야 했다. 핸들을 소정의 집 쪽으로 돌리면서 그는 크게 한숨을 쉬었다.

"무슨 일 있어요?"

"어?"

저도 모르게 뱉은 한숨이니 소정이 무엇을 묻는지 알 리 없었다. 한숨을 쉬기에. 말하며 그녀는 툭 떨어트리고 있던 재완의 오른손을 잡았다. 꼼지락거리며 제 손가락 하나하나를 매만지는 소정을 보고 그가 턱짓으로 제 핸드폰을 가리켰다.

"어머니께 전화드려. 오늘 못 들어간다고."

가끔은 별 의도 없이 진심이 입 밖으로 나오기도 한다. 이상하게 소정의 집으로 가는 핸들이 무거웠다. 좌회전 지시등을 켜고서도 자꾸만 오른쪽 도로를 살폈다. 잘 참아 왔잖아. 자신을 다독였지만 이상하게 오늘은 기분이 좀 그랬다.

"네?"

"아니, 아니야."

그는 고개를 절레절레 흔들었다. 천천히, 임재완 이 새끼야, 천천히. 속으로 뇌까리던 그는 저도 모르게 발에 힘을 주었다. 저절로 차의 속도가 올라갔다. 우웅거리는 기계 소리를 내며 우는 엔진에 놀라 소정의 눈이 휘둥그레졌다.

"너무 빠르지 않아요?"

"뭐가? 야, 우리 이제 곧 100일인데……."

"이것 좀 봐요."

소정이 계기판을 가리켰다. 그제야 속도계 바늘 끝이 꽤나 큰 각도로 벌어져 있는 것이 보였다. 아, 이게 빠르다고……. 발끈했던 그는 입술을 핥았다. 입술은 금방 말랐다. 소정의 숨 가득한 웃음소리에 재완이 조용히 말했다.

"너 나빠."

"아깐 착하다면서요."

영화관을 오르는 엘리베이터에서 다른 사람들이 모두 내릴 때까지 버튼을 눌러 주고 있던 소정을 보고 한 칭찬이었다. 그땐 착했는데 지금은 나빠. 유치하기 그지없는 말을 뱉고 재완은 방금 그 말은 남자로서 어떤 매력도 어필하지 못하겠단 생각을 했다.

재완의 손을 잡고 그의 쪽으로 몸을 살짝 비튼 채 앉아 있는 소정의 모습은 어딘가 모르게 요염했다. 어쩔 줄 몰라 하는 자신을 보고 푸스스 웃고, 나른한 눈을 하고 횡설수설하는 그를 바라봤다.

"부산 가 봤어요?"

방향 지시등 없이 끼어든 차를 욕하던 재완이 나직한 소정의 질문에 입을 다물었다. 어? 그는 시선을 돌려 소정을 봤다.

"가 봤지."

"어땠어요?"

"별로."

미간까지 찌푸리며 답하는 재완을 보고 소정은 입을 다물었다. 뭔가 자신이 못 할 짓을 그에게 하고 있는 것 같아 같이 여행이라도 가자고, 말하려던 참이었다.

제대로 된 연애 한 번 해 본 적 없지만 지금 그의 상태가 어떤지는 알고 있었다. 모를 리 없었다. 저렇게 온몸으로 무엇을 원하는지를 뿜어 대는데 모른 척하려야 할 수 없는 상태였다. 그래서 살짝 운을 띄운 건데……. 살짝 답답해진 그녀는 조수석 의자에 등을 붙이고 앞을 봤다.

"전 한 번도 안 가 봤어요. 그래서 부사장님이랑 한번 가 보고 싶었는데 아쉽네요."

"어?"

"같이 여행 가고 싶었는데……."

끝을 살짝 흐리니 그의 손이 소정의 손안에서 억울한 듯 꿈틀거렸다. 아쉬운 티를 숨기지 않고 그의 손을 놓자 재완이 다시 채 벗어나지 못한 그녀의 손을 잡았다.

소정이 방금 한 이야기가 자신에게 어떤 의미인지 제대로 알고나 있는 건지 궁금했다. 애가 타 미칠 것 같은데 그녀는 단지 여행을 못 가 서운한 건지 뾰로통한 표정으로 앞을 보고 있었다.

"너 그게 무슨 의미인지는 알아?"

"음……."

"나 하룻밤 같이 자면서 '오빠 믿어' 할 정도로 젠틀한 놈 아니야."

소정은 배시시 웃었다. 주민등록증이라도 꺼내 줘야 하나. 제 나이가 몇인데 그런 생각 없이 여행을 제안했을 리가. 무슨 뜻인지 아냐고. 채근하는 그에겐 대답을 꼭 듣고야 말겠다는 결의가 느껴졌다.

"아는데……. 부산은 별로라고 하니까 그냥 나중에……."

"아아, 안 돼."

소정도 재완이 귀여울 때가 있었다. 지금처럼 야한 생각 하는 것을 숨기지 못하는 것처럼 가끔 그가 가지고 있는 귀여움도 채 숨겨지지 않았다. 눈꼬리가 내려가며 그는 악몽이라도 꾼 듯 고개를 절레절레 저었다.

"미안해."

프핫, 소리를 내 웃었다. 뭐가 미안한지 모르겠지만 그는 정말 미안한 표정을 짓고 있었다. 내가 경솔하게 말을 뱉었다. 그렇게 말하고 그는 중얼거렸다.

"부산은 우리나라 제2의 도시이자 제1의 무역항이자, 음……. 또…… 네가 가고 싶어 하는 곳인데…… 내가 별로라고 하다니……."

아파트 초입에서 그는 여태껏 짓고 있던 멍청한 표정을 모두 지우고 빙긋 웃었다.

"가자, 부산."

"그래요."

❋❋❋

부산을 가기로 한 날 아침. 차에서 내려 소정을 기다리던 그는 그녀가 눈앞에 나타나자 두 팔을 벌렸다. 그 품 안에 달려가 안기자 재완이 소정을 꼭 안았다.

"잘 잤어?"

그의 품에 안긴 채 소정은 고개를 저었다. 저 오늘 못생겼어요. 이른 아침 확인했던 제 얼굴은 팅팅 부어 있었다. 어제 먹은 저녁이 너무 짰다며 칭얼거리자 그가 안고 있던 팔을 풀고 그녀의 얼굴을 내려다봤다.

"아닌데?"

"눈도 붓고, 볼도 진짜 빵빵하고⋯⋯."

"아니야, 예뻐."

소정은 입술을 비죽거렸다. 분명 같은 걸 먹었는데 나는 이렇게 붓고, 부사장님은 말짱하고⋯⋯. 재완과 눈을 맞추고 말하다가 소정은 한 손으로 자신의 얼굴을 가렸다.

"계속 보지 마요. 뜨거워져서 더 부어요."

재완이 활짝 웃었다. 곁눈질로 재완을 보던 소정은 저도 모르게 그를 따라 배시시 웃어 버렸다. 아, 안 돼. 눈 부은 채 웃으면 더 못생겨 보일 텐데. 뒤늦게 양손으로 얼굴을 모두 가렸다.

"그럼 오늘 하루 종일 그러고 있을 거야?"

"아니요. 우선 붓기 좀 빠지면⋯⋯."

"내가 붓기 빼는데 직빵인 거 아는데⋯⋯."

"그게 뭔데요?"

얼굴을 가리던 손은 그대로 두고 고개만 빼꼼 들어 소정이 재완을 봤다. 슈렉에 나온 고양이처럼 둥그런 눈을 깜빡이는 그녀는 지금 무방비 상태였다. 거사를 치르기 전 예방주사를 미리 맞아

두는 것이 좋겠지. 재완은 그녀의 입술에 쪽 하고 입을 맞췄다.

"에?"

"이봐. 벌써 핼쑥해졌잖아."

믿지 않았지만 확인은 하고 싶었다. 재완을 지나쳐 차창에 얼굴을 비춰 보는데 요리조리 살펴도 자신은 잘 모르겠다.

"진짜요?"

"응. 아닌 것 같아? 그럼 더 센 거……."

말하며 그는 벌써 상체를 반쯤 숙였다. 그의 입맞춤이 얼굴의 붓기에 어떤 영향을 주었는지는 모르겠지만 심장박동에는 크게 작용했다. 아침부터, 정말……. 투덜거리듯 말하며 소정은 그의 가슴을 세지 않게 밀었다. 그렇지만 입술 끝이 저도 모르게 올라가는 건 숨기지 못했다.

"갈까?"

대답 없이 소정은 재완이 열어 준 조수석에 살포시 앉았다. 먼 곳으로 드라이브를 간 적은 있지만 모두 서울 근교였다. 차 안에서 먹을 주전부리가 담긴 커다란 배낭을 허벅지 위에 올리자, 여행한다는 설렘에 절로 발이 동동 굴러졌다.

첫 여행. 그 단어를 억지로 떠올리지 않아도 충분히 신나고 행복했다. 가을바람에 일렁이는 나뭇잎만 봐도 기분 좋아 까르르거렸다. 걱정했던 날씨도 딱 좋고, 그가 미리 준비했다는 플레이리스트도 제 맘에 쏙 들었다.

두 사람 모두가 학창 시절이었을 때 유행했던 노래가 카오디오에서 나오자 누가 먼저랄 것 없이 흥얼거렸다. 1절 가사는 대부분 생각이 나지 않았고 후렴만 유일하게 기억이 났다. 낮게 허밍을 하다 가사를 알고 있는 후렴 부분이 나오자 두 사람이 약속이나 한 듯 크게 노래를 불렀다.

"나 이 노래 좋아했는데."

"정말요?"

"근데 싫어하는 척했어. 재벌 2세랑은 뭔가 안 맞잖아."

유치한 노래 가사와 묘하게 느껴지는 뽕삘 때문에 친구 몰래 들었다고 그는 고백했다. 그렇구나, 하고 고개를 주억거리던 소정은 뭔가가 생각났는지 피시시 웃었다.

"왜?"

"갑자기 그게 생각나서요."

그는 눈을 크게 뜨며 궁금함을 나타냈다. 꽤나 재밌는 일이었는지 그녀는 입은 열지 않고 계속 웃고 있었다. 뭔데 그래? 재완이 더욱 궁금해진 표정으로 묻자 소정이 아니라며 손을 저었다.

"뭐야, 더 궁금하게."

"그게……."

말로 설명하기엔 조금 쑥스러웠다. 그녀에겐 소중한 추억이었지만 어쩐지 꺼내 놓기 부끄러워 뜸을 들이자 그가 소정의 옆구리를 꾹 찔렀다.

"말해. 궁금해, 진짜."

"그때 기억나요? 옥상에서 같이 노래 들었을 때."

옥상에서 노래라……. 재완은 두 단어를 모두 떠올릴 수 있는 추억을 찾았다. 옥상과 관련된 소정과의 기억은 너무 많아서 꽤나 시간이 걸렸다.

"선배 형 유학 갔던 날."

"아……."

그렇게 설명하니 재완이 금방 그날을 떠올렸다. 인석이 유학을 가게 되자 희향의 히스테리가 더욱 심해졌다. 네 형보다 더 잘해야 해. 매일 밤 자신의 침실로 들어와 주술처럼 그 문장을 뱉는 통에 스트레스가 가장 심했던 때였다.

그러다 인석이 미국으로 떠나기로 한 날이 되었고, 꽤나 오랫동안 만나지 못할 것이란 예감에 그는 공항에 나가 인석을 배웅하고 싶었다. 네가 왜 거길 가! 소리치는 희향 덕에 결국 편지 한 장으로 인사를 대신했던 그날. 꽤나 싱숭생숭한 마음에 소정을 데리고 꽤 오랫동안 수다를 떨었던 것 같다.

갖고 있던 CD플레이어로 이어폰을 나눠 끼고 노래를 들었다. 그날이 모두 떠오르자 궁금함이 일었다. 근데 그게 왜? 그녀가 이렇게 웃을 만큼 즐거웠던 순간이 떠오르지 않아 재완이 의아한 얼굴로 고개를 갸웃거렸다.

"이어폰 한쪽 소리 안 나오는 거 몰랐죠?"

"어?"

"저 아무 노래도 못 들었어요, 그때."

부끄러운 듯 소정이 비시시 미소 지으며 고개를 돌렸다. 그가 건넨 이어폰 한쪽에선 아무 소리도 들리지 않았다. 이거 소리 안 나는데, 말하려 할 때 재완의 낮은 허밍 소리가 들렸다. 힘든 하루였는지 피로 가득한 눈으로 높은 하늘을 보며 소정은 들리지 않는 노래를 따라 불렀다.

CD에서 나오는 노래 대신 그의 노래를 듣는 것도 나쁘지 않을 것 같단 생각에 그녀는 모르는 척 고개를 까딱거렸다. 재완이 노래를 흥얼거리는 목소리가 참 좋았다. 힘주어 부르지 않고도 이렇게 잘 부르는데 제대로 가사를 뱉으며 노래를 부르면 어떨지 궁금했다.

언젠가 그가 사랑하는 여자가 생기면 널 사랑한다는 가사의 노래를 연인의 눈동자를 바라보며 부르겠지. 혼자서 그렇게 생각하자 입 안이 쓰게 변했다. 그래도 모르는 척 그의 노래를 끝까지 들었다. 노래 좋지, 묻는 그의 말에 웃으며 '좋네요' 거짓으로 답도 했다.

그 기억을 꺼내 놓으니 재완이 기쁜 표정을 하고 웃었다.

"너 진짜 나 좋아했구나."

바람 소리에 묻혀 잘 들리지 않는 그의 말에 소정도 낮은 목소리로 답했다.

"아니, 지금도 좋아해요."

부산, 바다가 보이는 호텔이었다. 재완을 따라 들어가니 두 사람이 하룻밤을 보내기엔 지나치게 큰 방이 나왔다. 재완이 잠시 화장실에 가자 소정은 혀를 쏙 빼고 방을 구경했다. 커다란 유리창 밖으로 부산의 탁 트인 바다가 한눈에 보였다.

"뭐해?"

"아, 바다다 하고 있었어요."

"나가자."

재완이 손에 묻은 물을 털어 내며 웃었다. 소정이 가만히 있자 그가 고개를 까딱거렸다.

그와 함께 있으면 가끔 현실이지만 꿈처럼 느껴질 때가 있었다. 지금이 그랬다. 자신을 바라보고 서 있는 그의 미소가 제 것이지만 감히 제 것이라 할 수 없을 만큼 멋지게 빛나고 있었다.

그는 배시시 웃고만 있는 소정에게 손을 내밀었다. 여전히 조금의 미동도 없는 소정에게 재완이 걸어갔다. 그리고 얼어 있는 그녀의 어깨를 감싸 안았다. 가자, 바다 보러.

그의 발걸음이 떨어지자 여태껏 꿈과 현실 그 언저리에서 멈춰 있던 소정의 발도 움직였다. 호텔 방문 앞에 섰을 때 그가 고개를 돌려 소정에게 가볍게 입술을 맞췄다. 숲 속의 공주를 깨우는 왕자처럼 달콤한 입맞춤이었다.

"아직 붓기가 좀 덜 빠진 것 같길래."

모래사장에 돗자리를 깔고 앉았다. 우리 어디 갈까. 질문을 하고 재완이 쿡쿡 웃었다. 사실 어딜 가든 별 상관없었다. 그가 관심 있는 것은 여행이 아니라…….

"왜 웃어요?"

묻는 소정에게 솔직하게 답할 수 없었다. 내 자신이 가증스럽다고 답하기엔 이 순간이 지나치게 로맨틱했다.

가을볕 아래에서 바다가 별처럼 부서졌다. 밝은 낮 아래에 푸른 밤이 있었다. 무릎을 감싸 안고 가만히 파도 소리를 듣던 소정은 분홍빛의 둥근 무릎 위에 얼굴을 묻고 고개를 돌렸다. 길게 구불거리는 머리카락이 바람에 휘날렸고, 사랑이 흐르는 눈이 재완에게 향했다.

"눈으로 사랑한다고 말하지 마."

"그럼 입으로 할까요?"

"응."

"사랑해요."

"난 그 입 말한 게 아닌데."

변태, 말하며 벌어진 입술 위로 재완의 입술이 닿았다. 입술이 가진 부드러움의 끝엔 혀가 만들어 내는 달콤함이 있었다. 얼굴을 감싼 손이 그녀 머리카락 안으로 깊이 들어가는 만큼 그의 혀도 더 깊이 움직였다. 어제와 다르고 또 그저께와도 다른 집요한 움직임에 소정이 저도 모르게 소리를 냈다.

버거워하는 소리임을 금방 알아채고 그가 입술을 뗐다. 미안. 살짝 부푼 것처럼 보이는 입술을 엄지로 문지르며 마치 키스를 끝낼 것처럼 굴다가 벌어진 채 숨을 뱉고 있는 소정의 입술을 살풋 물었다. 그래 놓고는 또 미안, 말하며 웃었다. 못 참겠다, 말하고 그는 하늘을 향해 고개를 한껏 젖혔다. 악 소리를 내고 싶은 심정이었다.

부산에 와서 가고 싶은 곳은 딱히 떠오르지 않는데 먹고 싶은 것이 있었다. TV 맛집 소개 프로그램에서 봤던 밀면이었다. 허름한 것이 진짜 맛집처럼 보이는 곳에서 두 사람은 비빔밀면과 물밀면을 주문했다.

은색의 그릇 안에 소담스럽게 담긴 밀면이 나왔다. 대뜸 젓가락부터 들고 달려드는 재완을 저지하고 소정은 주변 여행자들을 따라 사진을 찍었다.

원하는 사진이 안 나왔는지 몇 번이고 다시 찍는 소정이 귀여웠다. 찰칵거리는 소리가 몇 번 더 울린 뒤에 소정은 결과물을 재완에게 보여 주었다. 잘 나왔죠. 기쁜 표정으로 어깨를 으쓱하는 소정의 머리를 쓱쓱 쓰다듬었다.

"맛있다."

사실 심심한 것이 재완의 입맛에 딱 맞지 않았지만 소정의 반응을 따라 그도 호응했다. 많이 먹어. 입이 짧아 평소 무엇이든 다 먹는 법이 없었던 소정이 밀면 한 그릇을 다 비워 냈다. 더 먹을래? 재완이 자신의 것을 가리키자 소정이 부끄러운 고갯짓을 했다.

"자."

자신의 것을 덜어 넘겨 주자 그녀는 자그마한 입으로 또 호로록거리며 먹었다. 맛있어? 물으니 그녀는 빵빵해진 볼로 고개를 끄덕였다. 더 먹어. 이번엔 제 그릇을 아예 넘겨 주었다. 그것으로도 부족했다. 마음 같아선 이 가게 하나를 통째로 사 주고 싶었다.

만족스러운 식사를 하고 나와서는 부산 곳곳을 구경했다. 감천 문화 마을에서 사진을 찍고 남포동을 구경했다. 어느새 저녁이 되어 자갈치 시장 근처의 횟집에서 회를 먹었다. 이번에도 소정은 평소보다 더 먹었다.

만복감에 연신 행복한 미소로 방싯거리는 소정을 데리고 나온 재완은 호텔 앞 주차장에 차를 세웠다.

"호텔로 안 들어가요?"

"부산 밤바다 한번 걷고 가야지."

모래사장을 걷는데 모래 안으로 발이 푹푹 빠지는 것 하나만으로 소정이 까르륵 웃었다. 아이같이 웃는 그녀를 품에 안은 채 걸었다. 엉거주춤한 자세였지만 마냥 좋았다.

옆에선 어설픈 불꽃이 터졌다. 축제 때 보던 화려한 불꽃과는 달랐지만 이쪽이 더 지금의 분위기와 맞았다. 불꽃이 멈추자 소정은 바람결에 헝클어진 머리카락을 손으로 빗었다.

"들어가요, 이제."

말하는 소정의 눈에 검은 밤바다가 비쳐 반짝였다.

수없이 상상했던 순간이었다. 특히 어젯밤 더 많이. 소정은 그가 허락을 구하고 자신이 허락을 하는 모양이 되지 않기를 바랐다. 그가 매달리고 자신이 그걸 마지못해 내주는 것이 아니라 서로가 원하고, 바라서 이루어지는 밤이 되길 바랐다.

재완의 샤워 소리가 들렸다. 먼저 욕실로 들어가기 전 그는 지금의 분위기를 바꿀 요량인지 귀엽게 물었다. 기다리기 싫으면 같이 들어갈래? 소정이 아무 말 않고 그를 보고 있으니 그는 금방 말을 물렀다. 아니, 난 너 지루할까 봐.

그가 틀렸다. 조금도 지루하지 않았다. 오늘 하루 찍은 사진들을 넘겨 보다 그가 활짝 웃는 사진에서 손을 멈췄다. 두 손가락으로 그의 얼굴을 확대하고 가만 바라봤다. 웃고 있는 재완의 모습은 매번 자신을 멈칫하게 만들었다.

두 사람이 손을 잡고 웃고 있는 사진 하나를 배경 화면으로 바꾸었다. 잠금 화면은 여전히 그가 주었던 꽃다발이었다. 누가 그와의 사이를 알아챌까 봐 전전긍긍했던 이전과 달리 꽤나 대담해졌다. 스스로 생각하며 소정은 빙긋 웃었다.

물소리가 멈추고 곧이어 그가 나타났다. 흰 호텔 가운을 입고 나온 그는 젖은 머리카락을 수건으로 탈탈 털었다. 그러다 손짓을 멈추고 소정이 걸터앉아 있는 침대 쪽으로 걸어갔다. 그리고 풀썩 그녀 다리 근처 바닥에 앉았다.

소정이 앉아 있고 그 아래에 그가 앉아 있는 모양이 되었다. 축축한 머리카락이 그녀의 무릎 부근에 닿았다. 그는 들고 있던 흰 수건을 그녀 무릎에 올려놓았다.

"네가 말려 줘."

푸슷, 소정의 웃음소리가 들렸다. 재완은 고개를 들어 올려 소정을 봤다. 하얀 뺨이 부풀어 있었다. 입술을 내미니 소정이 입을 촉 하고 맞춰 주었다.

"애교예요?"

"응, 귀여운 면 어필."

그를 커다란 강아지 같다 생각하며 소정은 흰 수건으로 그의 머리카락을 털어 주었다. 물방울이 튀었다. 분명 자신이 하는 것이 더 편하고 빠를 텐데도 그는 가만히 있었다. 그녀의 손길이 좋은지 살며시 눈을 감고서.

"기다리면서 뭐 했어?"

"아까 찍은 사진 봤어요. 이거 잘 나와서 배경 화면으로 했어요."

소정은 자신의 배경 화면을 자랑하듯 내보였다. 두 사람은 손을 잡고 활짝 웃고 있었다. 한 번도 그와 자신이 닮았다 생각한 적 없었는데 사진 속의 두 사람은 따뜻한 분위기가 꽤나 닮아 있었다.

"잘 나왔죠. 나보다 선배가 더 잘 나온 것 같지만."

"본판이란 게 있으니 어쩔 수 없지."

핸드폰을 받아 들고 그가 능청스레 말했다. 사진첩에서 오늘 찍은 사진을 보며 그가 넌지시 물었다. 근데 너 말이야……

"아까부터 나를 계속 '선배'라고 부르는 거 알아?"

"아……."

놀란 그녀 앞에 재완이 소정의 독사진 하나를 내밀어 보였다. 이거 잘 나왔다. 씨앗호떡을 물고 있는 모습이었다. 나 사진 잘 찍는 것 같아. 말하고는 그는 다른 사진들도 살폈다. 그러다 이내 손가락을 멈추고 소정을 바라봤다.

"부사장보다는 선배 쪽이 더 나은 것 같긴 한데, 고등학교 졸업한 지가 언젠데 아직 선배야?"

"저도 모르게……."

그를 선배라 부른 시간보다 부사장님이라 부른 시간이 더 길었다. 오늘따라 왜 그 호칭이 입에 딱 붙었는지 모르겠다. 혼내는 말투는 아니었지만 무언가 잘못한 듯 소정이 작은 손을 꾸물거렸다.

재완이 몇 번 말했었다. 회사 밖에선 다른 호칭을 쓰라 말하는 그에게 습관이 되어 어쩔 수 없다 말했었다. 정말 그 정도로 자신에게 익숙했던 그 호칭이 왜 오늘 '선배'로 둔갑했는지 저도 이해할 수 없었다.

"나는 부사장도 선배도 별로."

"그럼 그냥 부르지 말까요?"

"뭐?"

"그냥 저기…… 이렇게."

재완이 황당하다는 듯 웃었다.

"자기도 아니고 저기?"

소정의 볼을 꼬집고 그가 낮게 말했다.

"너 진짜 안 되겠다. 재완 오빠, 해 봐."

"닭살 돋을 것 같은데."

"해 봐."

재, 재, 재……. 새처럼 몇 번이나 한 글자를 지저귀다가 소정은 눈을 꾹 감고 말했다. 재완 오빠! 그 말이 끝나자마자 재완이 소정의 소매를 걷어 올렸다.

"닭살 안 돋았는데?"

"어, 진짜……."

"또 해 봐."

"재완…… 오빠."

처음보단 조금 쉬웠다. 뱉고 나니 어쩐지 입에 붙는 것도 같았다. 미리 연습이라도 했던 사람처럼 부드럽게 흘러나오는 그 말을 반복했다. 그의 눈을 마주 보고 다시 또 불렀다. 재완 오빠.

그가 일어나서 소정의 양손을 붙잡았다. 일어나, 어서. 침대에서 일어나니 그는 그녀를 욕실 앞까지 데려와 손수 문을 열어 그 안으로 그녀를 밀어 넣었다.

"너 방금 위험했어."

"네?"

그가 문을 닫았다. 욕실에 선 그녀는 한동안 멍하니 있다가 풋 웃음을 뱉었다. 재완 오빠! 하고 다시 그를 부르자 문밖에서 우당탕 하는 소리가 들렸다.

"어, 어, 어? 소정아, 왜, 왜?"

문을 열고 고개를 내미니 바닥에 한쪽 다리가 풀려 무릎을 꿇듯 주저앉아 있는 재완이 보였다. 후다닥 일어나는 그를 보고 소정이 웃으며 말했다. 저 거기 꺼내 놓은 것 좀 주세요.

샤워를 마치고 소정은 나오자마자 그의 앞에 앉았다. 재완이 그녀의 큰 흰 가운 소매를 접어 주었다. 제 것보다 더 파진 것 같은 가운 앞섶을 여며 주자 이번엔 소정이 입술을 내밀었다.

"내가 잘 가르쳤어."

말하고 그녀의 입술에 입을 맞추자 오늘따라 더 요염한 소리가 났다. 그녀의 하얀 볼은 핑크빛으로 물들고 이내 둥글게 부풀어 올랐다. 해맑게 웃으며 소정이 수건을 건네자 그가 기분 좋게 웃으며 받아 들었다.

"애교야?"

"배운 거는 바로 복습해야 안 까먹죠."

말 하나하나가 어찌 그렇게 사랑스러운지. 재완은 이성의 끈을 잡듯 수건을 꼭 쥐었다. 젖은 긴 머리카락에 손을 집어넣고 털어 주었다. 이리저리 물방울이 튀었지만 마냥 즐겁고 행복했다.

그때 재완의 전화가 울렸다. 그의 핸드폰과 거리가 더 가까운 소정이 몸을 일으키려 하자 재완은 소정을 앉히곤 저가 몸을 일으켰다. 핸드폰에 뜬 이름을 확인하고 그는 바로 전화를 꺼 버렸다.

"안 받아도 돼요?"

"응."

"중요한 전화이면 어떻게 하려고……."

"지금 나한테 중요한 건……."

귀엽게 울상을 지은 소정이 닭살이 돋은 팔을 내밀었다. 무슨 말 할지 알 것 같은데 저 벌써 닭살 돋았어요. 정말 그녀 말처럼 팔에 오돌토돌 무언가가 올라와 있었다.

"몸이 너무 솔직한 거 아니야?"

재완은 소정의 핸드폰 전원도 꺼 버렸다. 그 무엇에도 방해받고 싶지 않다는 뜻이었다. 테이블 위엔 소정이 샤워하는 동안 재완이 룸서비스로 시킨 와인 한 병과 치즈, 샐러드가 있었다.

재완이 테이블 앞에 앉자 소정도 그 반대편에 앉았다. 오프너로 마개를 딴 재완이 잔에 와인을 따랐다. 검붉은 색의 와인이 잔을 반쯤 채우자, 그가 옆에 놓인 자신의 잔에도 똑같이 와인을 따랐다.

"네가 저번에 맛있다고 한 거."

소정이 옅게 웃었다. 자신의 잔을 든 재완이 소정과 눈을 맞췄다. 소정도 잔을 들고 그의 눈을 봤다. 짠. 그의 말에 잔을 가볍게 부딪쳤다. 와인의 쌉싸래한 맛이 입 안에 가득히 퍼졌다.

자신이 좋아한 그 와인이 맞았다. 잊지 않고 자신을 위해 준비해 준 재완이 고마웠지만 와인이 그때만큼 잘 넘어가지 않았다.

몇 모금 마시지 않고 잔을 내려놓는 소정을 보고 재완이 걱정스레 물었다. 별로야? 소정이 좋아했던 와인인데 별 호응을 받지 못하자, 재완의 눈이 축 처졌다. 혹시 자신이 잘못 주문했나, 재완이 병을 살폈다.

치즈를 하나 집어 먹은 소정이 포크를 내려놓았다. 그런 거 아니에요. 고개를 저어 그의 마음을 달래고 둥그런 눈을 올려 떴다. 평소에도 짙은 화장을 하지 않는 그녀였지만 맨 얼굴인 소정은 더 아기같이 보송했다.

"오늘 너무 많이 먹어서 별로 생각이 없어요."

"……그래?"

눈썹을 올리고 그는 쥐고 있던 잔을 내려놓았다. 소정이 끄덕이는 것도 보지 않고 그는 자리에서 일어났다. 그리고 앉아 있는 소정을 안아 들었다. 침대까지 몇 걸음 되지 않았지만 느리게 걸었다. 처음엔 놀라 눈을 꾹 감고 있던 소정이 눈을 떠 제 얼굴 가까이에 있는 재완을 봤다.

"저 엄청 떨려요, 지금."

"……나도."

"진짜요?"

소정은 그의 가슴 위에 손을 올렸다. 보송한 가운 위로 그의 박동이 느껴졌다. 제 것과 비슷한 속도였다. 바들바들 떠는 사람이 자기뿐이 아니니 이상하게 안심이 되었다. 입꼬리를 올려 웃으니 재완도 따라 웃으며 그녀를 침대에 눕혔다.

"몇 시예요?"

"몰라."

"내일 몇 시에 일어날 거예요?"

"몰라."

떨리는지 자꾸만 저도 모르게 말이 나왔다. 그러고 나서도 소정은 별로 궁금하지 않은 것 몇 가지를 더 물었다. 그의 대답은 같았다. 몰라. 단호한 목소리에 소정이 입술을 오므렸다.

"먹은 거 정리 안 해도 돼요?"

"……몰라."

"와인 뚜껑이라도 닫아 놔야……."

"너 지금 그게 진짜 궁금해?"

그가 내려온 앞머리를 넘기며 말했다. 모든 준비를 끝낸 듯한 그의 모습에 소정은 벌어진 입을 다물고 그를 봤다. 기계처럼 뱉어 냈던 질문을 멈춘 그녀는 용기를 내 그의 목덜미를 두 손으로 잡았다.

"나 사랑해요?"

"바보냐, 답을 알면서 묻게."

재완이 타박하듯 말하곤 입술을 가져다 댔다. 잘게 끊임없이 입술을 맞추자 소정이 웃었다. 입술이 간지러워 코를 찌푸리며 웃음소리를 흘렸다. 그게 재완에겐 큰 자극이었는지 그는 키스를 퍼부으며 소정의 허리에 있던 가운 끈을 한 손으로 풀어 버렸다.

"사랑해."

타박했던 조금 전과 달리 다정한 목소리였다. 소정은 고개를 끄덕였다. 알고 있다. 뜨거운 숨결이 제 얼굴 앞에서 뿌려졌다. 그는 자신의 가운을 벗고 소정을 껴안았다. 그의 알몸이 몸에 닿았고, 소정의 뺨이 붉게 물들었다. 이마를 맞대고 자신을 내려다보고 있는 재완에게 소정이 말했다.

"사랑해요."

"또."

"사랑하고 또…… 사랑해요."

그의 목을 감싸고 있던 소정의 팔이 내려오며 그의 허리를 껴안았다. 그는 귓가에 만족스러운 웃음을 흘리고 말했다. 젠장. 벗고 있지만 않았으면 그 말 녹음하는 건데.

거의 하나인 듯 딱 붙어 있던 입술을 먼저 뗀 사람은 재완이었다. 키스를 하며 다른 손으론 소정의 가운을 벗겨 낸 그는 그 안에 있는 속옷을 보곤 옅게 숨을 뱉었다. 소정이 그의 마음을 읽고 제 손으로 벗으려 하자 그가 급히 막았다.

"내가 할 거야."

다시 입을 맞추며 그가 한 손으로 브래지어의 버클을 풀었다. 민망함을 느낄 새 없이 달려드는 그 덕분에 소정은 잘게 떨리는 손을 꽉 쥐곤 그의 등에 올려놓았다.

그의 입술이 자연스레 아래로 움직였다. 재완의 입술이 떠난 귓불에 다시 또 열기가 돌았다. 여태 그녀를 감싸고 있던 그가 상체를 들어 올리자 소정의 몸이 고스란히 드러났다. 창피하다기 보단 부끄러워서 한 팔로 제 가슴을 가리자 그가 웃으며 그녀의 팔을 잡아 머리 위로 올렸다.

"이미 다 봤어."

재완이 소정을 내려다봤다. 숨을 고를 필요가 있었다. 거친 제 숨과 달리 소정은 빨간 입술 밖으로 아이 같은 숨을 내쉬고 있었다. 가슴이 숨소리를 따라 움직이고 있었다. 잡고 있던 소정의 손을 놓곤 그녀의 가슴을 꼭 쥐니 헉, 하고 숨을 들이켜는 것이 느껴졌다.

크게 미소를 짓고 그는 바로 소정의 가슴으로 얼굴을 묻었다. 다시 또 그녀가 헉 하는 것이 느껴졌다. 매끄러운 살갗 위를 움직이던 재완이 다시 또 소정의 입술을 찾았다.

그의 손은 소정의 허벅지 안쪽을 타고 올라갔다. 목적지는 마지막 남은 옷가지였다. 소정은 저도 모르게 허리를 올려 그가 속옷 내리는 것을 도왔다.

흰 침대 커버 위엔 어느새 발가벗은 두 사람밖에 없었다. 그녀의 몸을 탐하는 데 걸리적거리는 이불과 옷들은 그가 발로 모두 밀어 떨어트렸다. 춥다 느끼지 못하도록 재완은 제 몸으로 이불처럼 소정을 감싸 안았다.

몇 번이고 상상한 밤이었지만 모든 것들이 새로웠다. 재완이 주는 자극에 정신이 없었고, 저도 모르게 몸이 움직였다.

키스를 멈추고 상체를 세워 앉아 있는 그의 배를 소정이 매만졌다. 어설프게 움직이는 손가락 끝이 아슬아슬하게 배 끝에서 멈추자, 재완이 뭔가를 보이려는 듯 소정의 허벅지 아래에서부터 위로 손을 움직였다.

그의 손과 소정의 손이 멈춘 곳이 모두 같았다. 눈을 깜박이는 속도가 느려졌다. 재완이 입꼬리를 올리고 웃었다. 땅, 머릿속에서 총소리가 들렸다. 여태껏 느끼고 본 것은 모두 예고편이라 느껴질 만큼 그가 끈적하게 움직이며 들어왔다.

"아!"

소정은 재완의 넓은 어깨를 손으로 감쌌다. 허리가 자연스레 올라갔고 고개가 절로 올라갔다. 거친 숨소리를 감추려 입술을 감싸 물어도 끙끙거리는 신음은 멈춰지지 않았다.

재완은 소정의 민감한 모든 부분을 찾아 입술을 가져다 댔다. 열이 올라 빨간 뺨에 재완의 얼굴이 스쳤다. 자신의 어깨 위에 턱을 괴고 그는 몸을 숙였다. 그와 동시에 아랫배가 묵직해 왔다.

"으……."

"괜찮아?"

묻는 재완에게 입을 열어 답할 수 없었다. 소정은 눈을 감은 채 고개를 끄덕였다. 뭉개진 가슴이 크게 떨렸고, 앓는 소리가 새어 나왔다. 다시 또 괜찮냐 물으려 할 때 소정이 다리를 들썩이며 죄어 왔다. 그녀는 제 몸의 움직임이 그에게 어떤 자극을 주는지 전혀 모르는 듯했다

"앗……."

천천히 그가 움직였다. 조심스러웠지만 머뭇거림은 없었다. 야한 소리들이 들끓었다. 몸이 맞닿았다 떨어지며 내는 소리, 입술 밖으로 나오는 거친 숨소리. 소정이 본능적으로 재완의 허리에 다리를 감았다. 허리 아래 그의 움직임이 빨라지자 그를 안고 있던 소정의 손이 그의 등줄기를 따라 내려왔다.

"재……완 오빠……."

문득 그녀에게 그 호칭을 가르치길 잘했단 생각이 들었다. 몸을 세우고 재완이 답했다. 응, 소정아. 다정히 답하면서도 그는 멈추지 않았다. 속도는 늦춰졌지만 더 깊게 들어왔다.

그의 허리 움직임에 따라 숨이 쉬어졌다. 안쪽 끝까지 파고드는 그를 따라 숨을 들이마셨다가 길게 빠져나가는 그 속도에 맞춰 숨을 뱉었다.

상체를 세우고 자신을 바라보는 시선이 느껴졌다. 이젠 부끄럽단 생각이 들지 않았다. 대답을 바라지 않고 그를 부르는 소리가 커졌다. 중간중간을 메우는 신음도 같이 커졌다. 아악……. 소리와 함께 소정이 손톱을 세워 그의 어깨를 눌렀다. 다른 손은 침대 끝을 겨우 쥐고 있었다.

왼쪽으로 고개를 돌리고 숨을 몰아쉬는 소정의 볼을 재완이 매만졌다. 나 봐……. 얼굴을 덮고 있는 머리카락을 치우고 재완이 그녀의 턱을 잡아 돌렸다. 나 봐, 소정아. 감은 눈을 채 뜨지 못하고 있는 그녀의 눈두덩이 위에 그가 입을 맞췄다.

"봐, 나 좀."

그가 움직임을 멈추자 소정이 어렵게 눈을 떴다. 땀에 촉촉이 젖은 그의 얼굴과 몸이 보였다. 커다란 숨소리를 숨기기 위해 입술을 물자 그가 손으로 물린 아랫입술을 빼내었다.

"괜……찮아?"

묻는 질문에 소정은 대답 대신 그의 목에 팔을 감았다.

"아뇨……, 괜찮아요."

이상한 대답을 뱉고 소정은 그를 끌어안았다.

자신의 얼굴 위에 멈춰 있는 그의 코끝에 입술을 부딪치곤 다시 눈을 감았다. 아래를 다시 찌르는 움직임이 시작되었다. 그녀를 꼼짝 못 하게 몰아치는 움직임에 소정은 끝내 탄성을 내질렀다.

얼마 지나지 않아 그가 소정 위로 무너져 내렸다. 가쁜 숨과 함께 그가 뱉는 신음이 그녀 귀 바로 옆에서 들렸다.

소정은 그의 허리를 감싸 안았다. 저절로 벌어져 있는 그녀 입술을 재완이 깨물었다. 앗, 하고 소정이 그의 가슴팍을 치자 재완이 쓰러지듯 몸을 돌려 그녀 옆에 누웠다.

그녀는 감겨 있는 눈을 뜰 수 없었다. 그가 다정스레 귀 뒤로 머리카락을 넘기는 손길이 느껴졌지만 눈이 떠지지는 않았다. 눈썹을 찡그리고 숨을 고르는 그녀의 코에 재완이 제 코를 가져다 댔다.

가까운 거리에서 재완이 제 이름을 부르는 목소리가 들렸다.

은소정, 소정아, 너, 지금 자면 안 돼.

그녀보다 먼저 눈을 뜬 재완이 몸을 일으켰다. 열린 커튼 사이로 햇볕이 세게 내리쬐고 있었다. 누구보다 피곤한 밤을 보낸 소정을 알기에 그는 어제 벗어 던진 속옷을 꿰어 입고 창가 가까이 걸어갔다.

블라인드를 치기 전 푸른 바다를 내려다봤다. 뻐근한 팔을 매만지며 잠시 멍하니 있던 그는 부스럭거리는 소리에 뒤를 돌아봤다.

"일어났어?"

한쪽 눈을 찡그리며 소정이 한 손으로 침대 위를 더듬었다. 이불? 재완이 다가가며 묻자 소정이 고개를 끄덕였다. 주고 싶진 않지만 꽤나 열심히 찾기에 그가 떨어져 있는 흰 이불을 건넸다. 이불을 말아 쥔 손을 끌어 올려 소정이 몸을 가렸다.

"이미 늦었어."

알아요, 말하며 소정이 해사하게 웃었다. 남에게 자신의 알몸을 보이는 것은 익숙지 않았지만 재완 앞에서는 이상하게 부끄러운 생각이 들지 않았다. 이불을 찾은 건 밤새 자신을 안고 있던 재완의 몸이 떨어지자 한기를 느꼈기 때문이었다.

재완이 침대에 걸터앉자 소정은 이불을 놓고 그의 품으로 파고들었다. 재완의 허벅지에 머리를 대고 그의 단단한 허리를 붙잡았다. 너 이거 위험한데. 그의 경고에도 소정은 떨어지지 않았다.

"잘 잤어?"

"음…… 아뇨."

소정의 대답의 의미를 알고 있는 재완은 쿡쿡 웃었다. 미안, 말하고 그는 소정의 볼을 쓸었다. 제멋대로 튀는 대화는 두 사람에게만 이해되었다.

"뭐 먹을래?"

"아뇨. 으…… 지금 몇 시예요?"

감싸고 있던 팔을 풀고 소정이 천천히 일어났다. 자신의 핸드폰과 재완의 핸드폰 모두 테이블 위에 있었다. 재완이 침대를 벗어나 핸드폰을 집어 들었다. 소정의 것을 건네고 제 것의 전원 버튼을 길게 눌렀다.

화면이 켜지고 이내 진동이 연이어 울렸다. 시간을 확인할 새 없이 끊임없이 몰아치는 진동 소리에 소정이 놀라 그를 바라봤다.

"별거 아냐. 단체 대화방에 어떤 놈이 초대해 놨어."

"……."

"씻을까?"

그의 말 앞엔 '같이'가 생략되어 있었다. 그러기엔 해가 너무 높게 떠 있었다. 고개를 흔들고 소정이 바닥에서 속옷을 찾아 입었다. 오늘은 저부터요. 말하곤 소정이 욕실로 쏙 들어갔다.

그제야 재완은 놓았던 핸드폰을 다시 쥐어 들었다. 희향의 전화와 문자. 소정의 존재를 알게 된 것이 분명했다. 다시 또 울리는 문자는 인석의 것이었다.

「연락해라.」

욕실에서 물소리가 들렸다. 이런 상황에도 신경은 온통 소정에게 쏠려 있었다. 복잡하게 흘러가는 상황을 단순하게 만드는 것은 소정에게 반응하는 제 몸뿐이었다. 전원 버튼을 길게 누르고 그는 핸드폰을 다시 꺼 버렸다.

✳✳✳

소정을 데려다주고 재완은 인석의 집으로 향했다. 우선 상황이 어떻게 흘러갔는지 알 필요가 있었다.

가끔 연락을 해 오는 것 외에 조용했던 예원을 떠올렸다. 자신이 답장하지 않았던 마지막 문자의 내용은 이러했다.

「이게 끝은 아니에요.」

인석이 문을 열었다. 피곤한 표정으로 그는 조용히 제집 거실을 가리켰다. 그의 소파에 앉아 있는 예원의 뒷모습이 보였다. 인석이 아끼는 컵을 들고 있는 것을 보니 차까지 얻어 마신 모양이었다.

"통했네요. 나도 이제 막 왔거든요."

뒤를 돌아보지 않고도 예원은 지금 이 집을 찾은 사람이 재완이란 것을 아는 모양이었다. 그는 그녀와 멀찍이 떨어져 앉았다.

"설명 좀 해 주지? 둘 중 아무나."

"그게……."

"찌라시."

간단한 한 단어의 설명은 재완의 맘에 그다지 들지 않았다. 자신이 알고 싶은 것은 모든 사건의 전말이었다.

"형이 설명해."

"찌라시 돌고 있어. 네가 예원 씨 말고 다른 여자가 있다고. 그래서 결국 결혼 안 할 거란 내용으로. 어떻게든 막고 있는데 계속 퍼져서 월요일에 장 열리면……."

재완이 예원을 봤다. 찌라시의 범인이 그녀인지를 묻는 그 눈빛에 예원이 결백하단 몸짓을 했다.

"난 아니에요. 나는 우리 둘의 문제는 우리 둘이 해결해야 한다는 주의예요."

"다 알아?"

"아버진 모르겠고, 어머니는 당연히 알고."

희향의 귀에 들어갔으니 이제 모두 수면 위로 올라온 것이다. 재완과 예원의 관계, 그리고 재완에게 있는 다른 사람의 존재. 이 모든 것들이 밝혀진 지금 그는 의외로 홀가분함을 느꼈다. 소파에 허리를 기댄 그는 가늘게 눈을 떴다.

"모든 일을 간단히 해결하는 방법을 내가 아는데……."

재완과 달리 인석은 눈을 빛내며 예원을 봤다. 보나마나 이상한 소릴 테지, 재완은 그녀 쪽으론 시선조차 주지 않았다.

"약혼 기사 내요. 가능한 한 빨리."

"미쳤군."

"그거 말고 별다른 방법 있어요? 설마 진짜……."

"설마 진짜, 뭐요?"

예원이 흐흣 웃었다. 재완 씨 그 정도로 바보예요? 예원의 말과 웃음소리가 신경에 거슬렸다. 인석이 달래듯 재완의 등을 토닥였다.

"임재완. 생각 잘해."

"어떻게 하는 게 잘한 생각인데?"

"방금 내가 말한 것."

예원이 끼어들어 답했다. 거, 진짜 거슬리네. 재완이 눈썹을 찌푸리고 짜증을 냈다. 순간 인석의 전화가 울리지 않았더라면 한마디 쏘아붙일 요량이었다. 화면을 확인한 인석은 얼굴이 하얘져 둘 다 그만하란 손짓을 했다.

"네, 어머니."

그의 통화 볼륨이 큰 것이 아닌데도 희향의 찢어질 듯한 목소리가 크게 들렸다. 네 짓이지! 악쓰는 목소리에 인석이 얼굴을 구겼다.

"아니라고 말씀드렸잖아요."

그럴 리 없다고 희향은 계속해서 악을 쓰고 있었다. 전화를 붙잡고 희향이 어떤 표정과 몸짓을 하고 있는지 재완은 모두 그려졌다. 재완이 일어나 인석의 전화를 빼앗아 들었다. 엄마, 그가 낮게 말을 뱉자 희향의 커다란 목소리가 금세 멈췄다.

— 재, 재완아?

"형이 한 거 아니야."

— 그럼 누가 그딴 말도 안 되는 얘기를 흘려?

"말도 안 되는 얘기 아니야."

이렇게 밝히려는 생각은 없었다. 조금 더 제 계획이 구체적이고 뚜렷해졌을 때, 모든 준비를 끝내고 말하고 싶었었다. 희향의 깊은 한숨이 들렸다.

— 어디니, 너?

"형 집."

아버지 들어오시기 전에 들어와. 조금 전과 달리 차분한 목소리로 희향이 말했다. 끊긴 전화를 한참이나 들고 있던 재완은 지끈거리는 관자놀이를 검지로 꾹 눌렀다.

"저랑 같이 가요."

"뭐하러?"

재완이 몸을 일으켰다. 예원을 내려다보는 눈빛이 지나치게 차가웠지만 아랑곳없이 그녀는 그를 따라 일어났다.

"지금 재완 씨에게 해결책은 나예요. 내가 당신을 도와줘야 한다고요."

"아니, 되게 큰 착각을 하고 있네. 내 해결책은 내가 찾을 거니까 제발 우리 집안일에 끼어들지 말아 줬으면 좋겠네."

재완은 인석에게 짤막히 인사하고 집을 빠져나갔다. 황당한 표정의 예원을 인석이 달래며 당장에라도 엉엉 소리 내어 울 듯한 예원이 불쌍하단 생각이 들었다. 괜찮아요? 인석이 묻자 예원이 바로 울음을 터트렸다.

희향은 소파에 앉아 팔짱을 끼고 있었다. 재완이 들어올 때면 호들갑을 떨며 문 앞까지 마중 나오던 이전과 다른 모습이었다. 푹푹 내쉬는 한숨이 꽤 먼 거리에 있었던 재완에게도 들렸다. 소파에 풀썩 앉자 희향이 눈을 치켜뜨며 그를 봤다.

"어젠 어디 있었어."

"진짜 모르고 묻는 거면 답하고."

"너 진짜 여자 있어?"

재완은 고개를 끄덕였다. 테이블 위에 있는 신문을 집어 들자, 희향이 바로 낚아챘다. 단단히 화가 난 그녀는 재완의 머리를 세게 내려칠 듯 신문을 들어 올렸다. 그러다 이내 팔을 축 늘어뜨리곤 소리쳤다.

"대체 너 뭐하고 다니는 거야! 내가 너 노는 것 갖고 뭐라고 해? 조용히 놀라고, 조용히! 대체 얼마나 떠들썩하게 하고 다니면……."

"……."

"약혼해. 결혼 날짜도 빨리 잡고. 지금 그 방법밖에 없어. 내가 너한테 어려운 거 바라는 거 아니잖아. 그냥…… 그냥…… 결혼만 해. 그 뒤로 네가 무슨 짓을 하든……."

재완이 눈을 꾹 감았다 떴다. 싫어. 짧게 말하고 일어선 그는 희향이 떨어트린 신문을 주워 테이블에 올려 두었다.

"누군지는 안 물어보는 걸 보니 다 아는 것 같네."

"……."

"건들지 마, 걘."

재완이 희향을 지나쳐 걸었다. 그의 몸짓이 차가웠다. 희향이 재완을 붙잡았지만 그는 계단을 올랐다.

은소정……. 주먹을 꽉 쥔 채 희향은 그 이름을 뇌까렸다. 분명 경고를 했건만, 분명 내가 그리 일렀건만!

❊❊❊

재완에게 일정을 말해 주고 나온 소정은 순간 심장이 저 아래로 내려앉는 듯한 느낌이 들었다. 부사장실 문 앞에 희향이 있었다. 오늘따라 더 짙게 아이라인을 그린 희향은 그녀가 나오길 기다린 듯 보였다.

소정이 입을 떼려 하자 희향이 검지를 입술 위로 가져다 댔다.

"쉿."

그 소리에 소름이 훅 끼쳤다. 본능적으로 알 수 있었다. 지금 희향이 자신을 찾아온 이유. 캄캄해진 눈을 몇 번이나 깜박였다.

"잠깐 얘기 좀 하지."

"아……."

"비서실엔 내가 얘기해 둘게."

비서실 막내 인영이 들어오자 희향은 곧바로 소정을 끌고 내려갔다.

회사 근처 카페에 나란히 마주 앉은 것이 여간 어색하지 않을
수 없었다. 마른침만 꼴깍 삼키는 그녀에게 희향이 앞에 있는 찬
물을 쓱 밀었다.

"마셔."

"네, 네."

물이 뻑뻑한 무언가처럼 힘겹게 넘어갔다. 자신을 위아래로 훑
는 희향의 눈빛엔 긍정적인 어떤 것도 들어 있지 않았다. 예상한
일이었고 벌어질 일이었다. 그렇게 생각하며 소정은 최대한 차분
해지려 노력했다.

"드라마에서 많이 보던 장면이지? 장소라도 좀 색달라야 하는
데 내가 이 주변에 아는 데가 없어서."

"……."

"내가 어떤 말 할지 모르진 않을 것 같고. 그래, 좀 물어나 보
자. 넌 어떡할 생각이니?"

소정은 입술을 깨물었다. 이 모습을 재완이 본다면 분명 한마
디 했을 것이다. 소정은 앞에 놓인 컵을 매만졌다. 어떻게 해야
할지 저도 몰랐다. 그냥 이렇게 사랑하고 싶어요. 짧게 답하자 기
가 찬 듯 희향이 웃었다.

"내일 나올 기사야."

희향이 A4용지 하나를 내밀었다. 재완이 예원과 결혼을 앞두
고 있고 가족끼리 간단히 약혼을 한다는 내용이었다. 남들 다 하
는 결혼이 이렇게 기삿거리가 될 수 있구나, 생각하는 와중에 그

가 사는 세계는 참 다르단 생각이 들었다.

"재완이 상대는 네가 아니야."

말하는 희향의 얼굴에 웃음기가 모두 빠졌다. 어디 감히 내 아들을 넘보느냐, 말하지 않았지만 표정에 모두 드러났다.

"결혼한 뒤 만나는 건 터치 안 해. 그때까지 어디 여행을 가든, 숨어 있든 해. 내 입에서 좋은 소리 나오는 건 이번이 마지막이야. 생각 없는 애 같진 않으니 처신 똑바로 해."

희향이 일어섰다. 예상외로 짧게 끝이 났다, 생각했던 그때 희향이 소정을 내려다보며 물었다.

"너 아직 그 집에 살지?"

소정은 답을 하지 않았다. 그녀가 답을 바라고 한 질문이 아님을 알고 있어서였다. 아빠가 죽고 임 회장이 마련해 준 전셋집이었다. 집값이 두 배가 넘게 뛰는 동안에도 임 회장은 전세값을 올리지 않았었다.

희향의 질문은 곧 경고였다. 다음에 그녀가 어떤 행동을 할 것이고, 그게 얼마나 비열할지를 말해 주는.

희향이 나가는 것을 제 눈으로 확인하고 나니 스르르, 몸에 힘이 빠졌다. 눈물이 맺혔지만 흘리진 않았다. 재완이 했던 말들을 떠올렸다. 그녀를 안심시키려, 그녀를 강하게 만들려 했던 말들.

넌 날 잃지 않을 것이라 말했던, 그의 목소리와 표정을 떠올렸다. 이내 떨림이 잦아들었고 밀려들던 서글픔도 멈췄다.

재킷 주머니에 있던 핸드폰이 울렸다. 재완이었다. 이름 하나에 겨우 뒤로 넘긴 눈물이 다시 차올랐다. 큼, 큼……. 소정은 목을 가다듬고 전화 받았다.

"네, 부사장님!"

밝은 척 높인 목소리가 어색했다. 말끝이 파르르 떨렸지만 재완에겐 들리지 않는 듯했다. 어디야? 묻는 재완의 목소리에 결국 눈물이 떨어졌다.

"잠깐 내려……왔어요."

소정은 앞에 있는 물을 마셨다. 갈라진 제 목소리가 낯설었다.

— 놀랐잖아. 사라진 줄 알고.

"급하게 나오느라, 죄송합니다."

— 죄송하면 빨리 와. 너 말고 다른 사람이 내 사무실 앞에 있는 거 싫어.

소정은 답 없이 고개를 끄덕였다. 짧은 한 글자의 답은 결국 나오지 않았다. 뺨 아래로 흐른 눈물이 턱을 따라 흘러내렸다.

퇴근 후 소정은 오랜만에 엄마와 저녁을 함께했다. 식사를 마치고 배를 통통 두드리자 그녀의 엄마가 타박을 했다. 이제 곧 시집갈 처녀가 부끄러운 줄 모르고……. 그녀는 소정이 벗어 놓은 재킷을 탈탈 털어 옷걸이에 다시 걸었다.

"이게 뭐야?"

소정의 재킷에서 흰 종이를 꺼내며 그녀의 엄마가 물었다. 아, 그거……. 종이를 빼앗아 들고 소정이 어물쩍 대답을 넘겼다. 별 거 아냐. 말하고 소정은 그녀의 엄마를 잡아 세웠다.

"엄마, 우리 이사 갈까?"

"뭐? 왜?"

"그냥……. 나는 이제 조금……."

"별 이유 없으면 그런 말 마. 네 아빠 그렇게 가고 살길이 얼마나 막막했는데. 보증 빚은 아직 남아 있지, 제대로 된 보험 하나 없어 장례비도 못 낼 형편이지, 집주인은 전세 올리려 난리지……. 그 와중에 회장님 내외가 도와주시지 않았으면……."

소정이 들고 있던 A4용지를 휴지통에 집어넣었다. 응, 나도 알지. 답하고는 소정은 제 방으로 들어갔다. 괜히 말을 꺼냈다. 엄마의 반응을 예상했었다. 스스로 자신을 내몬 기분이 들었다.

비적비적 걸어서 침대에 털썩 앉았다. 손끝에 재완이 건넨 약봉투가 있었다. 같이 저녁 먹자며 붙잡는 재완에게 머리가 아파 일찍 들어가겠다 했더니 그가 약국에 들러 사 준 약이었다.

조제약이 아니어서 흰 약 봉투에는 아무 이름도 적혀 있지 않았는데, 그가 끼적이며 무언갈 적었다. 우리 소정이. 그가 쓴 글씨를 손가락 끝으로 매만지다 펄썩 누워 버렸다.

그에게 아프다 말했던 것은 분명 거짓말이었는데 이제 곧 진짜 아플 것 같았다. 머리도, 배도, 마음도, 전부. 아니, 이미 아팠다.

❈❈❈

다음 날. 퍼석한 얼굴로 인사를 하니 재완이 그녀의 팔을 잡아끌었다. 약은 먹고 잤어? 묻는 그에게 대답할 새 없이 그는 소정을 데리고 부사장실 안으로 들어갔다.

검은 소파 앞에서 그녀의 어깨를 꾹 눌러 앉혔다. 그리고 그녀와 무릎이 맞닿도록 바로 앞에 앉은 그는 걱정스레 소정의 얼굴을 살폈다.

"열은 없는데."

제 이마와 소정의 이마를 번갈아 만지며 그가 고개를 갸웃거렸다. 내내 입을 닫고 있던 소정이 걱정스레 바라보는 재완의 손을 떼어 냈다.

"괜찮아요."

"에, 아닌데……."

"진짜요."

안심시키려는 듯 재완의 손을 잡고 있던 손에 힘을 주었다. 배시시 웃으니 재완이 이내 그녀를 따라 웃었다.

"못 참겠으면 조퇴해."

"네."

"진짜로."

소정이 고개를 끄덕였다. 그녀를 따라 미소를 지으면서도 재완은 여전히 걱정을 지우지 못했다. 마지막으로 다시 그녀의 열을 체크하려 손을 들었을 때, 소정이 고개를 살짝 돌려 그의 손을 피했다.

어색하게 그의 손이 공중에 붕 떴다. 시선을 피한 소정이 고개를 꾸벅 숙였다. 나가 볼게요, 인사를 하고 나가는 소정이 오늘따라 차갑게 느껴졌다. 불길한 생각이 끼쳤다.

재완은 핸드폰을 들었다. 누구에게 먼저 전화를 해야 할지 감이 오지 않았다. 어머니? 형? 김예원? 그것도 아니면 아버지? 핸드폰 화면 위로 떠오르는 얼굴들 앞에서 그의 손가락이 머뭇거렸다.

그의 전화번호부는 가나다순이었다. 가장 먼저 나타난 예원의 이름을 누르자 뚜 하는 신호음이 들렸다. 예원에게 자신이 먼저 전화를 걸고 또 그녀가 빨리 전화를 받길 기다리는 순간이 올 줄이야.

초조하게 테이블을 두드리던 손가락이 전화 건너편 예원의 목소리에 멈췄다.

— 제가 아직 꿈에서 덜 깬 거 아니죠?

"궁금한 게 있어서."

— 묻기 전에 제가 그냥 이실직고할게요. 어머니한테 전화 왔었어요.

재완이 인석의 집을 나섰을 때, 그리고 인석의 집에서 예원이 엉엉 울고 있었던 그때, 희향에게서 전화가 왔다. 근거 없는 소문들이니 신경 쓰지 말라던 희향은 조심스레 예원에게 물었다.

"혹시……."

— 소문 들었다고 말했더니, 상대가 누군지 아냐고 물으시더라구요. 그래서…….

"허……."

— 말했어요. 어른이 묻는데 대답하지 않는 건 예의가 아니라고 배워서.

희향이 재완에게 그 상대를 캐묻지 않았던 건 예원을 통해 내용을 들었기 때문이었다. 나름 제 엄마에게 경고를 했지만 그 경고를 듣고 아무 조치도 취하지 않을 희향이 아니었다.

핸드폰을 쥔 손등 위로 힘줄이 불거졌다. 저가 궁금한 것은 다 물었으니 이제 그만 전화를 끊으려 할 때 예원이 다급히 물었다.

— 신문 봤어요?

재완은 전화를 끊고 부사장실 문을 열었다. 탕비실을 빠져나온 소정이 커피를 들고 서 있었다.

"뭐 시키실 일이라도……."

"신문……."

소정이 자신의 책상 위에 있는 신문 쪽으로 걸음을 옮겼다. 매일 아침 배달되는 신문이었지만 재완이 찾은 적은 처음이었다. 소정이 책상 위에 올려놓으면 그 상태 그대로 다음 날 아침까지 있는 날이 더 많았다.

소정이 다양한 신문사에서 배달 온 신문 뭉치를 집어 들자 재완이 사색이 되어 그녀 곁으로 갔다. 그가 재빨리 신문을 낚아챘다. 손은 빨랐지만 정확하지 않아서 신문 몇 개가 바닥으로 후둑 떨어졌다.

경제지 1면, 메인 기사 아래에 있는 작은 기사엔 재완의 이름이 있었다. 황급히 그가 구둣발로 신문을 밟았지만 그가 멈칫한 그 짧은 순간에 소정은 모두 본 듯했다.

소정이 들고 있던 잔을 책상 위에 내려놓고는 쪼그려 앉았다. 그의 다리를 툭툭 치고 별거 아닌 투로 말했다. 발 좀 치워 주십시오, 신문 좀 줍게.

"내가, 내가……."

"이미 봤습니다."

"……봤어?"

소정이 고개를 끄덕였다. 툭툭, 그의 다리를 치자 재완이 허리를 숙여 신문을 주웠다. 그러고 보니 소정은 종종 재완이 알아야 하는 기사들을 정리해서 주곤 했었다. 무슨 말을 하려다 말고 그는 계속 주저앉아 있는 소정을 봤다.

"은소정."

"……네."

"나쁜 생각 해?"

모르는 척 나쁜 생각이 뭔데요, 물을 수도 있었지만 소정은 그러지 않기로 했다. 고개를 가로로 저으니 그가 안심한 표정으로 손을 내밀었다. 일어나, 다정히 말하는 그의 손을 잡고 소정이 바로 일어섰다.

"그래, 하지 마."

"……네."

"절대."

"네."

재완이 손바닥으로 소정의 양 볼을 감쌌다. 꼬박꼬박 대답을 했지만 소정은 그의 눈빛을 피하고 있었다. 은소정, 나지막이 부르니 그제야 그와 눈을 맞췄다.

"대답할 땐 사람 눈을 보는 거야."

고개를 끄덕이며 소정이 눈을 감았다. 갑자기 머리가 아파서요,

말하니 재완의 손이 떨어졌다. 재완은 한참 소정을 내려다봤다.

텅 비어 있는 것 같은 그녀 눈에 자신을 담으려 노력했다. 어떤 말도 하지 않았지만 그는 온몸으로 자신을 믿으라 소리치고 있었다. 그의 외침이 들리는지 소정이 고개를 잘게 끄덕이곤 내려놓은 커피를 바라봤다.

"커피 식었을 것 같은데……. 다시 가져다 드리겠습니다."

소정이 몸을 돌려 등을 보였다. 그녀와 자신 사이에 안 보이는 벽이 있는 것 같았다. 담담하게 고개를 끄덕였는데 축 처져 있는 소정의 어깨를 보니 그대로 둘 수 없었다.

보이지 않는 벽을 부수고 그려지지 않는 뿌연 그녀의 머릿속을 알아내야 했다.

힘없이 떨어져 흔들거리는 그녀의 손을 붙잡아 당기자 소정이 획 돌아섰다. 놀란 그녀의 눈이 촉촉이 젖어 있었다. 제 마음을 들킨 것이 민망하고 창피해서 절로 쓸쓸한 미소가 지어졌다.

"커피가 중요한 게 아닌 것 같은데, 지금."

입술론 어설픈 미소를 짓고 있었지만 눈물이 가득 차올랐다. 어느새 자신을 보고 있는 재완의 얼굴이 희뿌옇게 변해 분간할 수 없게 되었다. 그 순간, 커다란 재완의 손이 소정의 눈을 덮었다.

"울 거야, 웃을 거야. 하나만 해."

말하지 않으니, 또 그 말이 진심인지 알 수 없으니 그녀의 마음을 다 헤아리진 못하겠지만 소정은 지금 미소보단 눈물이 더 어울렸다. 그의 손 아래가 축축이 젖었다. 얼마 지나지 않아 커다란 그의 손 아래로 눈물이 떨어졌다.

"……참을 수 있었는데……."

"미안."

재완이 소정의 어깨를 감싸 안았다. 등을 토닥이자, 이내 울음을 참으며 히끅거리는 소리가 들렸다. 그의 가슴에 얼굴을 묻고 소정은 한참이나 울었다. 그의 심장을 덮은 재킷의 왼쪽이 소정의 눈물에 푹 젖었다.

#14
눈치

소정은 결국 조퇴를 했다. 회사를 빠져나가는 다리에 힘이 하나도 없었다. 누군가가 무릎을 살짝 건들기만 해도 풀썩 주저앉을 것 같았다. 별로 높지 않은 굽이 오늘따라 위험해 보였다.

희향의 말대로 신문에 난 기사를 보고 아침부터 눈물을 한가득 쏟아 냈다. 뭐가 그렇게 억울하고 슬펐는지 모르겠지만 소정은 새어 나오는 울음소리를 막기 위해 입을 틀어막고 한참 흐느꼈다.

오늘 하루 종일 울 수도 있을 것 같았다. 겨우 눈물을 집어넣은 건 재완이 곧 올라간단 전화를 받았기 때문이었다.

아무렇지 않은 척 연기도 하고, 그의 시선도 피했지만 별 소용 없었다. 결국 그의 품에 안겨 처량하게 울었다. 토닥거리며 자신을 달래던 재완의 손길이 아직 등 뒤에 남아 있었다.

재완은 그렇게 생각하지 않겠지만 소정은 자신을 좀 알아 달라고 울부짖는 첩이 된 것 같은 기분을 지울 수 없었다. 걸음을 멈추고 그녀는 입 속 여린 살을 깨물었다.

정말 그때 울면 안 됐었다.

버스 정류장까지 가는 길이 길게 느껴졌다. 드라마에선 손만 뻗으면 택시가 앞에 서던데, 바보 같은 생각으로 손을 뻗고 고개를 돌려 도로를 살폈다. 그 순간 정말 드라마처럼 자신의 앞에 차가 멈춰 섰다.

"내 비서가 되게 깐깐한데 오늘 조퇴를 했거든. 하늘이 주신 기회를 놓칠 수 있나. 그래서 나도 땡땡이."

"……제가 뭐가 깐깐……."

"은소정, 우리 오랜만에 데이트나 할까?"

조수석 열린 창문을 통해 재완이 보였다. 멍한 눈으로 그를 보고 있으니 재완이 몸을 더 숙였다. 들리지 않아서 답하지 않은 것이 아님을 알지만 그는 소정을 향해 크게 외쳤다.

"은소정! 우리 데이트할까?"

푸흐……. 웃음이 나왔다. 이런 순간에도, 이런 기분에도 자신을 웃게 만드는 건 결국 재완이다. 조수석 문을 열어 올라타곤 소정이 재완을 봤다.

"……어디 갈 건데요?"

"어디 가고 싶은데? 말만 해."

"그런 건 데이트 제안한 사람이……."

재완이 소정의 몸 위로 상체를 숙였다. 그의 가슴이 제 가슴을 덮자, 장난스럽게 흘러나왔던 말이 저절로 멈췄다. 안전벨트를 채

워 주던 재완이 고개를 살짝 돌렸다. 가까이 마주 본 얼굴에 소정이 이번엔 숨까지 멈췄다.

"왜 말을 하다 말아?"

"……."

"이런 거 기다려?"

쪽, 짧게 입을 맞추고 그가 빙긋 웃었다. 지난번 그에게 웃을 때 예쁘단 소리를 괜히 했다. 아무 생각도, 또 아무 말도 하지 못하게 만드는 그의 미소에 소정이 입술을 삐죽였다.

"웃지 마요."

"언젠 웃을 때가 제일 좋다며."

"지금은 아니에요."

"왜?"

소정이 주섬주섬 가방에서 핸드폰을 꺼냈다. 포털 사이트에 '임' 한 글자만 쳤는데도 자동 검색 기능으로 재완의 이름 석 자가 바로 밑에 떴다. 꾸역꾸역 세 글자를 제 손으로 치고 검색 버튼을 누르자, 오늘 아침 경제면을 장식한 재완의 기사가 촤르륵 떴다.

그중 하나를 눌러 소정이 소리 내어 읽기 시작했다.

"임범태 A 모직 회장 차남 임재완, H 기업의 차녀 김예원과 결혼. 임범태 A 모직 회장의 2남 중 차남인 임재완 씨가 H 기업의 차녀와 결혼을 발표했다. 임 회장의 며느리가 될 주인공은 H 기업 차녀 김예원 씨로 얼마 전 지인의 소개로 만나……."

"야, 은소정!"

여태껏 자신을 불렀던 이름 중 가장 다급하게 재완이 그녀를 불렀다. 소정의 손에서 핸드폰을 빼앗자, 장난기가 발동한 그녀가 컵홀더에 놓여 있던 재완의 핸드폰을 집어 들었다. 그러고는 홈 버튼을 여러 번 눌렀지만 핸드폰 액정엔 아무 변화가 없었다.

"배터리 없어요?"

"아니."

그가 차를 출발하며 짧게 답했다. 빼앗은 소정의 핸드폰은 그의 재킷 주머니에 넣었다. 뒤늦게 상황이 이해된 그녀가 느리게 고개를 주억거렸다.

"그렇게 울었는데 머리 안 아파?"

다정하고, 또 자연스럽게, 대화 주제를 바꿨다. 소정이 괜찮아요, 하며 창문에 제 얼굴을 비춰 보았다. 부은 눈두덩에 시선이 멈췄다. 못생겨진 얼굴을 보고 서글퍼지려던 그때, 재완이 창문을 열어 소정이 제 얼굴을 확인하지 못하도록 했다.

"좋네, 한낮의 가을바람."

열린 창문 틈새로 바람이 불었다. 재완도 소정도 출장이 아닌 다음에야 회사를 벗어난 일이 없었다. 높은 빌딩 숲, 작은 방 안에만 갇혀 있어 계절의 변화를 제대로 즐기지 못했었다.

소정이 알고 있던 재완은 계절의 변화에 민감했다. 그가 옥상을 좋아하는 것도 아마 그 이유지 않을까 짐작했다. 소정은 소심하게 창문 밖으로 손을 내밀었다.

교복을 입은 재완이 자신에게 했던 말이 떠올랐다. 계절마다 바람 냄새가 다른 거 알고 있어? 그땐 그 말의 의미를 전혀 몰랐는데, 오늘은 알 것 같았다. 가을의 향기를 가득 품은 바람이 손가락 전체를 간질이며 지나갔다.

"오늘 일기예보 봤어? 비 온다고 그러더니, 날만 좋네."

"그러게요."

"가끔 보면 기상청 슈퍼컴퓨터보다 내 갈비뼈가 더 정확하다니까."

푸흣, 바람 빠진 소리를 내며 소정이 웃었다. 시선을 돌려 웃는 소정을 확인하고 그는 말을 이었다. 진짜야, 전날 밤 갈비뼈가 욱신거리면 그 다음 날은 꼭 비가 와. 그녀의 손을 끌어 재완이 제 갈비뼈 위에 올려놓았다. 아니, 거기 말고 여기, 꽤나 진지하게 그 자리를 찾아 주는 재완을 보고 웃음이 터졌다.

그녀의 웃음소리를 듣자 재완은 안심이 된 표정이었다. 은소정을 웃겨라, 뭐 그런 미션이라도 통과한 사람처럼 흐뭇한 얼굴로 어깨를 으쓱거렸다.

그러다 이내 웃음소리가 잦아들고, 차 안에 바람 소리만 남았을 때 재완의 따뜻한 손이 가볍게 그녀의 손을 움켜쥐었다. 이렇게 서로 아무 말도 하지 않고 있을 때면 소정은 바뀐 그와의 관계를 다시 확인받는 것 같았다.

부사장과 비서의 관계에선 두 사람 사이에 명령이나 지시, 설명과 보고가 있었다. 그것이 없으면 재완의 얼굴을 볼 이유가 없었다.

하지만 지금 두 사람은 연인 관계였다. 이렇게 아무 대화를 하지 않고 있어도 서로를 볼 수 있고 서로를 만질 수 있는. 몸을 틀어 바라보니 재완이 하기 힘든 말을 꺼내려는지 입술을 달싹거리고 있었다.

"할 말 있어요?"

"티 나?"

"네, 어서 해요."

"……나 밉지?"

묻고 나서 자신의 눈치를 살피는 재완을 보고 소정은 고개를 저었다. 거짓말. 말하는 그의 말투가 귀여웠다. 미소 띤 얼굴로 다시 고개를 세게 저었다.

"자꾸 믿으라고 하면서 믿음은 안 주고……."

"그런 생각 한 적 없어요."

"그럼 좀 하는 게 어때?"

네? 그를 미워하라니. 한 번도 해 본 적 없는 생각이었다. 모든 감정을 다독이듯 잔잔하게 앉아 있었던 소정의 눈동자가 하염없이 흔들렸다.

잡고 있던 그녀의 손을 놓고 그가 눈썹 위를 긁었다. 그러니까, 나는, 네가……. 아이한테 말하듯 그는 단어를 하나씩 뱉었다. 그러다 이내 말을 맺지 못하고 입술을 깨물었다.

뱉고자 하는 말이 어려운 것인지, 아니면 그 말이 소정을 어렵게 만들기 때문인지 그녀는 알 수 없었다. 그저 그가 다시 입을 열어 방금 한 말을 이해시켜 주었으면 했다. 소정의 눈빛을 모두 받으며 머뭇거리던 재완은 이내 한숨을 푹 쉬었다.

"네가 너 자신보다 날 더 미워했으면 좋겠어."

"……."

"내가 아는 넌…… 혼자 슬프고, 혼자 힘들어할 것 같아."

너무 단정하듯 말한 어투가 거슬릴까 봐 그가 급히 말을 덧붙였다. 내가 틀릴 수도 있지만, 그래도. 그는 틀리지 않았다. 그는 소정을 알고 있었다.

언젠가 읽었던 글에서는 사랑하는 것과 알게 되는 것은 거의 같은 것이며, 가장 사랑하는 사람을 가장 잘 안다는 건 분명한 사실이라고도 했다. 그는 자신을 사랑했고, 또 잘 알고 있었다.

나름 잘 숨기고 있다 생각했는데 그는 어느새 저가 재완을 아는 만큼, 사랑하는 만큼, 자신을 알고, 또 사랑하고 있었다. 가만 그를 바라보니 재완이 멋쩍게 웃으며 소정의 머리 위에 손을 얹었다.

"네가 날 미워하면 난 조금 슬프겠지만……."

"……."

"네가 혼자 힘들어하는 것보단 낫겠지."

토닥토닥, 머리를 쓰다듬으며 내려온 그의 손이 소정의 어깨를 토닥였다.

그와 함께 있으면 인체의 신비를 경험했다. 그가 손을 댄 것은 제 머리와 어깨인데, 뜨거운 것을 먹은 것처럼 목 안쪽이 열에 덴 듯 홧홧했다. 동시에 왼쪽 가슴이 뜨거웠다. 아…… 불편한 표정으로 제 왼쪽 가슴 위를 매만지며 소정이 고개를 푹 숙였다.

"괜찮아?"

풀썩 떨어진 소정의 고개를 보고 그가 놀라 물었다. 눈을 둥글게 뜨고 소정을 살피는데 그녀가 고개를 저었다. 그가 길가로 핸들을 꺾어 세웠다. 안전벨트를 풀고 몸을 바싹 붙여 소정의 얼굴을 살폈다.

"왜? 어디가 아픈 건데."

소정을 걱정하는 그의 진심이 고스란히 목소리에 묻어났다. 입술을 말아 물며 고개를 가로로 젓던 소정이 손가락으로 자신의 배를 가리켰다.

"배? 배가 왜?"

"배……고파요."

어디 대단한 곳이라도 갈 것처럼 호기롭게 조퇴한 두 사람은 결국 허름한 길거리 떡볶이 집에 들어갔다. 무엇이 먹고 싶으냐는 재완의 물음에 떡볶이가 번뜩 생각났다. 예상치 못한 답이었는지 몇 번을 되물은 재완은 소정을 데리고 길 한복판에 있는 떡볶이 집에 데려갔다.

허름해 보여도 이 동네에선 여기가 제일 맛있어. 바스락거리는 비닐 문을 열며 재완이 말했다.

플라스틱의 딸각거리는 의자에 앉아 두 사람은 아주머니가 퍼주는 뻘건 떡볶이를 가만 쳐다봤다. 매운 향기와 식욕을 자극하는 색깔에 입에 넣지도 않았는데 벌써 침이 한가득 고였다.

"이 동네에 직장이 있나 봐?"

인심만큼 푸근한 인상의 아주머니가 넌지시 물었다. 딱 떨어지는 정장 차림의 두 사람을 보고 짐작한 것이었다. 떡볶이를 하나 집어 먹은 소정을 대신해 재완이 그렇다고 답했다. 사실 두 사람의 회사와는 꽤 먼 거리였는데 아무렴 어떠랴 싶었다.

"그냥 회사 다니기엔 아까운 인물이네."

아주머니가 재완 앞에 어묵 국물을 건네며 말했다. 잘생기고 젊은 청년에게 계속 관심이 가는지 아주머니는 쥐고 있던 국자를 놓고 가만 재완과 소정을 번갈아 봤다.

"근데 둘이 무슨 사이야?"

소정이 답하지 않고 재완을 봤다. 재완도 마찬가지로 눈만 깜박이고 있었다. 이런 질문을 들은 것이 처음이었다.

"네가 답해."

재완이 소정의 옆구리를 쿡 찔렀다. 앗, 하고 몸을 움츠린 그녀는 이내 배시시 웃었다. 저희요? 사귀는 사이예요.

떡볶이와 튀김, 순대가 자신들이 주문한 것보다 양이 많았다. 손이 큰 아주머니 덕분에 배가 가득 찼다. 근처 카페로 간 두 사람은 시킨 음료를 바라보기만 할 뿐 마시지 않았다. 여전히 배가 부른지 한참 대화를 하던 재완이 재킷 단추를 풀었다.

"아직도 소화가 안 된 느낌이야."

"저도요."

"맛있어서 진짜 생각 없이 먹었어."

배를 두드리자 꽉 찬 소리가 소정에게도 들리는 것 같았다. 소정도 그를 따라 자신의 배를 두드렸다. 통통. 맑은 소리가 났다. 재완이 빙긋 웃고는 넌 배에서 나는 소리도 귀엽냐, 하며 쿡쿡 웃었다.

가을이 되자 밤이 빨라졌다. 어두운 밖을 보다가 재완이 먼저 일어섰다. 너 오늘 피곤할 텐데 일찍 들어가자. 데려다주기 싫었지만 오늘 소정의 컨디션을 위해 내린 큰 결심이었다.

차를 주차하고 재완은 소정을 따라 내렸다. 집의 대문까지 따라 올라가 소정의 손을 붙잡고 웅얼거렸다. 일찍 자. 말은 그렇게 해 놓고 손은 놓지 않았다. 놓아주어야……. 말하는데, 집 문이 발칵 열렸다.

"어머!"

소정의 엄마가 문을 열고 본 사람은 재완이었다. 잘생겼긴 하지만 낯선 남자가 문 바로 앞에 서 있으니 놀랄 만도 했다. 쥐고 있던 쓰레기봉투가 바닥에 떨어졌다.

"엄……마."

"어머, 너 여기서 뭐해?"

소정에게 물었으면서 시선은 재완에게로 향했다. 소정의 손을 잡고 있던 손을 놓고 재완은 바로 공손히 손을 모아 허리를 숙였다. 처음 뵙겠습니다. 인사를 하니 소정 엄마의 눈이 가늘게 떠졌다.

"아, 네……. 그런데 우리 소정이랑 어떤 사이신지……."

말끝을 늘이며 건넨 질문에 소정이 제 엄마가 떨어트린 쓰레기봉투를 집어 들며 답했다. 나랑 사귀는 사람. 그래도 두 번째라고 답이 쉽게 나왔다.

말을 하지 않은 것은 아니었다. 분명 조금 전 골목에서 분식을 먹었다고 말했다. 엄마의 성격을 알기에 소정이 급히 덧붙였다. 진짜 많이 먹었어. 아직도 배불러.

그러나 그녀의 엄마에겐 분식은 '밥'이 아니었고, 결국 식탁 한가득 한 상이 차려졌다.

"오는 거 알았으면 미리 준비라도 했을 텐데……."

평소에는 두 모녀가 잘 먹지 않는 온갖 반찬들까지 모두 다 꺼내 놓고 그녀의 엄마가 쑥스러운 듯 웃었다. 재완의 먹는 양을 알고 있는 소정이 걱정스레 그를 봤다. 한번 해 볼게, 눈빛으로 말하곤 재완은 숟가락을 들었다.

반찬 하나하나 먹을 때마다 재완은 맛있다는 말을 연신 뱉어 댔다. 그중 몇 개는 엄마와 같이 일하는 아주머니가 주신 것이었고, 또 반찬가게에서 사 온 것들이었지만 엄마는 싹싹한 재완의 칭찬에 마치 자신이 모두 만들어 낸 양 기분 좋게 웃었다.

"한 그릇 더 줄까?"

"아니요. 괜찮습니다. 미리 뭐 먹고 오지만 않았어도 더 먹는 건데……."

자신의 귀에만 들리는 재완의 단호함에 소정이 고개를 숙이고 웃었다. 거실에 앉아 있어요, 엄마의 지시에 재완이 자신이 먹은 그릇을 들고 일어섰다. 소정이 그에게서 그릇을 빼앗지 않았다면 설거지라도 할 기세였다.

소정은 마치 TV 드라마를 보듯 두 사람을 가만 지켜봤다. 현실이 아닌 드라마처럼 제 눈앞에 펼쳐진 광경이 생경했다. 분명 자신의 집이 맞는데 재완의 존재로 분위기가 묘하게 바뀌었다. 엄마는 비음을 섞어 말했고, 재완은 지나치게 공손했다.

평소 설거짓거리를 미루는 법 없던 그녀의 엄마가 싱크대에 대충 그릇을 쌓아 두고 재완 앞에 앉았다. 궁금한 것이 많았던지 숨 돌릴 새 없이 물었다.

나이가 어떻게 돼요? 우리 소정이는 어떻게 만났어요? 어머, 그럼 우리 소정이랑 같은 회사예요? 어느 부서?

답을 하기 전 그의 머뭇거림에 소정도 숨을 훅 들이켰다. 어디부터 어디까지 설명해야 하는가. 그 설명을 들은 엄마는 어디부터 어디까지 이해할까.

"엄마가…… 궁금한 게 참 많죠?"

"어머, 내가 너무 캐물었나?"

하하하, 글자 그대로 어색한 웃음을 흘렸다. 소정이 남자 친구를 본 게 처음이라 그래요. 이렇게 좋은 나이에 제대로 연애 한 번 못 하면 어쩌나 늘 걱정했거든요. 크게 슬픈 말도 아닌데 이상하게 마음이 아릿했다.

"저랑 예쁘게 연애하겠습니다."

듬직한 재완의 말에 소정의 엄마가 소녀처럼 손을 모으고 웃었다. 아이, 참, 하나하나가 다 마음에 드네. 소정이 고개를 돌려 재완을 봤다. 감동에 젖어 발갛게 물든 눈가를 재완이 손을 뻗어 만졌다. 울게? 입 모양으로 묻는 말에 소정이 고개를 저었다.

괜찮다는 재완을 따라 나와 소정은 집 앞 약국에서 소화제를 사 병에 든 물약과 알약을 건넸다. 소정이 주는 약은 큰 거부 없이 먹는 재완인지라 그는 조용히 약을 받아 들었다.

"미련하게 다 먹으면 어떡해요. 그냥 대충 남기지……."

"어떻게 그래."

약이 목에 걸려 잘 넘어가지 않는지 그가 한쪽 눈을 찌푸리고는 물약을 마셨다. 괜찮아요? 말하며 소정이 그의 등을 토닥거렸다. 재완이 고개를 세차게 저었다.

"아니, 안 괜찮아."

"어떡해……."

입 안 가득 꽉 차게, 정말 사랑받는 맏사위처럼 밥을 먹던 재완의 모습이 스쳤다. 그러게, 그냥……. 미간을 좁히고 말하는 소정이 말을 모두 끝내지 못하도록 재완이 한 팔로 그녀를 끌어안았다. 그의 팔이 긴 것인지, 소정의 어깨가 좁은 것인지 한 팔로 소정의 어깨 모두가 감싸졌다.

"나 진짜 변탠가? 네가 걱정하니까 왜 좋아 죽겠지."

힘을 줘 몸을 바싹 붙여 안았다. 작은 틈도 없이 마주 안고 있는 재완을 소정이 올려다봤다. 변탠 건 예전에 인정했잖아요, 말이 끝나고 살짝 오므린 입에 재완이 입술을 갖다 댔다.

"앞으로는 미련하게 억지로 먹지 마요. 소화 잘 안 되면 힘들어하면서……."

"응."

"건성으로 답하지 말구요."

또다시 입술이 모아지자 그녀 입술 위에 제 입술을 포개었다. 이번엔 조금 전보다 더 길었다. 떼는 순간 쪽 하고 소리가 났는데, 그 소리가 꽤나 경쾌했다.

재완의 속을 걱정하며 찌푸리고 있던 소정의 얼굴이 사르르 녹았다. 픽, 웃자 그가 다시 또 입을 맞췄다. 쪽쪽 소리가 끊임없이 이어졌다. 지나가는 사람들이 힐끔힐끔 자신들을 보는 것이 느껴졌지만 전혀 개의치 않았다.

그때 재완의 재킷에 있던 핸드폰이 울렸다. 재완의 핸드폰은 지금 전원이 꺼진 채 차 안에 있어야 했다. 고개를 갸웃하며 주머니에 손을 넣자 소정의 핸드폰이 나왔다. 그제야 그녀의 핸드폰을 자신이 가지고 있었단 사실을 깨달았다.

"누구예요?"

소정이 손을 내밀며 물었다. 커다란 액정엔 동환의 이름 석 자가 떡하니 박혀 있었다. 이름을 확인한 소정이 혀를 내밀어 이로 깨물었다.

─ 소정 씨? 소정 씨? Hello?

"왜."

─ 임재완? 임재완이냐? 야! 이거 뭐야? 너 기사 났던데, 이거 진짜야?

동환의 목소리가 어찌나 큰지 마치 소정은 자신이 통화를 하는 것 같단 착각이 들었지만 모른 척했다. 발끝으로 시멘트 바닥을 파내듯 두드렸다. 재완이 고개를 돌려 웅얼거렸다.

"조용히 말해, 인마."

─ 나 지금 완전 쇼크 먹었어. 이거 진짜야? 너 진짜 다음 달에 약혼하고…….

"진짜겠냐?"

— 그치? 아후, 나 진짜 식겁했어. 그럼 이 기사는 뭐야? 신문사마다 다 한 줄씩은 적어 놨던데. 네 회사에서 낸 거야, 아님 그 여자 쪽에서 낸 거야?

몰라, 짧게 답하고 재완은 전화를 끊어 버렸다. 자신을 골리거나 탓하려는 의도가 없다는 것을 잘 알고 있었지만 방금까지 좋았던 기분이 조금이라도 더럽혀지는 것을 원치 않았다.

"오빠 전화는 어디 있어요?"

"차에."

하여튼 최동환, 눈치 없는 거 하나는 알아줘야 해. 소정의 핸드폰 배경 화면에는 두 사람이 손을 잡고 웃고 있었다. 엄지로 소정의 웃는 얼굴을 쓱 쓸고는 건네주었다.

"하루 종일 꺼 놨는데 괜찮아요?"

"응."

"또, 건성."

"건성으로 답하는 게 싫으면 혼내든지."

입술을 내밀며 그가 웃었다. 오므린 채 뭉개진 발음으로 말을 덧붙였다. 입술로. 소정이 주먹을 쥔 손으로 재완의 가슴을 밀었다. 아이, 진짜……. 행동과 달리 목소리에 행복이 가득했다.

재완이 바빴다. 쉴 새 없이 재완의 방으로 사람들이 들어왔다.
재완이 부른 사람들이었다. 그의 방을 자주 드나들던 해외 영업부
부장과 함께 여러 사람들이 드나들었다. 커피와 차를 내리던 소정
은 탕비실 벽에 등을 기대었다.

이 일을 언제까지 할 수 있을까.

요즘 가장 많이 하는 생각이었다. 그의 지척에 있다는 것은 그
리 행복한 일이 아니었다. 부사장실 앞에서 기사 내용에 대해 저
들끼리 말하는 내용을 들어야 했고, 비서들 사이에서 엉터리로 난
소문들을 듣고도 입을 다문 채 있어야 했다.

자신 앞에서 재완에 대해 떠드는 이야기를 들으니 머리가 지끈
거렸다. 과연 자신이 언제까지 버틸 수 있을까, 소정은 눈을 꾹
감았다.

한 치 앞도 보이지 않는 지금 앞으로 가야 할 길 또한 보이지 않았다. 다만 바라는 것은 자신의 옆에 재완이 있기를, 겁먹고 나아가는 제 손을 그가 붙잡아 주기를 하는 것이었다.

제 바람을 듣고 그녀의 소원을 들어줄 누군가가 큰 욕심이라며 손가락질한다면 자신은 빌어 볼 참이었다. 처음으로, 또 마지막으로 바라는 것이라고.

따뜻한 차와 커피가 담긴 쟁반을 들고 소정이 노크했다. 이내 묵직한 재완의 목소리가 들리고 소정이 문을 열었다. 중앙에 앉아 있는 재완과 눈이 마주쳤다. 그는 종이를 올려 사람들이 보는 옆얼굴을 가리고 소정을 향해 윙크했다.

입술 안을 꼭 물었다. 저도 모르게 볼이 부풀어 오르며 입꼬리가 올라갔다. 웃음을 참기 위해 이상하게 일그러지는 소정의 얼굴을 보고 그가 양팔을 쭉 뻗었다. 아후, 좀 쉽시다. 기지개를 펴는 척하며 그는 자신 쪽으로 다가오는 소정에게 작게 하트를 만들어 보였다.

"차와 커피 준비했습니다."

소정이 잔을 내려놓았다. 찻잔과 유리 테이블이 맞닿으며 달칵거리는 소리가 연이어 들렸다. 차를 받아 든 누구도 고맙단 소리가 없자 재완이 턱에 힘을 주며 말했다. 고마워요, 이렇게 차를 준비해 줘서.

그제야 재완이 아닌 다른 사람들의 입에서도 고맙단 소리가 나왔다. 칭찬을 바라는 눈으로 재완이 허리를 펴 소정을 봤다. 소정이 길게 눈을 꼭 감았다 뜨자, 그도 그녀를 따라 했다.

"그럼 나가 보겠습니다."

"아, 잠깐만요. 이것 좀 복사해 줘요."

재완이 들고 있는 종이를 소정에게 건넸다. 오늘 회의는 지루하게 계속될 것이다. 중간중간 소정을 보려면 그녀에겐 미안하지만 이 방법밖에 없었다.

"부사장님. 중국 관련 서류는 제가 한 부 더 뽑아 왔습니다. 이거 보시면 됩니다."

뿌듯한 얼굴로 고 팀장이 재완에게 서류를 건넸다. 조금 전 재완이 했던 것처럼 칭찬을 바라는 눈빛이었다. 어휴, 눈치 없기는. 재완은 종이 뭉치를 받아 들며 팔랑팔랑 흔들었다.

"단면 복사했네요, 요즘 환경문제 심각한데."

퇴근 시간이 한참 지났는데 낮부터 시작한 회의는 좀처럼 끝날 기미가 보이지 않았다. 재완이 넥타이를 풀어 헤친 채로 나왔다. 소정이 일어서자 그녀의 책상에 몸을 기대고 어깨를 축 늘어뜨렸다.

"먼저 퇴근해. 오늘 좀 걸릴 것 같네."

"아니에요. 회의 끝나시면 그때 가겠습니다."

"도무지 끝날 기미가 안 보여서 그래. 어두워졌으니까 택시 타고 들어가. 문자 하고."

소정은 지친 기색이 역력한 그의 등을 토닥여 주고 싶었지만 손이 움직여지지 않았다. 부사장실 문이 발칵 열리며 다른 사람이 나올까, 제 뒤에서 누군가가 불쑥 들어올까 무서웠다. 그를 위해

할 수 있는 것은 힘든 재완을 안타깝게 바라보는 시선뿐이었다.

"힘들어서 어떡해요."

누가 들을까 아주 작은 소리로 말했다. 걱정 가득한 소정의 얼굴을 보고 재완이 픽 웃었다. 이건 힘든 축에도 못 껴. 말하곤 그는 허리를 숙여 소정의 귓가로 입술을 가져갔다.

"너 없이 자는 거에 비하면."

말하면서 살짝 스쳤던 귓불에서부터 열이 확 끼쳤다. 소정은 자신의 양쪽 귀를 모두 감쌌다. 재완이 쿡쿡 웃었다.

"말한 건 이쪽 귄데 왜 둘 다 가려?"

자신의 목소리가 들리지 않는지 소정은 여전히 두 손바닥으로 귀를 꾹 감싸 쥔 채 눈을 껌벅였다.

부사장실 문이 열리며 고 팀장이 나왔다. 문소리를 듣지 못한 소정은 고 팀장이 부사장실을 완전히 빠져나와서야 그를 확인했다. 귀를 막고 있던 손을 내리고 공손히 모았다. 얼굴은 여전히 새빨간 채로.

"다들 출출하다고 하셔서 뭐 간식거리 좀 사올까 하는데……. 부사장님, 간단히 뭐 드시고 싶은 거 있으십니까?"

"아, 전 괜찮아요."

재완이 지갑을 꺼내 카드를 건넸다. 조심히 갔다 와요. 자신을 보며 웃는 재완을 보고 고 팀장이 어리둥절했다.

아까 단면 복사 건으로 자신에게 꽤나 까칠하게 굴었던 재완이 완전히 딴사람이 되어 있었다. 간식을 사 오겠다는 것이 재완의 환심을 샀나, 고 팀장이 허리를 깊이 숙이며 인사했다.

고 팀장이 나가자 재완이 짐을 정리하는 소정을 도와주었다. 트렌치코트에 팔을 넣는 소정을 도와주고는 그녀를 대신해 허리 앞으로 벨트를 매 주었다.

"조심히 들어가."

"부사장님 여기…… 회삽니다."

"나도 알아. 오늘 몇 시에 잘 거야?"

"글쎄요……."

딱히 시간을 정해 놓고 잠든 적이 없어 소정이 답을 머뭇거렸다. 확실한 건 재완을 만나고 나서는 취침 시각이 늦어졌다는 것이다. 재완은 한참 소정의 벨트를 매만졌다. 꼼지락거리면서 계속 움직이는데 뜻대로 되지 않는 듯했다.

"너무 피곤하지 않고, 네가 힘들지 않으면……. 내가 좀 늦게 전화해도 받아 줄래?"

그의 말이 끝남과 동시에 예쁘게 리본이 완성되었다. 만족했는지 그가 환히 미소를 지었다. 소정이 가만히 그를 보고 있자, 그가 다그치듯 다시 물었다.

"받아 줄 거야?"

"네. 그럴게요."

그는 얼마 지나지 않아 전화를 해 왔다. 네가 없으니까 힘이 쭉 빠진단 말로 시작된 전화는 시답잖은 이야기로 이어졌다.

— 집에 가서 뭐 좀 먹었어?

"집에 오렌지 있어서 그거 먹었어요."

— 음, 오렌지······.

소정이 눈썹을 치켜뜨며 그의 말을 기다렸다. 언젠가 재완에게 오렌지에 관한 이야기를 한 적이 있었다. 아직 그걸 기억하려나, 별것 아닌 이야긴데. 그리 생각하면서도 한편으로 그가 기억하고 있을지 모른단 기대에 부풀었다.

— 너 오렌지 좋아하잖아.

"어?"

— 프러포즈받을 때 받고 싶다며, 오렌지.

혜엑, 숨을 들이켜는 소리가 꽤나 높았다. 기억하고 있어요? 묻는 목소리는 더 높았다. 그녀는 당장 손뼉이라도 칠 기세였다. 거실에 있는 엄마가 제 목소리를 몽땅 듣고 있는 것도 모르고 기뻐했다.

무슨 일이었는지는 모르겠지만 그날 재완과의 대화 주제는 프러포즈였다. 재완은 자신이 꿈꾸는 미래를 말했다. 아주 좋은 호텔에서 와인 한잔을 한 뒤 방에 같이 들어갈 것이다. 그 방은 그냥 방이 아니라 꽃으로 가득한 방이다.

그의 말만으로도 미래의 그 여자에게 질투심이 솟았다. 뾰루퉁하게 얘기를 듣고 있는 소정에게 재완이 물었다.

'넌?'

딱히 생각한 것이 없었다. 프러포즈, 결혼, 그런 것들이 아득히 멀게 느껴지는 나이이기도 했고 주변 여자아이들보다 시니컬하고 현실적이었던 소정은 헛된 미래를 상상하는 취미가 없었다.

그래서 되는대로 뱉었다. 오렌지 받고 싶어요. 전에 어디에서 읽었는데 제우스가 헤라한테 청혼할 때 오렌지를 줬대요. 그래서…….

지금 생각해도 어이없는 제 말을 재완은 고개까지 끄덕이며 들어 줬었다. 그 뒤로 오렌지는 소정에게 특별한 과일이 되었다. 동그란 주황빛의 그 과일을 볼 때마다 그날의 공기와 제 얘기를 들어 주던 재완의 따뜻한 눈빛이 떠올랐다.

저만 그런 줄 알았는데 정말 다행히 그 기억을 재완도 갖고 있었다.

— 네가 그때 그렇게 말해서 나 오렌지 볼 때마다 네 생각났어.

"……진짜요?"

— 은소정, 무서운 사람이야. 그때부터 이미 작업한 거였어. 오렌지 볼 때마다 너 떠올리게. 내가 너 평생 잊지 못하도록 해 놓았네, 그때.

그건 아니었지만 소정은 딱히 부정할 마음이 없어 기분 좋게 답했다.

"맞아요, 나 잊지 못하도록 내가 미리 손써 뒀어요."

제 장난을 받아치는 소정의 말에 재완이 쿡쿡 웃었다. 오렌지 먹고 싶다. 은소정도 보고 싶고. 억양 없이 말하는 그의 목소리가 그대로 가슴에 다가와 푹푹 소리를 내며 쌓였다.

❋ ❋ ❋

희향과 예원, 그리고 더 나아가 H 기업과 A 모직. 그 사람들과

283

회사들이 두 사람을 가만히 두지 않을 것이란 건 모두 인정하는 사실이었다.

소정은 예상하고 재완은 기다린 일들이 일어나지 않았다. 설마 두 사람을 응원하기라도 한단 말인가. 아무 일도 벌어지지 않는 시간이 길어졌다. 그럴수록 소정은 오히려 더 두려웠다.

재완의 중국 출장 일정이 잡혔다. 재완은 요즘 외근이 잦고, 사람들을 만나는 일이 많아졌다. 자연히 소정도 그를 따라 밖으로 나가는 일이 많아졌다.

중국 출장 건으로 보고를 하기 위해 소정이 재완의 방문을 두드렸다. 으— 응, 그가 한 글자의 말을 길게 늘이며 답했다. 소정이 들어가자 눈을 거의 감다시피 하며 미소 지었다.

"딱 보고 싶어졌을 때 들어왔네."

"중국 출장 호텔 예약 모두 끝냈습니다. 오후에 있을 미팅 장소와 멀지 않은 곳에 마련했습니다."

"응."

그는 턱을 괴고 소정을 봤다. 소정이 종이를 보던 시선을 재완에게로 던지면 어김없이 그의 끈적한 시선과 마주쳤다. 전달해야 할 내용을 몰아치듯 말하고 입을 다무니, 재완이 기다렸다는 듯 다시 또 아기처럼 미소 지으며 한 팔을 번쩍 들었다.

"질문 있습니다, 비서님."

"네."

"비서님은 어디서 주무시나요?"

매번 말 안 듣는 학생이 짓궂은 장난을 섞어 질문할 때와 마찬가지로 질문한 재완은 뭐가 그리 좋은지 연신 벙글거리고 있었다. 질문을 들은 소정은 문제아를 바라보듯 재완을 보고는 한숨을 폭 내쉬었다.

이번 중국 출장에는 소정이 따라가게 되었다. 일반적으로 국내 출장에는 소정이, 그리고 국외 출장에는 외국어에 능통한 인영이 따라갔다. 그러나 이번에는 소정이 따라가게 되었다. 그 일의 뒤편에는 재완의 끈질긴 설득과 부탁이 있었다.

"저는 같은 호텔 아래층에……."

재완이 손을 내밀었다. 소정이 비행기 표, 호텔 예약 관련 서류를 넘기자 그는 바로 전화기를 들었다. 호텔 번호가 이거야? 묻더니 소정의 대답도 듣지 않고 전화번호를 눌렀다. 소정이 재완 앞으로 한 발 가까이 가자, 그가 더 이상 오지 말라는 뜻으로 손바닥을 내보였다.

그의 전화는 중국 호텔로 바로 연결되었다. 방을 다시 예약하고 싶다 말하고 재완은 소정의 방을 제 옆방으로 바꿔 주길 부탁했다. 잠시 상대의 대답을 기다리다 재완은 전화기를 귀에서 살짝 떼고 소정을 봤다.

"옆방 없다는데 어떡할까, 그냥 취소할까?"

그는 중국으로 가는 이유가 마치 단순한 여행인 것처럼 물었다. 뭐하는 거예요, 혼내듯 말하고 소정이 다가가 그의 전화를 빼앗았다. 잠시 착오가 있었다, 미안하다, 그냥 이전 예약대로 하겠다. 말하고 소정은 재완을 봤다.

"부사장님, 공과 사는 구분하자고 했을 때 알겠다고 대답하지

285

않으셨습니까?"

소정이 전화를 내려놓는 손에 힘을 주었다. 자못 혼내는 목소리에 힘이 있었다. 연애를 시작한 후 매번 혼내는 사람은 소정이었고, 혼이 나는 사람은 재완이었지만 오늘은 꽤나 심각했다.

재완이 소정을 빤히 보았다. 화난 표정으로 그의 시선을 피하지 않고 있던 소정은 이내 비서의 포커페이스를 되찾고 그에게서 서류 뭉치를 다시 되돌려 받았다.

"약속한 건 지키셨으면 좋겠습니다."

소정이 말하고 돌아서려는데 그가 손목을 붙잡았다. 잡은 손목을 당기자 소정이 힘없이 끌려왔다. 재완이 또 장난처럼 굴면 한마디 쏘아붙일 참이었다. 회사 분위기를 보나, 재완의 태도로 보나 이번 중국 출장은 그에게 꽤나 중요한 일임이 분명했다.

그런데 기어코 자신을 데리고 간다 하더니, 그것으로도 모자라 호텔 가지고 또 짓궂게 굴었다. 재완이 그런 행동을 할 때마다 소정은 마치 자신이 재완의 일을 방해하는 것처럼 느껴져 견딜 수 없었다.

"……난 그런 약속한 적 없는데."

재완은 정말 아무것도 모른다는 눈으로 소정을 보고 있었다. 자신이 예상한 재완의 말이 아니었다. 입을 벌린 채 소정이 재완을 봤다. 어제, 분명, 호텔에서……. 말하려던 소정의 입이 금세 닫혔다.

어젯밤 호텔에 들어가서 자신의 몸을 옭아매듯 껴안는 재완에게 소정이 경고하듯 말했다. 회사에서는 제발…… . 말이 끝나지 않았는데 재완이 고개를 숙여 입을 맞췄다. 그의 품 안에서는 좀처럼 반항하지 않던 소정이 처음으로 몸을 배배 꼬며 벗어나려 했다. 이상스러움을 느낀 재완이 입술을 떼곤 걱정스레 물었다.

'왜, 소정아.'

자신을 부르는 그 목소리에는 어떤 힘이 있는 것이 분명했다. 단호했던 마음과 정신이 아득해지려 했다. 그건 재완의 능력이었다. 이러지 마요! 소리쳐야 할 것을 아, 저, 그게…… 이러지 않으면 안 될까요, 하게 만드는.

그러나 어제는 재완의 그러한 능력에도 무릎 꿇지 않겠다 다짐을 한 뒤였다. 소정은 재완이 더 이상 다가오지 못하게 그의 어깨를 두 손으로 꾹 눌러 잡았다.

'우선 이 손 좀 놔줘요.'

제 허리를 잡고 있는 재완의 손을 살짝 치자, 그가 걱정스러운 눈으로 손을 뗐다. 아쉬운 표정은 채 감추지 못하고 그가 입술 끝을 깨물었다.

'오빠, 회사에서는 제발 일에 집중해요.

아, 그거였어? 걱정스러웠던 눈빛이 허물어지며 재완은 다시 소정의 허리를 끌어안았다. 그는 밤이 꽤 길다면, 또 소정을 집에 데려다주지 않아도 된다면 설명해 주고 싶었다.

그게 제 뜻대로 되지 않을 뿐더러, 앞에서 소정이 살랑살랑 움직이는데 손을 뻗지 않는 것은 꽤나 괴로운 일이라고. 하지만 아쉽게도 밤은 그리 길지 않았고, 재완은 소정의 말에 가만히 고개를 끄덕였다. 아마 그때 소정이 '공과 사' 뭐, 그런 말을 한 것 같기도 했다.

소정이 말을 하지 못하고 뜸을 들이는 동안 재완도 어제의 기억을 떠올렸다. 고개를 끄덕인 것은 분명히 긍정의 의미가 담겨 있는 행동이었으니 소정의 공과 사를 구분하자는 주장에 저가 동의한 것은 분명했다. 그러나 조금 억울한 면도 없지 않았다.

"반쯤 돈 상태에서 한 말을 어떻게 오늘까지 기억해."

"네?"

"넌 해? 난 못 해."

그러곤 어젯밤처럼 소정을 껴안았다. 힘들어, 진짜. 소정이 몸을 살짝 틀자 재완이 더 세게 그녀를 안았다. 부디 자신의 몸짓에서 진심이 느껴지길 빌었다. 진짜 힘들다고, 진짜. 소정이 눈을 들어 그를 보자 재완이 정말 크게 숨을 내쉬었다.

"그럼 네가 귀엽게 날 쳐다보지 마."

소정이 고개를 살짝 틀어 그를 노려봤다. 미간도 살짝 찌푸려 화난 티를 드러냈다. 이것도 재완의 눈에는 마냥 귀여웠지만 그것보다 뭐랄까……

"지금은 섹시한 눈빛이야. 그런 눈빛도 하지 마."

"뭐예요, 진짜."

"내가 미친 거 나도 인정. 그런데 네가 날 미치게 만드는데 어떡해, 그럼."

정말 자신은 어쩔 수 없다는 투로 그가 말했다. 어깨까지 들썩이며 진지하게 말하는 통에 허, 하는 소리와 함께 어이없는 실소가 터졌다. 진지했던 분위기가 말랑해짐을 알리는 소리였다. 그가 소정의 머리를 팔로 안으며 제 가슴 안으로 묻었다.

“알았어, 노력할게.”

“이래 놓고 또 기억 안 난다고 하면 안 돼요.”

“응.”

그러고서 재완은 소정의 이마 위에 입술을 맞췄다. 소정이 다시 눈을 동그랗게 뜨고 노려보자, 재완이 싱긋 웃었다. 난 이렇게 하면 기억이 더 잘 날 것 같아서.

후……. 소정이 숨을 뱉었다. 어젠 그렇게 해서 기억이 안 난다더니, 그는 공과 사에 대해 별생각이 없는 것이 분명했다.

❀❀❀

중국 출장을 앞두곤 재완이 바빴다. 소정이 먼저 집에 가는 일이 잦았고, 얼굴을 마주 보는 시간도 아침 시간 잠깐, 탕비실에서 잠깐, 어쩌다 그가 점심 약속이 없을 때 같이 나가 점심을 먹는 정도였다.

소정이 다시 또 공과 사를 구분하자는 말을 전할 시간조차 없었다. 자연스레 회사에서는 일을 했고, 일이 끝나면 전화 통화를 하거나 간단히 저녁이나 맥주를 같이하는 정도의 데이트를 이어갔다.

딱히 불만은 생기지 않았다. 그의 비서라는 직업을 가지고 재완의 여자 친구를 겸하며 좋은 것 중 하나는 그가 정말로 바쁘다는 것을 제 눈으로 확인하는 것이었다.

그는 정말 전쟁에서 잠깐 빠져나온 사람처럼 소정을 보다 돌아갔다. 그래서 매번 헤어지는 것이 애틋했고, 잡고 있는 손에는 힘이 꾹 들어가 있었다.

찾아온 중국 출장 당일. 재완은 소정의 집 앞으로 와 그녀를 태운 뒤 공항으로 갔다. 카오디오에서는 별 관심 없는 주제의 퀴즈가 흘러나왔다. 촐싹 맞은 남자 DJ의 음색이 듣기 싫은지 재완이 라디오 채널을 돌렸다. 이번엔 점잖은 목소리의 중년 남자가 현재 도로 사정을 말해 주고 있었다. 인천으로 가는 도로가 막힌다는 이야기를 듣자마자, 재완은 라디오를 꺼 버렸다.

"괜찮아. 일찍 출발해서 늦지 않게 도착할 거야."

"네."

"짐은 잘 쌌어?"

직업상 출장이고 2박 3일의 짧은 일정이어서 뭐 따로 챙기고 말고 할 것이 없다, 고 소정은 생각했었다. 그러나 막상 짐을 싸려고 하니 고민이 되기 시작했다. 만약 일이 일찍 끝나면? 만약 재완이 제 방에 들어온다면? 그리고 그게 만약 밤이라면?

같이 여행도 갔다 오고, 밤도 몇 번 지샌 사이임에도 불구하고 이상하게 마음이 붕 떴다. 결국 바르면 피부가 촉촉하고 생기 있어 보이는 크림을 챙겼다. 포장을 뜯지 않은 속옷도 챙겼다.

"뭐…… 간단히 쌌어요."

말 사이의 숨어 있는 머뭇거림을 느끼고 재완이 슬쩍 뒷좌석에 있는 소정의 짐을 봤다. 간단하다고 말하기엔 짐의 크기가 컸다. 빙긋 웃음을 지은 그가 잡고 있는 소정의 손에 깍지를 꼈다.

"간단히 뭐?"

"그냥 옷이랑, 화장품……. 아! 혹시 몰라 컵라면 챙겼어요."

"아, 그래."

재완이 다 안다는 듯 고개를 끄덕였다. 그녀는 늘 비슷한 옷을 입었고, 화장도 그리 짙게 하지 않았다. 2박 3일간 세끼 모두 컵라면을 2개씩 먹는 것이 아니라면 지금 소정의 캐리어 크기는 적당한 것이 아니었다. 생각을 다 읽힌 것 같았다. 황급히 몸을 그쪽으로 돌렸다. 아, 그러니까 또…….

"노트북도 챙기고, 어, 충전기랑……."

"응, 그래. 노트북이 참 크지?"

"아, 네. 제 거 15인치라……."

아차 싶었다. 그러니까 또 뭘 챙겼더라. 밤에 잠깐 나갈 때를 대비한 카디건, 원피스……. 그리고 거품 목욕을 위한 버블바, 밤에 입을 잠옷……. 캐리어에 담긴 짐이 하나하나 떠오를 때마다 볼이 빨개졌다.

"역시 공과 사를 구분하는 비서의 짐답네."

"그, 그렇죠."

빙글 웃고 재완은 이쯤에서 멈췄다. 더 놀릴 기회는 많으니까. 자꾸만 뒤에 놓인 자신의 짐을 흘끔거리는 소정의 시선이 곁눈으로 보였다. 풉 소리를 내어 웃고 싶은 걸 꾹 참았다.

인천 공항에 도착해서는 소정은 재완의 한 발 옆에 있었다. 재원이 그녀의 코트 자락을 잡아끌었지만 소정은 그 이상 재완에게 다가가지 않았다. 공적인 장소에서 소정이 정해 놓은 간격이었다. 손을 뻗으면 닿을 수 있지만, 그가 움직이기에 크게 걸리적거리지 않을 만큼의 거리.

중국으로의 비행은 그리 길지 않았다. 호텔에 도착한 뒤, 재완은 바로 중국 관계자들과 회사 실무자들이 기다리고 있는 호텔 미팅룸으로 들어갔다.

재완은 그녀에게 자신이 지금 진행하고 있는 프로젝트에 대해 자세히 알려 주지 않았다. 모든 일을 그녀에게 맡기다시피 한 예전과 달랐다. 그건 곧 그가 열정적으로 그 일에 임하고 있단 것을 뜻하기도 했다.

닫힌 미팅룸을 보며 소정은 슬며시 미소를 지었다. 회사 일에 별 관심 없던 그의 예전 모습과는 완전히 상반된 지금의 모습에 소정의 기분이 좋아졌다. 거의 떠밀어야 들어갔던 미팅 자리를 이젠 당당한 걸음걸이로 스스로 들어갔다.

재완은 참 많이 달라졌다. 새삼스레 제 마음이 벅차올랐다. 손을 모아 짧게 기도를 했다. 부디 재완이 노력한 만큼의 결과를 얻기를.

소정은 미팅룸 옆에서 15인치의 노트북을 열었다. 재완의 스케줄을 다시 한 번 확인하고 정리해야 할 문서들을 읽었다. 스크롤을 죽 내리는데, 소정의 핸드폰이 울렸다. 비서실 인영이었다.

"네, 인영 씨."

— 중국엔 잘 도착하셨어요?

"아, 네. 전화한다는 것을 깜박했네요."

— 다름이 아니라……. 다음 주 금요일 B 기업 창립 기념일 행사에 부사장님도 참석하셔야 한다고 하셔서요. 초대장이 지금 도착했는데 미리 알아 두셔야 할 것 같아서 연락드렸어요.

소정은 재빨리 노트북에 스케줄 프로그램을 켰다. 금요일에 커서를 놓고 B 기업 창립 기념일 행사 참석이라고 적었다. 시간은요? 질문하니 인영이 잠시 머뭇거렸다. 아, 잠깐만요……. 무언가를 뒤적이는지 한참 말이 없다 답이 나왔다.

— 6시, 오후 6시라고 하시네요.

미팅 후 식사까지 모두 같이하고 나서야 오늘 일정이 끝이 났다. 가을 중국 하늘엔 밤이 짙게 내려앉아 있었다. 호텔 커튼을 열고 밖을 보던 소정은 침대 위에서 전화가 울리는 것도 눈치채지 못했다.

전화는 한참 울리다 꺼졌고, 그때까지도 소정은 가만히 밖을 보고 있었다. 딱히 중국의 풍경이 아름답다 생각하지도 않았고, 무언가 특별한 것이 시선을 잡아끄는 것도 아니었다. 별생각 없이 그냥 멍하니 보고 있던 소정은 문을 두드리는 소리에 고개를 홱 돌렸다.

중국에서 제 방문을 두드릴 사람은 많지 않았다. 아니, 딱 한 명이었다. 바로 떠오르는 그 얼굴에 소정이 살풋 웃으며 문을 향해 걸었다. 소정이 아무 대답이 없자 다시 또 똑똑똑, 노크 소리가 들렸다.

아까보다 다급해진 노크 소리라 소정은 아무 말 없이 조용히 다가가 문을 열었다. 발칵 열린 문 뒤에는 소정의 예상대로 놀라서 눈을 크게 뜬 재완이 있었다.

아! 하고 놀란 그는 이내 아…… 하는 아쉬운 탄식을 뱉었다. 아무 반응이 없기에 이제 막 샤워를 끝냈나 했지. 아직 비서의 옷차림 그대로인 소정을 보고 재완은 정말 실망한 눈초리였다.

안으로 들어오란 소리는 하지 않았지만 재완은 자연스레 문 안으로 몸을 들이밀었다.

"이렇게 와도 돼요?"

"믿기진 않겠지만 다행히 아직 파파라치는 없어."

재완이 샐쭉 웃었다. 소정의 손을 잡고 들어간 그는 침대에 펄썩 앉았다. 여긴 싱글 침대네. 재완의 말에 소정이 가만 그를 바라보자 그가 제 발을 저리듯 방금 한 말의 의미에 대해 설명했다.

"그냥 본 걸 말한 거야. 아, 여긴 싱글 침대구나, 하고."

"전 아무 말도 안 했는데요."

"둘이 눕기엔 좁겠네."

말이 끝나자마자 재완이 잡고 있는 소정의 손을 잡아끌어 침대에 앉혔다. 그치? 재완 특유의 능글맞은 웃음이 짙어졌다.

"이건 생각을 말한 거야."

능글맞게 말하는 그를 보며 소정이 입을 꾹 다물고 아무 말 안했다. 그는 바로 작전을 바꿨다.

"오늘 진짜 피곤하다."

"그럼 어서 올라가서 쉬어요."

"아, 나쁘다. 은소정."

그는 팔을 뻗어 소정을 감싸 안았다. 다 알면서 모른 척하는 소정이 미웠지만 그게 싫지 않으니 문제였다. 소정의 태도는 오히려 제 마음을 불태우는 듯했다. 안은 팔에 힘이 꾹 들어갔다.

"너 진짜 안 궁금해? 여기 우리 둘이 누우면 좁을지, 안 좁을지."

무언가에 꽂히면 아무것도 보이지 않는 재완은 지금 소정에게 꽂힌 것이 분명했다. 침대에 벌렁 눕더니 가만히 있는 소정의 팔을 잡아끌었다. 힘이 어찌나 센지 발이 꼬인 채 소정은 그의 몸 옆으로 쓰러졌다.

싱글 침대는 두 사람이 몸을 눕히기엔 좁았다. 재완이 좀 더 끝으로 간다면 어찌어찌 누울 수 있을 것 같긴 했지만 그는 몸을 맞댄 지금 이 순간이 더 좋은 듯했다.

싱글 침대는 두 사람이 누우면 좁다, 로 궁금증을 대충 해결하고 이제 다른 것을 해결해야 할 차례였다.

소정이 살짝 몸을 틀어 그에게서 떨어지자 재완이 그녀 쪽으로 더 바짝 붙었다. 소정은 입술을 살짝 당겨 문 채 그 사이로 숨을 훅 뱉었다. 재완이 손을 뻗어 소정의 머리카락을 쓰다듬었다. 하나로 꽉 묶고 있는 머리카락들 중 몇 가닥이 삐져나와 있었다.

재완은 삐져나온 머리카락을 매만졌다. 엄지로 쓸었다가, 검지로 제 손가락에 감았다가, 장난을 치듯 머리카락을 매만지는 통에 하나로 묶은 머리가 이리저리 헝클어졌다.

머리 다시 묶어야겠다, 느릿한 그의 말에 소정이 몸을 일으켰다.

단정하게 올린 뒷머리 아래로 뽀얀 목덜미가 보였다. 머리카락을 하나로 꼭 옥죄고 있던 망을 풀고, 소정이 시선을 돌려 재완을 봤다.

그는 편안한 차림이었다. 회색 트레이닝복 바지와 흰 긴팔 티셔츠. 눈을 휘어 웃는 그를 보며 머리카락을 모두 풀어 내렸다. 소정의 긴 머리카락이 구불구불한 채로 떨어졌다.

"옷 좀 갈아입고 올게요."

그 어떤 말보다 설레는 말을 남기고 소정이 제 캐리어 쪽으로 갔다. 캐리어 문을 연 소정은 잠시 아차 하더니 재완의 눈치를 살폈다. 그의 쪽에서 그 안에 든 것을 아무것도 보지 못하게 각도를 조절한 다음 다시 캐리어 문을 반쯤 열었다. 주섬주섬 옷가지를 챙기더니 소정이 화장실로 쏙 들어갔다.

꼭 그럴 필요가 있나 싶어 한 소리 하려다가 그냥 봐주기로 했다. 총총총 화장실로 달려가는 뒷모습이 귀여웠다.

긴 머리를 하나로 높이 묶고 소정이 나타났다. 흰색의 원피스 잠옷으로 갈아입은 그녀는 화장도 말끔히 지운 모습이었다. 그나마 잘 챙겨 왔다 생각하는 그 크림 덕인지 얼굴이 잘 익은 과일처럼 반질반질 빛이 났다.

그가 누운 몸을 일으켜 팔을 열었다. 그 모습을 보고 소정이 옅게 웃었다.

"뭐예요."

모른 척 말하더니 답을 듣지 않고 재완의 품에 안겼다. 소정을 안은 채 그가 누워 버리자, 두 사람은 다시 침대에 눕게 되었다. 아까와 다른 점이 있다면 소정이 그의 몸 옆이 아닌 위에 있다는 것이었다.

"이건 좀 부끄러워요."

솔직하게 제 생각을 말하곤 얼굴을 붉히는 소정이 사랑스러워 미칠 것 같았다. 검지로 그녀는 제 콧대를 긁었다. 입 위를 가리고 있는 손을 치우고 재완이 웃으며 소정의 목덜미를 잡아끌었다. 스르르, 상체가 숙여지며 그녀의 입술이 제집을 찾듯 그의 입술 위에 내려앉았다.

조금 전 양치까지 모두 마쳤는지 맞닿은 그녀 입술에서 시원한 박하 향이 났다. 나에게도 소정과 같은 향이 나겠네, 잠시 생각하다 소정이 제 입술을 반대로 물어 오는 통에 그는 모든 생각을 멈추고 그녀에게 집중했다.

말랑한 입술을 비집고 들어가 그녀의 혀 위에서 잠깐 휴식을 취했다. 살짝 뜬 눈으로 보는 소정의 눈 감은 모습이 미치게 아름다워, 그는 시간을 지체하지 않았다. 곧바로 손을 들어 그녀의 얼굴을 훑었고, 목을 따라 내려온 손으로 소정의 원피스 끝단을 매만졌다.

그의 손은 뜨거운 궤적을 그리고 있었다. 숨소리가 거칠어지고 살짝 뱉는 숨이 뜨거웠다. 잠깐, 잠시만, 손을 들어 그의 가슴을 짚자 재완이 그 손목을 꽉 쥐었다. 싫어, 그의 몸이 말했다. 잠깐의 공백도 허용할 수 없는 몸짓이었다.

이렇게 되면 자신도 모르게 끙끙거리는 소리가 새어 나온다. 어느새 위치가 뒤바뀌어 재완이 소정의 몸 위에 있었다. 그의 몸이 떨어졌다. 숨을 몰아쉬는 소정의 가슴이 심하게 들썩였다.

"……못 보던 건데."

재완이 소정의 속옷을 가리키며 말했다. 손가락이 그 가까이로 다가가자 소정이 급히 팔을 뻗어 그의 목을 휘어 감았다. 살짝 힘을 주니 그는 소정의 어깨 위로 얼굴을 묻었다. 준비됐어? 고개를 틀어 귓가에 대고 묻자 소정이 슬며시 끄덕였다.

"벗길 걸, 뭐하러."

무뚝뚝하게 말했지만 얼굴엔 웃음이 한가득이었다. 그는 자신의 말을 증명하듯 새 속옷을 모두 벗겼다. 살짝 느낀 한기는 이내 몸 안으로 깊게 들어온 재완 덕분에 금세 사라졌다.

같이 아침을 맞이할 때면 서로의 흐트러진 모습을 여과 없이 보는 재미가 있었다. 삐죽 튀어나온 재완의 머리카락을 보며 쿡쿡 거리다 결국, 그에게 허리를 붙잡혔다.

뭐가 그렇게 웃겨. 그는 기분 나쁜 척하며 끌어안은 소정의 어깨에 입술을 맞췄다.

"……서둘러야 해요."

"아침 먹지 말자."

"배고플 텐데……."

난 괜찮아. 비싯 웃고 재완은 소정의 입술을 물었다. 그것이 제 아침 식사인 양 맛있게 깨물고는 뒤늦게 물었다. 너는?

대답 따윈 상관없는 것이 분명했다. 말을 뱉기 위해 살짝 열린 틈으로 그가 들어왔다. 가끔 이렇게 재완이 막무가내로 나오면 자신이 제지시켜야 함을 알면서도 그게 쉽지 않았다.

어젯밤을 길게 보낸 탓인지 소정에겐 그를 밀어낼 힘은 남아 있지 않았다. 딱 그를 받아들일 만큼의 힘, 그 정도만 남아 있었다.

결국 아침 식사를 하지 않고 방을 빠져나온 두 사람은 어제의 그 미팅룸 앞에서 다시 이별을 했다. 흐트러진 아침의 모습과 달리 단정한 차림새로 서로를 마주 봤다. 재완의 얼굴에 둥그런 미소가 지어졌다.

"딱히 시킬 일 없으니까 방에 가 있어."

"아닙니다."

"무슨 일 있으면 연락할 테니까 올라가서 쉬고 있어."

"괜찮습니다."

"진짜?"

피곤할 텐데, 말하며 그가 고개를 흔들었다. 소정이 그의 의도를 알아채고 입을 다물자 그가 낮게 웃었다. 싱글 침대는 좀 좁았지? 소정이 뭐라 한마디 하기 전에 그는 미팅룸 안으로 들어가 버렸다.

❋❋❋

2박 3일의 출장 일정이 끝났다. 결국 가져온 컵라면은 하나도 먹지 못했다. 그는 컵라면보다 더 간절히 원하는 것이 따로 있었다.

긴 시간의 미팅으로 지친 표정이 역력한데도 밤이면 소정의 손을 잡아끌었다. 마치 소정이 자신의 충전기라 믿는 것 같았다. 그는 방전된 모습으로 그녀를 찾아와서 무언가를 갈구하는 몸짓으로 소정을 안았다.

그의 품에 안기면 재완의 깊은 눈을 볼 수 있었다. 위에서, 또 아래에서 자신을 바라보는 그 눈빛이 좋았다. 검은 눈동자 아래로 커다란 세상이 보였고, 그 안에 있는 것은 오직 소정뿐이었다.

그걸 가만히 보고 있으면 힘이 났다. 무엇이든 다 물리칠 수 있다는 힘이 솟구쳤다. 예원도, 희향도, 그리고 자신을 감싸고 있는 복잡한 일들도 모두 헤쳐 나갈 수 있다는 힘.

헛된 상상임을 알지만 그래도 그때만큼은 정말 그럴 수 있을 거 같아서 소정은 재완의 눈을 쉽게 피할 수도, 그의 손을 놓을 수도, 그의 품을 벗어날 수도 없었다.

다시 또 회사 안에서 일정이 시작되었다. 출장을 다녀온 뒤로도 재완은 바빴다. 바쁜 것이 잘못도 아닌데 너무나 미안해하기에 소정은 오히려 저가 더 바쁜 척을 했다. 오늘은 친구랑 약속…… 오늘은 뭐 배우러……. 그렇게 소정이 말하면 재완이 한결 편안한 표정을 했다.

"오늘은 6시에 B 기업 행사에 참석하셔야 합니다."

"아, 싫다, 정말……."

창립 기념일, 뭐 그런 행사에는 정이 가지 않았다. 아버지의 회사 행사도 그런데 남의 회사 기념일은 오죽하겠는가. 스케줄을 듣자마자 재완의 인상이 바로 찌푸려졌다. 가지 않아도 그려지는 행사장의 풍경에 벌써부터 두통이 찾아올 것 같았다.

"너도 같이 가면 안 돼?"

"네?"

"네가 같이 가면 좀 버틸 수 있을 것 같은데……."

그가 앓는 소리를 하며 책상에 엎드렸다. 둥그런 머리가 보였다. 재완이 자신의 머리카락을 쓰다듬는 이유를 알 것 같았다. 부드럽게 빛나는 머리카락을 보자 저도 모르게 손을 뻗어 그를 달랠 뻔했다.

진짜 싫단 말이야. 칭얼거리는 모습에 웃음이 났지만 소정은 지금이 업무 시간임을 잊지 않았다. 가셔야 합니다, 짧게 말하고 그는 보지도 않은 인사를 하고 나왔다.

재완이 부탁한 문서 작업을 반쯤 했을 때, 인석이 내려왔다. 소정이 책상 밖으로 나오려 하자 인석은 손을 올려 그녀를 멈추게 만들었다.

"임재완 있죠? 커피는 됐어요."

그는 문을 발칵 열고 들어갔다.

문이 닫히는 소리와 동시에 전화가 울렸다. 자신의 전화였다. 모르는 번호가 액정에 가득 찼다. 비서 일을 하며 번호를 거르는 적이 없었지만 이상하게 이 번호는 받기 싫었다.

웅웅거리는 진동 소리도, 액정에 뜬 11개의 숫자도 별다를 것이 없었는데도 그랬다.

소정이 머뭇거리는 사이 진동이 꽤 길게 울렸다. 전화가 끊어질 듯 쥐어짜듯 진동이 울리자 그녀는 결국 통화 버튼을 눌렀다. 무언가가 목을 꽉 메운 듯 목소리가 잘 나오지 않았다.

— 여보세요? 이거 은소정 씨 전화 아닌가요?

상대의 목소리가 들렸다. 당차지만 드세진 않은 목소리였다. 소정은 금방 그 목소리의 주인을 찾아냈다. 네, 맞아요. 예원과는 반대로 여린 소리가 소정의 입 밖으로 나왔다.

— 나예요. 김예원.

"……네."

— 내 목소리 기억하고 있었네요?

예원은 자신이 전화를 건 목적을 설명하기 이전에 소정의 전화번호를 알아내는 과정이 꽤 복잡하고 힘이 들었음을 설명했다. 소정은 가만히 그녀의 말을 들어 주었다.

아주 어렵고 복잡한 과정을 거쳐 소정의 번호를 받아 냈다, 로 끝나는 이야기를 하려 전화를 하진 않았을 것이다. 예원의 설명이 끝나자 소정은 입술을 움직였다.

"그래서 그렇게 어려운 방법으로 제게 전화하신 이유는요?"

방금까지 막힘없이 말하던 예원이 잠시 뜸을 들였다.

— 나도 모르겠어요.

짧게 답한 뒤 예원은 아무 말이 없었다. 황당함이 밀려왔다. 혹여나 자신이 그녀를 잊을까, 자신의 존재를 일깨우기 위함이었다면 그럴 필요 없다고 말해 두고 싶었다. 재완 옆에서 행복할 때마다, 그의 옆자리가 욕심이 날 때마다 당신 얼굴이 떠오르니 굳이 그런 걱정은 하지 않아도 된다고, 이렇게까지 할 필요 없다고.

— 굳이 설명하자면……. 내가 좀 더 당당해지고 싶어서?

"……."

— 오늘 여섯 시에 재완 씨 저랑 약혼할 거예요.

오늘 여섯 시, 날짜와 시간을 듣고 재완의 스케줄 표를 살폈다. 그의 스케줄엔 'B 회사의 창립 기념일 행사 참석'이 쓰여 있었다. 이건 약혼식과는 거리가 멀었다.

뭔가 착각한 것 같단 말이 나오지 않은 건 아무래도 자신이 알고 있는 게 틀린 것 같다는 생각이 스쳤기 때문이었다.

— 그냥 나는…… 모르겠어요. 내가 왜 전화를 했는지. 내가 당당해지고 싶다고 포장했지만 소정 씨가 괴로워하는 걸 보고 우월감을 느끼고 싶었을지도 모르죠.

"……."

— 근데 갑자기 후회되네요. 세상일 모두 정정당당할 필요도 없고, 또 내가 그렇게 살아오지도 않았는데 굳이……. 이 말을 소정 씨한테 왜…….

소정은 전화를 끊었다. 저가 누군가의 전화를 먼저 끊는 것은 참으로 오랜만이었다. 그것에 감동할 겨를 없이, 소정은 재완의 방에서 나오는 인석을 봤다.

무언가 불편한 듯 소정의 눈을 피하는 그를 보고 확신했다. 스케줄 표에 소정이 적어 놓은 것이 틀렸음을.

인석이 완전히 소정을 지나치려 할 때, 그녀가 급히 그를 붙잡았다. 저기! 발을 멈춘 인석에게 '사장님'이란 호칭은 뒤늦게 붙였다.

"사장님, 저 뭐…… 여쭤 볼 것이 있습니다."

발발 다리가 떨리고 입술 끝이 파랗게 질려 오는 와중에도 비서의 자세를 잊지 않았다. 차갑게 식은 손끝을 모으고 눈을 거의 감다시피 내리깔았다.

"오늘, 여섯 시⋯⋯."

인석에게서 무엇을 확인받고 싶은지, 또 그걸 확인받은 후 어떻게 할지는 생각해 두지 않았다. 저도 모르게 인석을 붙잡고 물어보고 싶었다. 그리고 그 질문은 겨우 입 밖으로 빠져나왔다. 오늘, 여섯 시, 혹시, 부사장님께서⋯⋯, 약혼을⋯⋯.

단어 하나하나를 만들어 내듯 꺼내 놓는 소정이 안타까웠는지 인석이 그녀의 말을 자르고 답했다. 맞아요. 소정이 어떻게 알았는지 묻고 싶었지만 지금 그녀의 상태론 제 질문에 대한 답은 내일 아침쯤에야 들을 수 있을 것 같았다.

방금 재완을 찾은 것도 오늘 있을 약혼식 때문이었다. 정작 당사자인 재완은 모르고 있는, 그 약혼식. B 기업 행사 꼭 참여해야 해, 부모님에게 받은 지령을 수행했다. 괴로워하지만 참석하지 않겠단 말을 하지 않는 재완을 보고 인석은 자못 안심을 했었다.

표정을 살필 수 없게 그녀는 고개를 푹 숙인 채 있었다. 눈물방울이 툭 떨어지는 것을 보고 나서야 인석은 그녀가 울고 있음을 알았다.

우는 소정을 내버려 둘 수도 그렇다고 달랠 수도 없어 인석은 한참을 멍하니 서 있었다. 요즘 여자들의 우는 모습을 자주 보았다. 자신의 잘못도 아닌 제 동생 때문에 우는 여자들을 달래는 것은 좀처럼 쉽지 않았다.

인석이 소정에게 살짝 다가가자, 그녀가 곧장 흡— 하며 두 손으로 제 얼굴을 감쌌다. 그 사이로 뭐라 소리가 들렸는데 귀를 바짝 대고 들어야 겨우 들릴 소리였다. 죄, 송⋯⋯. 그마저도 끝까지 다 들리지 않았다.

소정이 탕비실 쪽으로 들어가 버리고 인석은 정갈하게 넘긴 머리를 쓸어 넘겼다. 재완과 소정과의 관계를 알고 난 이후부터 이상하게 두 사람이 닮아 보였다.

특히 가끔 보이는 공허한 눈빛이 그랬다. 그 눈빛은 아무것도 담겨 있지 않기 때문이라기보단, 제 감정과 다른 것들을 담고 정작 자신이 원하는 것을 얻지 못할 때 보이는 공허함에 더 가까웠다.

그건 아마도 희향이라는 여자가 두 사람의 목줄을 쥐고 있기 때문일 것이리라. 인석은 스스로 답을 내 버렸다. 그의 의붓어머니이기도 한 희향이 어떤 사람인지 인석은 잘 알고 있었다.

그녀는 사람의 약점을 혼자 알기 좋아했고, 그 약점을 쥐고 흔들길 잘했으며, 자신이 생각하는 것이 실현되지 않으면 모든 것을 뒤집어 무너뜨려 버리는 사람이었다. 재완의 닫혀 있는 방문을 보며 인석 또한 두 사람과 같은 공허한 눈빛이 됐다.

시간이 느리게 가길 빌었다. 제 손가락을 뻗어 모니터에 있는 숫자 5를 가렸다. 남은 숫자는 10, 이제 곧 그가 회사를 나가야 할 때였다. 숫자가 거꾸로 가길 바랐다.

10, 9, 8, 7⋯⋯. 그 다음에 빵 터져 버리면 더 좋을 것 같다.

자리에서 일어나지지가 않았다. 평소의 소정이라면 벌써 재완의 등을 밀어야 하는 것이 맞았다. 그러나 지금은 반대로 재완이 그녀의 등을 밀어야 할 참이었다. 자신의 바람과 달리 10은 곧 11로 바뀌었고, 소정은 별수 없는 현실을 받아들이며 자리에서 일어났다.

똑똑똑, 노크 소리에 재완의 목소리가 들렸다. 힘없는 그의 목소리는 그녀 마음과 똑같았다.

소정이 들어가자 재완은 아침과 마찬가지로 몸을 둥글게 말며 책상에 엎드렸다.

"아, 싫어……."

해야 하는 행동은 이미 잘 알고 있었다. 재완에게 스케줄을 알리고, 어서 빨리 가라 다그치는 것. 그러나 입을 벌리는 작은 일조차 할 수 없었다. 이 방에 어떻게 들어왔는지도 생각이 잘 나지 않았다. 다리가 용케 움직였나 보다, 생각할 뿐.

"은소정?"

소정이 빨리 나가라 이야기하면 조금 칭얼거리다 뽀뽀라도 받아 낼 참이었다. 책상에 머리를 한껏 비비는데도 그녀가 별말이 없자, 재완이 고개를 들었다.

멍한 눈을 하고 가만히 있는 소정은 어딘지 모르게 이상했다. 물에 푹 담갔다 빼낸 사람처럼 축 처져 있었다. 심지어 눈이 촉촉하기까지 했다.

이상한 그녀가 걱정이 돼 그가 자리에서 일어났다. 휘적휘적 걸어가 소정 앞에서 커다란 손을 흔들었다. 눈앞으로 휙 끼치는 바람에 소정이 눈을 들어 재완을 봤다.

"아, 지금 시간이⋯⋯."

"피곤해?"

물으며 그는 자연스러운 몸짓으로 소정의 어깨를 감싸 안았다. 안긴 소정은 아무 대답이 없었다. 이쯤 되면 나와야 할 레퍼토리가 나오지 않았다. 끌어당긴 그 모양 그대로 가만히 있는 것도 뭔가 이상했다.

"소정⋯⋯아?"

"⋯⋯내가 사라지면 어떨 것 같아요?"

질문을 하고 소정은 초점을 잃은 눈을 하고 멍하니 있었다. 그래서 재완은 그 질문이 자신에게 한 것인지, 아니면 어떤 일 때문에 정신이 반쯤 나가 혼자 읊조리는 것인지 알지 못했다. 몇 초 뒤, 답을 바라는 그녀의 검은 구슬 같은 눈동자가 재완을 향했다.

재완이 사라지고 난 뒤 자신의 모습을 그리는 것은 그리 어렵지 않았는데, 소정이 없어진 뒤 그가 어떤 모습일지는 잘 그려지지 않았다. 힘들어할까? 얼마큼? 괴로워할까? 얼마큼?

자신의 부모님을 저버릴 만큼, 회사의 미래를 망칠 만큼, 부정적인 결과의 모든 책임을 다 끌어안을 만큼, 그만큼 힘들고 괴로우려나.

"뭐야, 그런 거 왜 묻는데."

어제와 다르고, 또 오늘 아침과 다른 소정의 모습이 무서웠다. 겁이 난 그가 소정을 안은 팔에 힘을 주었다. 팔랑거리는 종이처럼 그녀는 다시 재완이 힘을 준 그대로 움직였다.

"어떨 것 같아요, 진짜. 내가 사라⋯⋯진다면?"

재완의 품속에서 소정이 다시 물었다. 내가 뭘 잘못했나, 소정의 등을 토닥이던 재완은 이내 동작을 멈추고 그녀를 안은 손을 풀었다. 소정의 어깨를 쓰다듬자, 그녀가 이전의 그 눈빛으로 그를 올려다봤다.

"안 돼."

"……."

"상상하기도 싫어. 묻지 마."

그는 소정이 그런 질문을 한 이유를 알지 못했다. 갑자기 그냥 그가 자신을 얼마나 좋아하는지 알고 싶었다면 '저 많이 좋아해요?'가 더 적절했다.

화가 났다. 그냥 조금 빗나간 애정도 테스트라 생각하면 되겠지만, 그렇게 넘겨지지 않았다. 소정은 마치 자신을 위해 떠나 주겠다는 눈이었다. 재완이 입을 다물곤 소정을 지나쳤다. 책상 뒤에 있는 옷걸이에서 제 코트를 꺼내 입었다.

컴퓨터를 끄고, 가방을 챙기는 동안 소정은 오도카니 서 있었다. 제 앞에서 움직이는 재완을 보지 않으려 했다. 곧 그는 이 방을 나갈 것이다. 그리고 그건 곧 소정으로부터 나가는 것이었다.

재완이 문손잡이를 돌렸다. 덜컥 하는 소리가 들렸다. 어쩌면 제 심장에서 들린 것일지도 모르겠다. 이 방을 들어왔을 때와 마찬가지로 저도 모르게 몸이 움직였다. 어느새 그의 허리를 감싸 안고 등에 얼굴을 묻고 있었다.

"……뭐야, 진짜."

"……."

"은소정, 왜 그러는데, 응?"

조금 전 차갑게 굴었던 그는 마치 소정이 자신을 잡아 주길 기다린 것처럼 바로 이전의 따뜻함을 되찾았다. 재완이 제 허리를 감싸고 있는 소정의 팔을 풀려고 하자, 소정이 더 세게 그의 허리를 붙잡았다.

놓고 싶지 않았다. 그의 얼굴을 마주하고 싶지 않았다. 소정아, 따뜻하고 부드러운 목소리에도 소정은 가만히 있었다. 자신의 허리를 껴안고 있는 소정의 손을 재완이 제 손으로 덮었다.

"너 진짜 사라질 생각이야?"

"……어떻게 사라져야 할지 모르겠어요."

"뭐?"

재완이 소정의 손을 쳐 냈다. 여태 그의 허리를 세게 붙잡고 있던 소정의 팔이 떨어져 나갔다. 소정을 향해 뒤로 돈 그는 미간을 좁혔다.

재완이 화를 내고 있다. 구겨진 인상이 보지 않고도 느껴졌다. 자신이 사라지면 그가 어떻게 될지 이제야 그려졌다. 그는 자신과 다르지 않을 것이다. 그제야 머리에 피가 도는 느낌이 들었다. 매캐한 연기 가득했던 머리가 한순간에 상쾌해졌다. 떠오른 생각은 하나였다.

"우리, 같이…… 사라질래요?"

5시 30분이 되자 재완의 핸드폰이 울렸다. 예원이었다. 그는 핸드폰 전원을 껐다. 꺼지는 핸드폰에서 나는 소리가 비명처럼 들렸다. 소정도 그의 옆에서 핸드폰을 꺼냈다. 전원 버튼을 길게 누르자, 소정의 것도 픽 하고 액정에 불이 나갔다.

"준비 끝."

재완이 차의 시동을 걸었다. 정해지지 않은 목적지를 향해 차를 출발했다. 같이 사라지자는 소정의 제안을 받아들인 그의 행동엔 조금의 주저함도 없었다. 상기되어 있는 얼굴에서는 즐거운 일을 할 때의 흥분이 느껴졌다.

그는 모르는 재완의 약혼식이 있다는 것을 알았을 때 소정은 저도 모르게 제 손에 선택권이 주어졌다는 것을 알았다.

하나, 그냥 사라지는 것. 자신과 함께함으로써 그가 겪어야 할 불행을 모른 척하지 않는 것. 제 욕심부리지 않고 그의 곁을 떠나는 것. 어쩌면 자신보다 재완에게 더 줄 것이 많은 여자에게 그를 보내 주는 것.

둘, 그의 곁에 있는 것. 자신의 욕심을 부리며, 그의 가족과 그의 인생을 모른 척하는 것. 탄탄하게 펼쳐진 그의 미래를 자신의 것과 같이 불확실하고 불투명한 미래로 뒤바꾸는 것.

처음으로 가져 본 선택의 권한 앞에서 소정은 생각이 깊어졌다. 그 어느 것도 쉽게 선택할 수 없었다. 자신 옆에 있는 재완과 그와 자신의 뒤에 있는 희향, 그리고 두 사람을 감싸고 있는 미래까지 모두 고려해야 했다.

그래서 더 결정이 쉽지 않았다. 머릿속에선 희향의 화내는 목소리가 울렸다. 그녀는 마치 윙윙거리는 벌처럼 제 머릿속을 헤집었다. 결국 생각을 모두 멈추고 소정은 여태 아무 말 없던 제 마음의 소리를 들었다.

그녀가 원하는 건, 진짜로 원하는 건, 재완이었다. 재완 하나였다.

"막히네."

퇴근 시간, 도로가 정체되어 있었다. 앞차에서 내뿜는 벌건 등이 답답해 화난 눈 같았다. 재완의 말에도 소정은 시선을 돌리지 않았다. 가만히 시계를 바라봤다. 제 맘대로 좀처럼 시간이 흐르지 않았다.

"은소정?"

"……"

"왜 그래, 자꾸. 사람 불안하게."

평소와 다른 그녀의 모습이 얼마나 그에게 많은 감정을 불러일으키는지 소정은 모르고 있다. 재완이 소정의 손을 붙잡았다. 손가락 사이사이 제 손가락을 꿰어 잡았다. 그런 재완을 보고 그녀는 차분히 자신을 설득했다. 이렇게 된 이상 이미 돌이킬 수 없다고.

"조금 피곤해서 그래요."

"그래? 그럼 쉴 수 있는 곳으로 가자."

재완이 차를 멈춘 곳은 경기도 근방의 수목원이었다. 이미 어둠이 짙게 내려앉은 시간이었다. 밤과 수목원이라. 차에서 내릴 때까지 소정은 고개를 갸웃했다.

그러나 제 생각과는 달리 이 늦은 밤 수목원을 찾는 사람이 몇 있었다. 대부분 손을 맞잡고 있는 커플들이었다.

재완은 차 트렁크에서 스카프를 꺼내 왔다. 밤이라 추울 거야, 말하며 그가 소정의 목에 검은 스카프를 둘러 주었다. 재완의 따뜻한 향기가 목을 감쌌다.

다른 커플들처럼 팔짱을 끼고 두 사람은 수목원 안으로 들어갔다. 화려한 조명 길이 이어졌다. 떨어지는 벚꽃처럼 조명이 빛나고 있었다. 빛이 만들어 낸 아름다움 그 앞에서 소정은 말을 잊은 채 멈춰 있었다.

제 머리 위로 떨어질 듯, 떨어지지 않는 하얀 빛들을 올려다보고 있는 사이, 그가 소정의 곁을 떠나 한 발 뒤로 물러났다.

찰칵. 입으로 소리를 내며 그가 웃었다. 손가락 네 개로 사각형을 만들어 그 안에 소정을 담았다. 소정이 피식 웃자, 다시 또 그가 소리를 냈다. 찰칵찰칵.

"뭐예요."

"예뻐서."

쑥스러운 미소가 지어졌다. 살짝 고개를 숙이자 그가 그런 소
정의 모습도 놓치지 않으려는 듯, 다시 또 사각 프레임 안에 그녀
를 담았다. 힛, 귀여운 소리를 내며 웃고는 소정이 주머니에 있던
손을 꺼내 V자를 만들었다.

"찍으려면 제대로 찍어요, 나중에 확인할 거야."

재완의 장난에 맞장구를 치며 두 사람은 행복하게 웃었다. 나
중에 소정이 확인할 수 있도록 그는 제 마음속에 지금 이 순간을
깊게 새겨 넣었다.

떨어지는 조명 아래 소정이 있었고, 저를 향해 미소 짓는 모습
은 아주 아름다웠으며, 그것을 새기는 자신은 아주 행복했다는
것, 모두를.

손을 맞잡고 걷다 두 사람은 동시에 멈췄다. 색색의 조명으로
감싸져 있는 피아노가 나타났다. 사람들 모두 그냥 지나쳐 가는
그 피아노 앞에서 재완이 건반을 하나 눌렀다. 띵, 하는 소리가
꽤 크게 울렸다.

누가 먼저랄 것 없이 두 사람이 나란히 앉았다. 재완이 오른쪽
에 소정이 왼쪽에. 피아노에 손을 올려놓다가 그가 멈칫하며 소정
을 봤다. 두 사람이 같이 칠 수 있는 젓가락 행진곡, 그 연주에서
반주는 재완의 담당이었다.

"잘못 앉았다."

소정을 옮기기 위해 그녀의 허리로 손을 옮겼다. 그러다 피아노에서 울리는 곡의 반주에 재완이 멈칫했다.

더듬거리긴 했지만 꽤나 정확하게 소정은 음을 짚어 내고 있었다. 단조로운 반주가 이어지며 재완이 어서 합류하기를 재촉했다. 질문은 나중으로 미뤄 두고 그는 검지 두 개를 펼쳐 건반을 눌렀다.

듣는 사람마다 감상은 다르겠지만 두 사람에게는 완벽하고 아름다운 연주였다. 소정은 배시시 웃었다. 찬바람이 스쳐 빨개진 두 뺨이 봉긋 위로 솟았다.

"언제 배웠어?"

"요새 오빠 늦게 끝나니까……. 일 끝나고 회사 근처 피아노 학원에서 배웠어요."

기본부터 다져야 한다는 선생님을 설득해 젓가락 행진곡의 반주부터 배웠다. 매일 같은 곡만 연습해서 질리겠다는 소리를 들었지만 개의치 않고 꿋꿋이 연습했다. 그 연습의 결과를 늦지 않게 재완에게 보여서 소정은 뿌듯했다.

자신을 빤히 바라보는 재완의 눈빛이 부끄러웠는지 소정이 어깨를 높이 올렸다. 그는 말없이 소정을 봤다. 올라간 어깨가 다시 내려올 때까지 가만히 바라보는 그의 시선을 피해 소정이 눈동자를 굴렸다.

조금 추운 것 같은데……. 작게 그녀가 말하자 그는 소정의 두 손을 잡고 제 코트 주머니 안에 넣었다.

서로 허리만 돌려 마주 보는 상태에서 그가 손을 잡아끄니 저절로 상체가 재완 쪽으로 쏠렸다. 가까이 다가온 소정의 이마에 재완이 입술을 맞췄다.

추워도 조금만 참아. 낮은 목소리로 말하곤 이마 위에 있던 입술을 내렸다. 눈꺼풀 위, 콧잔등, 분홍빛의 볼, 그리고 입술까지. 봄에 흩날리는 벚꽃 잎처럼 가볍게 그의 입맞춤이 소정의 얼굴 위로 흩뿌려졌다.

수목원을 한 바퀴 모두 다 돌고 나서 두 사람은 다시 재완의 차로 돌아왔다. 주차장 옆에 있는 카페에서는 따뜻한 빛을 내며 사람들을 유혹하고 있었다.

하지만 커플들로 북적이는 카페보다는 조금 춥더라도 두 사람만 같이 있는 차 안이 더 좋았다. 실내 온도를 높이며, 재완은 라디오를 켰다. 언젠가 들어 본 것 같은 재즈 피아노 곡 연주가 흘러나왔다.

"노래 좀 듣고 있어. 따뜻한 것 좀 사 올게."

그가 소정의 무릎 위로 제 코트를 덮어 주며 말했다. 긴 코트가 바닥에 끌렸지만 그는 전혀 신경 쓰지 않았다. 오히려 떨어진 코트 끝을 소정이 들어 올렸다.

"그냥 둬. 발끝까지 다 덮고 있어야 따뜻하잖아."

"괜찮아요."

"나도 괜찮아."

재완이 소정이 잡고 있는 코트 끝을 빼내었다. 검은 코트가 소정의 발등까지 모두 감싼 것을 확인하고 그는 얇은 옷차림으로 차를 빠져나갔다. 그가 사라지자 소정은 다시 주섬주섬 그의 코트

316

자락을 들어 올렸다. 금세 먼지가 묻은 코트를 팡팡 털어 내며, 소정은 카페 안에 들어간 재완을 봤다.

그는 주문을 끝내고 삐딱하게 서 있었다. 무슨 생각을 하는지 갑자기 미소를 지은 채 고개를 툭 떨궜다. 멀리서도 그의 입매가 둥근 호선을 그린 채 올라가 있는 것이 보였다.

소정은 가만 그를 바라봤다. 지금 그녀가 할 수 있고, 하고 싶은 일은 그를 바라보는 것이었다.

손에 종이컵을 들고 그가 다가왔다. 그의 미소가 더욱 짙어졌다. 그 모습을 조금이라도 놓칠까 모두 눈에 담고 있던 소정은 왈칵 눈물이 날 것 같았다. 코끝이 저릿했다. 너무 사랑하면 눈물이 나기도 한다던데, 지금 이 순간이 꼭 그런 것 같았다.

차에 올라타 따뜻한 차를 건네는 그의 손이 따뜻했다. 소정은 받아 든 컵을 홀더에 바로 넣고는 그의 목을 끌어안았다. 급작스러운 그녀의 행동에 아직 손에 컵이 들려 있던 재완이 어, 하며 손을 높이 들었다.

마주 보지 않으니 소정이 어떤 표정인지 그는 보지 못했다. 다행이었다. 안도감과 함께 눈물이 떨어졌다. 혹여나 소정에게 쏟을까, 손을 멀리 둔 그가 반대쪽 손으로 그녀의 등을 감싸 안았다.

"왜?"

"……."

"갑자기 내가 너무 멋있었어?"

그의 장난기 어린 말에도 대답 없는 소정의 등을 재완이 토닥였다. 어정쩡하게 그녀를 안은 채로 그는 빙긋 미소 지었다. 그건 아닌가. 여전히 아무 말 없는 소정은 그의 귓가로 새근거리는 숨소리만 낼 뿐이었다. 그 소리를 가만히 들으며 재완은 소정이 어떤 말을 할지 기다렸다.

"……미안……해요."

그 안에 얼마나 많은 말들이 함축되어 있는지 그는 조금도 알지 못했다. 단지 갑작스럽게, 사과가 어울리지 않는 타이밍에 나온 그녀의 말에 멈칫했다. 소정은 다시 또 말했다. 미안해요.

왜 갑자기 미안하단 말을 꺼냈는지 물었지만 소정은 답이 없었다. 돌아오는 내내 아무 말이 없었다. 살짝 눈을 손으로 훔치기에 울었냐 물었는데 그마저도 답이 없었다. 말하기 싫냐는 물음에 작게 고개를 끄덕이기에 재완은 더 이상 아무것도 묻지 않았다.

오늘은 소정에게 힘든 날인가 보다, 했을 뿐.

그게 얼마나 바보 같은 행동이었는지는 소정을 집에 데려다주고 돌아오는 길에 알게 되었다. 소정에게 따뜻한 문자라도 보내야지 싶어 켠 핸드폰이 미친 듯 울려 댔다.

제 손 위에서 날뛰는 핸드폰을 멀찍이 두고 가만 바라봤다. 한참을 울어 대던 핸드폰이 멈추고 나서야 그는 제 핸드폰을 들었다.

자신의 예상을 넘어선 숫자의 부재중 전화와 문자들이 와 있었다. 누가 전화를 했고, 또 어떤 문자를 보냈는지 가만히 살펴보는 것은 성격에 맞지 않았다.

그는 바로 인석에게 전화를 걸었다. 그의 날카로운 첫마디가 들렸다. 네가 진짜 미쳤구나.

"나 하나 빠졌다고 큰일이라도 났나."

핸들을 꺾으며 그가 능쳐 말했다. 바쁜 일이 생겼다, 급하게 출장을 갔다, 자신의 공백을 메꿔 줄 변명들이 많았다. 혹여나 그게 사실이 아님을 들킨다고 해서 회사가 무너지는 일은 벌어지지 않을 것이다.

— 너를 위한 자리인데 네가 빠지면 당연히 큰일이 나지.

"그게 왜 나를 위한 자리야."

탓하는 인석의 목소리가 오늘따라 싫었다. 소정과 함께한 즐거운 시간까지 모두 망칠 것 같아 미간을 좁힌 채 그는 손가락을 뻗었다. 듣기 싫은 잔소리를 하면 전화를 그냥 끊어 버릴 참이었다.

긴 인석의 한숨이 들렸고, 한참이 지나서야 그의 입술이 떨어졌다.

— 오늘 네…… 약혼식이었어.

하마터면 사고를 낼 뻔했다. 정지신호에 맞춰 멈춰 있는 앞차를 그대로 들이받을 뻔했다. 급히 브레이크를 밟았다. 반동에 의해 몸이 흔들렸다. 그보다 더 흔들리는 것은 그의 눈동자였다.

"……뭐? 누구 약혼식?"

— 너랑 예원 씨 약혼식. 다들…… 너만 기다렸다.

당사자도 모르는 약혼식이라니. 기가 차서 말이 나오지 않았다. 더욱 화가 나는 것은 그런 일을 벌이고서 자신을 책망하는 듯한 인석의 말이었다. 이대로 도저히 운전을 할 수 없을 것 같아 그는 골목 어귀에 차를 세웠다.

"지금 장난하는 거 아니지?"

— 내가 너랑 뭣하러.

"그럼 더 문제네."

자신이 등장하지 않은 약혼식. 눈앞에 상황이 그려졌다. 김 회장은 분명 화가 난 채 자리에서 일어섰을 것이고 희향은 안절부절못했을 것이다. 어떻게든 그를 붙잡으려 애썼을 것이다. 범태는 끄응 앓는 소리를 내며 인석에게 화를 내고, 인석은 꺼져 있는 제 전화에 몇 번씩 전화를 걸었을 것이다.

— 다 끝났어. 파혼 기사 날 거고, 그쪽 회사랑 맺었던 계약도 다 파기될 거야. 늦지 않게 아버지 찾아가서 용서 빌어.

"……."

— 그런다고 아무것도 해결되진 않겠지만.

걱정 섞인 말이었지만 그 내용이 삭막했다. 제 아버지를 찾아가 용서를 구한다고, 또 제 아버지가 자신을 용서한다 해서 해결될 일이 아니었다. 이미 물이 쏟아져서 바닥을 흥건히 적셨다. 억지로 쓸어 담아 봤자 주워 담을 수 없는 물이었다.

— 끊자. 나도 머리 좀 정리하게.

전화가 끊겼다. 재완은 핸들에 그대로 제 머리를 박았다. 쿵 소리가 났다. 여전히 멍한 머리를 다시 또 박았다. 쿵. 이전 보다 더 큰 소리가 났다.

무엇부터 해결해야 할지 감이 오지 않았다. 자신이 없는 곳에서 일어난 모든 일들을 다 알 수 없으니 더 그랬다. 운전대를 잡은 손에 힘이 들어갔고, 뽀얀 손등 위로 퍼런 힘줄이 불뚝 튀어나왔다.

조수석 위에 올려 둔 전화가 울렸다. 고개만 살짝 틀어 본 액정엔 예원의 이름이 있었다. 느리지도 빠르지도 않은 속도로 손을 뻗어 그는 거절 버튼을 눌렀다. 마음을 거절한 이상, 전화를 거절 하는 것은 그리 어렵지 않았다.

소정이 제집으로 들어갔을 때, 그녀의 엄마는 라면 박스 하나 에 모녀의 옷가지를 담고 있었다. 무슨 일이냐 그녀가 묻기도 전 에 엄마가 무심히 말했다. 얼른 너도 거들어.

대체 이 늦은 밤에 왜 짐을 싸고 있는지에 대한 아무런 설명 없이 그녀의 엄마가 소정을 끌어 앉혔다. 뭐 하는 거야? 소정의 질문에 잘 개어 놓은 옷들을 상자 안에 차곡차곡 넣던 그녀의 손 이 멈췄다.

"이사 가자며."

"……."

"회장님 내외분 오셨다 가셨어."

끙, 소리를 내며 엄마는 두 무릎을 짚고 일어섰다.

"네가 옷 넣어, 엄마는 그릇 좀 정리할 테니까."

뒤돌아선 어깨가 축 처져 있었다. 많은 질문을 할 줄 알았는데, 아니 어쩌면 소정을 혼낼지도 모른다 생각했었는데 그녀의 엄마 는 아무 말이 없었다. 찬장에서 그릇을 꺼낼 때 나는 달그락 소리 만 집 안을 크게 울릴 뿐이었다.

"엄마……."

"어쩐지 가만히 있어도 부티가 잘잘 흐르더라. 그때 눈치채야 했었는데……. 늙으면 이게 문제야. 눈치도 없어져."

"⋯⋯."

"너 결혼할 때 쓰려고 모아 둔 돈 조금 있어. 모은 지 얼마 안 돼서 진짜 조금이야. 엄마는 신용이 안 좋아서 안 되고, 네 이름으로 대출받아 조금 보태면 한국 땅에 우리 두 모녀 살 집 하나 없을까. 아니면 그냥 오피스텔 같은데 들어가도 되고⋯⋯."

평생 아무 말 없이 잘 지내던 자신의 딸이 이사 가잔 이야기를 했을 때 왜 그런 말을 갑자기 꺼냈는지 한번 물어나 볼걸. 그때 소정이 짓고 있던 표정을 좀 더 자세히 볼걸. 속상한 표정으로 그릇을 꺼내던 엄마는 한숨을 푹 쉬더니 몸을 돌려 소정을 봤다.

"엄마한테 그냥 말하지 그랬어."

"⋯⋯미안."

후두둑 눈물이 쏟아졌다. 또다시 나온 사과의 말이었다. 조용히 바닥에 앉아 눈물만 쏟아 내고 있는 소정을 그녀의 엄마가 다가와 껴안았다. 등을 두드리는 손에 힘이 들어가 있었다.

어쩌려고 그래. 엄마로서 바라보는 이 이야기의 결말이 그리 밝지 않기에 저절로 걱정스러운 소리가 나왔다. 답을 할 수 없는 소정의 흐느끼는 소리가 더 커졌다. 제 딸을 더욱 세게 껴안으며 엄마는 다시 그녀의 등을 토닥였다.

"어떻게 하니, 소정아⋯⋯."

그렇게 한바탕 눈물을 쏟아 내고 소정은 엄마 옆에 앉아 그릇을 신문지로 쌌다. 서로에게 궁금한 것이 많았지만 누구도 선뜻 입을 열지 않았다. 눈물을 흘려서인지 소정이 자꾸만 훌쩍거렸다. 엄마는 옆에 있는 휴지를 소정에게 건넸다.

팽, 코를 풀고 다시 또 그릇을 싸기 시작했다. 신문 하나 줘. 자신의 것을 모두 사용했는지 엄마가 적막을 깨고 입을 열었다. 깔려 있는 신문 중 가장 위에 있는 것 한 장을 집어 넘기는데, 익숙한 이름이 눈에 띄었다.

재완과 예원의 기사였다. 건네려다 말고 급히 손을 빼내는 탓에 신문지에서 부스럭거리는 소리가 났다. 고작 한 장인데도 그 소리가 꽤 컸다.

"다 봤어. 그냥 그거 줘."

"응……."

"너도 생각이 많겠지만……. 나는 잘 모르겠다. 내가 본 그 남자를 믿어야 할지, 아니면 눈앞에 그려지는 미래를 믿어야 할지."

소정에게 받아 든 신문을 활짝 펼치고, 엄마는 기사를 찬찬히 읽어 내려갔다. 이미 희향에게 모든 이야기를 들었지만 또 새로웠다.

"정말 네가 약혼식 못 가게 막았어?"

"……응."

"하……."

엄마는 어떤 의미인지 모르는 숨을 뱉었다. 조용히 신문으로 그릇을 감싸고 있는 소정을 바라보다 이내 그녀의 머리를 쓰다듬었다. 잘했다, 잘했어.

"언제 그 콧대 높은 여사님한테 한 방 먹이나 했는데, 네가 했네."

"……."

"……잘했어."

소정의 성정을 알기에 그녀를 칭찬할 수밖에 없었다. 언젠가부터 소정은 실패할 것 같으면 항상 멈추거나 돌아섰다. 지시나 명령이 있어야 움직였고, 제 뜻을 힘주어 말하는 일을 좀처럼 볼 수 없었다.

사실 희향에게 모든 이야기를 들었을 때도 제 딸이 그랬을 것이란 상상이 되지 않았다. 자신보다 더 충성심 강했던 소정이 제 주인의 손을 물어 버리다니.

그렇게 되기까지 소정이 얼마나 많은 생각을 했고, 또 얼마나 많은 감정의 소용돌이 속에 휘말렸을까 생각하니 가슴이 아려 왔다. 소정의 머리를 쓰다듬는 손에 더욱 힘이 들어갔다.

"잘했……어, 진짜……."

말하는 엄마의 눈이 금방 뿌옇게 변했다. 물기 어린 목소리에 소정이 조용히 고개를 숙였다. 분명 들은 건 잘했단 칭찬인데 눈물이 나왔다. 오늘따라 눈물이 멈추지 않았다.

❉❉❉

재완의 전화를 받지 않고 소정은 짤막하게 문자를 보냈다. 아파서 좀 잘게요. 그렇게 문자를 보내고 핸드폰을 꺼 두었다. 주말 동안 할 일이 많았다. 얼마 없는 돈으로 살 집을 알아봐야 했다.

지금 살고 있는 동네는 차마 꿈도 꾸지 못하고 근방에 집들을 알아봤다. 세상 물정 모른다는 소리를 들으며 돌아다닌 끝에 다세

대 주택 하나를 찾았다.

도배와 장판을 새로 해 주겠다는 집주인의 약속을 받고 두 사람은 계약을 했다. 너무 성급하게 결정했단 생각이 들지 않는 것은 아니었지만 하루 빨리 지금 살고 있는 집에서 나오고 싶단 마음이 강했다.

이제부터 자신이 살게 될 동네를 빙 둘러보며 근처의 편의점에서 우유를 하나씩 사 와 마셨다. 마치 어렸을 때 시원하게 목욕탕을 나오며 마셨던 우유의 맛이 났다. 모든 것을 훌훌 털어 낸 후련함. 엄마가 어떻게 느낄지 모르겠지만 소정은 그랬다.

그리고 찾아온 월요일. 평소보다 더 이른 시각에 출근한 소정은 우중충해진 회사 분위기를 꽤나 빠르게 알아챘다. 그리고 다들 잘 모르고 있지만 그 원인이 자신이란 것을 그녀는 알고 있었다. 괜히 죄책감이 일어 엘리베이터를 타고도 고개를 푹 숙이고 있었다.

부사장실에 도착해서 코트를 벗고 소정은 그대로 제 책상에 앉았다. 이른 아침이어서 아직 캄캄했지만 불도 켜지 않은 채 그녀는 키보드 위에 엎드려 눈을 깜박였다. 재완을 보고 배운 행동이었다.

그의 스케줄을 알고도 재완을 보내지 않은 건, 비서로서 저지른 큰 실수였다. 그것을 잘 알고 있기에 이미 재킷 안에 사직서를 써 두었다.

무슨 마음에서인지 남들에게 혼이 나고 싶지 않았다. 잘못을 모르는 것이 아니었다. 하지만 아무것도 모르고, 제 설명을 들을 생각조차 없는 사람들에게 어떤 문책도 듣고 싶지 않았다.

재완이 출근하기도 전에 희향이 들어왔다. 계단이라도 걸어 올라온 것인지 그녀는 거친 숨을 뱉었다. 희향을 보고 일어선 소정의 뺨을 그녀가 내리쳤다. 아주 커다란 소리가 났고, 아주 쉽게 고개가 돌아갔다.

맞은 쪽의 귀가 멍해져서인지, 아니면 저가 듣기 싫어 귀를 막아 버린 것인지 희향이 소리치는 소리가 하나도 들려오지 않았다. 빽빽 지르는 소리는 분명 크고 날카로운 것이 분명한데 아무 말도 들리지 않았다. 소정은 고개를 돌린 채 가만히 있었다.

그렇게 가만히 있는 것이 더 화가 났는지 희향이 이젠 그녀의 멱살을 잡고 흔들었다. 휘청거리지 않게 다리에 힘을 줬지만 역부족이었다.

한바탕 소리를 뱉다 다시 멈추고 희향은 제 화를 억누르지 못하고 반대쪽 뺨을 갈겼다.

"은혜도 모르는 년!"

그 단어만은 확실히 들렸다. 소정의 시선이 차츰 올라가 희향에게로 향했다. 어디 눈을 똑바로 뜨고……. 다시 또 뺨을 내리치려 손을 들었을 때, 재완이 나타났다.

"지금 뭐하시는 거예요!"

"뭐하냐고? 그건 이 계집애한테 물어봐라. 우리 집안을 다 말아먹으려는 것이 아니면 어떻게 그딴 짓을 하고도 이렇게 뻔뻔하게……."

말하는 희향의 입술이 잘게 떨렸다. 울분에 휩싸여 어쩔 줄 모르는 제 어머니의 손을 재완이 꽉 붙잡았다.

"이거 놔! 이런 년은 말로 해서는 못 알아먹어."

"어머니!"

"놔! 놓으라고!"

이런 상황을 예상했는지 어느새 나타난 인석이 급히 다가왔다. 소정의 책상 위에 있는 전화를 들어 사람들을 부르곤, 희향의 반대 팔을 붙잡았다. 진정하세요. 인석의 말에 희향은 더 화가 나 악을 쓰기 시작했다.

"놔! 이 새끼들아, 놔!"

검은 제복을 입은 사람들이 나타나 희향을 붙잡아 데려갔다. 그들은 얼굴이 일그러진 채 악을 쓰는 희향이 회장의 사모님이라 차마 생각지 못했다. 거친 말을 뱉으며 소리 지르는 그녀를 데리고 인석과 남자들이 나가자, 부사장실엔 이전처럼 두 사람만 남아 있었다.

양 뺨이 벌겋게 부어올라 있었다. 희향의 손 모양이 그대로 찍힌 볼을 보고 재완은 입술을 물었다. 눈물 한 방울도 흘리지 않고 발발 떨고 있는 소정이 안쓰러워 그가 팔을 뻗었다. 그의 손이 제 뺨에 닿으려 하자, 소정은 고개를 돌려 피했다.

은소정. 그의 부름에도 아무 대답이 없다. 재완이 한 발 다가서자, 바들거리는 다리로 그녀는 한 발 물러섰다. 그녀는 재킷 주머니에서 사직서를 꺼냈다. 봉투를 쥔 손끝이 파랗게 질려 있었다.

"이거 뭔……데?"

"사직서……입니다."

말할 때마다 방금 맞은 뺨이 아려 왔다. 뒤늦게 입 안쪽에서 비릿한 맛이 느껴졌다. 저도 모르게 꾹 물고 있던 입 안쪽 살이 찢어져 피가 나고 있었다.

"그러니까 이걸 왜 네가……."

"금요일 약혼식……. 저…… 알고 있었습니다."

허……. 결국 그의 약혼식을 모르고 있던 사람은 당사자인 재완 혼자였다. 그제야 그날 소정의 행동과, 미안하다는 말의 의미를 알 것 같았다.

얼마나 아팠을까. 얼마나 슬펐을까. 그리고 그녀가 그 용기를 내기까지 얼마나…… 힘들었을까. 보듬어 안고 몰라줘서 미안하다 말하려는데 그녀가 몸을 돌렸다. 어두운 방 안에 돌아선 그녀의 그림자가 선명했다.

재완이 받지 않은 사직서를 책상에 올리고 벗어 놓은 코트를 다시 걸쳤다. 꾹 다문 입은 소정이 지금 꽤나 굳게 마음을 먹고 있음을 보여 주었다.

재완이 손을 붙잡자, 그녀가 천천히 그의 손을 떼어 냈다. 그리고 배 위에 양손을 모두 얹었다. 허리를 숙이는 몸짓에 재완은 두 눈을 감아 버렸다.

"가지 마."

"……."

"은소정."

가지 말라는 말과 반대로 그녀는 문을 향해 걸었다. 그가 부르는 소리에 잠시 멈칫했지만 그녀는 발걸음을 멈추지 않았다. 재완은 소정을 부르는 것밖에 할 수 없었다. 죄책감이란 밧줄이 제 몸을 둘둘 감싸고 있는 것 같았다.

자신을 탓하는 목소리가 커다랗게 들렸다. 소정이 그렇게 용기를 내는 동안 너는……. 머릿속을 꽉 채우는 소리에 재완이 고개를 흔들었다. 그는 그 소리를 피해서 다시 소정을 불렀다. 은소정. 그 애절한 소리에 그녀가 재완을 향해 고개를 돌렸다.

"저 도망가는 거…… 아니에요."

"그럼, 가지…… 마."

"싫어요. 이제 나 부사장님 비서…… 아니잖아요."

애처롭게 들리는 그의 말을 무시하고 소정이 걸어갔다. 재완을 떠나, 부사장실을 벗어나, 회사 밖으로. 그렇게 그녀가 멀어지는 동안 재완은 오도카니 시간이 멈춰진 사람처럼 서 있었다.

소정을 붙잡지 못하는 자신을 탓하고 있으면서도 제 눈앞에서 벌어진 일들이 좀처럼 현실처럼 느껴지지 않았다. 아주 끔찍한 악몽이 아닐까, 생각했다.

그래서 가위에 눌린 듯 몸이 움직여지지 않은 것이다, 변명했다. 두 뺨을 축축이 적시는 눈물이 흐르는데도 현실 같지 않았다. 아니, 그는 모든 것들이 현실이 아닌 꿈이길 진심으로 빌었다.

#18
They don't know about us

스케줄을 말하는 인영을 그냥 되돌려 보내고 그는 제 머리를 감쌌다. 이 와중에 부사장실에 앉아 있는 자신이 한심스러웠다. 그러나 재완에게도 해야 할 일이 있었다. 이제 자신이 용기를 낼 차례였다.

수화기를 들었을 때, 들리는 목소리가 낯설었다.

— 네, 부사장님.

인영의 목소리에 재완은 해야 할 말을 잊고 멈춰 있었다.

— 부사장님?

무엇을 지시하려 했더라……. 재완은 '은소정을 데리고 와' 말하고 싶은 것을 꾹 누르고 깊은 목소리로 말했다.

"해외 영업부 부장 올라오라고 해."

얼마 지나지 않아 해외 영업부 부장이 나타났다. 그는 걱정스러운 눈으로 재완을 보고 있었다. 이미 회사에 소문이 모두 퍼졌다.

재완이 파혼을 했으며, 그로 인해 회사가 휘청거린다는 소문.

제 신변에 위협을 느낀 이들은 벌써부터 다른 회사를 알아보기 시작했다. 떨어진 주식을 보고 연신 한숨을 몰아쉬는 사람들 탓에 회사 분위기가 말이 아니었다.

그런 사정을 모르는 것이 아닐 텐데 재완은 꽤나 담담히 굴었다. 어딘가 슬퍼 보이는 낯빛이긴 했지만 사업에 대해 묻는 눈빛이 꽤나 날카로웠다.

물어본 내용에 간단히 답만 하던 김 부장이 조심스레 제 생각을 덧붙였다.

"그런데…… 이게……. 그러니까, 지금 하시려는 일이……."

"김 부장님."

"네?"

"저는 확신을 가지고 일하고 있습니다. 이거 아니면 안 된다는 생각으로요."

생각을 들킨 김 부장이 급히 고개를 꾸벅거렸다. 아, 네, 부사장님. 저도, 저도 그렇습니다. 네, 네……. 재완이 보고 있던 종이를 내려놓았다.

"오늘 중국 쪽이랑 미팅 날짜 잡으세요. 계약서는 제가 준비하겠습니다."

"네? 네, 네……."

❋❋❋

거짓말. 도망치는 것이 아니라던 소정은 도망을 갔다. 그녀와 연락이 닿지 않았다. 신호음 끝에는 녹음되어 있는 낯선 여자의 음성만 들릴 뿐이었다.

그녀의 집 앞을 찾아갔지만 이미 그녀가 오늘 아침 이사를 갔단 이야기만 전해 들었다. 핸들을 부술 듯 내려쳤다. 하지만 슬프게도 핸들은 부서지지 않았고, 소정도 나타나지 않았다.

결국 이런 것이었나. 이렇게 허망한 것이 우리 두 사람의 끝이었나.

붙잡지 못했던 소정의 뒷모습이 자꾸만 되풀이되었다. 그때로 돌아가고 싶었다. 또다시 몸이 움직여지지 않더라도 다시 그 순간으로 돌아갈 수만 있다면 하고 간절히 바랐다. 떠나는 그 뒷모습이라도 다시 보고 싶었다. 소정이 자신을 떠났다 생각하니 벌써부터 그녀가 사무치게 그리웠다.

자신 곁에 있으며 그녀가 커다란 용기를 키워 가는 동안, 정작 자신은 무엇을 했던가.

힘들어하는 소정을 보면서도 그녀를 놓지 않으려 부단히 애써 왔던 자신이었다. 결국 그녀를 놓쳐 버린 지금, 이제는 그녀를 다시 붙잡기 위해 용기를 내야 할 차례였다.

불이 꺼진 그녀의 방 창문을 올려다보다 그는 차의 시동을 걸었다. 이제 출발을 할 때였다.

인석에게 연락해 집에 오라 말했다. 재완이 도착하기 전, 그를 뺀 세 사람이 거실에 모두 모여 있었다.

도착한 재완이 자리에 앉으려 하자 범태가 저지했다.

"네가 지금 무슨 낯짝으로 내 앞에 앉겠다는 거야?"

"여보……."

"회사를 말아먹어도 유분수지! 네놈이 무슨 짓을 했는지 알기나 해!"

그의 아버지의 대로에 희향이 벌벌 떨었다. 천둥처럼 범태의 말이 재완에게로 내리꽂혔다. 이대로 가다간 후계자 서열에서 아주 밀릴 것이 뻔했다. 범태의 팔을 붙잡고 애원하는 눈빛으로 희향이 같은 말을 반복했다.

"그만하세요, 여보. 제발 그만하세요, 여보……. 지금이라도 예원이한테 얘기해서……."

"무슨 말도 안 되는 소리를 하고 있어! 그런 짓을 해 놓고 그 집안을 어떻게 보겠다는 거야!"

"그게 우리 재완이 잘못이 아니라니까요. 그 비서 계집애가……."

재완이 소파에 앉았다. 화를 참으며 범태가 숨을 고르는 소리가 들렸다. 제 손에 잡히는 것이 있으면 무엇이라도 던질 듯한 그를 희향이 꽉 붙잡았다. 어서 사과드려! 희향이 소리쳤지만 재완은 조금도 입을 열지 않았다.

재완은 지난 주말 동안 집에 들어오지 않았다. 벌어진 일들을 정리하려 애썼다. 이제 그 결과물이 재완의 가방 안에 있었다. 그가 허리를 숙여 가방을 들어 올리자, 재완의 모습이 뻔뻔하게 보

333

인 범태가 결국 옆에 있는 화병을 그에게 던졌다.

병은 그를 살짝 지나쳐 바닥으로 떨어졌다. 바닥과 맞닿으며 유리가 깨지는 소리가 들렸다. 희향은 거의 울다시피 같은 말을 반복했다.

"여보, 그만하세요……."

가방을 열려다 말고, 재완이 고개를 들어 희향과 범태를 봤다. 제 아들의 떳떳한 눈빛에 범태는 기가 차 어쩔 줄 몰라 했다.

"재완아, 어서 사과드려."

"제가…… 왜 사과를 드려야 합니까?"

"재완아!"

가만히 듣고 있던 인석이 조용히 재완의 팔을 꾹 붙잡았다. 인석은 자신이 재완을 말리는 순간이 올 줄 예상하지 못했다. 막무가내이긴 했지만 부모님의 말은 잘 따랐던 녀석이었다.

희향과 범태의 말이라면 죽는 척이라도 했던 재완의 눈빛이 달라져 있었다. 그는 차가운 눈으로 두 사람을 보고 있었다.

"그 약혼식에…… 갔어도, 저는 그 약혼…… 안 했을 겁니다."

희향의 얼굴이 시뻘겋게 변했다. 범태의 눈치를 살피며 발을 동동 구르던 그녀는 곧 혈압으로 쓰러질 사람처럼 보였다. 희향의 지금 이 순간 가장 큰 바람은 제 팔이 네 개로 늘어나는 것이었다. 두 팔로는 범태의 팔을 잡고 있어 재완의 입을 막을 수 없었다.

"사랑 없는 결혼, 저는 그런 거 못 합니다."

재완의 팔을 붙잡고 있는 인석의 손에 힘이 들어갔다. 그건 저지라기보다 지지에 가까웠다. 재완이 목소리에 힘을 실었다.

"사랑하는 사람…… 따로 있습니다."

"그게…… 은 기사 딸이냐?"

"네."

범태가 어이가 없다는 웃음을 지었다. H 기업을 버리고 고작 만난다는 것이……. 못마땅한 표정으로 범태는 재완에게 시선을 거두어 버렸다. 보기 싫으니 썩 꺼지란 뜻이었다.

"오늘…… 계약 확인하고 오는 길입니다."

거두었던 시선이 다시 재완에게로 향했다. 범태를 붙잡은 희향의 손에 힘이 바짝 들어갔다. 또 어떤 불호령이 떨어질까 두려워하며 희향은 계속 울부짖듯 말했다.

"그만해, 재완아."

"해외 영업부와 함께 진행하던 일입니다."

재완은 가방에서 계약서를 꺼내 범태에게 넘겼다. 회장의 서명란은 비어 있지만, 그건 당장에라도 해결될 문제였다.

중국 유명 온라인 쇼핑몰에 A 모직의 메뉴를 따로 넣고 대대적으로 홍보한다는 내용의 계약이었다. 재완은 이 계약을 범태가 절대 거절하지 않으리란 걸 잘 알고 있었다. 범태는 새로운 시장에 대한 열망이 가득했다.

계약서를 넘기던 범태의 몸에 힘이 풀어졌다. 곁눈질로 계약서를 살피던 희향의 얼굴이 이젠 새하얗게 변했다.

"너, 이게……, 뭐……."

범태의 목소리는 아까와 달랐다. 손에 힘을 잃어 그가 떨어트린 계약서를 인석이 잡아 읽었다.

헛, 하며 인석의 입에서 웃음이 나왔다. 임재완 이 자식……. 무거운 분위기가 아니라면 인석은 제 동생의 머리카락을 신나게 헝클어트리며 웃고 싶었다.

이건 정말 큰 계약이었다. 성사가 된다면 H 기업과 손을 잡는 것 이상의 성과를 기대할 수 있을 터였다. 자국의 제품 위주로 판매하는 중국 온라인 시장에 먼저 발을 들여놓는 첫 사례가 될 것이며, 이는 곧 무주공산 상태의 중국 시장을 선점하게 되는 것이었다.

인석이 내려놓은 계약서 위로 재완이 제 재킷에서 봉투를 하나 꺼냈다. 소정이 내었던 것과 같은 것이었다.

"이 일, 잘 마무리되면 회사…… 그만두겠습니다."

"뭐?"

"재완아, 안 돼!"

인석이 그를 붙잡았지만, 재완은 먼저 자리에서 일어났다. 2층으로 올라가는 그를 희향이 쫓아갔다. 팔을 붙잡자 재완이 싸늘한 시선으로 제 엄마를 내려다봤다.

"재완아……."

"나 지금 더 이상 아무 말도 하고 싶지 않아."

팔을 흔들어 희향의 손을 뿌리치고 재완이 2층으로 사라졌다. 멍하니 그 모습을 바라보던 희향은 계단에 털썩 주저앉았다. 뭐가 어떻게 돌아가는 것인지 모르겠단 표정으로 희향이 범태와 인석을 바라봤다.

두 사람도 모르겠는 건 마찬가지였다. 세 사람은 서로의 시선을 외면했다.

＊＊＊

중국 온라인 쇼핑몰과의 계약이 성사되어 신문에 커다랗게 기사가 났다. 위기를 극복한 한국 기업의 멋진 성과에 사람들 모두가 기뻐했다. 기사에 실린 사진 속 범태의 옆엔 재완이 있었다. 떨어졌던 주식이 올랐고, 급히 이직을 하려던 사람들이 U턴을 해 제자리로 돌아왔다.

달라진 것 없는 회사에서 유일하게 달라진 곳은 부사장실 하나뿐이었다. 인영을 지나 부사장실 문을 연 인석은 커다란 상자에 짐을 넣고 있는 재완을 봤다.

"너 진짜……."

"나 진짜, 뭐."

"진짜…… 이렇게 그냥 그만둘 거야?"

짐을 집어넣던 재완이 손을 멈췄다. 남들 따라 짐을 싸기는 했지만 사실 제게는 모두 필요 없는 것들이었다. 호기롭게 회사를 그만두겠다 말했지만 사실 어떤 계획도 세우고 있지 않았다. 그냥 이 자리에 더 이상 있고 싶지 않았다. 있을 이유가 남아 있지 않았다.

"H 기업이랑 영영 일 안 할 거야?"

"……."

"내가 나가야 그 집안이 조금이라도 마음을 풀지."

상자를 발밑에 내려 두고, 그는 마지막으로 제 이름이 적힌 명패를 매만졌다. 부사장이라는 직함과 이름 석 자를 따라 손끝이 움직였다. 조금의 미련도 없었지만 헛헛한 미소가 지어졌다.

"내가 여기 계속 있으면 우리 엄마, 절대 안 멈춰. 이젠 H 기업이 아니라 이혼한 J 기업 딸을 데려올지도 몰라."

"……."

"네 동생 이혼한 여자한테 팔고 싶지 않으면 붙잡지 마."

그는 바닥에 놓인 상자를 집어 들었다. 설렁설렁 담은 짐이 꽤 묵직했다. 쫓겨나는 것도 아닌데 울상을 짓고 있는 인석을 보고 재완이 웃었다.

"집에서 보자."

희향은 하늘이 무너진 것처럼 울었다. 재완의 사표를 수리한 범태를 원망했다가, 그렇게 큰 계약을 성사시켰으면서 왜 사표를 썼냐며 재완을 다그치기도 했다. 재완이 아무 반응이 없자 이내 주절거리며 뱉었던 말을 멈추고 눈을 동그랗게 떴다.

"너 그 계집애 때문이지?"

"엄마……."

"은혜도 모르는 년, 그년이……."

"말은 바로 해요. 은혜도 모르는 사람은 엄마야. 은 기사님이 아버지 살려 주신 거잖아, 오래됐다고 다 잊었어?"

그는 옷장에서 당장 입을 옷가지 몇 벌을 꺼내었다. 희향이 그 앞을 막아섰다. 범태의 마음이 풀릴 때까지 기다리다 그의 원래 자리로 돌아가면 된다고 희향은 재완을 설득했다. 집을 나가는 건 절대 안 돼. 대자로 팔을 뻗은 희향을 그가 내려다봤다.

"그때 못 봤어? 아버지 꽃병 던지는 거."

"그건……."

"엄마 아들 맞아 죽는 거 보고 싶지 않으면 비켜요."

제 아버지의 신임을 잃고, 직업을 잃었다. 그럼에도 불구하고 재완은 지나치게 침착했다. 그 점이 희향을 화가 나게 만들었다. 재완은 지금 회사를 몽땅 인석의 품에 안겨 주려 하고 있었다.

"그래도 안 돼. 이제 회사 이익 늘어나면 분명히 아버지가 너 다시 불러들이실 거야. 그때는 아예 사장 자리를……."

"하나만 물읍시다, 엄마."

희향이 고개를 꺾어 재완을 봤다. 진지한 이야긴지 재완이 잠시 뜸을 들였다. 그가 도망이라도 갈까, 걱정되어 질문을 기다리는 와중에도 희향은 대자로 뻗은 팔을 풀지 않으며 고집을 부렸다.

"내가 이 집에 남아 있으면……. 은소정 받아 줄래?"

"……뭐?"

"나 은소정이랑 행복하게 살게 해 줄래?"

벌리고 있던 희향의 팔에 힘이 빠지며 아래로 축 처졌다. 그녀의 답을 알게 된 재완은 슬픈 미소를 지었다. 팔을 뻗어 희향을 감싸 안았다. 독한 사람이어도 제 어머니였다. 마지막 인사라 생각하며 그는 그녀의 등을 따뜻한 왼손으로 쓸어내렸다.

"나 카드도 놓고, 차도 놓고 갈 거야. 이 집이랑 얽히는 건 모두 놓고 갈 거야. 무슨 뜻인지 알지? 나 더 이상 이 집 아들 안 한다고……."

"완아……."

"엄마가 날 더 이상 A 모직 둘째 아들이 아니라, 그냥 아들 임재완으로 볼 수 있을 때…… 그때 다시 올게요."

톡톡, 등을 두드리고 재완은 옷가지를 들고 제 방을 빠져나갔다. 회사를 나올 때와 마찬가지로 잠시도 걸음을 멈추지 않았다. 뒤를 돌아보지도 않았다. 차 키와 카드를 모두 테이블 위에 쏟아 놓고 그는 집을 빠져나갔다.

집을 벗어난 그의 발걸음이 가벼웠다. 모든 것을 훌훌 털어 버린 듯 그는 앞으로 걸어갔다. 자신을 두고 떠난 소정의 마음이 지금의 저와 같았을까. 그녀가 했던 말이 떠올랐다. 도망가는 것이 아니라 했던…….

들을 리 없겠지만 소정에게 말하고 싶었다. 지금의 자신도 도망가는 것이 아니라고.

❋❋❋

인석은 제집에 누워 있는 재완을 발로 툭 건드렸다. 버튼을 누른 것처럼 재완이 숨을 혹 들이켰다. 흰 티셔츠 아래로 그의 갈비뼈 모두가 드러났다. 소정이 그렇게 사라지고 밥을 제대로 먹지 않은 탓에 재완은 부쩍 살이 빠졌다. 덕분에 그는 마치 선이 굵은 모델처럼 보였다.

들이켠 숨을 한꺼번에 모두 뱉으며 재완이 눈을 떴다. 동그랗게 눈을 뜨고 제 형의 얼굴을 올려다봤다. 자신을 한심스럽게 바라보고 있는 인석을 보고 재완이 픽 웃었다.

그렇게 보지 마. 나 아직 백수 1일 차야, 말하며 재완이 몸을 일으켰다.

"찾았어?"

"너 한국이 얼마나 큰지 모르지?"

"이럴 때 힘 좀 쓰라고 다 쓰러져 가는 회사 살려 놨더니……."

"덕분에 매일매일 야근이시다."

재완이 침대에 바로 앉았다. 소정을 찾을 방법이 도무지 보이지 않았다. 전화는 매일 꺼져 있었고, 자신이 알고 있는 집은 아예 비워져 있었다. 대체 어디서, 어떻게 살고 있는지 갈피가 잡히지 않아 미칠 지경이었다.

"잠은 좀 잤냐?"

재완은 답을 하지 않고 일어섰다. 누우면 소정이 떠올랐고 눈을 감으면 그 모습이 더욱 또렷해졌다. 그러면 그는 잠을 자지 않고 그 모습을 마냥 바라봤다. 그래서 잠을 자지 않고 눈을 감은 채 보내는 시간이 많아졌다. 그의 눈 밑이 퀭했다.

이건 이별이 아닌 이별이자, 끝이 아닌 끝이었다. 소정이 사라졌다. 아무런 흔적 없이. 바보처럼 자신을 다독이는 소정의 말을 모두 믿어 버렸다.

도망가는 것이 아니라기에 다시 돌아올 줄 알았다. 도망가는 것이 아니고 헤어지는 것이었나. 그는 몇 번이고 답이 없는 소정에게 물었다.

냉장고 홈바를 열고 재완이 맥주 두 캔을 집어 들었다. 하나는 인석에게 내밀고 남은 하나는 캔 꼭지를 올려 땄다. 경쾌하게 나는 소리와 함께 맥주 특유의 향이 났다. 입구에 입술을 가져다 대고 그는 목을 급히 축였다.

헐렁한 트레이닝복 바지 주머니에서 핸드폰을 꺼내 들었다. 별생각 없이 까만 화면을 보는데, 인석이 이죽거렸다.

"제멋대로 꺼 놔서 사람 속 다 뒤집어 놓더니 잘됐다. 너도 한번 그 기분 당해 봐야 해."

재완은 아닌 척 다시 주머니에 핸드폰을 집어넣었다. 진짜 그런 건가. 자신의 못된 버릇을 고치려 연락도 없는 건가. 자신이 얼마나 애태우고 있을지 알면서, 문자 한 통도 보내지 않는 건 다 제 못된 버릇 때문인 건가.

그럴 리 없다는 것을 알면서도 소정을 둘러싼 말들은 하나도 그냥 지나쳐지지가 않았다. 맥주를 한 모금 더 마시는데, 주머니에서 벨소리가 울렸다. 재완은 급히 캔을 내려놓고 핸드폰을 꺼냈다.

[최동환]

반갑지 않은 이름 석 자에 재완이 한숨을 크게 내쉬었다. 통화 버튼을 누르고 그는 일부러 핸드폰을 저 멀리 떨어트렸다. 꽤 멀게 손을 뻗었는데도 커다란 그의 목소리가 하나도 빠짐없이 들렸다.

— 임재완! 아주 대박 났더구만!

영화 촬영을 끝내고 새롭게 액션 드라마를 준비하는 동환은 꽤 바쁜지 소문이 느렸다. 나 중국에서 잘 먹어 주니까 이번에 남성복 모델은 나로 바꿔. 옆에 있던 인석이 그 말을 듣고 피식 웃었다. 그러다 이내 목소리가 꽤 작아지기에 재완이 핸드폰을 귓가에 가져다 댔다.

— 야, 나 이번에 시사회 할 때 입을 옷 협찬해 줄 거지?

"아니."

— 아이, 왜 그러냐. 우리 Best friend잖아.

"못 해. 나 회사 그만뒀어."

뭐어? 소리치듯 동환이 물었다. 혼자 더 심각해져서 말까지 더듬었다. 왜, 왜, 왜 그런, 그런 결정을……. 자세한 이야기를 알 길 없는 동환은 꽤 큰 충격을 받은 듯했다.

— 아, 그, 그러면 이번 시사회 티켓은 집으로 보낼게. 주소 보내.

"그래."

— 두 장 보낼 테니까 소정 씨랑 같이 와. 근데 소정 씨 무슨 일 있냐? 내 연락을 안 받네…….

재완이 답이 없자 몇 번 재완을 부르던 동환은 전화가 끊겼다 여긴 듯 에이씨, 하며 전화를 끊고 곧바로 문자를 보냈다.

「나 이제 소정 씨 안 넘보니까 걱정 마. 주소나 보내.」

문자를 그대로 인석에게 내보이며 재완은 남은 맥주를 모두 마셨다.

✻✻✻

마스크를 쓰고 카페에 들어선 동환은 주문을 하려다 말고 제 앞에 있는 여자를 한참 바라봤다. 주문하시겠습니까. 말한 뒤 상대는 눈을 내리깐 채로 동환의 주문을 기다렸다. 그녀는 자신을 알아보지 못하는 것이 분명했는데, 자신은 확실히 그녀가 누군지 알 것 같았다.

"소정 씨?"

소정이 그제야 눈을 커다랗게 뜨고서 앞을 봤다. 동환이 쓰고 있던 마스크를 살짝 내렸다. 코와 입이 확실히 보이자, 그녀도 동환임을 알아챘다. 이 와중에 혹시 그가 혼자 온 것이 아닐까 봐 소정은 주변을 빠르게 살폈다.

"여기서 뭐 해요? 회사는 어떻게 하고?"

"그만……뒀어요."

"뭐야? 둘 다 그만둔 거예요? 왜? 같이 뭐, 사업이라도 하게?"

"……네?"

"재완이도 그만뒀다고 그러더…… 소정 씨 재완이랑 연락 안 해요?"

동환도 꼬박꼬박 재완과 연락하는 사이는 아니었지만, 그래도 그가 회사를 그만뒀다는 이야기는 전해 들었다. 그런데 사귀는 사이의 소정이 그것을 모르다니……. 고개를 갸웃거리며 동환이 소정 가까이 고개를 숙였다.

"혹시…… 헤어졌어요?"

소정은 빠르게 고개를 저었다. 살짝 아쉬운 표정을 짓고 동환이 재차 물었다. 그럼 뭔데요? 별것 아닌 질문이 꽤나 날카로웠다. 소정은 답을 하지 못하고 동환을 바라본 채 서 있었다.

"밀당 중이에요?"

다시 또 소정이 고개를 젓자, 동환은 김이 빠지는지 숨을 크게 내쉬었다. 우물쭈물하는 소정의 얼굴을 보니 뭔가 있는 것이 분명한데 말로 표현하기 어려운 듯했다. 동환은 대충 아메리카노를 주문하고 매니저를 불렀다.

벌써 다른 손님을 받는 소정 앞에서 동환이 차례를 기다렸다. 제 차례가 되자 그는 시사회 표를 내밀었다. 그리고 표를 검지로 콕콕 찔렀다.

"이거, 시사회 표. 그때 오기로 한 약속 잊지 않았죠? 꼭 와요, 꼭."

"……."

"대답해요. 꼭 온다고."

"……네."

소정의 대답이 영 시원찮은지 동환이 몇 번이고 다시 물었다. 꼭 올 거죠? 웅얼거리며 대답하니 다시 또 묻기에, 이번엔 고개를 세게 끄덕였다. 그제야 안심이 되었는지 동환이 카페를 빠져나갔다.

주문하는 손님이 없으면 잠시 자리에 앉을 수 있었다. 소정은 자리에 앉아 동환이 준 표를 매만졌다. VIP 시사회라 큼지막이 써져 있는 표를 가만 바라보다 고개를 툭 떨궜다. 지금 이 상태는 VIP와는 거리가 멀었다.

카페 유니폼을 입고 주문을 받는 VIP라. 얼굴이 꽤 어려 보인 탓에 동네 카페에 아르바이트 자리를 얻었다. 이 일을 계속할 생각은 없었지만 사장 앞에서는 오래 할 것이라고 거짓말을 했다. 최대한 빨리 번듯한 직장을 얻고 싶었지만 그게 제 뜻대로 되지 않았다.

그의 부모님이 주신 것을 모두 버리고 나니, 저가 얼마나 재완의 집에 의지했는지를 알게 되었다. 그의 부모님은 그녀의 의식주 모두를 제공하는 사람이었다. 희향이 쳐다보기만 해도 기가 죽는 것이 당연했다.

혼자서 당당히 바로 설 수 있을 때까지는 재완을 보지 않을 작정이었다. 그의 앞에서, 또 그의 가족 앞에서 당당히 서고 싶었다.

제 목을 죄고 있던 끈을 모두 끊었으니, 이젠 당당해질 수 있을 것이라 생각했다. 하지만 회사 밖 사회는 녹록지 않았고, 생각보다 그 기간이 늘어나 소정도 애가 타 미칠 것 같았다.

그의 어머니에게 양쪽 뺨을 모두 맞았을 때를 생각했다. 재완과 끝까지 행복하려면 결국 자신이 그녀 앞에서 당당히 설 수 있어야 했다. 재완을 떠나 나오면서도 자신이 도망가는 것이 아니라 말한 건 그 때문이었다.

그런데 그 당당해지는 것이 어려웠다. 이러고 있을 때가 아니지. 소정은 노트북을 꺼내 다시 구직 사이트를 들여다봤다.

❈❈❈

동환의 시사회 날. 커다랗게 포토월이 세워졌고, 기자들과 리포터, 포토그래퍼들과 팬들로 영화관이 북적였다. 배우들은 포토월에서 저마다 응원의 말 한마디씩 하고 영화관으로 들어갔다. 소정은 제 얼굴을 덮고 있는 마스크를 더 바짝 올렸다.

오라고 하고 또 간다고 대답했기에 오긴 왔는데 소정은 통 정신이 없었다. 누구 씨, 누구 씨, 불러 대는 소리와 팬들의 깍깍거리는 소리로 귀가 멍했고, 안내하는 사람의 도움으로 겨우 찾은 상영관 앞에선 카메라를 든 기자와 머리를 세게 부딪쳤다.

볼록하게 혹이 올라온 이마를 매만지며 그녀는 제자리를 찾아 앉았다. 벌써 앞자리가 꽉 차 있었다. 푹신한 영화관 의자에 기대니 재완이 생각났다.

그는 영화관에 오면 늘 꾸벅꾸벅 졸았다. 영화에는 도통 관심을 보이지 않고 제 얼굴이나 허벅지를 쿡쿡 찌르다 잠시라도 지루한 장면이 나오면 어김없이 깜박 잠이 들었다. 만약 이곳에 왔다면, 오늘도 꾸벅 잠이 들려나. 이 와중에도 재완이 떠오르다니, 이것도 병이지 싶었다.

시간에 맞춰 배우들이 무대에 올랐다. 간단히 소개를 하는 다른 배우들과 달리 동환은 이 작품에서 자신이 얼마나 힘이 들었고, 또 얼마나 많은 노력을 했으며, 이 작품을 통해 얼마나 성숙해졌는지를 장황히 늘어놓았다. 그의 말이 끝나자 꽤 오랫동안 기다린 영화가 시작되었다.

동환이 보인 자신감처럼 영화는 꽤 걸작이었다. 영화가 끝나자 박수가 터져 나왔다. 천만, 천만, 노래를 부르던 그가 이해되었다. 영화를 보는 내내 벗지 않고 있던 마스크가 제대로 제 얼굴을 가리고 있나 확인한 후 소정은 자리에서 일어났다.

다행인지 재완은 이곳에 없는 것 같았다. 만약 있다 해도 그를 발견하기란 쉽지 않을 듯 보였다. 꽤나 많은 사람으로 북적이는 상영관을 나가면서 그냥 스치듯 재완을 보면 좋겠단 생각을 품었던 자신의 어리석음을 반성했다.

쾌청했던 하늘이 짙은 먹색으로 변해 있었다. 어두워진 밖은 꽤 추웠다. 코트 깃을 여미었지만 바람이 그 안을 파고들었다. 으, 잇새로 절로 소리가 나왔다. 지하철역으로 가는 걸음의 속도를 높였다.

영화는 슬펐다. 그러나 눈물이 흐르진 않았다. 재완 앞에서 한바탕 울고 나서부터는 눈물이 잘 나지 않았다. 코가 저릿해서 눈물이 날 것 같을 때면 검지로 콧대를 쓱 문질렀다. 그러면 금방 눈물이 쏙 들어가 버렸다.

함박눈이 쏟아질 것 같은 날씨다. 차갑게 불어오는 바람에 소정은 옆에 보이는 편의점으로 들어갔다. 손이나 녹일 생각으로 따뜻한 캔 커피를 하나 집어 들었다. 바코드를 찍으니 기분 좋은 소리가 들렸다.

1+1 행사 상품입니다. 횡재라도 한 기분에 양손에 따뜻한 캔 커피를 쥐었다. 두 손은 따뜻했지만 문을 열 손이 없어 어깨로 유리문을 밀었다.

들어올 때는 제대로 듣지 못했던 종소리가 머리 위에서 들렸다. 딸랑 종소리에 이어서 문이 닫히는 소리, 세차게 불어오는 바람 소리 그리고…….

"못 본 새 수술이라도 했어?"

길 한가운데 선 재완이 마스크를 죽 잡아 내렸다. 턱 아래로 내려온 마스크 덕에 놀라서 살짝 벌어진 입을 고스란히 그에게 내보였다. 눈을 깜박이는 것도 잊은 채 재완을 봤다. 금방 눈물이 반쯤 고였다. 캔 커피를 쥔 손으로 콧등을 문질렀다. 이렇게 하면, 이러면 눈물이 나지 않는다.

몇 번이나 코를 문질렀는데 결국 후두둑 떨어졌다. 우는 자신과 달리 재완은 눈가를 보기 좋게 휘며 웃고 있었다. 다행이다. 얼굴은 안 고쳤네. 눈물이 번졌다. 재완의 색이 흐려지는 것이 싫어 커피를 쥐고 있는 손등으로 다시 콧등을 세게 문질렀다.

그 모습을 보고 재완이 괴로운 듯 살짝 눈썹을 찡그렸다. 눈물이 멈추지 않았다. 아까 영화를 보며 참았던 것 모두 재완 앞에서 쏟아 낼 것 같았다. 재완이 손을 뻗어 소정의 눈물을 닦았다. 제 얼굴을 바라보는 그의 얼굴이 가까웠다.

"왜 울어."

"……."

"커피는 왜 두 개 샀어."

끅끅 울면서 소정은 제 두 손을 바라봤다. 양손 가득 욕심부리는 사람처럼 똑같은 캔 커피를 쥐고 있었다. 재완은 내내 궁금했던 것을 물었다.

"누구 만나?"

목이 메어 아무 대답도 할 수 없었다. 괜한 의심은 받기 싫어 소정은 캔 커피 하나를 재완에게 건넸다. 커피를 받아 든 그가 픽 웃었다. 나 기다렸구나. 재완은 팔을 벌려 소정을 꼭 안아 주었다. 이제 캔 커피가 필요 없을 정도로 온몸에 열이 돌았다.

길에서 그렇게 울고 나서 퉁퉁 부은 눈으로 근처의 카페로 갔다. 뭐 마실래? 소정이 고개를 젓자, 재완이 꽤나 단단한 어조로 말했다. 안 돼, 추우니까 따뜻한 차 마셔. 제 마음대로 국화차를 주문해 소정 앞에 놓았다.

오랜만에 보는 얼굴이니 더 길게 보고 싶은데, 그를 바라보는 방법을 잊은 것인지 자꾸만 시선이 아래로 향했다. 발끝을 모은 채 신발 속 발가락만 꼼지락거렸다.

"잘못한 건 나나 봐."

"……"

"용서해 줄 테니까 고개 좀 들어."

"……"

"얼굴 좀 보자, 소정아."

떨고 있다는 건, 그가 제 손을 꾹 감싸 쥐었을 때 깨달았다. 손을 뻗어 소정의 손을 감싸고 그는 손등을 다독였다. 익숙한 그의 향기가 훅 끼쳤고, 다시 또 눈물이 날 것 같았다.

힘을 주어 자신의 손을 잡은 재완은 소정을 달래고 있었다. 그와 눈이 마주치면 어김없이 눈물을 툭툭 떨구는 통에 어떤 대화도 나누지 못했다. 소정 스스로도 왜 이렇게 눈물이 나는지 알 수 없었다.

미안함인지, 반가움인지, 아니면 부끄러움인지, 그것도 아니라면 모두 뒤섞인 것인지. 이유를 알 수 없는 눈물이 자꾸만 흘렀다.

"우리 헤어졌던 거야?"

매일 밤마다 제 눈앞에 일렁이던 소정에게 묻고 또 물었던 질문이었다. 소정이 놀라 고개를 들었다. 응? 답을 바라는 재완을 향해 소정은 고개를 저었다. 입을 벙긋거렸지만 눈물로 목이 꽉 막혀 아니라는 말소리는 입 밖으로 나오지 않았다.

"그럼 네가 도망갔던 건가?"

아니, 그것도 아니었다. 소정이 고개를 저었다. 내려온 앞머리가 엉망으로 움직이는데도 아랑곳없이 고개를 저었다. 헤어진 것도, 도망친 것도 아니었다.

그가 쥐고 있던 소정의 손을 찻잔 가까이로 옮겨 놓았다. 손 차갑다. 짧게 말하고 재완은 제 앞에 놓인 커피를 한 모금 마셨다.

"우리 얼굴 안 본 지 얼마나 됐지……."

소정이 제 눈앞에서 흩어지듯 사라지고 나서 날짜를 세는 일에 별 관심을 두지 않았다. 시간의 흐름과 함께한 밤과 낮의 반복은 그냥 어둠과 밝음이 교차되는 것일 뿐이었다.

제 머리카락이 긴 것을 보고, 소정을 보지 않은 채 지낸 시간이 꽤 길었음을 깨달았다. 그건 소정도 마찬가지인지 그녀도 아무 답을 하지 못했다.

소정은 몇 번 상상한 적이 있었다. 이렇게 직업을 구하지 못하고 꽤 긴 시간이 흘러 재완을 보면 어떨까. 자신의 상상 속에서 그는 무심한 눈빛으로 저를 바라보고 있었다. 상상만으로도 슬퍼져 금세 눈물이 차올랐었다.

그 상상이 떠오른 건, 자신의 생각과 정반대로 재완이 상상 속 자신과 같은 눈빛을 하고 있기 때문이었다.

"보고 싶었어."

그녀가 하고 싶은 말을 먼저 꺼내는 재완을 소정은 멀뚱히 바라봤다. 선수를 빼앗긴 것이 분해 눈물이 맺혔다. 은소정. 콕 짚어 제 이름 세 자를 말하곤 재완의 입술이 닫혔다.

아무 답이 없다. 그는 인상을 구기고 검지로 미간을 긁었다. 하…… 깊은 한숨이 나왔다. 무언가 답답한 듯, 큰 소리를 내며 숨을 들이마셨다 내쉬는 그 앞에서 소정은 재완이 건넨 국화차를 두 손으로 꼭 감싸 쥐었다.

따뜻한 열감에 얼어 있던 몸이 녹으며 노곤해졌다. 한참을 울어 부푼 눈을 감자, 재완이 다시 또 크게 숨을 쉬었다. 하…….

"은소정."

"……네?"

"보고 싶었다고."

소정이 가볍게 고개를 끄덕였다. 어? 하는 소리엔 더 세게 고

개를 끄덕였다. 눈을 크게 뜨고, 그를 바라보며 고개를 끄덕이는
데도 뭐가 마음에 안 드는지 그가 미간을 더욱 좁혔다.

비서 일을 그리 오래 쉰 것도 아닌데 재완이 무엇을 원하는지
가 바로 보이지 않았다. 저가 답답해 죽겠는지 재완이 얼굴을 소
정 앞으로 내밀며 물었다.

"……너는?"

"아……."

"이제야 알아들어?"

"보고…… 싶었어요, 저도."

거짓말. 말하면서 그는 미소를 머금었다. 보고 싶었는데 전화
한 통화를 안 하냐. 문자라도 할 수 있잖아. 오늘 보니 손가락도,
입도 다 멀쩡하구먼.

부러 입술을 삐죽이는 재완을 보고, 소정이 다시 또 어쩔 줄 몰
라 했다. 그게……. 설명하자니 말이 잘 나오지 않는다. 어떤 단
어를 택해야 할지, 어떻게 첫말을 시작해야 할지 감이 잡히지 않
았다. 벌린 입을 다물며 소정이 또다시 고개를 푹 숙였다.

"고개 좀 숙이지 마."

"……."

"너도 보고 싶었다며, 많이 보자, 우리."

잔을 잡고 있는 소정의 손을 떼 재완이 자신의 얼굴 위에 가져
다 댔다. 소정의 눈 바로 앞에 그의 얼굴이 있었다. 혹시 또 꿈이
라 오해하지 못하도록 손끝에서 그의 얼굴의 감촉이 생생히 느껴
졌다.

앞을 보지 못하는 사람의 손짓처럼, 그의 얼굴을 손끝으로 읽으려 했다. 이마를 매만지고 그의 짙은 눈썹, 그리고 둥글게 올라온 눈동자를 지나 매끈한 콧등 위를 한 선을 그리며 내려왔다. 그러다 마지막에 닿은 입술, 그의 입술 위에서 머뭇거리는 소정의 손을 보고 재완이 낮게 웃음을 터트렸다.

살짝 떨어져 있는 소정의 손에 그가 입술을 내밀어 짧게 입을 맞췄다. 소정은 불에 데기라도 한 것처럼 손을 확 뒤로 뺐다. 그의 웃음소리가 노골적으로 변했다.

"못 본 새 왜 더 귀여워졌냐, 은소정."

"……."

"미치겠네, 진짜."

분홍빛의 눈꺼풀을 깜박이며 그녀가 재완을 봤다. 자신의 마음을 애태운 값은 받아 내야지 싶어 좀 더 못나게 굴고 싶었지만 그게 뜻대로 될 리 없었다. 소정은 여전히 귀여웠고, 그런 그녀를 보면 또다시 그는 미칠 것만 같았다.

그르렁거리는 소리를 내며 그가 제 머리카락을 두 손으로 꽉 움켜쥐었다. 꽉 쥔 머리카락을 바로 놓아 버려 머리카락이 제멋대로 뻗쳐 있었다. 소정이 손을 뻗어 정리하려 하자, 재완이 자리에서 벌떡 일어났다.

허공에 멈춰 버린 손이 민망해졌다. 빠르게 눈을 깜박이며 재완을 보자, 그가 소정의 뻗어 있는 팔을 붙잡아 당겼다.

"어, 저, 저……저기!"

그냥 이대로 카페 밖으로 나가려는 재완을 소정이 불러 세웠다. 왜. 짧게 말하곤 그는 소정을 바라봤다.

"머리카락……. 여기 삐죽 튀어나와 있는데……."

"그게 중요해?"

나무라는 투로 말하고 그는 소정의 손을 꼭 잡은 채 카페를 빠져나갔다. 둥근 뒤통수의 왼쪽 뒷머리 몇 가닥이 여전히 삐죽 튀어나와 있었다.

2층 카페에서 나와 그는 비상계단을 향해 갔다. 처음 온 동네의, 처음 온 카페였지만 지금 이 순간 그녀를 데리고 어딜 가야 할지는 잘 알고 있었다.

어두컴컴한 비상계단에 서서 재완은 숨이 막힐 정도로 꽉 소정을 안았다. 그에게 중요한 건 이거였나. 소정이 웃었다.

시선을 올리니 그도 자신처럼 웃고 있었다. 그저 마주 보고만 있는데도 마치 야한 것을 보는 것처럼 기분이 묘했다. 소정의 머리 위에 손을 얹은 그가 조용히 말했다. 좁은 비상계단에 그의 목소리가 웅웅 울렸다.

"잊은 거 아니지? 나……."

"……변태인 거?"

"……그 말 내가 하려고 했던 건데 너한테 직접 들으니까, 좀…… 그렇다."

피식 웃음이 터졌다. 웃지 마. 짧게 말하고 소정을 가만 내려다 보는 재완에게 소정이 먼저 입을 맞췄다. 키가 한참 작아 발꿈치를 들어 올려야 했다. 쪽, 짧게 입을 맞추고 뭔가 부족한 것 같아 연이어 두 번 더 발을 올려 입술을 찍었다.

"소문 안 낼게요."

"내가 내야 할 것 같은데."

"사랑……해요."

다 말해 놓고 뭐가 부끄러운지 그녀가 그의 가슴 안으로 얼굴을 묻었다. 은소정, 불러도 얼굴은 보이지 않고 고개만 젓는다. 재완이 고개를 돌려 숨을 길게 뿜었다.

사랑한다는 말을 처음 들은 것도 아닌데 심장이 쿵 내려앉았다. 곧이어 경련을 일으킬 듯 빠르게 뛰며 열을 퍼트렸다. 소정이 피운 뜨거운 열로 온몸이 가득 찰 것 같았다.

오늘은 이 정도로 끝내야 할 듯싶었다. 다시 만난 날을 위한 회포는 좀 더 거하게 나중에 풀도록 하고, 많이 울어 지친 기색을 보이는 소정을 집으로 보내 주었다.

집으로 가는 지하철 안에서, 또 버스 안에서 소정은 새로 이사 온 집에 대해 주절거렸다. 역이랑도 가깝고, 시내랑도 가깝다. 엄마 회사 버스가 근처까지 와서 좋다. 한참을 듣던 재완이 웃으며 물었다.

'그렇게 좋으면 나도 그 동네로 이사 갈까?'

금세 새하얗게 질리는 소정의 표정을 보고, 재완은 쓴웃음을 지었다. 어떤 마음으로 이사를 갔는지가 너무 훤히 보였다. 헤어지기 전 등을 토닥이는 것으로 그녀를 위로했다. 자신의 마음이 다 전해졌는지 소정은 비시시 웃었다.

잠시 보지 못했던 기간 동안 몇 번이고 상상했던 날이었다. 너무 슬프고 아프지 않길, 괴롭지 않기를 바랐다. 그의 바람처럼 무겁지 않은 재회였다.

서로를 바라보는 것이 얼마나 행복한지 다시 깨닫는, 결국 나는 저 사람 없이는 안 되겠구나를 깨닫는 재회였다.

소정이 자신의 방이라 가리켰던 방에 불빛이 들어왔다. 재완은 그녀가 저를 볼 리 없다는 것을 알면서 손을 높이 올려 흔들었다. 내일 또 보자, 소정아.

인석의 집으로 돌아간 재완은 현관 앞에 있는 신발에 발을 멈칫했다. 희향이었다. 제 나이에 걸맞지 않은 높은 구두를 신는 그녀는 지금 인석의 거실에 앉아 있었다. 희향과 마주 앉은 인석은 재완이 나타나자 어떻게 좀 해 보라는 시선을 던졌다.

"전화는 왜 안 받아."

"문자 잘하시면서."

"집에 영영 안 들어올 거야? 이 녀석한테 빌붙어 살면서?"

이 녀석이 아니라, 형. 재완이 희향의 말을 고쳐 주며 코트를 벗었다. 익숙하게 옷 방을 찾아가 옷을 걸어 두고 나오는 재완을 보고 희향은 더 화가 났다. 지갑에서 카드를 꺼내 테이블 위에 올려놨다.

"집 새로 구해서 나가."

"……."

"너 여기 있는 꼴은 도저히 못 보겠으니까."

인석의 옆에 재완이 앉았다. 두껍게 화장을 했지만 못 본 새 더

늙은 것 같은 제 어미를 보며 그는 마음이 약해지려는 것을 참았다. 이미 그는 목줄을 끊고 제집을 뛰쳐나온 상태였다.

"나도 그 집에선 못 살아."

"너…… 진짜……. 그 계집애 하나 때문에……."

"그 계집애가 아니라, 은소정."

희향이 이를 바득바득 갈았다. 소정의 이름이 제 아들 입 밖으로 나오는 것조차 싫었다. 그 계집애가 내 아들을……. 하루에도 몇 번씩 저주하는 그 이름을 재완이 다정히 부르자 화가 솟구쳤다.

"그년이 뭐라고 네가 이렇게까지 하는 거야, 대체!"

화가 나 붉으락푸르락하는 희향을 앞에 두고 재완이 마른세수를 했다. 이 상황이 몇 번이나 더 반복되어야 끝이 날지 감이 오지 않았다.

차라리 커다란 돌을 주고, 그 돌을 설득하라는 편이 더 쉬울지 모르겠다. 가슴 아래부터 목구멍까지 꽉 막힌 듯한 기분에 재완이 힘을 주어 숨을 뱉었다.

"행복해, 은소정 옆에 있으면."

"……."

"엄마 아들이 은소정이랑 같이 있으면 행복하다잖아."

그 이야기가 큰 충격이었는지 금방이라도 눈물을 쏟아 낼 것 같은 표정을 희향이 지었다. 그러나 정작 눈물을 흘린 건 재완이었다.

답답한 마음에 뱉은 그 말에 울컥 무언가가 함께 치솟았다. 눈시울이 불그스름해지더니 툭, 한 방울이 떨어졌다. 남자가 울면 안 된다, 뭐 이런 고리타분한 생각을 가지고 있지는 않아서 재완은 그 눈물을 그대로 내버려 두었다.

둘째 부인으로서 서러움당하는 제 엄마가 가여워 그녀의 말에 반항 한 번 제대로 해 본 적 없었다. 뭐 하나 자신의 것 없는 희향에게 별거 없는 제 인생 정도는 줘도 되지 않을까 싶었다.

그런 그를 바꾼 건 소정이었다. 처음으로 자신의 인생을 욕심나게 해 준 여자였다. 소정은.

그녀의 존재가 자신에게 얼마나 커다란지 설명할 마음은 없었다. 그러기엔 하루라는 시간도 부족했다. 그러나 희향도 알아 두었으면 했다. 그녀의 아들인 자신이 가장 행복할 때는 소정과 함께 있을 때임을.

재완의 눈물을 보고 희향은 몸을 부들부들 떨었다. 크게 충격을 받은 듯했다. 그녀는 지난번 본가에서보다 얼굴이 더 붉게 변했다. 재완이 테이블에 있는 카드를 집어 희향에게 건넸다. 가져가. 짧게 말하고 그는 하나뿐인 이 집의 침실로 들어갔다.

❉❉❉

소정이 일하는 카페. 동환이 찍어 보낸 지도 사진을 보며 재완이 그곳을 찾았다. 딸랑, 하는 종소리에 앉아 있던 소정이 몸을 일으켰다. 문 쪽을 보며 인사의 첫머리를 뱉은 그녀는 재완을 보곤 그 인사를 채 끝맺지 못했다.

재완은 소정을 모른 체했다. 따뜻한 아메리카노 한 잔, 샷 추가해서요. 말하는 입꼬리가 씰룩이긴 했지만 크게 웃지는 않았다. 얼마 전까진 이 비슷한 말을 부사장실에서 한 것 같은데, 혼자 생각했다.

당황하는 소정의 표정을 가만 바라보며 재완은 주머니에서 만원짜리 한 장을 꺼내 건넸다.

진동벨을 받아 들고 빈자리를 찾아 앉을 때까지 재완은 소정에게 아는 체를 하지 않았다. 허둥거리는 소정의 모습을 보고 웃음이 나와 급히 주먹을 쥔 손으로 입을 가렸다. 이윽고 진동벨이 울리고, 재완은 다시 또 표정을 다듬고 소정 앞에 섰다.

"주……문하신 아메리카노 한 잔 나왔습니다."

"샷 추가 했어요?"

"……네."

재완이 이곳에 온 것 자체에도 놀라 나자빠질 일이었지만, 저를 모른 척하니 더 이상했다. 빙글빙글 웃으며 짓궂게 구는 것에 익숙한 그녀는 딱딱한 표정을 지으며 손님 행세하는 재완이 영 낯설었다. 재완이 건넨 진동벨을 받지 않고 멍하니 있으니, 그가 의아한 눈으로 소정을 봤다.

"안 받아요?"

"아……."

재완이 건넨 진동벨을 받아 들고 소정은 정신이 나가 얼떨떨한 상태로 그를 봤다. 그 시선에도 아랑곳 않고 재완은 조금 전 자신이 정해 둔 자리로 돌아가 앉았다.

소정의 모습이 잘 보이는 자리였다. 카페 유니폼을 입은 그녀가 귀여웠다. 같이 일하는 사람은 여자군. 커피 한 모금 마시며 바라보다 제 핸드폰이 울리는 것이 느껴졌다. 그러고 보니 소정이 핸드폰을 뚫어져라 보고 있다.

「어떻게 알았어요?」

「최동환.」

세 글자에 소정이 아차 싶었다. 그녀가 그를 좋아한다는 사실도 결국 동환의 입에서 나오지 않았던가. 그러고 보니 시사회를 마치고 재완을 만난 건 우연이 아니란 생각이 들었다. 동환에게 비밀이라며 신신당부하는 것을 잊었던 자신을 원망했다.

「언제 끝나?」

재완의 문자에 소정이 시계를 봤다. 이제 곧 오후 여섯 시. 자신의 퇴근 시간이었다. 곧 끝나요, 보내니 멀리서 재완이 웃는 것이 보였다.

여섯 시가 되자 재완에게 문자가 왔다. 평소라면 그녀의 뒤를 잇는 야간 알바생이 올 때까지 기다리겠지만 오늘은 그럴 수 없었다. 재완이 기다리고 있었다. 여섯 시가 되자마자 자리에서 일어난 소정은 탈의실에서 옷을 갈아입고 나왔다.

남아 있는 아르바이트생에게 간단히 인사하고 재완과 함께 카페를 나왔다. 긴 시간 기다리진 않았지만 재완은 카페에서의 시간이 꽤 답답했는지, 밖으로 나오자마자 소정의 손을 잡고 숨을 푹 쉬었다. 찬 공기에 흰 입김이 뿌려졌다.

"기다리는 거 힘들었죠?"

"아니."

소정을 기다리는 것은 그리 힘들지 않았다. 그저 눈앞에 소정을 두고 아무것도 하지 못하는 것이 답답했다. 그 말을 하면 소정이 어떤 표정을 지을지 알아서 재완은 마음속에만 담아 두기로 했다. 가끔은 진실보다 침묵이 낫다는 것을 알았다.

"조금…… 창피했어요."

"왜?"

"그냥……."

어리지 않은 나이에 카페 유니폼을 입고 파트타임 아르바이트를 하는 건, 재완에겐 상상할 수 없는 일일 것이다. 희향에게 벗어나기 위해 나락 끝까지 간 제 모습을 들킨 것 같아 부끄러웠다.

"귀엽던데, 유니폼."

소정이 부끄러운지 재완의 손을 놓고 먼저 걸었다. 픽, 웃음이 번진 얼굴을 애써 감추며 재완이 그녀 뒤를 쫓았다. 그 유니폼 남자 건 안 팔아? 재완의 우스갯소리를 모른 척하며 소정이 빠르게 걸었다.

재완은 살짝 삐친 소정을 데리고 근처 고깃집에 들어갔다. 입이 툭 튀어나온 소정이 귀여워 재완은 자꾸만 그녀를 놀리고 싶어졌다.

창피해하는 이유를 모르는 것은 아니었지만 그건 전혀 부끄러워할 일이 아니었다. 오히려 멋진 일이었다. 누군가에게 기대지 않고 제 일을 찾는 그녀가 재완은 자랑스러웠다.

그러나 제 생각과 달리 짓궂은 그의 행동에 소정이 어깨를 축 늘어트리고 있었다. 그런 그녀의 목에 재완이 앞치마를 걸어 주었다.

"이거 입으니까 꼭 그 유니폼 입은 것 같다."

눈을 치켜뜨는 소정을 보며 이제 그만해야지 싶었다. 노릇하게 익은 고기를 소정 앞에 놓자, 그녀가 입술을 삐죽이며 말했다.

"이력서 넣은 곳에서 오늘 연락 왔어요. 다음 주 월요일에 면접 보러 가요."

"와, 축하해."

"그러니까 이제 그만 놀려요."

눈을 흘기는 소정에게 재완이 또다시 고기를 한 조각 내려놓았다. 상추쌈을 싸 맛있게 우물거리는 소정을 보자 안 먹어도 배가 부른 것 같다는 옛말이 왜 생겨났는지 알 것 같았다. 재완은 고기가 익는 족족 소정 앞에 놓았다. 오빠도 먹어요, 말하는 것을 놓치지 않고 그가 입을 벌렸다.

"내가 먹고 싶은데 양손 다 지금 바빠서."

가위와 집게를 들어 올리며 재완이 상긋 웃었다. 소정이 가만히 있자 집게를 쥐었다 펴며 달각거리는 소리를 냈다. 상추를 손에 올려 정갈하게 만든 쌈을 내밀자 그가 눈까지 감아 가며 받아먹었다.

"맛있어요?"

우물거리며 대답하는 통에 뭐라 말하는지 잘 알아듣지 못했지만 표정을 보니 꽤나 만족한 것 같았다. 그녀가 싸 준 쌈을 먹자 소정을 보지 못해 잃어버린 식욕이 되살아났다. 그는 소정과 함께 4인분을 먹어 치웠다. 4인분 중 3인분은 재완이 먹었다.

배가 가득 불러 집을 나온 두 사람은 한참을 같이 걸었다. 누구도 두 사람 사이에 공백을 느끼지 못할 만큼 다정히 이야기를 나누었다. 단 1분도 낭비하기 싫은 듯 대화들이 촘촘히 오갔다. 바람이 너무 세지 않다면 이렇게 밤새라도 얘기할 수 있을 것 같았다.

어느새 코끝이 빨개져 소정이 훌쩍이자, 재완이 슬픈 표정으로 소정을 봤다.

"엄마한테 마지막으로 혼난 게 언제야?"

"음……."

워낙 시답잖은 이야기를 많이 나눠서 그의 질문에서 별 이상함을 느끼지 않았다. 진심으로 그녀는 제 어머니에게서 혼이 난 날을 떠올렸다. 언제더라……. 워낙 오래전 일인지 잘 생각이 나지 않았다.

"오래됐나 보네."

"그런 것 같아요. 대학 땐가?"

"그럼 오늘 혼나 보는 건 어때."

"네?"

"전화드려, 외박한다고."

전에도 이런 비슷한 말을 한 적이 있었다. 그때는 분명 급히 말을 물린 것 같은데 이번에는 진심 같았다. 그가 소정의 행동을 잠자코 기다리고 있었다. 짧은 고민이 끝나고 소정이 핸드폰을 들었다.

"어, 엄마. 나 오늘⋯⋯. 못 들어갈 것 같아. 친구네 집에 가서 자고 갈게."

거짓말이 서툰 그녀가 코를 찡그렸다. 다 큰 딸이니 크게 혼을 내거나 캐묻지는 않았지만 죄책감이 드는 것은 어쩔 수 없었다. 그렇다고 진실을 말할 수도 없었다. 엄마, 나⋯⋯. 아, 절대 그 말은 할 수 없을 것 같다. 간단한 질문에 대충 둘러대고 전화를 끊었다. 한숨이 절로 나왔다.

소정이 거짓말을 해야 하는 힘든 관문을 거쳐 두 사람은 호텔에 들어갔다. 인석의 카드로 객실을 결제하자, 엘리베이터 안에서 인석에게 문자가 왔다.

「오늘 안 들어오냐?」

눈치는 빨라 가지고. '잘 자' 답장을 보낸 그는 곧바로 핸드폰을 주머니에 집어넣었다. 그녀를 안으려면 두 손이 모두 자유로워야 했다.

소정이 먼저 들어서자 재완이 바로 따라 들어왔다. 신발을 겨우 하나 벗은 소정을 뒤에서 껴안았다. 누가 쫓아오는 것도, 시간이 정해진 것도 아닌데 마음이 급했다. 지나치게 힘을 줘 껴안은 재완의 팔을 소정이 툭툭 쳤다.

숨 막혀요. 살짝 힘을 푼 틈으로 소정이 몸을 돌려 그를 바라봤다. 눈을 마주치자 입술도 맞대고 싶어졌다. 자신이 이렇게 적극적인 여자인지 이전에는 알지 못했다. 처음이 어려웠지 두 번째,

세 번째는 더 쉬웠다. 한쪽 신발만 신은 발꿈치를 살짝 올리는데, 그가 더 빨랐다. 부드럽게 맞춰지는 입술에 소정이 가만 눈을 감았다.

키스를 하기에 현관은 불편한 자리였다. 불빛이 켜졌다, 꺼졌다를 반복했다. 재완이 소정을 들쳐 안아 침대에 눕혔다. 신데렐라처럼 한쪽 신발만 신고 있는 소정을 내려다보며 재완이 웃었다.

매끄럽게 올라가는 입매가 묘하게 소정을 홀렸다. 당한 것 없이 부끄러워진 그녀가 웃지 마요, 한마디 하려는데 재완이 소정의 몸을 덮쳤다. 두 팔 안에 갇힌 채 그의 미소를 보니 기분이 더 이상했다. 살짝 시선을 내리깔자, 그가 한 손을 소정의 뺨에 올렸다.

그의 시선이 허락을 구하는 듯했다. 이제 그런 과정은 필요 없는 사이라 생각했지만, 그녀가 자신을 무례하다 생각하는 것은 싫었다. 소정이 대답 대신 눈을 감았다. 좀 더 확실한 대답을 원하는 것 같은 그의 목에 두 팔을 감았다.

자석처럼 그의 입술이 다가와 소정의 입술에 닿았다. 한참 서로를 헤집다 숨을 고르기 위해 소정이 고개를 돌렸다. 머리카락 사이로 드러난 그녀의 귓불을 깨물며 재완이 손을 내렸다. 정신없이 키스를 하는 사이, 이미 소정의 코트는 벗겨져 있었다.

거칠게 지퍼를 내리는 손에 소정의 와인색 원피스가 찢어지지 않은 것이 다행이었다. 목을 감은 손을 내려 재완의 가슴 위에 올렸다. 천천히. 소정의 말을 들었는데 그게 쉽지 않았다. 새하얗게 드러난 그녀의 어깨 위에 입술을 박았다.

자신의 몸에 지도가 새겨져 있는 것 같았다. 소정이 쉽게 반응하고 예민한 곳을 찾아 재완이 움직였다. 자신은 모르는 길을 그는 알고 있는 것 같았다. 눈을 질끈 감은 소정이 입술을 깨물자, 재완이 그녀의 아랫입술을 살짝 핥았다.

"아프겠다."

그대로 재완은 혀를 밀고 들어왔다. 따뜻한 입 안에서 혀가 얽혔다. 키스를 할 때면 나오는 야릇한 소리가 어김없이 들려왔다. 귓가가 빨갛게 익었다.

눈을 뜨니 어느새 두 사람 모두 알몸이었다. 추운 것 같아 소정이 재완의 등을 당겼다. 평소라면 그대로 그녀 위로 내려올 그가 가만히 소정을 보며 버텼다.

"나 너한테 거짓말한 거 있어."

"네?"

"……거짓말은 아닌데, 사실 난……."

소정이 고개를 획 돌렸다. 좋지 않은 예감이 들었다. 안 들을래요, 말하고는 눈을 꾹 감았다. 손으로 귀를 막아야 한다는 것을 알았지만 그를 안은 손을 풀고 싶진 않았다. 무방비 상태의 그녀 귓가에 재완이 입술을 갖다 댔다.

"유니폼보다 지금이 더 좋아."

소정이 눈을 뜨고 재완을 봤다. 그가 장난기 어린 눈으로 웃고 있었다. 이 와중에도, 진짜……. 다시 또 그의 등을 끌어당겼다. 이번엔 그가 쏟아지듯 제 몸을 감싸 안았다. 그의 말에 지나치게 달아올랐던 열기가 딱 좋은 온도까지 내려왔다.

콧등을 맞대고 마주 보는 지금, 재완이 내뱉는 숨과 소정의 것이 끈적하게 얽혔다. 피시시, 바람 빠지는 소리를 내며 두 사람이 동시에 웃었다. 그냥 보기만 해도 웃음이 나왔다.

"설명해 봐."

"뭐를요?"

"왜 연락 안 했는지."

한 번도 직접적으로 묻지 않았던 질문이었다. 듣지 않아도 알 것 같아 하지 않은 질문이었다. 그러나 알아야 할 것 같았다. 자신을 떠나 있는 그 시간 동안 소정에게 어떤 생각이 있었고, 또 어떤 일들이 있었는지.

"그러니까……."

소정이 입을 열었다. 고개를 끄덕이며 몸을 숙인 그는 그대로 소정의 목덜미에 입술이 닿자, 마치 원래 하려던 일이 그것인 것처럼 지분거렸다. 그녀에게서 나는 향이 좋았다. 딱히 어떤 향인지 설명할 순 없었다. 그냥 저를 미치게 만드는 향이었다.

재완의 계속되는 움직임에 간지러워 소정이 어깨를 들썩였다.

"듣지도 않을 거면서…… 웃, 왜 물어봤어요?"

노골적으로 변한 그의 손이 가느다란 소정의 허벅지를 매만졌다. 그는 방금 질문한 것도 금세 잊어버렸다. 아, 맞다. 낮게 말하곤 쿡쿡거렸다.

"미안, 나중에 들을게."

다시 또 소정의 입술을 탐하는 재완이 얄미워 그의 등을 소정이 툭 쳤다. 자신이 좀 심했나 싶어 살짝 입술을 떼곤 재완이 예의 그 미소를 짓고 말했다.

"미안, 지금은 내가 진짜 바빠서."

증명하듯 그가 소정의 몸 안으로 들어갔다. 그녀는 더 이상 투정을 부릴 수 없었다. 머리가 팡 하고 터질 것 같은 느낌이 들었다. 여태 신겨져 있던 그녀의 하나 남은 신발이 침대 아래로 툭 떨어졌다.

사랑하는 남녀에겐 하루는 지독하게 짧은 시간이었다. 이른 아침부터 눈이 떠진 재완은 어떻게 소정을 깨울지 고민했다. 얼마 뒤 카페로 보내야 하는 것이 아쉬워 조금이라도 같이 더 눈을 맞추고 싶은데 곤히 자는 모습을 보니 그게 쉽지 않았다.

소정은 아이 같은 숨소리를 냈다. 그녀 얼굴 위에 제 귀를 올리자, 그 소리가 더욱 선명히 들렸다. 어떻게 숨소리도 예쁘지. 감탄하며 재완이 웃었다. 의도하지 않았을 소정의 뱉는 숨에 귀가 벌겋게 변했다.

아, 안 돼. 바로 누우며 그는 애국가를 불렀다. 무궁화 삼천…… 아 이건 후렴인가.

그의 노력이 무색하게도 소정이 잠에 취해 재완의 허리를 끌어안았다. 저도 자신도 모두 발가벗고 있는데 몸이 맞닿으니 애국가 따위가 무슨 소용이 있겠는가. 재완은 그대로 소정의 어깨를 물었다. 으응, 하는 소리를 내며 소정이 손으로 잘 떠지지 않는 눈을 비볐다.

"일어났……어요?"

"응, 덕분에."

긴 밤만큼이나 긴 아침의 시작이었다. 살짝 벌어진 그녀의 입술에 재완이 입술을 맞대었다. 잠에 취해 축 처지는 소정의 몸이 금방 긴장에 휩싸였다.

자신의 아침 인사는 키스로 대신하고 싶었다. 그리고 그녀의 대답은 더 진한 것으로 받고 싶었다.

소정이 카페에 갔다. 진한 포옹으로 그녀를 보내고, 뒤돌아 오는 길이 씁쓸했다. 지난밤, 소정에게 자세한 이야기를 듣지는 못했다. 하지만 그녀가 인생에서 꽤나 어두운 터널을 지나고 있다는 것은 알 수 있었다.

그녀가 살고 있던 집은 제 아버지의 유산과 다름없었고, 그녀의 직업은 희향이 아닌 재완이 그녀에게 부탁한 것이었다. 그러나 그녀는 모든 것을 다 벗어던지고, 제 스스로 서려 노력하고 있었다.

그 모습이 기특하다가도, 자신 때문에 가지 않아도 되는 길을 가는 것 같아 미안했다. 들어간 지 얼마 지나지 않아 유니폼으로 갈아입고 계산대 앞에 서는 소정을 보면서 재완은 씁쓸해지는 기분을 지울 수 없었다.

터덕터덕 돌아서 걷는 내내, 재완은 자신이 할 수 있는 일에 대해 생각했다. 집과 회사를 떠난 것은 스스로 생각하기에도 잘한 결정이었다. 이제 그 뒤를 잇는 것이 필요했다. 나아가는 소정 옆에서 자신만 고여 있을 수는 없었다.

핸드폰을 꺼내 동환에게 전화를 걸었다. 몇 번의 신호 끝에 동환이 경쾌한 목소리로 받았다. 기자 시사회에서 좋은 평을 들었다며 묻지도 않은 말을 한 그는 뒤늦게야 전화를 건 목적을 물었다.

나 돈 좀 빌려줘라. 재완의 말에 동환은 재빨리 약속을 잡았다.

서둘러 재완이 있는 곳으로 온 동환은 그가 차에 올라타자마자 말을 쏟아 부었다. 워낙에 정신없는 녀석인 것은 알았지만 오늘따라 심각했다.

"뭐야? 뭔 사고 친 거야? 사기? 도박? 아니면…… 마약?"

"……."

"어? 뭐야, 뭔데?"

미간을 찌푸리고 재완은 조수석 창에 머리를 기댔다. 여기 주차 금지 구역이야. 출발이나 해. 재완의 말을 들었는지 뒤에서 빵하는 소리가 들렸다. 급히 비상점멸등을 켰다 끄며 동환이 차를 출발했다.

"야, 설마 내가 말한 것보다 더 심각한 건 아니지?"

"너 좀…… 짜증 난다, 지금."

"네가 갑자기 나한테 돈을 빌릴 일이 뭐가 있어? 너희 집 돈 많잖아."

자신의 집에 돈이 많으면 무엇 하나. 정작 그의 손엔 돈이 없다는 것이 문제였다. 제 이름으로 된 건물도 있었고, 회사에서 받은 돈을 모아 둔 통장도 있었다. 그러나 그것들은 왠지 쓰기 꺼려졌다. 제 이름이 적혀 있었지만 제 것이 아닌 것 같았다. 누가 뭐라 하지 않을지라도, 그냥 그의 생각이 그랬다.

이 상황을 제 입으로 길게 설명하기 싫어 재완은 그냥 입을 꾹 다물었다. 조잘거리는 동환을 보며 인석에게 부탁하는 것이 더 나았을 것 같단 후회를 했다.

"대체 무슨 일이 벌어지고 있는 거야? 소정 씨랑 너 둘 다 회사 그만뒀잖아. 넌 집도 나왔다며? 사랑을 지키기 위한 도피…… 뭐 그런 건가?"

"다 알면서 뭐가 또 듣고 싶어."

"그럼 이제 넌 뭐 먹고 살아?"

이렇게 삶과 직접적으로 결부된 질문을 받은 적이 있었던가. 재완이 느리게 눈을 깜박였다. 막막하다는 기분을 처음으로 느꼈다. 당장 먹고사는 것은 걱정 없었다. 그러나 그런 그에게도 직업은 필요했다.

"배우 할래? 너 예전에 캐스팅도 받고 그랬었잖아. 나이가 좀 있는 게 걸리긴 한데, 뭐……. 간혹 늦게 데뷔해서 뜨는 경우도 있으니까."

"내가 배우하면 너 밥줄 끊겨서 안 돼."

"허! 무슨……. 야! 나 이제, 어? 나 이제 영화 개봉하면 너랑 이렇게 노닥거릴 시간도 없어, 인마."

인정하고 싶지 않아 동환이 발끈했다. 재완은 관자놀이를 꾹꾹 눌렀다. 머리가 지끈거려 왔다. 하고 싶은 건 뭔데? 대화 주제를 바꾸려 뱉은 동환의 질문에 딱히 답이 떠오르지 않았다.

하고 싶은 일이라, 내가 뭘 하고 싶었더라…….

어렸을 때 꿈은 대통령이었다. 그때는 생각하면 다 이뤄지는 줄 알고 TV에 가장 많이 나오는 사람을 골랐다. 그러고 나서 머리가 큰 후로는 자신은 직업을 선택할 수 없다는 것을 알게 되었고, 그 뒤로는 장래 희망에 늘 '없음'이라고 적었었다.

잠깐 소망했던 것은, 평범하게 가정을 꾸려 다정한 아빠가 되는 것이었다. 삭막한 집안 분위기에 질려 자신은 꼭 자식들과의 저녁 식사를 불편하게 만들지 않는 아버지가 되고 싶었다.

지금이라도 그 꿈을 이뤄 볼까, 엉뚱한 제 생각에 웃음이 났다. 분명 소정이 화들짝 놀라 뒤로 넘어갈 것이다.

"은소정과 결혼?"

"너 중증이다, 진짜."

핸들을 잡지 않은 손으로 동환이 헛구역질하는 흉내를 냈다. 그가 어떤 반응이든 간에 방금 한 말은 진심이었다. 갑자기 그럼 돈 얘기는 왜 꺼냈냐 묻는 동환에게 재완이 어깨를 으쓱했다. 뭘 하든 좀 필요할 것 같아서.

아직은 구체적인 생각이 떠오르지 않았다.

#19
Cafe orange tree

그녀의 집 근처, 카페. 소정이 면접에 합격했단 소식을 재완에게 전했다. 그 누구보다 먼저 그에게 알리고 싶었다. 분명 자신보다 더 기뻐할 것이라 생각했었는데 예상외로 그는 덤덤히 축하의 말을 건넸다. 어, 그래, 축하해. 무언가 이상한 것 같아 소정이 그의 얼굴을 자세히 살폈다.

"어디 아파요?"

"아니."

"그럼 왜……."

아프지 않다는 재완의 말이 미심쩍어 손을 뻗어 그의 이마에 올려놓았다. 자신의 체온과 비교해도 그리 높지는 않은 것 같았다. 또 두통? 고개를 갸웃거리며 묻는데 재완이 고개를 젓는다.

"그런 거 아냐."

"진짜요? 별로 안 좋아 보이는데……."

소정은 속일 수 없었다. 재완이 모든 것을 체념한 듯 쥐고 있던 컵을 테이블 위에 탁 소리 나게 내려놓았다.

"거기 남자 직원 많은 데 아니야?"

"아…… 뭐예요, 정말."

"뭐가……. 난 심각해."

이제 자신은 더 이상 부사장도, 재벌 2세도 아니었다. 그럴 일 없다 믿고 있지만 가슴 한편에 불안함이 이는 것은 막을 수 없었다. 그러고 싶지 않은데 툴툴거리는 말이 나왔다. 너 거기 가서…… 당부라도 하려는데 소정이 재완의 손을 잡아 끌어당겼다.

"……지금처럼 웃지 마."

"그렇게 불안하면 도장이라도 찍어 놔요. 나 오빠 거라고."

"그럴 수만 있다면, 그러고 싶다. 진짜."

소정이 그의 손을 더 꾹 잡았다. 걱정 마요. 말하며 상긋 웃는 소정에게 더 이상 할 말이 떠오르지 않았다.

재완의 손을 죽 잡아당겨 그녀는 손바닥에 제 입술을 꾹 눌러 박았다. 립스틱 자국이 그의 손에 새겨졌다. 그러고도 한참 소정의 속눈썹이 그의 손바닥에 닿아 간질였다.

자신의 불안함을 풀어 주려 한 행동인데 오히려 재완은 더 불안해졌다. 하는 짓마다 이렇게 상상을 초월할 정도로 사랑스러운 데 늑대 같은 놈들이 그녀를 가만두지 않을 듯싶었다. 그 회사에 이력서라도 내 볼까, 짧은 생각이 스쳤다.

＊＊＊

첫 출근 날. 소정은 거울 앞에서 뜨악할 수밖에 없었다. 제 목에 딱 재완의 입술 크기만큼의 진홍색의 흔적이 새겨져 있었다. 지난 밤 재완이 꽤나 뿌듯하게 제 위에서 웃음 지었던 것이 떠올랐다. 맙소사……. 붉게 얼굴이 달아올랐다.

파운데이션을 발라 보았지만 별 소득이 없었다. 다행이라고 해야 할지, 날이 많이 추웠다. 소정은 평소 갑갑해 잘 입지 않던 폴라티를 꺼내 입었다. 최대한 턱 끝까지 끌어 올리며 재완을 원망했다.

그 정도 바보는 아니었지만, 혹시나 하며 소정은 목을 가리고 있는 부분을 내려다보았다. 붉은 자국이 선명했다. 꽤 오래갈 것 같았다. 울상을 지으며 핸드폰을 꺼내 들었다.

「앞으로 폴라티만 입게 생겼어요.」

재완이 곧바로 전화를 걸어 왔다. 폴라티를 입으면 공들여 새긴 보람이 없잖아. 소정이 입술을 삐죽였다. 그럼 동네방네 소문내고 다녀요? 재완이 키득거렸다. 첫 출근을 앞둔 그녀에겐 조금 심했나. 미안해진 그가 말을 돌렸다.

“아침은 먹었어?”

“네. 오빠는요.”

“난, 아직.”

뭐 먹을 거예요? 소정의 질문에 그가 다정히 설명했다. 우선 토스트를 하나 구워서 무화과 잼을 발라 먹을 거야. 바나나가 아직 남았는데 곧 물러질 것 같아서 우유랑 같이 갈아 먹으려고. 떨어져 있지만 재완의 움직임이 그려졌다.

"나한테도 오늘은 중요한 날이야."

"왜요?"

"그건 나중에 알려 줄게."

소정이 회사 앞 버스 정류장에 내릴 때까지 전화는 계속되었다. 함께할 수 없으니 통화를 했다. 덕분에 그녀는 재완이 바나나와 우유를 믹서에 가는 소리와 토스트를 구워 우물우물 먹는 소리까지 들을 수 있었다.

전화를 끊고, 재완은 오랜만에 정장을 꺼내 입었다. 살이 좀 빠져서인지 바지 허리춤이 헐렁했다. 재킷까지 모두 걸치고 나오자, 샤워를 끝낸 인석이 재완을 보고 뚱한 표정을 지었다.

"어디 면접이라도 가?"

"어."

"어디?"

재완은 인석의 손을 잡아 소파에 앉혔다. 면접 리허설이라도 하려나, 흰 샤워 가운을 입은 인석은 재완의 앞에 앉아 심드렁한 표정으로 머리카락의 물기를 털었다. 아직 덜 깨서인지 하품이 나와 입을 크게 벌리는데, 재완이 인석에게 고개를 꾸벅 숙였다.

"안녕하십니까, 사장님. 사업 계획서입니다."

하품을 하기 위해 벌어진 입이 그대로 굳었다. 뭐? 서류를 넘기는 그는 꽤 진지했다. 어영부영 종이를 건네받긴 했는데 인석은 도무지 이 상황이 이해가 되지 않았다. 무엇보다 자신은 지금 샤워 가운 차림이었다.

이게 뭐하는 짓이냐 다그치기엔 이미 늦은 것 같았다. 재완은 인석이 빨리 제 사업 계획서를 읽기 바라며 눈을 반짝이고 있었다. 어흠, 헛기침을 몇 번 하고 표지를 넘겼다.

"카페? 너 카페 하겠다고?"

"네."

"네는 무슨……. 요새 너도나도 치킨집 아니면 카페 한다더니……."

혀를 낮게 차며 인석이 재완의 사업 계획을 봤다. 식상한 것은 카페 하나뿐, 나머지는 모두 신선했다. 도심 속 온실을 설치한다는 발상도 재미있었고, 그 안을 꽃과 나무, 커피 향으로 가득 채운다는 것도 흥미를 일으켰다. 집중하면 다리 사이가 벌어지는 인석의 허벅지를 재완이 꾹 눌러 닫아 주었다.

"그래서, 나보고 이 자본금을 대라?"

"그 정도 능력 있잖아."

"너는?"

재완이 바리스타 자격증 책을 꺼내 테이블에 올려놓았다. 요새 열심히 공부하는 중이야. 인석이 깊게 숨을 내쉬며 팔짱을 꼈다. 나쁘지 않은 제안이었다. 재완과 달리 인석은 회사 경영에 욕심이 있었다. 재완을 경쟁자라 여기진 않았지만, 그가 뒷 선으로 완전히 물러나는 쪽이 인석에게 더 좋은 건 분명했다.

그런 현실적이고 이기적인 생각이 아니더라도, 인석은 제 동생의 홀로서기를 응원하고 싶었다. 여태 재완이 어떤 삶을 살았는지 그 누구보다 잘 알고 있는 인석이었다.

그가 제 입으로 꼭 말하지 않더라도, 소정의 옆에서 모든 것을 놓아 버린 지금이 더 자유롭고 행복해 보였다.

그런 그가 부러웠다. 회사를 사이에 두고 희향과 으르렁거리는 자신보다 새로운 꿈을 가지고 나아가는 재완이 더 괜찮아 보였다.

"어머니, 아버지는 아셔?"

"모르시지. 알릴 생각도 없고."

진심이냐는 질문은 필요 없을 것 같았다. 그의 눈빛이 이미 답을 하고 있었다. 생각해 볼게. 일어난 인석이 재완에게 악수를 청했다. 좋은 결과가 있기를. 재완은 인석의 손을 꽉 잡았다.

좋은 결과는 재완의 생각보다 빨리 전해졌다. 인석이 투자를 약속했다. 사실 재완은 인석이 가지고 있는 땅과 건물이 탐이 났다. 허름한 건물이었지만 위치가 좋았다. 그의 땅 위에 새롭게 카페를 지으면 좋을 것 같다 설명하니 인석이 금방 일을 처리했다. 그러는 동안 재완은 열심히 학원을 다녔다.

원래 커피를 좋아하기도 했고, 관심도 많았던 덕에 배우는 것은 그리 어렵지 않았다. 평생 들어 본 적 없는 우등생이란 소리를 들으며 학원을 다녔다. 시험 결과는 좋았고, 건물이 세워지기 전에 자격증을 딸 수 있었다.

건물이 올라서자 재완이 바빠졌다. 온실의 콘셉트에 맞추어 건물은 전면 통유리였다. 흰 기둥을 세우고 유리로 벽을 만들었다. 별달리 하는 일이 없었지만 재완은 늘 현장에 있었다. 자신의 계획으로 시작된 일이어서 애착이 강했다. 작은 일도 허투루 하지 않았다.

소정과 함께하기로 한 저녁 시간을 홀로 차 안에서 맞이했다. 핸들을 쥐고 있는 손이 초조했다. 급히 소정에게 전화를 걸고 재완은 손끝으로 목을 긁었다.

— 여보세요.

"미안, 지금 가는 중인데 차가 너무 막히네."

— 괜찮아요. 천천히 와요.

한 번도 그녀와의 약속에 늦은 적이 없던 그가 카페 공사를 시작하면서 몇 번씩 이런 전화를 해야 했다. 늘 괜찮아요, 말하는 소정에게 미안해 재완이 입술 끝을 얕게 물었다.

"일하고 나서 배고프지? 간단한 거 뭐라도……."

— 같이 먹고 싶어요. 괜찮으니까 천천히 와요.

때마침 신호가 바뀌어 재완은 액셀을 세게 밟았다. 아무리 퇴근 시간이라지만 코앞에 레스토랑을 두고 이렇게 길이 막히다니. 서울의 교통 체증을 욕하며, 그는 소정이 기다리고 있는 곳에 도착했다.

레스토랑이 생긴 이래 안으로 뛰어 들어온 첫 손님이었다. 타닥타닥 발소리를 내며 재완이 소정 앞에 앉았다. 미안. 인사도 전에 사과부터 하고 재완은 거친 숨을 몰아쉬었다.

"괜찮으니까 천천히 오래도."

"내가 안 괜찮아. 보고 싶어서 죽는 줄 알았어."

오랜만에 보는 소정의 얼굴이 핼쑥했다. 손을 내밀어 소정의 뺨을 쓸었다. 살이 왜 이렇게 빠졌어. 재완의 걱정에 소정이 피식 웃었다. 보기에만 그래요. 아닌데, 재완이 고개를 삐딱하게 하고 소정을 응시했다. 새로운 직장에 적응하느라 힘이 드는지 얼굴에 피곤이 가득했다.

"우리 저녁 같이 먹는 건 오랜만이네요."

"그러게."

자신도 바쁘고 소정도 바빴다. 안 보면 진짜 미칠 것 같아 짧게 밤에 몇 번 그녀를 찾아가 만났지만, 최근의 두 사람은 같이 저녁 먹을 시간을 내기도 힘들었다.

주문을 끝내고 재완이 소정을 바라봤다. 그를 사랑스럽게 바라보는 그 눈빛이 그 어떤 애피타이저보다 자신을 자극했다. 그것이 식욕이 아니어서 문제지만 말이다.

재완이 테이블 위에 곱게 놓인 소정의 손을 잡았다. 오늘따라 그녀의 손가락이 더 가늘게 느껴졌다. 잊고 있던 분노에 다시 불이 붙었다. 아, 진짜 그놈의 회사……

"힘들게 하는 사람 없어?"

"무슨 이 질문을 맨날 해요?"

"있으면 꼭 말해. 어떻게든 처리해 줄 테니까."

소정이 고개를 숙이고 웃었다. 그 '어떻게든'이 궁금했지만 묻지 않았다. 재완에게 정말 누군가가 자신을 괴롭힌다 말한다면 그는 제 상상 이상의 일을 할지도 모른다는 생각을 했다. 매번 자신의 일을 떠넘기는 김 대리가 떠올랐지만, 말하지 않기로 했다.

주문한 음식이 나오고 두 사람은 말없이 식사를 했다. 꽤 배가 고팠는지 먹는 속도가 빨랐다. 스테이크를 반쯤 먹었을 때, 소정이 고개를 들어 재완을 봤다.

"요새…… 뭐 해요?"

"어? 나?"

"네."

불안하진 않았지만 궁금했다. 최근의 재완은 뭔가 자신에게 숨기고 있는 듯했다. 가끔씩 자신의 전화를 받지 못한 적도 있었고, 메시지 답장도 예전보다 확연히 느려졌다. 오늘만 해도 그래, 뭐 화가 난 건 아니었지만, 자신과의 약속에 좀처럼 늦지 않는 그가 최근에 몇 번씩이나 미안하다며 약속 시간에 늦는 건 어딘지 모르게 좀 이상했다.

"아, 차가 진짜 막혀 가지고……."

"아니, 요즘 오빠 뭐 하냐구요."

능구렁이같이 대화를 빠져나가는 것이 쉽지 않다. 거짓말을 원체 싫어하기도 하고, 잘하지도 않는다. 재완이 포크 끝만 가만히 봤다. 질문이 많이 어려웠나. 쉽게 답을 하지 못하는 재완을 보고 소정은 고개를 갸웃거렸다.

거짓말이 싫다면 진실을 말하면 되겠지만 재완은 소정에게 비밀로 하고 싶었다. 그녀를 깜짝 놀래켜 주고 싶었다. 답을 머뭇거리는 시간이 길어졌다.

"아, 뭐…… 집안일?"

"네?"

"형 집이……. 좀, 더러워. 아무래도 남자 혼자 살던 집이니까.

그래서 일어나서 청소 좀 해 주고…… 뭐, 부서진 것 있으면 새로 만들기도 하고……. 조명 같은 것도 새로…… 달고."

겨우 생각해 낸 것이 집안일이었다. 거짓말을 잘 못해 사실과 섞어 말했다. 개운치 않은 대답이었지만 소정은 그냥 고개를 끄덕였다. 그렇구나. 포크를 물고 다시 소정이 고개를 끄덕였다. 집안일 하느라, 전화도 잘 안 받고…… 그러는구나.

식사를 마치고 두 사람은 카페에 갔다. 주문하러 간 재완이 한참을 오지 않자, 소정이 허리를 세워 주문하는 곳을 바라봤다. 카페의 바리스타와 그는 이야기를 하고 있었다. 무슨 이야기인지 몰라도 꽤 진지하게 대화를 나누는 모습이었다. 바리스타가 재완의 손에 무언가를 건네주었다.

모르는 사람과 이야기하는 것을 싫어하는 줄 알았는데……. 낯선 재완의 모습에 그녀는 뚫어져라 그를 바라봤다. 대화를 마친 재완이 주문한 것들이 담긴 쟁반을 들고 다가왔다.

"세 개나 시켰어요?"

"응. 원두 향이 좋기에 에스프레소도 마시고 싶어서."

재완이 쥐고 있던 손을 펼쳤다. 원두 몇 알이 그의 손에 담겨 있었다. 향 맡아 볼래? 그가 커다란 손을 소정의 얼굴 가까이로 옮겼다. 커피 향이 은은하게 풍겼다. 소정이 좋아하는 고소한 향이었다.

향 좋네요. 소정이 답하니 재완의 눈이 호선을 그렸다. 그렇지? 마치 자신이 칭찬을 들은 것처럼 뿌듯해했다. 그는 제 손에 있는 원두의 향을 훅 들이켰다. 커피가 맛있기로 유명한 카페여서 그런지 원두의 향이 달랐다.

늦은 밤이었다. 피곤해하는 그녀를 돌려보내야 한다는 걸 알았지만, 오늘은 조금 더 길게 같이 있고 싶었다. 더구나 오늘은 인석이 해외 출장을 간 첫날이었다. 이 기회를 그냥 놓칠 수 없었다.

'라면 먹고 갈래?'

그 대사는 여자들만의 것이 아니었다. 재완의 속 보이는 제안을 소정이 모른 척 받아들였다.

남자 둘만 사는 집이 처음이라며 머뭇거리는 소정의 손을 재완이 잡아끌었다. 나쁜 짓 할 것도 아닌데, 뭐. 현관 앞에 인석의 슬리퍼를 내놓으며 재완이 웃었다.

혹시 인석이 있지는 않을까. 소정은 자꾸만 두리번거리게 되었다. 중국에 있다는 말을 듣고도 쉬이 안심이 되지 않았다. 그가 내어 준 슬리퍼를 신고도 발꿈치를 살짝 들었다. 혹여나 제 발소리에 놀라 인석이 튀어나오지 않도록.

재완이 부엌으로 들어갔다. 거실에 남겨진 소정은 둘만 살기엔 꽤 넓은 집을 구경했다. 누가 봐도 남자 둘이 사는 집이었다. 발딛을 곳 하나 없을 정도로 더럽지는 않지만 그렇다고 그리 깨끗한 편도 아니었다.

대체 무슨 집안일을 하기에 바쁜 건지 잘 이해가 되지 않았다. 소파 밑에 있는 구겨진 양말을 보고 그녀는 재완을 의심의 눈초리로 바라봤다.

"어떤 라면 먹을래?"

"음……. 저 지금 배부른데……."

"그래? 그럼 쿠키나 과일 같은 것 좀 줄까?"

부엌 찬장을 뒤지듯 살피던 재완이 허리를 돌려 물었다. 아니요, 괜찮아요. 저 진짜 배불러요. 소정의 말에 그가 샐쭉 웃었다.

"진짜? 진짜, 배불러?"

부엌을 빠져나오며 재완이 물었다. 그녀가 고개를 끄덕이자, 긴장한 채 서 있는 소정의 어깨를 감싸 안았다. 둥근 어깨 아래로 도드라진 뼈가 느껴졌다. 살짝 인상을 찌푸렸다가 재완이 물었다.

"그럼 소화 좀 시킬까?"

"어떻게……."

바로 입을 맞추는 통에 소정은 문장을 다 완성하지 못했다.

누군가가 살고 있는 집에서는 처음이라 소정은 자꾸만 멈칫했다. 진짜…… 사장님 안 오시는 거 맞아요? 재완이 고개를 끄덕이며 소정의 목을 쓰다듬었다.

인증샷이라도 보여 줘야 믿겠네. 낮게 말하며 제 아이디어가 기발해 쿡쿡 웃었다.

소정을 안은 채 재완이 방으로 들어갔다. 사실 장소야 별 상관없었지만, 버젓이 침대가 있는데 꼭 사용하지 않을 필요도 느끼지 못했다. 서로를 껴안고 움직이는 두 사람의 걸음걸이가 웃겼다. 마주 보고 한참 웃다가, 소정의 웃는 입매에 재완이 짧게 입술을 맞췄다.

그리고 그녀를 침대 위로 밀었다. 펄썩 소리를 내며 소정이 쓰러졌다. 거실에서 코트를 벗겨 다행이란 생각이 들었다. 재완은 그대로 그녀 위에 얼굴을 묻었다.

피곤했는지 잠깐 잠이 든 소정을 재완이 꽉 끌어안았다. 옅은 그녀의 향기가 풍겨 왔다. 출근하며, 회사에서 일을 하며, 자신과의 만남을 위해 밖으로 나오며 묻은 여러 향기들이 뒤섞여 있었다. 방금 끝내 놓고도 허리 아래가 금세 저릿해졌다. 참을 수 없어 소정의 입술을 다시 물었다. 숨결까지 모두 삼키고 나자, 잠에서 깬 소정의 눈이 그를 향하고 있었다.

"오빠."

짧게 그를 부르고 소정이 그의 목덜미를 잡아끌었다. 그의 어깨에 소정이 얼굴을 묻었다. 바짝 붙어 있던 몸이 물 샐 틈 없이 더 가까워졌다. 재완이 소정의 등을 쓰다듬었다. 고르던 숨소리가 흐트러지더니 소정이 고개를 돌려 재완의 목에 입술을 맞췄다.

이대로라면 소정을 집에 보내지 못할 것 같단 생각을 했다. 소정이 내는 소리가 야릇하게 퍼졌다. 좋으면서도 생각이 많아졌다. 재완이 고민에 빠진 새에 소정이 그의 목의 여린 살을 깊게 빨아 물었다.

"아……."

저도 모르게 신음이 흘렀다. 잠깐 잠을 자며 무슨 꿈이라도 꾼 것인지, 소정이 적극적으로 움직였다. 소정아, 낮게 그녀의 이름을 부르는데 그녀가 웃으며 재완을 봤다.

기다란 손가락을 들어 올려 소정은 조금 전까지 제 입술이 머물렀던 곳을 확인했다. 입술 자국이 선명히 남겨져 있었다. 만족한 얼굴로 소정이 몸을 일으켰다. 이제 저 가야 해요. 재완이 발 아래까지 내려간 이불을 끌어 올렸다.

"자고 가."

"안 돼요. 내일 출근해야 해서……."

벌써 자정이었다. 재완과 함께 있으면 시간을 잊었다. 이렇게 더 있다간 밤을 새고 출근을 하게 될지도 몰랐다. 너무 오랜만에 봐서 정신없이 서로를 매만질 것이 뻔했다. 그가 떨어트린 옷가지를 소정이 주워 들었다.

청천벽력과 같은 소리에 재완이 제 이마를 감싸 쥐었다. 안돼……. 하나, 하나 옷을 입는 소정을 보고 눈을 찌푸렸다. 다시 한 번 회사가 미워졌다.

❈❈❈

다음 날, 재완에게 메시지가 왔다. 폴라티를 입은 모습이었다. 회사인 것을 잊고 소정이 소리 내 웃었다. 뭡니까, 소정 씨? 파티션 위로 김 대리의 얼굴이 빼꼼 솟아올랐다. 이럴 때만 빠르지. 아닙니다. 김 대리에게 고개를 꾸벅 숙이고, 소정은 핸드폰을 다시 바라봤다.

「복수야?」

「무슨 말인지 잘 모르겠어요.」

이번엔 재완이 회색의 니트를 입은 사진을 보내왔다. U자형으로 파인 목 부분 위에 선명하게 그녀가 어제 찍은 입술이 남겨져 있었다. 다시 또 웃음이 터져 나올 것 같아 소정은 핸드폰을 들고 사무실 밖으로 나왔다.

— 놀랐잖아, 아침부터.

"이제 봤어요?"

그는 샤워를 할 때 거울을 잘 보지 않았다. 그래서 제 목에 무엇이 있는지 처음엔 발견하지 못했다. 인테리어가 마무리되는 날이어서 급히 나가려다 다행히 거울을 봤다. 처음엔 뭐에 물린 줄 알았다. 그러다 이내 소정이 제 목을 꽉 껴안고 입을 맞췄던 것이 떠올랐다.

제 것임을 알리려 택한 소정의 방법이 싫지 않았다. 오히려 귀여웠다. 그래, 이 한겨울에 벌레가 있을 리 없었다.

생각보다 빠르게 마무리되었다. 돈을 주는 사람이 현장에 있으니 일 처리에 속도가 붙은 것이 분명했다. 인테리어까지 모두 끝내고 오늘 들어온 원두를 정리했다. 오픈은 다음 주 월요일이었다. 그 전에 이곳에 데리고 올 사람이 있었다.

소정의 회사 앞에 차를 대고 재완은 그녀를 기다렸다. 그의 차를 발견하고 소정이 힐을 신은 발로 뛰어왔다. 넘어지면 어쩌려고 뛰어와. 말하는 재완의 입매가 실쭉 올라가 있었다. 핸들을 잡은 그의 팔 위에 소정이 두 손을 올려놓았다.

"많이 기다렸어요?"

"아니. 별로."

"다행이다."

두 사람이 함께 소리 없이 부드럽게 웃었다. 재완이 팔을 벌리지도 않았는데 소정이 그의 품에 안겨 왔다. 와 줘서 고마워요. 오늘 진짜 보고 싶었거든요. 따스한 소정의 말에 재완이 그녀의 머리를 쓰다듬었다.

"나랑 같이 갈 데 있는데……."

"어디요?"

소정이 그의 품에서 벗어났다. 잠깐 맞대고 떨어져 아쉬운 마음이 들었다. 재완이 답을 안 하자 소정은 천천히 안전벨트를 맸다. 어딘데 그래요? 묻는 말에도 답을 않고, 재완은 차를 출발했다.

"뭐 어디 무서운 곳이라도 가요?"

"아니."

"그러니까 더 궁금해지는 거 알아요? 기대하게 되고……."

기대라……. 자신이 저지른 일에 확신은 없었다. 하지만 해내야 한다는 사명감은 있었다. 어쩌면 남들이 말하는 확신보다 제 사명감이 더 큰 힘을 발휘했는지도 모른다. 그의 사명감의 원천은 소정이었다. 그녀가 곁에 있는 한, 그는 그 어떤 어려운 일도 해내고 싶어졌다.

오늘만 해도 몇 번을 찾은 카페였다. 가는 길이 이렇게 두근거린 적은 처음이었다. 그의 긴장이 느껴졌는지 기어에 올려놓은 재완의 손을 소정이 꾹 잡았다. 지금 재완은 조금 이상했다. 주절주절 회사 이야기를 풀어 놨지만 그는 짧게 답만 할 뿐, 제 이야기에 큰 관심을 보이지 않았다.

그가 가림막이 세워진 카페 앞에 주차를 마쳤다. 소정은 고개를 돌려 주변을 살폈다. 분위기 좋은 레스토랑들 몇 개와 인테리어 소품숍이 보였다. 그런 곳을 놔두고 회색의 짙은 벽으로 다 가린 건물 앞에 서는 재완이 영 이상했다. 얼떨떨한 채 차 밖으로 나오자, 그가 자신을 따라오라 손짓했다.

천천히 그의 발을 따라 걸었다. 가림막에 작게 문이 나 있었다. 그가 들어가려 하자, 소정이 황급히 그의 등을 쳤다. 들어가면 안 돼요. 소정을 보고 웃더니 재완이 그녀의 손을 슬며시 잡았다.

"괜찮아."

가림막 안엔 넓은 잔디가 깔린 마당과 통유리로 된 건물이 있었다. 낯선 건축물에 소정이 입을 반쯤 벌렸다. 겨울이라 나무들엔 잎이 하나도 남아 있지 않았다. 봄 되면 더 예쁠 거야. 말하는 재완을 소정이 가만 바라봤다.

"어디예요? 여기?"

"내 가게."

"……네?"

"엄연히 따지면 내 가게는 아니고……. 형이 투자했지만 내가 운영할 카페."

별 이야기 하지 않았는데 벌써 소정의 눈시울이 붉어졌다. 소정은 짧은 그의 설명에도 쉽게 감동을 했다. 재완이 그동안 어떤 일을 했을지 모두 떠올랐기 때문일 것이다. 입술이 잘게 떨리는 것을 보고 재완이 소정을 끌어당겨 안았다. 품에 사로잡힌 채 소정이 알 수 없는 우는 소리를 웅얼거렸다.

그녀의 소리가 점차 잦아들자, 재완이 고개를 숙여 제 품에 갇힌 소정을 봤다. 눈물을 닦아 주니 다시 또 아랫입술이 삐죽 튀어나온다. 여린 소정의 등을 토닥였다.

"안이 밖보다 좀 더 나은데……. 들어가 볼래?"

말없이 소정이 고개를 끄덕였다. 길을 잃어버릴 걱정도 없는데 그의 손을 꽉 잡은 채 따뜻한 온실로 따라 들어갔다. 밖에서 보는 것과 안에서 보는 것은 다른 느낌이었다. 한쪽 벽엔 싱그러운 나무와 꽃들이 가득했다.

재완이 하나하나 손가락으로 가리키며 설명하기 시작했다. 이건 소사나무, 이건 서어나무……. 나무 아래 작은 화분엔 흰 꽃이 피어 있었다. 소정이 쪼그려 앉아 꽃과 눈을 마주했다. 재완이 그녀 곁으로 다가왔다.

"그건 카랑코에."

"어떻게 다 알아요?"

"여기 쓰여 있잖아."

나무 기둥과 흙에 꽂혀 있는 이름표들이 소정에게만 안 보였나 보다. 머쓱해진 소정이 몸을 일으켜 섰다. 실내 한편에 카페 주방이 마련되어 있었다. 재완이 어떤 모습으로 서 있을지 상상이 되지 않았다.

"저 커피 주문해도 돼요?"

"당연하지."

따뜻한 아메리카노 한 잔요. 주문을 마치고 소정이 테이블에 앉았다. 에스프레소를 뽑는 기계에서 치익거리는 소리가 났다. 싱그러운 꽃향기 위에 커피의 향이 한데 어우러졌다. 턱을 괸 채 소정은 재완을 봤다. 진지하게 서 있는 그의 모습은 마치 이 공간을 근사하게 완성시키는 마지막 퍼즐 조각 같았다.

언제 봐도 참 제게는 커다란 사람이었다. 어떻게 이런 생각을 했을까. 경이롭기까지 했다. 다시 또 은은한 조명이 내려앉은 주변을 둘러 살폈다. 그냥 숨만 쉬어도 싱그럽게 퍼지는 기운에 기분이 좋아지는 공간이었다. 그렇게 소정이 감탄하는 사이, 재완이 하얀 잔 두 개를 테이블 위에 내려놓았다.

"어때?"

"좋아요, 정말."

"커피 마셔 봐."

평소 커피를 잘 마시지 않는 그녀였지만, 따뜻한 컵을 두 손으로 공손히 잡고 한 모금 마셨다. 쓴맛보다 부드러운 향이 더 강했다. 재완이 힘겹게 찾은 원두였다. 눈을 감고 다시 또 한 모금 마시는 소정에게서 재완은 시선을 거두지 않았다.

"오! 진짜 맛있어요."

"정말? 다행이다."

이제야 숨이 크게 쉬어졌다. 긴장을 많이 했었는지 어느새 손에 땀이 배어났다. 허벅지에 슥슥 문질러 닦은 재완이 그제야 조금 편안한 미소를 지어 보였다. 네가 좋아하니까 기분 좋다. 그의 말에 소정이 소녀처럼 수줍게 웃었다.

"그래서 요즘…… 좀, 바빠 보였구나."

"미안. 너 깜짝 놀라는 거 보고 싶어서."

"놀랐어요, 진짜. 이런 걸 준비하고 있을 줄은……."

"그래서 괜한 오해도 받고, 선물도 받았지."

선물? 재완의 말의 뜻을 몰라 눈을 크게 떴다. 그러자 그가 제 손가락으로 목을 톡톡 두드렸다. 소정이 짙게 흔적을 남긴 부분이 었다.

그날의 적극적인 제 행동이 떠올라 얼굴이 붉어졌다. 소정이 다시 또 커피 잔에 입을 갖다 댔다. 따뜻하게 올라오는 향이 부끄러운 기분을 잊게 해 주었다.

테이블 하나, 의자 하나, 커피 잔 받침까지……. 재완이 공들여 선택한 흔적이 역력했다. 뭔가가 떠오른 듯 소정이 작은 손을 맞대며 손뼉을 쳤다.

"이제 그럼 사장님이네요?"

"……뭐, 그런 셈이지?"

"멋지다, 정말."

그가 혼자서 고민하고 노력한 결과가 소정의 눈앞에 펼쳐져 있었다. 두 사람 사이를 가로막고 있는 테이블이 아니라면 소정은 그를 꼭 안아 주고 싶었다. 혼자서 몰래 준비하느라 꽤 지쳤을 그의 몸을 다독여 주고 싶었다.

"진짜…… 대단해요. 어떻게 이런 생각을 했어요?"

"너랑 결혼하고 싶단 생각."

"……네?"

사랑의 끝이 꼭 결혼은 아니겠지만 재완은 소정과 하고 싶었다. 최대한 빨리 그녀와 같은 침대에서 잠이 들고, 또 깨어나고 싶었다. 헤어짐이 아쉽고 떨어져 있는 시간이 아까워 견딜 수 없었다.

놀라는 소정이 이상해 보일 만큼 그는 차분했다. 뭘 그렇게 놀라. 덤덤히 말하며 재완이 자리에서 일어났다. 소정의 앞으로 가 그녀의 팔을 잡았다. 잠깐만 이리 와 봐. 그에게 끌려 일어났다. 아까부터 참고 있던 포옹을 살짝 하고 재완이 소정을 한 나무 앞으로 데려갔다.

카페 정중앙에 있는 나무였다. 소정의 키보다 훨씬 큰 나무의 작은 잎들이 반들반들 빛이 났다. 이름을 확인하고 싶어 허리를 숙이는데, 재완이 소정의 허리를 붙잡아 안았다.

"오렌지 나무."

"……."

"곧 오렌지 열린대. 가장 빨리 열매 맺을 놈으로 가져다 달라 했거든."

듣자마자 온몸에 소름이 끼쳤다. 세포 하나하나가 놀라 바짝 선 기분이었다. 지금 이 순간을 한 순간도 놓치고 싶지 않은데 눈앞에 있는 재완이 흐려졌다. 참으려 입술을 깨물었지만 이미 한 방울이 툭 떨어졌다. 둥근 볼 위로 눈물이 데구루루 굴러 흘렀다. 그녀의 허리를 잡은 손에 힘이 들어갔다.

"오렌지 열리면 정식으로 프러포즈할게."

"……."

"대신 대답은 지금 해. 듣고 싶어 미칠 것 같으니까."

그와 함께 있는 순간, 소정은 자신이 이 세상에서 가장 행복한 여자가 되는 것 같았다. 그 행복이 너무 달콤했다. 정말 문자 그대로 재완과 함께 있으면 아무 것도 삼키지 않았는데도 혀에 단 기운이 느껴졌다.

오늘은 더욱 그랬다. 입 안에서만 맴도는 말이 너무나 달콤했다. 애태우려는 것은 아니었는데 쉽게 나오지 않았다. 장난스레 재완이 푹 한숨을 쉬자, 소정의 입이 열렸다.

"좋……아요."

듣고 싶었던 대답이었다. 소정의 뺨을 흥건히 적신 눈물을 엄지로 닦아 냈다. 그래도 여전히 눈물이 남아 얼굴 전체가 촉촉했다. 살짝 벌어진 입술이 천천히 위로 올라갔다.

"키스할 건데 울면 어떡해."

촉촉한 얼굴 전체에 꼼꼼히 입을 맞추며 내려갔다. 콧등을 맞대고 잠깐 머물러 있던 재완이 그녀에게만 들릴 듯한 작은 목소리를 내었다.

"사랑해."

"저도요."

"사랑해, 정말."

"사랑해요."

짧게 소정의 입술을 빼앗고 재완이 웃었다. 갑자기 터진 낮은 웃음소리에 소정이 의아한 눈으로 그를 봤다.

"입술이 짜, 소정아."

"……."

"그래도 좋지만."

부끄러워 재완의 가슴에 얼굴을 묻으려는 소정을 그가 저지했다. 턱을 잡고 그대로 입을 맞췄다. 겹쳐진 입술에선 아까 소정이 마셨던 커피의 향이 맴돌았다. 이곳을 찾은 첫 손님인 그녀에게 처음으로 만들어 준 커피였다. 커피를 이렇게 맛보는 것도 나쁘지 않네, 키스를 하다 말고 떠오른 생각에 재완이 씩 웃었다.

미래가 어떻게 될지는 재완도, 소정도, 그 아무도 모른다. 그러나 지금은 그런 암울한 생각보다 사랑이 더 가까웠다.

무모하다는 손가락질도, 겪어야 할 고난들도 모두 견뎌 낼 수 있었다. 이미 두 사람은 한 번 해냈었다. 제 목줄을 쥐고 있던 주인의 손을 문 두 사람은 이제 자유롭게 서로 사랑을 하고 싶었다.

그리고 이제 그런 사랑을 할 수 있을 것 같았다. 그에게 소정만 있다면, 그리고 그녀에게 재완만 있다면.

소정이 놓친 것이 하나 있었다. 카페의 입구 위에 있던 나무 간판.

그 위에 쓰여 있는 이 카페의 이름.

Cafe orange tree.

에필로그

봄이 오고 있었다. 봄이 다가오자 온실 속 모든 식물들이 자신의 생명력을 자랑하며 꿈틀댔다. 푸릇한 냄새가 가득 풍겨서 봄의 카페에는 생기가 넘쳤다.

카페에 달라진 점이 있다면 문 앞에 몇 개의 액자가 걸렸다는 것이다. '서울에 가 볼 만한 카페'라는 타이틀로 나온 잡지 기사가 걸려 있고, 그 옆에는 모두 사진들이었다. 카페에서 소정의 모습이 담긴 사진. 커피 잔을 쥐고 있는 소정의 손, 나무를 바라보고 있는 그녀의 뒷모습, 온실 밖 풍경에 작게 보이는 그녀 모습…….

액자 하나하나를 찬찬히 살펴보다가 동환이 커피를 내리고 있는 재완을 봤다.

"온통 소정 씨 사진뿐이네. 근데 왜 얼굴 제대로 나온 사진은 없어? 죄다 뒷모습 아니면 코딱지만 하게……."

"다른 놈들이 침 흘릴까 봐."

유명한 재벌 2세 사랑꾼이 어디 갔을 리가. 입술을 비틀며 동환은 아니꼬운 표정을 지었다.

카페 영업이 모두 끝난 시각에 동환은 재완의 카페를 찾았다. 개업할 때 화환을 보내고, 몇 번 와서 커피를 사 가긴 했지만 스케줄에 쫓겨 카페를 찬찬히 살펴본 것은 이번이 처음이었다.

카페 입구에서부터 테이블까지 가는 내내 잔소리 아닌 잔소리를 하던 동환은 재완이 커피를 테이블에 내려놓자 다시 또 입을 열었다.

"그래서 장사는 잘되고? 임 사장?"

"응."

"잘되겠지. 이 동네에서 핫플레이스라고 소문이 자자하더라."

"넌 바쁘다면서 어디서 그렇게 소문을 주워듣고 다니냐?"

타박했지만 동환의 이야기가 싫지 않아 얼굴에 미소가 걸렸다. 재완이 커피를 한 모금 마셨다. 바쁜 금요일 영업을 끝내고 그가 오늘 처음 마시는 커피였다.

동환이 제 일상에 대해 이야기를 하고 있을 때, 카페 문이 열리고 소정이 들어왔다. 그녀는 카페에 있는 동환을 보고 꾸벅 인사를 했다. 허리까지 숙여 인사하는 그녀를 보고 동환이 허허 웃었다.

"허리까지 숙여서 인사하고 그래요? 우리 사이에."

들어오는 소정을 보고 환히 웃고 있던 재완이 동환의 말에 고개를 홱 돌렸다.

"무슨 사이?"

"아, 진짜. 나 요새 누가 친하게 지내자고 하면 꼭 묻잖아. 질투가 많은 편인지. 질투 많은 놈들이랑은 친구 하면 아주 골치가 다 아파."

이마를 짚으며 동환이 절레절레 고개를 흔들었다. 그사이 테이블 가까이로 온 소정의 허리를 재완이 감싸 안았다. 얼굴을 보는 것만으로도 그리 좋은지 밤하늘 달처럼 헤실헤실 웃는 두 사람을 보고 동환은 더 크게 고개를 저었다.

동환이 그러든지 말든지, 두 사람은 작은 소리로 대화를 나누었다. 그들의 사랑스러운 모습에 동환이 잔에 담긴 커피를 반쯤 들이켰다.

"그리고 또 여자 친구랑 있을 때 닭살을 피우는 놈들이랑은……"

"내쫓기 전에 조용히 하고 커피나 마셔."

재완의 말에 동환이 살짝 열려 있는 입술을 닫고 삐죽였다. 뭐라 한마디 해 주고 싶지만 재완이라면 자신을 내쫓고도 남을 인물이라 참을 수밖에 없었다.

오늘 있었던 일을 조곤조곤 말하는 소정의 눈을 재완이 뚫어져라 보고 있었다. 소정의 말이 끝나자 동시에 웃음을 지어 보이는 두 사람을 보고 동환은 커피를 몽땅 마시고 잔을 내려놓았다. 쿵 소리가 테이블에서 크게 났다.

"차마 눈 뜨고는 못 봐 주겠다."

"저 자식 신경 쓰지 마. 얼마 전에 사귀던 애랑 헤어져서 그 래."

"그런 거 아니거든? 그렇게 좋아 죽을 거면 빨리 결혼……."

말하던 동환이 입을 다물었다. 두 사람의 시선이 모아지자 손 으로 찰싹 소리가 나게 자신의 입을 때렸다. 재완의 부모님은 여 전히 두 사람을 반대하고 있었다. 재완은 집으로 돌아가지 않았 고, 현재 연락도 하지 않는 듯했다.

그런 반대 속에서 결혼을 할 수 있을 리가 없었다. 미안한 표정 으로 두 사람을 바라보는데 재완이 아무렇지 않은 표정을 짓고 물었다.

"네가 사회 볼래?"

"뭐?"

"우리 결혼, 그날 할 일 없으면 네가 사회 보든지."

동환의 눈이 커다래졌다. 두 사람 결혼해? 그 짧은 문장을 몇 번이나 더듬으면서 말했다. 소정이 고개를 끄덕이자, 동환은 두 팔을 하늘 위로 올리고 고개를 저었다.

"말도 안 돼."

"뭐가."

그렇게 말하니 또 할 말이 없어졌다. 부모 허락 없이 결혼을 한 다 해서 법적으로 문제가 생기는 것도 아니었고, 두 사람 사이에 사랑이 없는 것도 아니었으며, 생각 없이 결혼을 결정할 만큼 어 린 나이도 아니었다.

그런데도 새삼 놀라웠다. 여자들과 연애만 할 뿐, 결혼은 집안에서 정해 준 여자와 하겠다던 재완이었다. 그런 그가 부모가 반대하는 결혼을 하다니. 턱이 빠진 사람처럼 입을 벌리고 있던 동환이 정신을 바로잡고 물었다.

"프러포즈는 했고?"

동환의 말에 두 사람이 서로를 바라보며 미소 지었다.

❄❄❄

작은 소정의 방에 걸려 있는 액자 하나. 그 액자엔 맑은 주황빛의 오렌지가 담겨져 있다. 오렌지 하나하나에는 알파벳이 쓰여 있었는데, 그 알파벳들을 이어 읽으면 한 문장이 완성되었다.

'Will you marry me.'

입고 있던 코트를 벗으면서 소정은 프러포즈를 받았던 날을 떠올렸다.

밖엔 흰 눈이 내렸다. 푸슬푸슬 내려오는 눈은 곧 발자국이 새겨질 정도로 쌓였다. 영업시간이 한참 남았지만 재완은 일찍 카페 문을 닫았다. 따뜻한 불빛을 내며 손님을 반겼던 카페엔 재완 홀로 남아 있었다.

소정은 찬바람을 맞으며 카페로 걸어갔다. 아무것도 찍히지 않은 흰 눈 위에 그녀의 발자국이 새겨졌다. 코가 빨개져 들어온 소정을 재완이 꼭 껴안았다. 온실은 따뜻했다.

유난히 나뭇잎들이 푸르고 싱그러웠던 날이었다. 밖엔 흰 눈이 까만 하늘을 덮을 만큼 펄펄 내리기 시작하는데, 나무와 꽃으로 가득한 온실 안은 따뜻한 봄이었다.

얼어 있는 소정의 손을 녹이곤, 재완은 카페 중앙에 있는 오렌지 나무 앞으로 그녀와 함께 갔다.

예쁜 색으로 빛나는 오렌지엔 알파벳이 큼지막하게 써 있었다. 나무 앞에 서서 눈이 휘둥그레진 소정의 손을 잡고 재완이 오렌지를 순서대로 땄다. 나무 옆에 있는 테이블에 오렌지가 하나씩 놓여졌다.

문장이 완성되기도 전에 눈물을 보인 소정 앞에서 마지막 알파벳 e가 쓰여 있는 오렌지를 내려놓고는, 오른쪽 손을 펼쳐 보였다. 귀여운 물음표와 함께 반지가 나타났다. 물음표의 검은 점 대신 동그란 반지가 놓여 있었다.

소정은 이미 대답을 했었다. 그래도 다시 또 한 번 웃으며 고개를 끄덕였다. 짧게 입을 맞추고, 재완이 그녀의 네 번째 손가락에 반지를 끼워 주었다.

그날의 기억을 오랫동안 추억하기 위해 찍은 사진은 제 방의 정중앙에 놓여 있었다.

사진을 바라볼 때마다 그때의 행복했던 기억이 떠올랐다. 달콤했던 입맞춤과, 자신의 귀에 사랑한다 속삭였던 재완의 목소리. 마치 어제 일처럼 생생하게 떠올랐다. 매일 그 사진 앞에서 크게 미소 짓는 것이 하루의 일과가 되었다.

편한 옷으로 갈아입고 잘 준비를 하는 소정의 전화가 울렸다. 침대에 걸터앉아 소정은 액정을 바라봤다. 예상한 대로 재완이었다.

"여보세요."

― 잘 들어갔어?

"어? 메시지 못 봤어요? 잘 들어왔다고 보냈는데."

― 봤어. 목소리 듣고 싶어서 전화한 거야.

재완의 생각을 멈춘 지 고작 몇 분이 지났다고, 또다시 제 머릿속을 그가 꽉 채웠다. 무릎을 세워 감싸 안고, 소정은 제 무릎 위에 고개를 기댔다.

한동안 재완은 말이 없었다. 말 대신 고른 그의 숨소리가 들렸다.

"무슨 생각해요?"

― 빨리 결혼하고 싶단 생각.

"……나도요."

하루빨리 그와 함께 있고 싶었다. 마음만큼 가까운 거리에 있고 싶었다. 결혼 날짜가 다가올수록 들뜬 마음 탓에 기다리는 것이 더욱 힘들어졌다.

후……. 동시에 내쉰 한숨에 두 사람이 또 같이 웃었다.

"어서 자요."

― 그래. 너도 잘 자.

"네."

― 잘 자고.

"네."

― 또 잘 자.

전화를 끊고 싶지 않은 것이 분명했다. 몇 번이나 반복하는 잘 자란 인사에 꼬박꼬박 대답을 했다. 아쉬운 목소리로 전한 사랑 고백을 끝으로 전화가 끊겼다.

짧은 통화였지만 긴 여운이 남아 소정은 한참이나 제 무릎을 감싼 채 있었다. 평소 꿈을 잘 꾸지 않는 소정이었지만 오늘 밤만큼은 재완이 꿈에 나오길 빌었다.

✳✳✳

5월의 어느 날. 카페의 외벽에 반짝이는 조명이 뱅 둘러졌다. 온실 전체가 은은하게 반짝였다. 예식 시간에 맞춰 하객들이 하나둘씩 안으로 들어왔다. 하객이라 해 봤자, 두 사람의 가까운 친척들과 아주 친한 친구들이 다인 소박한 결혼식이었다.

화관을 쓰고 흰색의 롱 원피스를 입은 소정은 아름다웠다. 긴장으로 하얗게 변한 얼굴은 귀여웠고, 재완과 눈이 마주칠 때마다 어색하게 웃는 입꼬리는 사랑스러웠다.

하루 종일 바라봐도 지루하지 않을 그녀의 얼굴을 바라보다 재완은 입장하라는 동환의 목소리를 듣지 못했다. 동환이 세 번이나 '신랑, 신부 입장!'이라 외치고, 소정이 그의 옆구리를 쿡 찌르고 나서야 그들이 입장했다.

오렌지 나무 옆까지 이어진 버진로드를 향해 두 사람이 함께 발을 내밀었다. 전형적인 예식의 틀에서 벗어난 결혼식이었다. 주례 대신 두 사람은 서로에게 쓴 편지를 읽었고, 축가는 하객이 모두 함께 불렀다. 가사에 '사랑'이 나오면 서로 뽀뽀를 하라는 짓궂은 동환의 요청을 재완은 진한 키스로 바꿔 후렴 내내 했다. 그 모습에 동환은 저가 시키고도 고개를 절레절레 저었다.

행복하고 즐거운 결혼식이 끝이 난 후엔 파티가 이어졌다. 샴 페인을 하객과 나눠 마시고, 달콤한 팝송에 맞춰 두 사람은 서로 의 허리를 감싸 안은 채 춤을 췄다.

엉성한 제 스텝이 부끄러워 소정이 코를 찡그리며 웃자, 재완 이 긴장을 풀어 주려는 듯 그녀의 이마에 입을 맞췄다.

행복한 결혼식이었다. 그의 부모님이 자리에 없다는 것만 빼고, 결혼식은 완벽했다.

소정이 재완보다 더 속상해했다. 오지 않을 것이라 예상했지만 기대는 접지 않았었는지 그녀는 결혼식이 완전히 끝이 나자 눈물 을 글썽였다.

재완이 자신 때문에 부모님의 축하 없이 결혼을 하게 되었다며 미안해했다. 찔끔찔끔 참았던 눈물을 흘리는 소정을 재완이 달랬 다.

소중한 첫날밤은 우는 그녀를 안고 부모님의 축하보다 소정이 더 필요하다 말하는 것으로 끝이 났다.

그래서 두 사람의 신혼집 테이블에 오른 결혼식 사진엔 희향과 범태는 없었다.

❋❋❋

토요일 늦은 오후. 피곤했는지 소정의 기상 시간이 평소보다 늦었다. 제 옆에 곧게 누워 곤히 자는 소정을 봤다. 결혼식 날, 정말 아름답다 생각했는데 그날 이후로도 소정은 매일매일 더 아름다워지고 사랑스러워졌다. 재완은 저절로 미소가 지어졌다.

깨우고 싶지 않았지만 소정을 가만히 보고 있으면 저도 모르게 그녀에게 손이 갔다. 볼을 매만져도 아무런 미동도 없던 그녀는 매끈한 제 배를 매만지는 손길엔 으응, 하는 소리를 냈다.

"깼어?"

"……아뇨."

귀여운 거짓말에 재완은 더 깊게 손을 집어넣었다. 몸을 비틀며 재완을 껴안는 것을 보니 잠에서 깬 것이 분명했다. 눈은 여전히 감은 채 품으로 파고드는 소정의 머리를 쓰다듬었다. 익숙한 그의 손길이 좋은지 소정이 빙긋 웃었다.

"난 분명 경고했는데. 아침이랑 밤은 나한테 별 의미 없다고."

미간을 찌푸리며 소정이 눈을 떴다. 변태. 재완에겐 너무 익숙한 말이었다. 막 그 단어를 뱉어 낸 입술에 쪽쪽 소리가 나게 입을 맞췄다.

"누가 변태야. 어제는 네가……."

말하려는 재완의 입을 소정이 제 입술로 막았다. 부끄러운 두 뺨과 다르게 그녀의 입은 적극적이었다. 말캉하게 밀려 들어오는 혀에 그도 질 수 없었다. 천천히 소정의 흰 티를 향해 손을 뻗는데, 그녀가 입을 뗐다.

"아! 몇 시예요?"

"새벽 네 시."

창으로 햇빛이 가득 비치고 침대 위에 있는 시계가 열 시를 가리키고 있는데 다 들킬 거짓말을 했다. 아쉬운 표정으로 가만히 그녀를 보자 흘끗 시계를 확인한 소정이 배시시 웃었다.

"새벽 네 시면 아직 오빠 출근하기까지 시간이 좀 남았네요."

멋대로 멈췄던 키스를 소정이 계속 이어 나갔다. 소정의 입술이 목덜미로 내려가자, 그가 안 되겠는지 몸을 일으켜 그녀 위로 올라갔다. 팔로 그녀를 가두고 내려다보는데, 소정이 그의 목에 팔을 감았다. 그리곤 준비가 끝났다는 듯 눈을 감았다.

뒤늦은 출근을 하려는 재완을 소정이 안았다. 제 품에 파고들며 가슴에 얼굴을 비비는 그녀를 보니 정말 나가기 싫었다. 소정아, 하고 부르니 그녀가 고개만 살짝 들어 올려 그를 바라봤다.

"나 오늘 가지 말까?"

신발까지 모두 신고 나갈 준비를 다 했으면서, 그는 허락을 바라는 간절한 얼굴로 소정을 보고 있었다. 그녀가 고개를 흔들자, 재완이 한숨을 푹 내쉬었다.

"토요일은 더 바쁘잖아요. 가서 직원들 도와줘야죠."

"그래, 그래야지."

굳은 결심으로 그녀의 어깨를 잡고 제 품에서 떨어트렸다. 소정이 잘 갔다 오라며 손을 흔드는데도 발이 떨어지지 않았다. 문을 열고 한 발 앞으로 갔다가 그는 곧 다시 몸을 돌렸다.

"직원들은 나 없어도 평소에 잘하는……."

"안 돼요."

단호한 소정의 말에 재완은 금방 울상이 되었다. 학교 가기 싫은 아이처럼 머뭇거리는 그의 등을 소정이 밀었다.

"잘 다녀와요, 오빠."

어깨를 축 늘어트린 채 걷는 재완의 뒷모습이 안쓰러웠지만 소정은 오늘 할 일이 있었다. 재완의 차가 아파트 밖으로 빠져나가는 것을 모두 확인한 후 소정은 서둘러 나갈 채비를 했다.

남들은 특별한 행사가 있지 않으면 잘 찾지 않는다는 시댁을 소정은 매주 제 발로 찾아갔다. 결혼식에도 오지 않은 매정한 사람들이었지만, 자신이 사랑하는 재완을 낳아 주신 부모님이었다.

부모 자식 관계를 자신이 평생 가로막고 있을 수는 없다. 그 생각으로 그녀는 어떻게든 두 사람의 마음을 얻기 위해 여태 노력 중이었다.

깨진 독에 물 붓기처럼 보였는데, 그보다는 나은 것 같았다. 처음엔 아예 대문도 열어 주지 않던 희향이 이제는 거실 소파에는 앉게 해 주었다. 그리고 오늘은 커피까지 내주었다. 엄밀히 따지자면 희향이 내준 것이 아니라, 도우미 아주머니가 준비한 커피를 막지 않은 것이었지만.

팔짱을 낀 채 가만히 있던 희향이 눈을 가늘게 뜨곤 소정을 봤다. 그 어떤 말을 한 것도 아닌데 날이 선 눈빛에 기가 확 꺾여 버렸다. 하지만 매주 그녀와 마주하며 단련된 덕분인지 겉으론 드러나지 않았다.

"너 언제까지 이럴 거니?"

"……."

"너 이제 내가 무섭지 않지?"

"……네."

소정은 숙이고 있던 고개를 찬찬히 들어 대답했다. 희향의 손아귀에서 재완과 함께 벗어난 지 오래였다. 이전만큼 희향이 두렵지 않았다. 잘게 고개까지 끄덕이자, 희향이 기가 차단 웃음을 뱉었다.

재완이 있던 부사장 자리는 이미 다른 사람이 꿰찼고, 예원도 다른 남자와 곧 약혼식을 올린다 했다. 직접적으로 범태가 언급하진 않았지만 회사의 경영권은 결국 인석에게 넘어갈 것이다. 그건 희향이 제 욕심을 내려놓아야 한다는 것을 뜻했다.

조용히 찻잔을 집어 들고 희향이 앞에 있는 소정을 찬찬히 바라봤다. 소정은 그 눈빛을 피하지 않았다. 아무런 표정 변화 없이 담담히 받아 냈다.

"완이가 좋아하는 반찬 준비해 뒀다. 가져가라."

"네? 아…… 네."

놀라 눈이 커졌다가, 이내 만면에 웃음이 퍼졌다. 그 모습에 희향은 고개를 돌려 버렸다. 시선이 거둬졌음에도 소정은 여전히 방싯 웃고 있었다. 깨진 독이 조금씩 메워지고 있었다.

젓가락과 접시가 맞닿으며 달그락거리는 소리가 났다. 재완의 퇴근에 맞춘 늦은 저녁이었다. 식탁 한가득 놓인 반찬들 대신 자신을 보는 시선이 꽤나 노골적이었다. 재완은 좋아하는 잡채를 집으려던 젓가락을 내려놓았다.

"하고 싶은 말 있어?"

"네? 아니, 없어요."

"그럼 하고 싶은 거 있어?"

뜬금없는 그의 질문에 소정은 차분히 고개를 저었다. 그녀는 그저 희향에게서 받아 온 반찬을 재완이 잘 먹는 모습을 보니 마냥 기뻤을 뿐이었다.

"그럼 왜 그렇게 빤히 봐. 괜히 설레게."

"설레요?"

아무렇지 않게 말하며 소정은 그의 앞으로 잡채를 밀었다. 나야 늘 설레지. 그도 별다를 것 없는 목소리로 답했다.

소정의 노력이 통했는지, 재완이 앞에 놓인 잡채를 한 젓가락 입에 넣었다.

"맛있어요?"

"응."

몇 번 우물우물하더니 재완이 가만히 고개를 끄덕인다.

"어머니께 갔었어?"

소정이 눈을 크게 떴다. 평소 입맛이 까다롭지 않은 재완이라 맛만 보고 희향의 음식을 알아챌 것이라 기대하지 않았었다. 같이 산 세월을 무시 못 한다는 것이 바로 이런 상황을 보고 하는 말 같았다.

"전화 왔었어."

아……. 놀라서 벌어졌던 입이 금세 닫혔다. 그 모습을 보고 재완이 귀엽다는 듯 쿡쿡 웃었다.

"네가 매주 찾아와서 귀찮게 한다고 앞으론······."

말이 채 끝나지 않았는데 소정의 고개가 툭 떨어졌다. 희향의 그만 오라는 소리에도 꿋꿋하게 갔던 그녀였지만, 재완마저 자신을 막는다면 슬플 것 같았다. 아랫입술을 꾹 깨물고 가만히 있자, 재완이 손을 뻗어 그녀의 턱을 들어 올렸다.

"죄졌어? 왜 고개를 숙여."

"가지 말라고 할 거······잖아요."

"응, 앞으로 가지 마."

소정이 숨을 푹 내쉬었다. 희향에게 상처받는 자신을 걱정하는 마음은 알았지만 여태까지 노력했던 것이 아까워서라도 자신은 끝까지 가 보고 싶었다. 말로는 표현하기 어려운 감정이 들끓어 그녀는 눈물이 고이는 눈으로 재완을 봤다.

"혼자 가지 말고 나랑 같이 가. 어머니가 너랑 같이 한번 오라고 하시더라."

"······정말요?"

"응."

고여 있던 눈물이 툭 떨어졌다. 눈은 울고 있는데 입은 활짝 웃었다. 다행이다, 정말. 말하는 입술이 파르르 떨렸다. 재완과 함께 오라는 초대의 말도 물론 좋았지만 그가 더 이상 가지 말라고 하지 않은 것이 더 좋았다.

손등으로 눈물을 꾹꾹 눌러 닦는 소정의 머리를 재완이 쓱쓱 쓰다듬었다.

"왜 울고 그래."

"오빠가 가지 말라 하니까……."

답하면서도 서러움이 밀려왔는지 다시 또 눈물이 맺히는 소정을 보고 재완이 자리에서 일어났다. 울고 있는 소정의 옆으로 다가가자, 그가 끌어안기도 전에 소정이 그의 판판한 배에 얼굴을 묻었다.

"다행……이에요, 정말."

"고생했어."

다정함이 가득 담긴 나지막한 목소리에 소정이 고개를 들어 올려 재완을 봤다. 프힛, 귀여운 소리를 내는 입술에 그가 입을 맞췄다.

혼자서 매주 희향을 찾아가는 그 발걸음이 얼마나 무거웠을까. 위로하듯 맞춘 입술은 좀처럼 떨어지지 않았다. 자신의 입술 아래에서 움찔거리는 것이 느껴졌다. 그가 입을 맞춘 채 소리 내 웃었다.

소정이 그의 등을 툭 쳤다. 그만하라는 신호였다. 어쩌지, 그만두고 싶지 않은데. 아직 채 먹지 않은 음식들이 시야에 들어왔지만 재완의 신경은 자신과 입을 맞추고 있는 소정이 모두 붙잡고 있었다.

앉아 있는 소정의 허리를 잡고 일으키느라 입술이 잠시 떨어졌다. 다시 또 얼굴을 들이미니 소정이 그의 가슴을 양손으로 막았다.

"저녁 안 먹어요? 이거 어머니가 다 해 주신……."

"우리 엄마 요리 못 해. 일해 주시는 아주머니가 한 거야."

"그래도……."

식사는 끝내야 하지 않나. 소정의 눈두덩에 입을 맞추자, 소정이 가만히 눈을 감았다. 잘 먹겠습니다. 장난스러운 인사에 소정은 그냥 픽 웃어 버렸다.

저녁 식사에 이은 두 번째 식사, 재완은 그쪽에 더 관심이 많아 보였다.

—*The end*

작가 후기

　참으로 힘겹게 썼던 글을 이제 마무리하려 합니다. 처음보다 쉬울 줄 알았는데, 세상에 쉬운 일은 없다는 것을 이 이야기를 쓰며 다시 깨달았습니다. 멋모르고 달려들었던 첫 이야기와 달리 이번 글은 쓰면 쓸수록 부족해 보이고 서툰 것들이 보여 시작부터 끝까지 참 힘들었습니다.

　저는 아직 사랑의 힘을 믿습니다. 사랑을 하면 사람이 변한다는 이야기에 누구보다 고개를 크게 끄덕이며 동의하는 사람이지요. 그래서 나약했던 소정과 자신의 인생에 큰 욕심 없던 재완이 서로를 알게 되고 사랑을 하면서 바뀌는 이야기를 썼습니다. 제 의도대로 이 글이 읽혀지길 진심으로 바라봅니다.

　저에게는 나름 도전이었던 글이었기에 쓰면서 많은 것들을 배웠습니다. 여전히 부족한 것이 많고, 아직 아쉬운 마음이 더 크지만 가끔 책을 통해 만나기로 약속하고 이제 그만 놓아주려 합니다.

공백이 많았던 연재 기간 동안 늘 함께해 주셨던 독자님들, 그리고 좋은 인연으로 두 번째 책을 낼 수 있게 도와준 출판사 관계자 여러분들 감사합니다. 늘 고마운 우리 가족, 사랑합니다. 현명한 엄마를 가진 딸의 기쁨을 알게 해 준 우리 엄마, 엄마 딸로 살 수 있게 해 줘서 고맙습니다. 외로울 우리 아빠, 힘내. 추운 날 고생하고 있을 내 동생, 그리고 무뚝뚝한 제 옆에 있어 주시는 모든 분들 감사합니다.

쉽게 다음을 기약하는 것은 어렵지만, 더 나은 모습 보여드리겠다는 약속을 끝으로 글을 마치겠습니다. 저는 이 글을 읽어 주시는 모든 분들이 아프지 않고 항상 행복하시길 기도하겠습니다.

2016년 1월,
브리짓.

개도
가끔은
주인을
물고
싶다

1판 1쇄 찍음 2016년 1월 6일
1판 1쇄 펴냄 2016년 1월 12일

지은이 | 브리짓
펴낸이 | 정 필
펴낸곳 | (주)뿔미디어

기획 · 편집 | 박경희, 이영은

출판등록 | 2002년 9월 11일 (제1081-1-132호)
주소 | 경기도 부천시 원미구 소향로 17, 303(두성프라자)
전화 | 032)651-6513 / 팩스 032)651-6094
E-mail | scarlets2012@hanmail.net
블로그 | http://blog.naver.com/dahyangs
홈페이지 | http://bbulmedia.com

값 9,000원

ISBN 979-11-315-6946-7 03810

※파본은 구입하신 서점에서 교환하여 드립니다.